Der Pfandleiher

EDWARD LEWIS
WALLANT

Der Pfandleiher

Roman

Aus dem amerikanischen Englisch
von Barbara Schaden

BERLIN VERLAG

FSC
www.fsc.org
MIX
Papier aus verantwortungsvollen Quellen
FSC® C083411

Die Originalausgabe erschien 1961 unter dem Titel *The Pawnbroker*
bei Harcourt Brace & World, New York

Umschlaggestaltung: ZERO Werbeagentur, München
Typografie: Birgit Thiel, Berlin
Gesetzt aus der DTL Albertina von psb, Berlin
Druck & Bindung: CPI – books GmbH, Leck
Printed in Germany
ISBN 978-3-8270-1183-1

www.berlinverlag.de

Für Joyce, Scott, Leslie und Kim

1

Seine Schritte knirschten auf dem festgebackenen Sand. Links von ihm war der Harlem River, rechts, auf der anderen Straßenseite, das Community Center, und dahinter lag die riesige, dicht besiedelte Stadt. Um halb acht Uhr morgens war es für New Yorker Verhältnisse ruhig. In dieser relativen Stille klangen seine Schritte schwer und schleppend und drangen ihm lauter, unmittelbarer in die Ohren als das Tuckern der Schiffe auf dem Fluss, als das Erwachen des Verkehrs auf der nahen 125th Street.

Knirsch, knirsch, knirsch.

Es klang fast so behaglich wie Schritte auf sauberem weißem Schnee. Doch der Anblick der großen, massigen Gestalt mit dem aufgedunsenen Gesicht, den gleichgültigen, von den dicken Gläsern einer merkwürdig altmodischen Brille verzerrten dunklen Augen verscheuchten jeden Gedanken an Behaglichkeit.

Cecil Mapp, ein kleiner, magerer Neger, saß auf dem Holzbalken, der das Flussufer säumte, und litt unter einem monumentalen Kater. Trübäugig starrte er zu Sol Nazerman hinüber, dem Pfandleiher, und musste bei der Erscheinung des schweren, schlurfenden Mannes an ein metallenes Gefährt denken. Wie ein Panzer oder so was, dachte er. Der Anblick des großen weißen Mannes hob Cecils Laune merklich; diese unbeholfene, vorsichtige Gangart ließ eine Not ganz anderen Kalibers erahnen. Minutenlang vergaß Cecil seine rabiate Gattin, vor die er am Abend wieder hintreten musste, vergaß sogar, was für ein Elend es war, den ganzen Tag lang mit zitternden, unwilligen Händen Wände zu verputzen. Unwillkürlich lächelte er sogar, als Sol Nazerman näher kam, und er dachte heiter: Der Mann leidet!

Er winkte ihm, hob dabei die Brauen, als begrüßte er einen Freund auf einer Party.

»Ja hallooo, Mr Nazerman. Das wird ein richtig schöner Tag heute, meinen Sie nicht?«

»Ein Tag halt«, räumte Sol gleichgültig ein und blickte leicht zur Seite.

Während er weiterstapfte, betrachtete er das ruhig dahinfließende Wasser. Ironischerweise fiel ihm die trügerische Schönheit des Flusses auf. Trotz seiner ölig grünen Trübheit, trotz der nicht identifizierbaren Gegenstände, die auf seiner schmutzigen Oberfläche trieben, war er in seinem beharrlichen Streben irgendwie eindrucksvoll.

Sol starrte mit zusammengekniffenen Augen in den Augustmorgen: das trüb-goldene Licht auf den hintereinandergestaffelten Brücken, die Industriegebäude, die zufälligen Lichtreflexe entlang dem Fluss, die entfernt an eine bedeutsame, altehrwürdige europäische Stadt denken ließen.

Dass Sol sich davon hätte blenden lassen, war allerdings nicht zu befürchten, die Beschädigungen an Körper und Geist waren ihm ständige Mahnung – einer wie er war gegen Illusionen gefeit.

O ja, ja, ein netter, friedlicher Sommertag; still, gefahrlos, voller Menschen, die in der verschwenderischen, verheißungsvollen Hitze ihren Angelegenheiten nachgingen. Ein schläfriger Morgen in einer riesigen Stadt. Sol blickte im Gehen träge auf die verschachtelte Landschaft, und die Langeweile beschwerte seine Lider.

Auf einmal hatte er das Gefühl eines Keulenschlags. Wie ein einfahrender Schmerz stand, hinter seinen Augen, ein unauslöschliches Bild, und er war sekundenlang blind für den rosigen Morgen – was er stattdessen sah, war eine flutlichthelle Nacht voller Schreie. Es entfuhr ihm ein Stöhnen, und er riss die Augen auf. Vor ihm lagen nur die übereinandergeschichteten Details von tausend Gebäuden im stillen Sonnenlicht. Eine Minute später entsann er sich kaum noch der Höllenvision; er seufzte nur über die Erinnerung an einen kurzen Schmerz, und seine wie verglast wirkenden Augen waren so ausdruckslos und abweisend wie zuvor. Nach einer weiteren Minute gab er sich wieder den üblichen flüchtigen Spekulationen über seine Umgebung hin.

Was war das hier eigentlich, dieser schäbige Abschnitt seines allmorgendlichen Wegs ins Geschäft, den er als kleine Entspannung empfand? Ein großes sandiges Dreieck, zwei Blocks weit gespannt, eine Brache, die einer sinnvollen Verwendung harrte, oder ein Grundstück, auf dem einmal etwas existiert hatte, über dessen Spuren sich aber diese dünne, anonyme Sandschicht gebreitet hatte. Städtischer Meeresstrand. Auf seinem Weg lag es nicht, er nahm einen Umweg in Kauf. Verstehe einer, worauf der Mensch so reagiert! Er kam gern hierher, das genügte. Vielleicht war es die liebreizende Szenerie, der bezaubernde, liebreizende Menschenschlag, der sich hier herumtrieb, Cecil Mapp zum Beispiel. Wie auch immer – in dieser zeitlichen Entfernung vom Schlaf verloren die Nachtträume ihre scharfen Kanten. Gedankenlos betrachtete er die bunt bemalten Schlepper, die breiten, verwitterten Frachtkähne, die alles beförderten, was sich denken ließ, und während er so dahinging, entledigte er sich aller Phantome seines Schlafs, und die vielfältigen kleinen Zermürbungen, mit denen ihm seine Schwester und ihre Familie zusetzten, schmerzten nicht mehr. Vielleicht war dieser kurze Umweg also eine Brücke zwischen zwei verschiedenen Atmosphären, eine Brücke, auf der er sich den Schutzmantel unerschütterlicher Geringschätzung wieder umlegen konnte.

Als er den Scheitel des Sanddreiecks erreicht hatte und auf den gepflasterten Gehsteig wechselte, erlaubte er sich einen gedanklichen Abstecher in seinen aufgewühlten Schlaf. Nicht dass er sich an seine Träume erinnerte; er wusste nur, dass es schlimme Träume waren. Seit Jahren träumte er manchmal schlecht, erst in letzter Zeit kamen die Albträume häufiger.

Sicher das Alter. Ab fünfundvierzig schwindet die Elastizität der Nerven, dachte er. »Ach was«, sagte er laut und zuckte die Achseln, wie um Erde über diese Innenschau zu werfen; in der diplomatischen Prekarität des Waffenstillstands hatte es keinen Sinn, die eigenen Toten vorzuführen.

Doch als er vor seinem Laden anlangte, konnte er sich beim Anblick der drei Goldkugeln über der Tür eine Grimasse nicht verkneifen. Was ihn zu diesem Geschäft gebracht hatte, war doch nichts anderes als ein Witz, ein eher geschmackloser dazu. Dennoch hatte er, wenn morgens sein Blick auf das hässliche Zeichen seiner Zunft fiel, stets die absurde Vorstellung, dass dieses Symbol das Ergebnis eines besonders teuflischen, von einem unbekannten nächtlichen Peiniger verübten Vandalismus sei.

Aus der Grimasse wurde ein frostiges Lächeln; es war ihm doch noch ein kleiner Rest Humor für gewisse kleine Gemeinheiten geblieben. Was machte es denn, wenn ein einstiger Dozent der Universität Krakau jetzt hinter den drei goldenen Kugeln eines Pfandleihhauses saß? Es war der weitaus harmloseste Streich, den ihm das Leben gespielt hatte.

Und der Streich ging ja auch nicht allein auf seine Kosten, dachte er, während er die ausgeklügelte Serie von Schlössern aufsperrte, die zwei Alarmanlagen ausschaltete und die schweren Gittereinsätze herausnahm, die nachts die Ladenfenster schützten. Wirklich nicht, dachte er und sah sich gemächlich, zufrieden um. Dieser viel geschmähte Beruf bescherte ihm einen Vorteil, den er nach wie vor hoch schätzte – Ungestörtheit. Er hatte ein großes Haus in Mount Vernon gekauft, in dem er mit seiner Schwester Bertha und deren Familie wohnte, und dass er sie nach wie vor unterstützte (für das Lehrergehalt seines Schwagers Selig waren großen Häuser in Mount Vernon unerschwinglich), trug ihm ein Zimmer mit Bad und eigenem Schlüssel, anständige Mahlzeiten und, das Beste, eine Privatsphäre ein, in der sie ihn nicht behelligten. Und so wie sie ihm ihren Lebensunterhalt verdankten, so stand er wiederum in der Schuld von Albert Murillio. Man braucht etwas nur weit genug zurückzuverfolgen – früher oder später findet man Schmutz. Sogar rettende Engel dürften Schmutzspuren an den Flügelspitzen haben. Er hatte für die Organisation United Jewish Appeal in Paris gearbeitet, und durch sie war er, über eine Stellenausschreibung des Pfandleihers Pearlman, nach Amerika gekommen. Zwei Jahre hatte er bei dem halbwegs anständigen Mann gearbeitet; dann steckte jemand jemand anderem, dass Sol Nazerman ein Mann ohne Bindungen und Verpflichtungen sei, und eines Tages setzte ihm eine kalte, monotone Stimme am Telefon einen Plan auseinander: Ein gewisser Albert Murillio werde über ein Pfandhaus, das Sol betreiben und dessen vorzeigbarer Eigentümer er, zumindest auf dem Papier, sein werde, nicht deklarierbare Einkünfte waschen. Die finanziellen Vereinbarungen waren für Sol unglaublich günstig, und deshalb fackelte er nicht lang, sondern sagte zu. Es lief wie geschmiert. Mit einem Beauftragten des unsichtbaren Murillio besprach Sol die Details, ein Buchhalter arbeitete ein Geschäftsmodell aus und beglich sämtliche Rechnungen, und siehe, ein neuer Pfandleiher war etabliert! Alles in streng logischer Weiterentwicklung: von den stolzen Menschenfreunden bei der UJA in Paris über den nicht-so-guten, nicht-so-schlechten Sam Pearlman bis hinunter zu Albert Murillio, einer teilnahms- und fühllosen Stimme am Telefon. Und Sol Nazerman war das alles ganz recht. Er scherte sich nicht um die Herkunft des Geldes; mochten die Murillios dieser Welt tun, was ihnen passte, solang sie keine persönlichen Forderungen stellten, solang sie seine Privatsphäre nicht verletzten. Der gegenwärtige Moment und vielleicht noch der unmittelbar nächste – weiter wollte er nicht denken.

Jetzt, in dem kleinen abgeschiedenen Raum, in dem er tagsüber hauste, begann Sol mit seinem informellen Morgeninventar. Es war ihm ein finsterer Trost, die verschiedenen Gegenstände einfach nur zu berühren und ein bisschen hin und her zu schieben, das riesige, wahllose Sammelsurium der Dinge, die Menschen ins Leihhaus trugen, in die Hand zu nehmen und zu betrachten.

Er zupfte an den Saiten einer verzogenen Geige, blies den Staub vom Objektiv einer japanischen Kamera, drehte den Einschaltknopf eines toten Radios ein paar Mal an und aus. Verstohlen wie ein Erwachsener, der sein Interesse an einem Kinderspielzeug verheimlichen will, schlug er ein paar Tasten einer alten Schreibmaschine an, dann brachte er mit der Rückseite des Fingernagels einen geblümten Porzellanteller zum Klingen. In einer Ecke unter dem Ladentisch fand er ein perlmuttbeschichtetes Opernglas, hielt es sich mit dem falschen Ende vor die Augen und ließ den Blick durch seinen Laden schweifen, der nun riesig und alt aussah, wie ein Museum für einen abseitigen Aspekt der Geschichte. Und währenddessen bereitete ihm die Empfindung einer Verwandtschaft, ja Gemeinschaft mit den vielen Generationen händereibender Shylocks eine nur halb eingestandene perverse Lust. Ja, er, Sol Nazerman, übte diesen uralten, verachteten Beruf aus; und er überlebte!

Schritte ertönten, und er blickte auf. Sein Gehilfe Jesus Ortiz trat mit seinem strahlenden Banditenlächeln auf ihn zu.

»Guten Tag«, schmetterte er auf Deutsch. »Hier bin ich! Jetzt können Sie das Geschäft beginnen lassen!« Ortiz bewegte sich mit dieser leopardengleichen Geschmeidigkeit, bei der sich schwer sagen ließ, wo der Knochen aufhörte und der Muskel anfing.

»Wäre ich dazu auf dich angewiesen …« Sol runzelte die Stirn, um die Scheu zu verbergen, die ihn stets überkam, wenn der braunhäutige junge Mann morgens vor ihm stand. Sein Gesicht war von ausgesuchter Zartheit, diese schmale, gerade Nase, die hohen Wangenknochen, und der Mund, so geschwungen und beweglich wie bei einem Mädchen. Jesus Ortiz schien, wenn er sprach, mit der Perfektion seines Gesichts zu prahlen, als böte er es als eine Art trotzige Entschädigung für jeden begangenen Fehler dar.

»Es ist schon nach halb zehn«, sagte Sol und schaute streng auf den Rechnungsstapel auf dem Ladentisch.

»Ich weiß, ich weiß«, antwortete Jesus bedauernd und schüttelte seinen glatten schmalen Kopf, so dass sich eine einzelne glänzend schwarze Haarsträhne löste und in die Stirn fiel. »Es ist einfach so verflucht schwer, morgens aus dem Bett zu kommen.« Mit gekonnter Bewegung warf er den Kopf zurück, so dass die Haarsträhne wieder an ihrem Platz landete. Finster musterte er eine aus der Vielzahl von Uhren, eine Standuhr, die, wie sie beide wussten, in chronischer Lähmung auf neun Uhr zwanzig verharrte. »Also wissen Sie, ich hab Ihnen doch gesagt, dass das alles hier wirklich geschäftsmäßig laufen muss. Diese Uhr sagt, es ist zwanzig nach neun, und ich muss drauf bestehen, dass Sie mein Gehalt kürzen, und zwar um exakt …«

»Du bist ein Schlaumeier, Ortiz.«

»Ach, kommen Sie, Sol, keine Sorge. Ich werde die nächsten paar Stunden so irrsinnig schuften, dass Sie mir wahrscheinlich das Anderthalbfache zahlen …«

Es war nur ein halber Scherz; denn er war tatsächlich von einer sonderbaren Begeisterung für seine Arbeit erfüllt, obwohl sie doch, wie ihm sein logisches Denken sagte, ein Beruf für Idioten war: Jesus Ortiz hatte das Drei- und Vierfache seines jetzigen Lohns mit riskanteren und lohnenderen Beschäftigungen verdient, mit Wagnissen, die alle seine Sinne und Reflexe forderten. Zehn Monate lang hatte er Marihuanazigaretten verkauft, und vor zwei Jahren, mit achtzehn, war er einmal an der Beute aus einem ausgeraubten Warenlager beteiligt gewesen. Aber es war immer eine tiefsitzende Nervosität in ihm, eine Neigung zu Empfindlichkeit und Schrecken – ein Gefühl, das er sich niemals hatte eingestehen wollen, um ihm nicht etwa nachzugeben. Hätte er es aber zur Kenntnis genommen, dieses Gefühl, so hätte er es womöglich mit der Erinnerung in Verbindung gebracht, wie er als Kind nachts hatte allein bleiben müssen, während seine sitzengelassene Mutter in der Innenstadt ein Bürogebäude putzte. Sie ließ immer die Wohnungstür offen, damit eine Nachbarin »hereinhören« konnte, aber Jesus wusste, dass es niemanden gab, der seine Herzensschreie vernehmen konnte, und hatte deshalb inmitten der barbarischen Stimmen aller Nachbarschaften, in denen sie je gelebt hatten, ein schauriges Schweigen eingeübt. Die Nacht war Leere, Dunkelheit war Nichtsein. Später hatte sich dieses entsetzliche Vakuum sogar vor seiner Erinnerung versteckt, aber es blieben doch Reste, Ablagerungen, die sich als auffällige Verschrobenheiten äußerten. So fing er in den unpassendsten Momenten zu lachen an; einmal, als ihn ein paar weiße Jungen gepackt, ihm die Hose heruntergelassen und so getan hatten, als wollten sie ihn mit einem harmlosen kleinen Zweig entmannen, hatte er in derart irrer Begeisterung losgekräht, dass ihn die anderen sofort losließen und davonrannten. Jetzt ging er, wenn ihn die »Rastlosigkeit« packte (seine Bezeichnung für diese befremdlichen, unheimlichen Anwandlungen), manchmal in die katholische Kirche, in der seine Mutter Gemeindemitglied war. Dort kniete er dann vor dem Kreuz, betete aber nicht, sondern gab sich einem seltsamen Tagtraum hin: Er dachte sich die bärtige Gestalt des Gekreuzigten als seinen nie gesehenen Vater, und die Vorstellung vom gemarterten Leib seines imaginären Erzeugers ließ ihn, während er dort kniete, grausam lächeln. Doch seltsamerweise empfand er gleichzeitig die Qual der Liebe, und sein Körper wurde dann zum Schauplatz eines rasenden, zermürbenden Kampfes. So dass er, wenn er aufstand, um wieder zu gehen, erschöpft und ausgelaugt war und das Gefühl hatte, er habe die »Rastlosigkeit« vertrieben.

Vor ein paar Monaten nun war ihm die Idee gekommen, »Geschäftsmann« zu werden. Damit verband er die Vorstellung von Gediegenheit und unermesslicher Stärke, und in enthusiastischen Momenten schwebte ihm eine Kaufmannsdynastie vor, ein riesiges Kaufhaus mit *seinem* Namen in Gold als Geschäftszeichen. Und so kam es, dass er auf das Inserat geantwortet hatte, mit der Sol einen »aufgeweckten, lernwilligen jungen Mann als Gehilfen im Pfandleihhaus« suchte. »Gründliche Einarbeitung ins Geschäft« hatte darunter gestanden, und als Jesus eingestellt war und Tag für Tag mit dem massigen, unergründlichen Juden zusammenarbeitete, wurde ihm das magische Potenzial des »Geschäfts« regelrecht zur Besessenheit, denn den Pfandleiher schien ein großes Mysterium zu umgeben, ein Geheimnis, das ihn, Jesus Ortiz, unendlich bereichern würde, wenn er es nur lüften könnte.

»Derweil sehe ich dich immer noch herumstehen«, sagte Sol. »Wo du doch so irrsinnig schuften wolltest.«

Aber Ortiz hörte nicht zu; hingerissen starrte er auf die Papiere, die der Pfandleiher vor sich ausgebreitet hatte.

»Sie zahlen alle Rechnungen per Scheck, oder?«, fragte er. »Ich meine, das ist die geschäftsmäßigste Art, oder? Wie machen Sie das, Sie schreiben auf diesen kleinen Wisch da, wie viel und an wen, und dann …«

Sol seufzte tief und entnervt.

»Ja, Mann, Herrgott, ich soll hier doch was lernen, oder nicht? Viel beigebracht haben Sie mir bis jetzt ja nicht grad, soweit ich das sagen kann.«

»Ja, gut, morgen, erinnere mich morgen dran. Wenn es

ruhig ist, morgen am späten Nachmittag, gehen wir vielleicht ein paar Dinge durch«, sagte Sol lustlos.

»Okay«, antwortete Ortiz, und in seinem Gesicht blitzte dieses jähe, fast schockierend gegenstandslose Lächeln auf, das auf Sol manchmal wirkte wie ein rascher, spürbarer Kratzer auf der Haut. »Ich geh jetzt mal nach oben und ordne unsere Anzüge, und zwar *rationell!* Ich hab mir gedacht, ich sortiere sie nach Kategorie und nach Preis. Wir haben einen irren Haufen Sommeranzüge ... Man vergeudet locker eine Stunde, bis man eine bestimmte Sorte Anzug gefunden hat, die jemand haben will. Ich hab mir einen Stoß Karten besorgt und mache jetzt Etiketten ...«

»Da hast du ja viel vor. Wie kommt's, dass du immer noch hier rumstehst und die Nase in meine Angelegenheiten steckst?«

Wieder verwirrte ihn Ortiz mit der eigenartigen Schönheit seines Lächelns. Es war etwas Gefährliches und Wildes in diesem glatten Gesicht, ein Ausdruck der Hinterlist und unberechenbaren Neugier; zugleich aber lag, seltsamerweise, auch eine ebenso nervenzermürbende wie flatterhafte Unschuld darin. Als hätte er irgendeine ... was – eine seelische Reinheit? Ja, klar, der Junge hat Marihuana vertrieben, jedenfalls sagt das der alte John Rider, der Hausmeister, und wahrscheinlich war er auch Einbrecher und Zuhälter und wer weiß, was noch alles. Und doch ... irgendein Gefühl sagte Sol, dass es bestimmte Gräueltaten gab, die dieser Junge niemals beginge. In Sol Nazermans Augen war das ungeheuer viel. Es gab sehr wenige Menschen, bei denen er gewillt war, wenigstens diese Begrenztheit des Bösen anzunehmen.

»Jetzt fang schon an mit deinen großen Plänen, mit deiner Etikettierung.«

»Sie haben recht, Sol, keine Frage, Sie wissen ja, wie ich ticke. Ich brauch einfach ewig, bis ich in Gang komme. Aber jetzt fang ich an, passen Sie auf, ich bin Atomkraft, psch-scht.« Und damit war er um die Ecke und auf der Treppe zum Dachboden, und dies mit der verblüffenden Geschmeidigkeit, die seinen Chef immer wieder aufs Neue erschreckte. Einen Moment lang, während er den Schritten auf der Treppe und dann über seinem Kopf lauschte, starrte Sol mit leicht benebeltem Blick, die Miene in scheinbarem Behagen erstarrt, auf die Stelle, an der er den Jungen zuletzt gesehen hatte. Flüchtig versuchte er, das ferne Echo der eigenen Jugend heraufzubeschwören. Reglos stand er da, den Kopf leicht geneigt, und in sein Gesicht trat ein leerer, schwebender, verletzlicher Ausdruck. Alle Uhren tickten oder surrten eine anonyme Zeit. Aber plötzlich fuhr er sich übers Gesicht, wie um einen unsichtbaren Schweiß abzuwischen. Eine zerklüftete Dunkelheit schloss sich um seine Abschweifung in die Vergangenheit, und er wandte sich stirnrunzelnd wieder seiner Buchhaltung zu.

Es waren nur wenige geschäftliche Rechnungen aufgelaufen; die meisten betrafen private Ausgaben der Familie seiner Schwester. Hier eine niederschmetternde Telefonrechnung, dort eine Stromrechnung, doppelt so hoch wie die fürs Geschäft, die Rechnung für einen neuen Teppich, den Bertha gekauft hatte. Dann etliche Kleider für seine Nichte Joan, die Honorarnoten eines Dermatologen und eines Internisten für Selig, eine Rechnung der Kunstakademie, die sein Neffe Morton besuchte. Sols Lippen verhärteten sich, während er die Schecks auszustellen begann.

Ein lautes Schellen ließ ihn aufblicken. Vor ihm stand Leventhal, der Polizist, und wippte auf den Fußballen.

»Na, wie geht's, Solly? Wie läuft das Geschäft?«

»Sie könnten mein erster Kunde des Tages sein. Wollen Sie Ihr Dienstabzeichen versetzen oder die Knarre vielleicht?«

»Geht nicht, Solly, die brauch ich für Ihren Schutz.«

»Ja, klar, für meinen Schutz«, sagte Sol sarkastisch. Leventhal hatte in letzter Zeit immer unverblümter seine Überzeugung bekundet, dass Sol etwas zu verbergen habe, wofür ihm, Leventhal, Gefälligkeiten gewisser Art zustünden.

»Apropos Schutz: Wie lang, zum Teufel, waren Sie gestern Abend wieder hier?«, fragte Leventhal mit einem Ausdruck gütigen Tadels in seinem harten, blauwangigen Gesicht.

»Warum fragen Sie?«

»Warum! Das sag ich Ihnen. Weil die Scherereien nicht ausbleiben, wenn Sie in der Gegend hier so spät noch ganz allein im Geschäft sind, Sie lechzen ja direkt danach. Alle anderen Ladenbesitzer schließen um sechs. Worum geht's Ihnen, wollen Sie schnell reich werden, oder was? Halten sich wohl für eine Art Doktor? Der Bereitschaftsdienst macht, falls irgendein Nigger plötzlich Kohle für Schnaps oder einen Schuss braucht. Seien Sie nicht dumm, Solly: Sie werden hier hübsch Ärger kriegen, und dann steckt bald das Dezernat die Nase in Ihr Geschäft, und was das bedeutet …« Er zuckte vielsagend die Achseln.

»Ich schätze Ihre Fürsorglichkeit, aber ich weiß, was ich tue. Machen Sie sich nur keine Gedanken um mich«, sagte Sol kalt und wandte seine Aufmerksamkeit ostentativ wieder seinen Schecks zu.

»Na, na, jetzt seien Sie doch nicht so. Ist doch mein Beruf, dass ich mir Sorgen um Sie mache. Wo wären Sie, wenn es Recht und Ordnung nicht gäbe?«

»Ach ja, Recht und Ordnung.«

»Ich finde, Sie sollten kooperativer sein, Solly. Nehmen Sie meinen Rat so, wie ich ihn gemeint habe. Schauen Sie, wir sind schließlich Landsleute, wir müssen doch zusammenhalten gegen diese ganzen krummen *gojim*«, sagte Leventhal mit lässigem Lächeln.

»Tatsächlich?« Sol starrte den Polizisten mit eisiger, unerforschlicher Miene an. »Na, dann vielen Dank. Wenn Sie mich jetzt bitte entschuldigen, ich habe zu arbeiten.« Landsleute, unerhört! Wo war denn das jüdische Erbe, wenn einer sich eine schwarze Uniform anzieht und mit Schlagstock und Revolver bewaffnet? Sol hatte keine Freunde, aber wer seine Feinde waren, erkannte er sofort.

»Okay, Solly, belassen wir's dabei ... vorläufig.« Leventhal zuckte die Achseln, sah sich langsam, mit wichtigtuerischem Polizeigehabe um und verließ gemächlich und dreist den Laden, einen tonlosen Pfiff hinter sich herziehend.

Und dann war es zehn, und das Geschäft begann.

Ein weißer Mann Anfang zwanzig kam steif in den Laden und trat ans Schaltergitter. Er hatte weiches, zerzaustes Haar, das sich unter den geringsten Luftzügen und Gegenströmen hob und daher in dauerndem Gewoge war, so dass er mit seinem grünlich fahlen Gesicht wie eine treibende Wasserleiche aussah. Seine Kleider waren fadenscheinig, verrieten aber den konservativen Geschmack eines praktisch gesinnten, bürgerlichen Käufers. Er hielt eine Papiertüte mit beiden Armen an sich gedrückt und starrte den Pfandleiher mit argwöhnischer Eindringlichkeit an, ehe er sein Päckchen immerhin der Kante des Ladentischs anvertraute.

»Wie viel geben Sie mir dafür?«, fragte er mit leiser, atemloser Stimme.

»Wofür?«, fragte Sol ungeduldig zurück.

»Dafür«, antwortete der Mann, und seine schwarzen Augen glommen über dem ausladenden Schwert seiner Nase. Sein Auftreten hatte etwas Theatralisches und leicht Verrücktes, und er klammerte sich an die Tüte, als müsste er sie gegen Sol verteidigen.

»Dafür, dafür … was zum Teufel ist *dafür*? Ich sehe nur eine Papiertüte. Was verkaufen Sie? Bin ich Hellseher?« Sols Tonfall war unwirsch, sein Ausdruck hinter den runden, schwarz gerahmten Brillengläsern aber professionell nichtssagend.

»Das ist ein Preis für Redekunst«, sagte der zauselige junge Mann. »Ich habe ihn vor neun Jahren bei einem gesamtstädtischen Redewettbewerb gewonnen.«

Sol nahm die Tüte entgegen, die fettig-weich war und aus einer Million Knitterfalten bestand. Er fragte sich, wo man solche Tüten bekam oder was man mit gewöhnlichen Tüten anstellen musste, damit sie sich anfühlten wie dünne, alte Haut. Mit angewiderter Geste öffnete er sie. Es war eine Büste darin, poliertes gelbes Metall auf schwarz lackiertem Holzsockel. Eine Plakette aus dem gleichen gelben Metall trug die Inschrift:

DANIEL WEBSTER AWARD
Redewettbewerb der staatlichen Schulen New York 1949
LEOPOLD S. SCHNEIDER

»Das ist Gold«, sagte Leopold Schneider.

»Vergoldet«, korrigierte der Pfandleiher und klopfte auf Daniel Websters glänzenden Schädel. »Also ich werde Ihnen einen Dollar dafür leihen. Was zum Teufel fang ich damit an, wenn Sie's nicht wieder abholen.«

»Einen Dollar!« Leopold Schneider drückte sein ausgehungertes Gesicht an die Gitterstäbe wie ein aufgeregter Vogel. »Das ist ein wichtiger Preis. Wirklich – wissen Sie, dass es von zwanzigtausend Kandidaten zweitausend ins Viertelfinale geschafft haben und nur fünfzig ins Halbfinale. Und *ich* habe gewonnen! Ich habe den ›Raben‹ rezitiert und gewonnen, unter zwanzigtausend! Ich war der Beste von zwanzigtausend!«

»Gut, gut, Sie sind einer von zwanzigtausend, Leopold, vielleicht einer von einer Million. Deshalb leihe ich Ihnen einen Dollar … weil ich so beeindruckt bin.«

»Aber einer von zwanzigtausend. Sie glauben doch nicht, dass ich mich für einen lumpigen Dollar von dieser großartigen Auszeichnung trenne, oder!«

»Es gibt nur einen sehr kleinen Markt für Rednerpreise, auf denen Ihr Name eingraviert ist. Einen Dollar«, sagte Sol und senkte den Blick wieder auf seine Schecks.

»Hören Sie, ich habe Hunger. Ich schreibe an einem großartigen, einem fantastischen Stück. Ich brauche nur ein paar Dollar, um durchzuhalten. Ich löse die Figur wieder aus, ich schwör's Ihnen. Sie ist mehr wert als Geld …«

»Nicht für mich, Leopold.«

»Ich zahle Ihnen das Dreifache an Zinsen …«

»Einen Dollar«, sagte der Pfandleiher, ohne aufzublicken. Er hatte jetzt eine Spalte Zahlen zum dritten Mal zusammengezählt.

»Was ist los mit Ihnen?«, gellte Leopold Schneider unvermittelt durch das stille Geschäft. Oben stockten Ortiz' Schritte für einen Moment, als erwöge er, herunterzukommen und nach dem Rechten zu sehen. »Haben Sie kein Herz?«

»Nein«, antwortete Sol. »Kein Herz.«

»Was ist das nur für eine Welt!«

Sol fuhr bedächtig mit dem Finger die senkrechte Zahlenreihe abwärts.

»Wenigstens fünf Dollar?«, wimmerte Leopold und blies dem Pfandleiher den sauren Atem des chronisch Hungernden ins Gesicht.

Sol schloss die erste Spalte endlich ab und übertrug eine Sieben auf die zweite Spalte.

»Also gut, drei Dollar, wenigstens drei armselige Dollar. Was macht es Ihnen?«

Sol hob sein graues, unergründliches Gesicht. Rund um seinen unerbittlichen, starren Blick tickten die Uhren. »Ich bin beschäftigt. Bitte gehen Sie jetzt. Ich habe sowieso keine Verwendung für das verdammte Ding.«

»Also gut, also gut, geben Sie mir den Dollar«, sagte Leopold in zitterndem Flüsterton.

Sol griff in die Geldschublade und nahm eine Dollarnote heraus, die so fettig und ramponiert war wie Leopolds Papiertüte. Er riss einen Pfandschein vom Block, schrieb eine Beschreibung der Statue nieder und reichte ihn Leopold Schneider zur Auslöse. Dann addierte er weiter Zahlen. Leopold stand eine volle Minute wie erstarrt, ehe er sich umwandte und mit dem unbeholfenen Gang eines riesigen, unansehnlichen Vogels das Geschäft verließ.

Erst mehrere Minuten später blickte der Pfandleiher wieder auf und starrte auf die leere Tür. Mit müder Geste rieb er sich die Augen. Daniel Webster fing einen dünnen Sonnenstrahl ein, und der schob sich störend vom Rand her in Sols Gesichtsfeld. Sol nahm die Figur und verstaute sie in einem der unteren, dunklen Regale, wo die Sonne niemals hinkam.

Nach Leopold Schneider hätte Mrs Harmon wie die reinste Wohltat scheinen können. Sie war dick und braun, und ihr Gesicht hatte sie vor langer Zeit zur Lächlerin bestimmt; selbst in Ruhe war es eine Komposition wohlwollend geschwungener Linien. Mrs Harmon war überzeugt, dass man nur lachen oder weinen konnte, und dazwischen gab es nichts. Sie hatte sich für Ersteres entschieden.

»Na los, Mista Nazerman, lächeln Sie! Ein neues Geschäft steht Ihnen ins Haus. Hier bin ich mit einer Ladung reinstem Gewinn für Sie.« Sie hielt zwei silberne Kerzenhalter hoch, das Neueste aus ihrem zwar schwindenden, aber nie vollständig erschöpften Bestand. Ihr Mann, Willy Harmon, war Hausmeister in einem Kaufhaus und brachte ihr hin und wieder kleine Freuden in Form von Bodenmustern und Elementen ehemaliger Schaufensterdekorationen sowie diversen weiteren Beuten seiner bescheidenen Raubzüge nach Hause. Gleichwohl überstieg der Geldbedarf der Familie den schüchternen Nachschub. Weil sie unentwegt Arztrechnungen für einen behinderten Sohn bezahlen mussten und gleichzeitig versuchten, ihre Tochter durch die Sekretärinnenschule zu schleusen, war Mrs Harmon Dauerkundin. »Echtes Duchess-Muster, solides versilbertes Silber. Mit zehn Dollar für das Paar bin ich zufrieden.« Sie hatte die Kerzenhalter wirklich lieb gewonnen; sie ließen einen Tisch wie einen Tisch aussehen. Aber Mrs Harmon gehörte zu der Kategorie Frauen, die sich nach einem Schlangenbiss mit äußerstem Gleichmut eigenhändig den gebissenen Finger abhacken, denn sie war zutiefst überzeugt, dass man retten muss, was zu retten ist, um jeden Preis.

»Zwei Dollar kann ich Ihnen geben«, sagte Sol und blätterte in seinem Geschäftsbuch nach nichts Bestimmtem.

»Sie haben in letzter Zeit schrecklich viel gebracht und nichts davon wieder ausgelöst.«

»Ach, weiß ich, aber Mista Nazerman! Du liebe Güte, diese Kerzenhalter sind von sehr hoher Qualität, kosten neu fünfundzwanzig!« Sie lachte entrüstet in sich hinein und schüttelte den Kopf über sein Angebot. »Bei Triboro Pawn könnte ich dafür gut und gern fünfzehn kriegen!«

»Dann bringen Sie sie dorthin, Mrs Harmon«, sagte er leise.

Mrs Harmon seufzte und schüttelte dazu ihr breit lächelndes Gesicht, immer noch wie in Erinnerung an einen grauenhaften, aber lustigen Witz. Sie schnalzte mit der Zunge, verlagerte das Gewicht schwer von einem Fuß auf den anderen. Ihre Würde, dieses misshandelte und doch unverwüstliche Ding, litt still hinter ihrem kläglichen Lächeln, der Pfandleiher aber hielt sein Gesicht aus grauem asiatischem Stein ungerührt von ihr abgewandt. Wie ein Kind, das zwischen gleich misslichen Alternativen wählen muss, starrte sie nachdenklich durchs Fenster, furchte die Stirn, probierte diverse Spielarten des Lächelns aus, alle unbehaglich. Schließlich murmelte sie: »Ach, sei's drum«, und beugte ihr rundes braunes Gesicht näher zu dem vergitterten Schalterfenster, hinter dem Sol sich seinen zahlreichen Papieren widmete.

»Sagen wir halt fünf Dollar das Paar und vergessen wir's, Mista Nazerman«, sagte sie und atmete ihn hoffnungsvoll an.

»Zwei«, wiederholte er ausdruckslos und runzelte die Stirn über einem Namen in seinem Wirtschaftsbuch, der sein jähes Interesse erregte.

Sie stieß ein empörtes Gelächter aus, ein schnaubendes

wahh-ha!, das gegen die Glasvitrinen schlug wie eine flache Hand. »Sie sind wirklich ein grausamer Mann. Sie glauben doch nicht, dass ich's nötig habe, mich von so einem mickrigen Angebot beleidigen zu lassen. Zwei Dollar! Du meine Güte, Mista Nazerman, dafür können Sie heutzutage nicht mal eine sündige Frau kaufen!« Sie packte ihre Kerzenhalter und warf einen listigen Blick durch das Gitter, um zu sehen, welche Reaktion sie dem grauen, kalten Gesicht damit entlockte. Gar keine. Dieser Mann war tatsächlich aus Stein. Mit einem traurigen, aber gutmütigen Seufzen gab sie sich geschlagen. »Also gut, ich bin einfach zu erledigt, um zu feilschen.« Sie stellte ihre Kerzenhalter ab und stieß geräuschvoll den Atem aus. »Sagen wir vier.«

Sol holte tief Luft und blickte mit der Miene gelinder Überraschung auf, als hätte er nicht erwartet, sie immer noch hier zu sehen.

»Zum Teufel, Mrs Harmon, damit wir's hinter uns bringen: drei Dollar.«

»Drei fünfzig?«, versuchte sie schüchtern.

Er sah sie nur ausdruckslos an.

»Verkauft«, sagte sie müde. Dann kicherte sie ihr Dickenlachen und legte den Kopf zur Seite. »Sie sind ein harter Mann, Mista Nazerman, da beißt die Maus kein' Faden ab. Gott erbarme sich Ihrer … Er allein wird am Ende richten.« Sie nahm das stumm dargereichte Geld und steckte es behutsam in ihre riesige, rissige Plastikhandtasche, kopfschüttelnd und mit einem sinnierenden Grinsen auf ihren breiten Lippen. »Ach Gott, schwere Zeiten, immer schwere Zeiten. Na ja …« Sie frischte zum Abschied ihr Lächeln auf. »Wir sehen uns wieder, Mista Nazerman, so viel ist sicher. Machen Sie's gut, ja?«

»Auf Wiedersehen, Mrs Harmon«, sagte er, band einen Pfandschein an die Kerzenhalter und schob sie zu Daniel Webster unter den Ladentisch. Als sie fort war, warf er einen verstohlenen Blick auf die nächststehende Uhr. »Zehn fünfundvierzig«, murmelte er so überrascht wie irritiert; es störte ihn, dass er so früh am Tag so müde war.

Mehrere Kunden kamen und gingen wieder, blieben aber namenlos für ihn, weil sie alle geschwind und mühelos abgefertigt wurden.

Er begann sich einige seiner jüngeren Erwerbungen genauer anzusehen. Da hatte er eine alte Kodak Autographic, eine Zither alter Bauart, ein fast neues elektrisches Reisebügeleisen. Das Zeug, von dem die Leute lebten! Aber der Versuch, sich nach der äußeren Form der versetzten Dinge an die Eigentümer zu erinnern, war zum Scheitern verurteilt. Die Gegenstände waren tot und charakterlos; einzigartig und Teil des Lebens waren sie nur gewesen, solange sie in Gebrauch waren. Ach, war er müde, und dabei war es noch nicht einmal elf. Fünfundvierzig war nicht alt … aber er war alt.

Der junge Neger trug grellbunte Kleider, deren Farbenpracht durch Schmutz und Schmiere getrübt war; es sah aus, als trüge er sie schon seit Jahren. Er hatte das verängstigte, grimassierende Gesicht eines Schakals, die Pupillen wie Punkte in seinen ockerbraunen Augen. Unter dem Arm trug er ein kleines weißes Tischradio.

»Was geben Se mir, Chef, wie viel? Hey, das Ding is massig Rubel wert. Kleiner süßer Radio, jede Menge Saft. Kurzwelle, Polizeifunk, Schiffe aufm Meer. Geht in klaren Nächten bis rauf ins Weltall, yeah, ins *All*, das echte weite All, Satelliten und alles. Na los, Chef, machen Se mir 'n Angebot.

Hey, das is 'n Hundert-Dollar-Radio. Wie viel geben Se mir? Schaun Se, der starke, klare Klang, glocken*rein* wie nur was, sag ich.« Speichel flog von seinem Mund wie aus einer leckenden alten Dampfmaschine, und während seines Vortrags schniefte er ununterbrochen und machte eigenartige kleine Tanzschritte, um seiner Rede größeren Nachdruck zu verleihen.

Sol nahm das Radio und steckte es in der Steckdose unter dem Ladentisch ein. Mit ungerührter Miene sah er zu, wie das Licht heller glomm, als das Gerät sich erwärmte, während der junge Neger mit seiner schmutzigen Ivy-League-Mütze zuckend Aufmunterndes murmelte, als müsste er von diesem Radio ausgelöst werden.

»Komm schon, Baby, zeig dem Mann deine Wucht ... blas ihm die Ohren raus ... Gib ihm deinen Ton! Mann, dieser Radio ... Ah, dieser Wahnsinns ...«

Es ertönten ein paar Pfiffe, ein lautes elektrisches Rauschen, dann ein nervtötendes Geräusch, wie Zellophan, das von vielen Händen zerknittert wird. Der Knabe hörte auf zu zucken und richtete seinen Stecknadelblick auf das Radio. Angesichts dieses Verrats klappte sein Unterkiefer herab.

»Vier Dollar gebe ich«, sagte Sol. Ach, unsere Jugend, Erzeuger unserer Zukunft. Vielleicht hat die Erde Glück, vielleicht sind sie alle unfruchtbar.

»Hey, dieser Radio spielt sonst immer viel besser«, protestierte der Knabe anklagend. »Muss am Wetter liegen. Machen Se acht Eier. Mann, der Radio ist von meiner Mutter!«

»Vier Dollar. Mein letztes Wort.«

»Och, Sie wollen mich ausbluten, die reinste Halsabschneiderei! Was glauben Se, was ich für 'n Risiko eingehe, wenn ich den Radio von meiner Mutter versetze. Sie verkauft mich, wenn sie mir draufkommt.«

Sie täte gut dran, dich zu verkaufen. Sol massierte sich den Nasenrücken, während er sich den Kopf zerbrach, wo bei dem allen der Gewinn für ihn wäre.

»Sechs Eier?«

»Vier.«

»Na komm, wenigstens fünf, Sie blutsaugerischer Jid!«

Sol spürte ein gefährliches blaues Flackern hinter den Augen und stand auf. Drohend bewegte er sich auf die Klappe im Ladentisch zu. »So, jetzt reicht's, du Tier, raus hier! Los, verschwinde. Deinen Schrott kannst du auf der Straße verschachern!«

»Okay, okay, Mister, jetzt regen Se sich bloß nich so auf! Rücken Se die vier Rubel raus, ich nehm se«, sagte der Knabe, vor Not flatterten seine bebenden Hände durch die Luft. »Schnell, schnell, Mann, bitte.« In seinem Gesicht stand die Qual eines inwendigen Verbrennens, ein unerträglicher Ausdruck, der den Pfandleiher noch mehr in Wut brachte.

»Verzieh dich«, sagte Sol, während er ihm das Geld hinschob. »Und belästige mich nicht mehr mit deinem dreckigen Mundwerk. Das ist ein Geschäftslokal. Ich brauche hier keinen menschlichen Müll.«

»Ja, Mann, o ja«, sagte der Junge, der nicht einmal hörte, was der Pfandleiher sagte. Er nahm das Geld und drückte einen raschen Kuss darauf, ehe er es sich in die Tasche stopfte und mit einem seligen, weltvergessenen Lächeln in seinem verzerrten Gesicht aus dem Laden tänzelte. Sein Pfandschein blieb hinter ihm auf dem Boden liegen.

Sol spürte den pochenden Beginn eines starken Kopfwehs. »Es wird heiß«, sagte er laut, wie um den Schmerz zu rechtfertigen. Zum ersten Mal in diesem Sommer krempelte er die Ärmel auf, verärgert über dieses erste Zugeständnis an die Hitze.

Jesus Ortiz kam mit zwei Anzügen auf Kleiderbügeln die Treppe herunter. Den ganzen Vormittag hatte er sortiert und gestapelt und etikettiert. Er hatte die verstaubten Kleidungsstücke durchgesehen, die sich zu Hunderten bis zur Decke des stickigen Dachbodens stapelten, und jeder Anzug schien ihm ein Baustein für ein eigenartiges Gebäude, das er ohne bewussten Plan errichtete. Inzwischen hatte er den Punkt erreicht, an dem ihm Perfektion zur Besessenheit wurde, und zwei gewöhnliche Anzüge schienen ihm den ästhetischen Taumel, in dem er arbeitete, zu beeinträchtigen.

»Diese Anzüge hier«, begann er, stockte und starrte verdutzt die tätowierten Zahlen auf dem dicken, haarlosen Arm seines Dienstherrn an. »Hey, was is 'n das für eine Tätowierung?«, fragte er.

»Eine Geheimgesellschaft, der ich angehöre«, antwortete Sol mit sichelförmig abwärts gebogenem Mund. »Du kannst nie Mitglied werden. Dafür müsstest du über Wasser gehen können.«

»Okay, kapiert, ich soll mich um meinen eigenen Kram kümmern, schon gut«, sagte Ortiz, wandte den Blick aber nicht von den seltsamen Zahlen, die ihm wie ein Code vorkamen. Wie viele Geheimnisse der große, bleiche Jude hatte! »Ich meine, diese Anzüge hier, die sind irgendwie brandneu«, fuhr er fort, in abwesendem Ton, als hätte er auf einmal das Interesse an seiner Mission verloren. »Sie sind locker fünfunddreißig, vierzig Dollar wert. Laut Etikett sind das Hickey Freemans.«

»Das überlasse ich dir, Ortiz. Sei erfinderisch, gebrauch deine Fantasie«, sagte der Pfandleiher sarkastisch.

Ortiz blickte ihn nur unverwandt eine Minute lang an, ehe er sich mit ebenso verschlossener Miene abwandte. Auch er hatte Geheimnisse; Geheimnisse verleihen eine Aura ungeheurer Würde, ein Gefühl von Macht.

Kurz vor zwölf verließ Ortiz, wie jeden Tag, den Laden. In der Cafeteria schräg gegenüber aß er zu Mittag, kaufte dann das immer gleiche Käsesandwich mit Kaffee für Sol und brachte ihm beides in den Laden. Etwa eine Viertelstunde lang besorgte er das Geschäft allein, während Sol in dem kleinen Glaskasten, der das Büro beherbergte, saß und blicklos durch dessen Fenster in den Laden starrte wie ein zur Schau gestelltes Wesen aus einer anderen Weltgegend. Und während Ortiz arbeitete und die vorwiegend schwarze Kundschaft mit einer Darbietung besser gelaunter Abgebrühtheit als sein Chef bediente, war er sich ständig des merkwürdig blinden Blicks in seinem Rücken bewusst, und eine rätselhafte, erregte Gespanntheit ergriff von ihm Besitz: Für ihn nahm seine Lehrzeit in diesen Momenten eine neue, unergründliche Bedeutung an, sie schien den Schlüssel zu Sols vergrabenem Schatz zu bergen.

Wenigstens die Hälfte aller Uhren zeigte mehr oder weniger eins, als drei Männer hereinkamen, die einen motorisierten Rasenmäher vor sich herschoben. Sol starrte einen Moment auf das Ding, das ihm vor Augen führte, wie unglaublich und dumm seine Umgebung war. Dann nickte er mit gelindem Abscheu, als beugte er sich einer boshaften Allmacht. »O ja, das ist ja mal was, schön, schön.«

Zwei der Männer kannte er aus dem Viertel, den geschniegelten kleinen Tangee in einem karierten Anzug mit gepolsterten Schultern und Buck White mit seinem majestätischen Häuptlingskopf in nahezu reinem Schwarz, der von elementarer, geradezu archaischer Würde schien, bis einem die kindisch blöde Verträumtheit seines Blicks auffiel. Es war aber der Dritte im Bund, der Sols Aufmerksamkeit erregte. Der war ein bemerkenswert schlicht gekleideter Neger; er trug einen formlosen aschgrauen Anzug mit einem ramponierten Hut, der schnörkellos gerade auf seinem Kopf saß. Mit seinem sauberen weißen Hemd und seiner bräunlichen Krawatte hätte er ein armer, aber anständiger, passabel gebildeter Staatsdiener sein können, der entschlossen war, das Negerklischee in puncto Kleidung zu vermeiden – bis man ihm ins Gesicht blickte: Das war hager und knochig und beherrscht von blauen Augen, die rastlos und drohend hin und her schossen. Und in der Gegenwart dieses Gesichts bekam die lächerliche Transaktion auf einmal etwas über die Maßen Beklemmendes.

»Was ist das hier wert, Chef?«, fragte Tangee mit einem Lächeln, das ein einziges Leuchten war. »Brandneu, nie gebraucht. Muss einen superstarken Motor haben. Ich meine, was kriegt man für so was?« Während er sprach, schweiften seine Augen wie die seiner Begleiter mit dreistem und begehrlichem Blick über das breite Warensortiment.

»Wo habt ihr den her?«, fragte Sol, seine Wange reibend.

»Was ist das denn für eine Frage? War natürlich ein Geschenk, Mann, ein Geschenk! Ich würd das Ding ja dorthin zurückbringen, wo mein Freund es gekauft hat, aber es is mir peinlich zu fragen, wo. Wollt ihm nich auf die Nase binden, dass ich keine Verwendung für so was habe, hätt ihn doch nur gekränkt. Geschenktem Gaul schaut man nich ins Maul.« Tangees strichdünner Schnurrbart zuckte über den elfenbeinweißen Zahnreihen seines Lächelns. »Yeah, dieser eine Freund da hat's mir geschenkt, praktisch Geschenk zur Wohnungseinweihung.«

»Schon komisch, wie dämlich manche Leute sein können, oder?«, sagte Sol. »Ich meine, hätte ihm nicht auffallen müssen, dass im Umkreis von zwei Meilen kein einziger Grashalm wächst? Ihrem Freund, meine ich.«

»Oh, na ja, schon«, stimmte Tangee zu und schien des Geplänkels müde zu werden, denn seine Augen flitzten mit wachsender Gier über die umfangreiche Kollektion der Dinge ringsum; hin und wieder schossen sie Bestätigung heischend zu seinen Kollegen. »Sie wissen ja, wie's is.«

»O ja, das weiß ich sehr gut«, sagte Sol ausdruckslos. »Woher stammt der?«

»Hey, Mann, ich weiß nicht, wieso Sie solche Fragen überhaupt stellen. Ich hab ihn, das is alles. Meine Sache, oder?«

»Schauen Sie, mein Freund, die Polizei hat ganze Listen von gestohlenen Waren. Ich bin verpflichtet, sämtliche Gegenstände zu notieren, die ich als Pfand akzeptiere. Mir persönlich ist es komplett gleichgültig, wenn Sie das Teil bei Macy's aus dem Schaufenster geklaut haben. Mich interessiert nur eines: nämlich dass ich mein Geld vergessen kann, wenn dieses Gerät hier konfisziert wird.«

Während der Debatte mit Tangee und seinen stummen Begleitern kamen drei weitere Kunden herein, und Sol drückte auf den kleinen Signalknopf, um Ortiz aus dem Dachboden zu holen.

»Ich hab's nich geklaut, Mann; machen Sie sich nich ins Hemd deswegen. Jemand hat's mir gegeben, dachte wohl, ich kann irgendwas damit anfangen.«

»Mit einem Rasenmäher?« Der Sarkasmus des Pfandleihers war ein harmloses Gift, das nur auf ihn eine Wirkung hatte. Eine gewisse Atemnot ergriff ihn, während er Tangees bewegliche Gummilippen und die beklemmend blauen Augen des anderen im aschgrauen Anzug beobachtete.

»Klar, mit einem Rasenmäher! Ich versetze das Scheißteil und kriege Geld dafür. Was will ich mehr?«, sagte Tangee und ließ seine Murmelaugen kreuz und quer über das Gesicht des Pfandleihers wandern, eiskalt taxierend, als dächte er darüber nach, wie es sich am besten auseinandernehmen ließe.

Buck White starrte unterdessen auf Sols tätowierten Arm, und der blauäugige Neger mit seinem Gesicht wie verbrannter Knochen hielt den Blick starr auf den hinteren Bereich des Geschäfts geheftet. In der trägen Gelassenheit der drei lag die mörderische Zuversicht von Jagdhunden, die ihrer Beute so sicher sind, dass sie sich erst einmal, zuversichtlich hechelnd, ringsherum lagern. Sol rührte sich nicht; er bemühte sich, so geduldig und gelassen zu bleiben wie sie. Auf der anderen Seite des Ladens wurde Ortiz von Kunden umdrängt, er bewegte sich geschmeidig wie immer, bediente zwei bis drei auf einmal, entledigte sich ihrer geschwind und tüchtig. Und er, Sol, stand hier mit diesen drei schrägen Vögeln, ein Gefangener ihrer bedrohlichen Stimmung, der idiotische Rasenmäher vor ihnen auf dem Boden wie ein groteskes Totem, das sie ihm aufdrängen wollten.

»Selbst wenn er nicht gestohlen ist … was mach ich mit einem Rasenmäher! Niemand, der hier reinkommt, sucht einen Rasenmäher. Selbst bei der Versteigerung …«

»Nehmen Sie's, Pfandleiher, nehmen Sie das gottverdammte Ding«, sagte der blauäugige Neger unvermittelt, und seine Stimme war überraschend tief, geradezu unterirdisch, wie ein Echo aus dem Erdinneren.

Sol sah ihn einen Moment lang grimmig an, wechselte dann zu dem nicht menschlichen Ochsenblick von Buck White und der dreisten Schätzermiene von Tangee, und auf einmal wollte er sie nur los sein; sie waren wie eiserne Ringe um seine Brust. Er nickte.

»Ich gebe euch sieben Dollar«, murmelte er. »Mein letztes Wort.«

»Ja, klar, Mann, verkauft! Schauen Sie, ich mach keinen Ärger ... Is das reinste Vergnügen, mit mir Geschäfte zu machen, nich?« Tangee drehte sich zu seinen Begleitern wie ein Darsteller zu seinem Publikum. In Buck Whites Miene stahl sich ein schüchternes Grinsen, während er seinen mächtigen Körper verlagerte, der Blauäugige hingegen krümmte lediglich den Mund und zog widerstrebend die Augen vom hinteren Teil des Ladens ab – was immer dort seine Aufmerksamkeit gefesselt haben mochte.

Tangee nahm das Geld entgegen. Die Augen spöttisch auf Sol geheftet, zerknitterte er den Pfandschein und warf ihn neckisch dem Pfandleiher hin.

»Wir kommen wieder, Chef. Mit Ihnen Geschäfte zu machen ist ein Vergnügen«, sagte er und verließ mit seinem Gefolge den Laden wie einer dieser merkwürdigen kleinen Bandenchefs, die deshalb so beeindruckend sind, weil sie an ihrer Machtdemonstration nichts Lächerliches finden.

Den ganzen Nachmittag hindurch hatte Sol hämmernden Kopfschmerz. Er sah zu, dass er beschäftigt war. Tangees stille, abgehärmte Frau kam herein wie der düstere Schatten ihres quirligen Gatten. Sie versetzte einigen abgelegten Zierrat ihres Mannes, versuchte gar nicht erst zu feilschen, sondern nahm mit dem Anflug eines höflichen Lächelns das Geld entgegen und ging wieder, hölzern und fast geduckt, als fürchtete sie, aus irgendeinem Grund zurückbeordert zu werden. Auch Cecil Mapps Frau kam; sie verschleierte ihre Scham mit selbstgerechter Verachtung aller Männer, Sol eingeschlossen. Sie bot ein versilbertes Tablett als Pfand. »Sie werden sich freuen zu hören, Herr Pfandleiher, dass Sie wenigstens helfen«, sagte sie säuerlich und wedelte mit den empfangenen Geldscheinen. »Sie füttern die Kinder, die Cecil Mapps Whiskey der Nahrung beraubt!« Damit stolzierte sie von dannen wie ein Racheengel, und Sol sah sie draußen die Hand eines Kleinkinds ergreifen und mit ihm ablegen wie ein Linienschiff mit kleinem Schlepper; niemals hätte sie zugelassen, dass ihr Kind die zersetzende Luft eines Pfandleihhauses atmete. Eine der Prostituierten aus dem als Massagesalon getarnten Bordell ein paar Häuser weiter brachte eine ausgefallene Haarbürste samt Handspiegel, beider Rückseite aus Sterlingsilber. Mabel Wheatly war ein hübsches, hellhäutiges Mädchen von überraschend sauberem, unverdorbenem Aussehen. Aber sie trug Langeweile wie einen Panzer zur Schau und sah Sol während der kurzen Transaktion kein einziges Mal an. Ein Klempner mit gefurchten, fröhlichen Zügen und ramponierten Ohren kam herein, um die vernickelte Stillson-Rohrzange auszulösen, auf die ihm Sol seit fast drei Jahren Geld lieh; zwei Dollar bekam er, wenn er sie brachte, und zahlte etwas mehr, wenn er sie wieder auslöste – ein so sinnloser Kreislauf wie die ewige Umdrehung eines zerschraubten Gewindes. Ein Arbeiter, ein Schulmädchen, ein Seemann, eine dunkelhäutige Zigeunerin, die mehrere blanke Töpfe brachte. Ein alter Mann, ein junger Mann, ein Mann mit einem Haken anstelle der Hand. Ein stumpfsinnig gewordener Exboxer, ein Student, eine apathische Mutter.

Herein und hinaus und in anderer Gestalt wieder herein. Und während der ganzen Zeit wahrte der Pfandleiher sein lang geübtes und dennoch prekäres Gleichgewicht der Sinne. Es war, als klammerten sich seine Nerven und sein Gehirn an die Gegenwart, an den unmittelbaren Augenblick wie ein exakt eingestelltes Instrument. Sollte es je den Geist aufgeben ... Zum tausendsten Mal erstickte er den Gedanken im Keim. Der Laden ächzte unter dem Gewicht der Sorgen anderer; er hielt aus.

Er trat den Verworfenen und den Benachteiligten gegenüber, den kleinen Schurken, den kleineren Opfern. Und sein Bollwerk waren seine harten, prüfenden Augen, sein kühler Tonfall, mit dem er immer nur das Allermindeste bot. Im Verlauf der Stunden fanden neben Jesus Ortiz noch andere die Zeit, sich über die eigenartig stümperhaften, wie falsche Adern in Sols Unterarmhaut geätzten Zahlen zu wundern oder über die wie aus Stein gemeißelte Miene seines fleischigen, bebrillten Gesichts zu spekulieren. Der Pfandleiher aber wahrte sein Geheimnis. Zwar errieten manche von ihnen womöglich den einen oder anderen Umstand seines Lebens, die Wahrheit aber konnte keiner kennen. Und während er seinem Gewerbe nachging, nahmen sie alle nur eine Ahnung von etwas Gewaltigem und Schrecklichem mit.

Am Abend, kurz vor sieben, läutete das Telefon, und Sol, der wusste, wer am Apparat war, hob ab.

»Murillio?«, sagte er, sein Tonfall klang kaum fragend.

»Sie müssen fünftausend Dollar ausgeben, Nazerman.« Die Stimme aus dem Hörer hatte die höhen- und tiefenfreie Klangfarbe einer Tonbandaufnahme. »Morgen kommt ein Bauunternehmer zu Ihnen. Er präsentiert Ihnen einen Kostenvoranschlag über insgesamt fünftausend für diverse

Reparaturen. Geben Sie ihm einen bestätigten Scheck vom Geschäftskonto.«

»Verstehe. Wie heißt er?«

»Savarese.«

»Ja, gut.«

»Wie läuft das Geschäft, Nazerman? Verdienen wir?« Das leise, trockene Lachen klang so blechern-mechanisch wie das Gesprochene.

»Wie immer – wir geben mehr aus, als wir einnehmen.«

»Sehr gut, Chef. Sehr bald wird Onkel Sam *uns* Geld zahlen müssen. Wird *uns* bezuschussen, ha! Von einem verlustträchtigen Betrieb sind schließlich keine Steuern zu erwarten, oder? Hey, das ist überhaupt eine Idee: Zuschüsse. Subventionen. Wie sie's in Italien während der Renaissance gemacht haben. Die Medicis, Sie wissen schon. Sie waren die Gönner der Künstler, Michelangelo, da Vinci. Hey, wieso denn nicht. Warum nicht auch für uns? Zum Teufel, Chef, sind wir nicht ebenfalls Künstler? Gaunerkünstler!« Das blecherne, unfrohe Gelächter ertönte abermals. »Okay, Partner. Ich ruf Sie morgen oder jedenfalls bald wieder an. Sie kümmern sich um diese kleine Sache. Und ansonsten bleiben Sie sauber, verstanden?«

Sol blickte vom Telefon auf und sah Ortiz das Metallschild unter Daniel Websters Büste studieren. Obwohl die Lampen brannten, war es schummrig im Laden. Draußen tauchte die Abendsonne die Straße in ein Goldbad, in dem sich die Passanten wie dunkle Schwimmer bewegten, ohne Hast und Zielstrebigkeit. Gemeinsam mit seinem Gehilfen atmete er den Staub der durch eine Vielzahl von Händen gegangenen Waren ein, die vorstellbaren Gerüche nach Schweiß und Stolz und Tränen; es war eine unbestimmbare und doch übermächtige Atmosphäre, und sie bescherte ihnen eine Intimität, die sich keiner von beiden wünschte.

»Dieser ganze Krempel«, sagte Ortiz sinnierend. »Und trotzdem ist es ein Geschäft. Solide Sache, oh, wirklich solide Sache – ein eigenes Geschäft. Mit Akten und Büchern und Papieren, alles schwarz auf weiß fixiert. Euereins macht es richtig, wie ihr das immer hinkriegt, egal, was ist.«

»Wen meinst du mit euereins?«, fragte Sol, während er wider Willen die nahezu porenfreie Haut über den edlen Gesichtszügen seines Gehilfen bewunderte.

»Juden, alle Juden.«

»Ja, ja, klar, du blickst durch«, sagte Sol trocken, während er den Blick vom Gesicht des jungen Mannes riss, um unter Messingtubas, Kameras, Radios, Silbertabletts nach gehaltvollerer Beute zu fischen.

»Neger leiden wie Tiere. Sie kriegen's nicht hin. Ja, schon klar, Juden leiden auch. Aber im großen Stil, sie erschüttern die Welt, wenn sie leiden.«

»Ja, sag's ihnen, Ortiz, der ganzen Welt. Du hast es kapiert, ein echter Professor bist du.«

»Weiß ich, keine Sorge, weiß ich«, sagte Ortiz selbstgefällig. »Ich weiß, wie es läuft.«

»Gar nichts weißt du, überhaupt nichts.«

»Schon gut, machen Sie sich bloß keine Sorgen, was ich weiß.«

»Nichts, nichts, nichts.«

»Sie laufen mit diesem Pokerface rum und glauben, Sie sind der Einzige, der was weiß. Bilden Sie sich bloß nichts ein. Ich habe Augen und Ohren, ich mach mir Gedanken, ich weiß.«

»... nichts«, stöhnte der Pfandleiher aus tiefer Brust.

»Und was ich nicht weiß, krieg ich raus.«

Sol heftete kalte, abweisende Augen auf seinen Gehilfen. »Ein dummer Tropf bist du«, sagte er. »Es ist nach sieben, wieso gehst du nicht nach Hause?«

»Na gut, klar, Chef«, sagte Ortiz säuerlich. Widerstrebend stellte er Daniel Webster ab, und in seinem dunklen Elfenbeingesicht stand ein stiller Ärger. »Gute Nacht, Chef, eine sehr gute Nacht wünsche ich.«

»Gej in die erd!«

Spöttisch lächelnd dienerte sich Ortiz aus der Tür, und bei jedem Bückling wippte die glänzende schwarze Haartolle über seiner Stirn.

»Gute Nacht, gute Nacht, gute Nacht …«

Sol fauchte in den leeren Laden. Was ist das, was ist das? Er fühlte sich von einem kaum merklichen Beben ergriffen, wie eine Espe von einer hauchzarten Brise. Ein Fieber, habe ich womöglich Fieber? Oj, die Zeit; jedes Jahr wieder. Manche Leute haben Heuschnupfen, ich hab meine Jahrzeit! Wann – noch gut zwei Wochen, am achtundzwanzigsten. Ich werd's überstehen wie immer. Vielleicht gehe ich heute Abend zu Tessie? Nein, zu müde. Ich fahre nach Hause und lese im Bett. O ja, es liegen zwei wunderbare Wochen vor mir. Was für ein Blödsinn, was für ein Blödsinn das alles ist!

Nach einer Weile ging er daran, den Laden für die Nacht bereit zu machen. Er schloss den Tresor und ließ mehrmals das Rad rotieren. Er schaltete die eine Lampe in dem kleinen verglasten Büro ein und drehte eine nach der anderen die Neonröhren ab. Dann hievte er die schweren Gitter vor die Fenster und stellte die zwei Einbruchsalarme an. Und am Ende, nach einem kurzen Rundumblick auf die zusammengewürfelten Waren, die schemenhaft aus dem nun hergestellten Halbdunkel ragten wie uralte Trümmer aus dem Schlick des Meeresgrunds, schloss er die Tür hinter sich und sperrte ab.

Sein Mund weitete sich zu einer Grimasse, die ein Passant für ein Lächeln hielt und erwiderte. Sol schloss einen Moment die Augen und lehnte sich gegen das harte Metallgitter vor dem Fenster. Die warme Abendluft strich über sein erblindetes Gesicht, und das Gemisch vertrauter Gerüche eines armen Viertels bestürmte seine Nase. Er stand da wie gestorben, während die Welt ihre babylonische Konversation aus Automotoren und Schiffshupen vom Fluss, fernen Rufen, Gelächter, zerfaserter, aber schriller Musik irgendeiner Jukebox fortsetzte. Schließlich schob er, aus alter Gewohnheit des Zurechtrückens, den Steg seiner Brille ein kaum merkliches Stück höher und machte sich auf den Weg zum Fluss, zu seinem Auto und letztlich zu seinem kühlen, makellosen Bett.

2

Aber es lagen Hindernisse zwischen ihm und dem Bett.

Er parkte den staubigen Plymouth auf der Zufahrt und ging am gemauerten Grill vorbei über die geflieste Terrasse mit ihren teuren gelb lackierten Gartenmöbeln und dem runden Tisch mit geblümtem Schirm in der Mitte. Und als er auf die hintere Tür des Hauses zuging, empfand er sein Gewicht auf einmal als tonnenschwere Last. Im ersten Moment dachte er beunruhigt an den Zustand seiner behutsam zusammengeflickten Gesundheit, aber er tat es gleichsam mit abgewandtem Blick, demselben inneren Mechanismus gehorchend, der sein Gleichgewicht aufrechterhielt. Bis er die Fliegengittertür öffnete und mit schiefem Lächeln ihr Quietschen registrierte. Vielleicht ist das meine Menopause, dachte er, meine verfrühten Wechseljahre.

Kaum hatte er die Küche betreten, stürzte sich seine Schwester auf ihn.

»Ah, seht ihn euch an, ganz abgeschuftet. Sol, *tatinka*. Setz dich, setz dich. Bertha bringt dir eine schöne kühle Limonade«, sagte sie mit theatralischer Zuneigung, der Blick ihrer grauen Augen aber war verschlagen und berechnend, wie immer. »Schon dich doch ein bisschen, Solly, arbeite nicht so viel.« Für die klobige Frau Anfang fünfzig, die sie war, kleidete sie sich zu jugendlich, und ihr Haar war frisörgealtert, die Spitzen versilbert. »Setz dich. Mach's dir bequem und lass dir von Bertha Limonade servieren.« Mit kleinen Stupsern ihrer weichen Hände lenkte sie ihn zu einem Küchenstuhl.

»Ich will keine Limonade, Bertha. Und ich will mich nicht setzen. Ich bin schmutzig – lass mich die Hände waschen. Was interessiert es dich auf einmal, ob ich's bequem habe oder nicht?«, sagte er, denn er sah hinter der Beflissenheit seiner Schwester nur diese klebrigen Finger, die sich immer mehr nahmen, als sie gaben. »Was willst du?«, fragte er kalt.

»Oh, Solly«, schalt sie ihn. Dann, mit einem Achselzucken, gleichsam resigniert vor seiner Verstocktheit: »Na, du weißt doch, wie schlecht der Fernseher in der letzten Zeit funktioniert hat. Und ich dachte, es zahlt sich nicht aus, wenn du jetzt anfängst, Geld in Reparaturen zu stecken.« Einen Moment lang sah sie ihn schüchtern an. »Ich habe eine Anzahlung für einen neuen RCA geleistet. Aber ich kann es rückgängig machen. Wenn du dagegen bist, bekomme ich die Anzahlung zurück. Ich dachte nur, dass …«

»Schon recht, schon recht. Kauf ihn«, sagte er gleichgültig. »Lass uns zu Abend essen, wenn die anderen so weit sind. Wenn nicht, gib mir jetzt gleich einen Bissen. Ich bin müde. Ich ginge gern bald ins Bett.«

»Natürlich, ich rufe sie gleich«, sagte sie. »Selig hat sich hingelegt. Sein Rücken macht ihm wieder Ärger. Ach, er ist so empfindlich, mein Mann.« Ein kleines Lächeln des Stolzes trat in ihr Gesicht. »Gott sei Dank, dass er Köpfchen hat, dass er Lehrer ist. Er ist wirklich sehr empfindlich, sehr«, seufzte sie mit gespielter Wehmut.

»Dafür hat er aber einen gesegneten Appetit«, sagte Sol mit unverändert gleichmütigem Tonfall und Ausdruck.

Ihre Miene verriet sie für eine Sekunde. Berthas Augen wurden hart, die Lippen wichen ein Stück zurück; natürlich erkannte sie Hohn, mit welchem Klang, in welcher Form er auch daherkam. Aber ebenso gut wusste sie, dass man die fütternde Hand nicht beißt. Und deshalb legte sie noch ein wenig mehr Zuneigung in das Lächeln unter ihren feindseligen Augen und wagte eine weitere vertrauliche Berührung seines Arms, während insgeheim die Abneigung gegen ihren Bruder um eine Nuance wuchs.

»Ich hab eine ganz köstliche Ochsenbrust für dich, Solly, schön scharf angebraten, wie Mama sie gemacht hat«, sagte sie herzlich. »Also geh, wasch dich, ich rufe derweil alle zusammen.«

Ihr Lächeln schwand nicht, als er den Raum verließ – es wurde ausgeknipst wie ein elektrisches Licht. »Und sag meinem großen *Künstler* oben, dass das Essen fertig ist«, rief sie ihm nach. Sie hätte nicht sagen können, was sie an ihrem Bruder mochte; er hatte ihnen allen eine Fessel aus Geld angelegt. Aber Morton, ihr Sohn, war ein wehrloses Ziel für ihren Ärger. In mancher Hinsicht waren ihr Sohn und ihr Bruder aus demselben Holz geschnitzt, zwei mürrische, unattraktive Wesen, die Berthas Inszenierung der »Glücklichen Amerikanischen Familie« störten. Ja, natürlich war es nicht Sols Schuld, dass er das alles durchgemacht hatte. Aber es war nun mal eine Haft gewesen, und die Entwürdigung und der Schmutz hatten auf ihn abgefärbt. Was hingegen Morton so verdorben hatte …

Als sie sich alle zum Essen setzten, konnte Bertha nicht umhin, Morton und Sol mit ihrem Mann und ihrer Tochter zu vergleichen. Joan unterhielt sich mit ihrem Vater; beide lächelten und verbreiteten Eintracht im Geist. Keiner käme auf die Idee, dass sie Juden sind, dachte Bertha stolz. Joan hatte dickes, glattes braunes Haar und ebenmäßige Züge. Ihre klare, schimmernde Haut sprach Bände über die Fürsorge und gute Ernährung, die ihre Mutter ihr angedeihen ließ, und ihr unbefangenes Lächeln zeugte von familiärer Liebe. Und Selig – so rosig und heiter, mit dem gleichen glatten braunen Haar wie seine Tochter. Was für ein Gegensatz zwischen seinem Rosenteint und Sols bleierner Fahlheit! Und die Würde und Klugheit seiner Rede! Ja, er bewegte kaum die Hände dabei, und er sprach forsch und mit herrlichem Mittelwestakzent; so amerikanisch!

Das zarte Lächeln aber entglitt ihr wieder, als sie den Blick auf ihren Sohn richtete. Morton saß tief über den Teller gebeugt und schaufelte mit raschen Gabelhieben das Essen in sich hinein wie ein Chinese mit seinen Stäbchen. Mit seinem mageren dunklen, wenig anziehenden Gesicht ähnelte er den jungen Ghetto-Gelehrten, die sie als Kind erlebt hatte, grämlichen, bitterernsten Männern mit unverhohlener Verachtung für ihre äußere Erscheinung. Allein sein Anblick deprimierte sie; er verursachte ihr ein melancholisches Schuldgefühl, das früher oder später unweigerlich in Wut umschlug. Morton saß nicht hier, um sich am Essen im Familienkreis zu erfreuen, sondern hatte es, wie sein Onkel, immer nur eilig, in seine Einsamkeit zurückzukehren.

Sol aß langsam und mit Bedacht. Essen war nun mal unumgänglich, und für ihn schmeckte alles gleich. Berthas schmeichelnd verheißener Ochsenbrust zum Trotz aß er, wie immer, nur das Gemüse. Fleisch rührte er nicht an, es war ihm widerlich; er hatte es nur nie für wichtig gehalten, seine Schwester auf diese Abneigung aufmerksam zu machen.

»... und Sid nimmt mich in diesen neuen japanischen Film mit, Daddy.«

Joan gefiel das Erscheinungsbild der amerikanischen Idealfamilie, die Bertha trotz gewisser intellektueller Ambitionen, die ihr gelegentlich eine Verachtung für das typisch Amerikanische abnötigten, herbeizuführen versuchte. Großzügiger und gutmütiger als ihre Mutter, brachte es Joan fertig, auch ihren Onkel Sol in dieses rosarote Bild einzuschließen. Sol war für sie ein Junggeselle alter Schule, ein hochgebildeter Mann, der in Europa Professor gewesen war, und Außenstehenden deutete sie an, dass sich hinter seiner Verschlossenheit ein schüchternes, liebevolles Wesen verberge.

»Es ist doch so«, sagte Selig, »dass Hollywood nur am Profit interessiert ist.« Sein frisches, jugendliches Gesicht war freundlich, aber nicht besonders beweglich oder ausdrucksvoll, als könnte zu viel Lebhaftigkeit seiner sogenannten Empfindlichkeit Abbruch tun. Nun seufzte er mit einer gewissen Betrübnis. »Nein, für Hollywood ist ›Kultur‹ ein Schimpfwort. Unausgegoren, das ist das richtige Wort für die amerikanische Kultur. Sie haben noch viel zu lernen von Europa.«

»Das hat Sid auch gesagt, Dad, genau das Gleiche. Er sagte, wir leben hier in einem kulturellen Vakuum.«

»Hey, das ist gut – ein kulturelles Vakuum. Perfekt. Klingt mir nach einem aufgeweckten jungen Mann, dein Sid.« Er lächelte seine Tochter liebevoll an und tätschelte ihren Arm.

»Das ist er tatsächlich«, fiel Bertha ein. »Aber ist es ihm ernst? Ich meine, ich möchte nicht, dass ihr zu … intim werdet«, sagte sie und schlug mit gezierter Miene die Augen nieder. Natürlich wusste sie, wovon sie sprach, wusste, wie ungestüm man in diesem Alter werden kann – und wie gut sie sich erinnerte! Ihr Herz machte einen kleinen Satz, als sie Selig ansah. Doch als ihr Blick dann zu dem danebensitzenden Sol glitt, überlief sie innerlich ein Schauder der

Abneigung, gleichsam die verborgene Kehrseite ihrer Gefühle für ihren Mann, und einen Moment lang stellte sie sich ihren Bruder nackt vor und fragte sich, wie je eine Frau imstande gewesen war, ihn zu lieben. »Ich meine«, fuhr sie fort, »das kann bei jungen Leuten ja ein Problem sein. Man gerät in einen Rausch der Gefühle, sozusagen. Vielleicht verliert man ein bisschen den Kopf …«

»Oh, Mutter, du hörst dich fürchterlich altmodisch an«, sagte Joan.

»Sie hat recht, Bertha«, sagte Selig mit leisem Lachen. »Du verstehst die heutige Jugend nicht. Sie sind wirklich ganz vernünftig – sie setzen nur andere Maßstäbe.«

Die Stimmen füllten den Raum und schlugen an die Kristallglasschüssel mit Salat, die Anrichte aus gediegenem Mahagoni mit dem darauf ausgestellten Bronzemörser samt Stößel und dem gerahmten Bild lang vergessener Nazermans, den Eltern von Sol und Bertha. Morton hielt den Blick aufs Essen geheftet wie ein Goldsucher, und Sol neben ihm, die Augen flach hinter den schwarz und stählern gerahmten Brillengläsern, kaute bedächtig.

Selig und Joan nahmen ihr Filmthema wieder auf. Ein weiteres Problem mit Hollywood sei, dass man dort einfach nicht dem Leben ins Auge blicke, bemerkte Selig. Als er auf einmal seinen schweigsamen Schwager wahrnahm, lächelte er mitfühlend und wollte ihn ins Gespräch einbeziehen.

»Denkst du das auch, Solly, dass die Europäer eher gewillt sind, dem Leben ins Auge zu blicken?«

»O ja, unbedingt«, antwortete Sol monoton und aß, kaute, schluckte mit seinem betäubten Geschmackssinn, unbeeindruckt von all dem inhaltslosen Gerede.

Mit einem Seitenblick zu Joan und Bertha zuckte Selig

die Achseln. Was kann man machen?, besagte seine Miene. Nettigkeit rinnt an diesem Mann ab wie Wasser an Porzellan.

Joan gab mit einem Zwinkern zu verstehen, dass sie es nun versuchen wollte. Das Spiel »Sol-aus-der-Reserve-locken« war in dieser Familie fast ein regelmäßiges Abendritual, und sie sahen darin so etwas wie eine amüsante Demonstration ihres Entgegenkommens und ihrer Nächstenliebe.

»Onkel Sol, ich kauf dir jetzt mal eine anständige Brille, ob du willst oder nicht. Vielleicht aus Schildpatt, so eine schwere, klobige, wie Filmproduzenten sie oft tragen.«

»Danke, aber meine eigene passt mir sehr gut«, antwortete Sol, ohne aufzublicken.

»Möchtest du nicht interessant aussehen, vielleicht wie ein Mann mit Schicksal?«, fragte Joan.

Er hob kurz den Blick und sah sie mit kalter Verachtung an.

»Und diese schnieken Klamotten im Preppy-Stil, so ganz klassisch Ivy League? Du hast so eine breite Statur, du würdest einfach fabelhaft darin aussehen, Onkel Sol.«

»Klar, Ivy League«, sagte Sol mit dünnem Lächeln. »Von meinen Kunden tragen viele diese kleinen Mützen mit Schnalle hinten.« Und er aß weiter und wischte seinen Teller mit einem Stück Brot sauber, wie in einer ostentativen Imitation ungestillten Hungers.

Seine Erwiderung war, als hätte er ein Sargtuch über das Familienspiel geworfen; sie ließen sich alle nicht gern daran erinnern, woher ihr Geld stammte.

»Diese *schwarzn*«, sagte Bertha angewidert. Gegenüber anderen Leuten erwähnte sie das Gewerbe ihres Bruders niemals; sie wollte vermeiden, dass sie sich womöglich einen alten, abgefeimten, händereibenden großnasigen *jid* vorstellten.

»Mutter«, mahnte Joan.

»Bitte, Bertha«, pflichtete Selig mit pädagogischem Tadel bei. »Du weißt, dass ich es nicht gern höre, wenn du Neger so nennst.«

»Ach ja, das vergesse ich immer«, entschuldigte sich Bertha. »Neger, meine ich.« Sie waren so intelligent und so liberal, ihr Mann und ihre Tochter. Heutzutage musste man offenbar liberal sein. Sie sollte wirklich mehr mit der Zeit gehen, dachte sie. Manchmal kam sie sich vor wie eine Hinterwäldlerin.

Dann fiel ihr Blick wieder auf ihren Sohn, der immer noch stumm und gierig schlang, und es ergriff sie eine halb schuldbewusste Grausamkeit ihm gegenüber, als wüsste sie aus einem unabweislichen, instinktiven Gefühl für Hackordnungen heraus, dass er an diesem Tisch das einzige Opfer für sie war.

»Und du, mein großer Bildermaler und *artiste*. Hast du gar nichts zu sagen?« Sie wartete einen Moment, sah zu, wie er sie ignorierte, wie er sie alle ignorierte und mit seinem mageren Misanthropengesicht nur finster auf seinen Teller starrte. Manchmal meinte sie ihn zu hassen; er verwirrte und beschämte sie tief. »Kann es sein, dass wir dich nicht interessieren?« Von ihrem Sohn kam keine Antwort. »Sieh dich nur mal an! Wie ein gefräßiges Tier stopfst du das Essen in dich hinein. Ich weiß jetzt, warum du so eine schlechte Haut hast, diese vielen Pickel, das ist deine Natur – du vergiftest dich selber.«

»Sie hat recht, Sohn«, sagte Selig. »Mutter mag ein bisschen übertreiben, aber es lässt sich doch nicht leugnen, dass du dich gehen lässt. Mit dieser Einstellung wirst du sicher kein Künstler. Ein Mann braucht eine gewisse Selbstdisziplin, egal, in welchem Beruf.«

»Sie haben recht, Mort«, sagte Joan, beinahe widerwillig, als täte es ihr leid, zustimmen zu müssen.

»Manchmal schäme ich mich vor den Nachbarn«, sagte Bertha. »Mein eigener Sohn läuft herum wie ein Gammler. Sieht aus wie einer und benimmt sich auch so.«

Mortons Kopf schoss jäh in die Höhe, und er funkelte sie wild der Reihe nach an, als fände er sich von lauter Feinden umzingelt.

»Wieso könnt ihr mich nicht einfach in Ruhe lassen, zum Teufel?«, fauchte er. Verzweiflung und Trotz standen in seinem bleichen Gesicht.

»Na, na, Morton!« Selig saß stramm trotz seines anfälligen Rückens. »Jetzt reicht es aber.«

»Ach, es ist doch in jedem Wurf ein Kümmerling«, sagte Bertha. »Womit habe ich das verdient …«

»Mach dir keinen Vorwurf, Mom«, sagte Joan. »Er ist ein Neurotiker. Es wäre wahrscheinlich keine schlechte Idee, wenn er mal zu einem Analytiker ginge.«

Morton stieß sich von der Tischkante ab und sprang auf, ein steifer, alt wirkender Jugendlicher mit dunklen Augenringen und trübsinnigem Blick. Als Kind hatte er Tobsuchtsanfälle gehabt und seine Familie angespuckt. Freunde hatte er keine, und von den Mädchen hielt er sich fern, weil er fürchtete, er könnte, falls ihn eine mal kränkte, in die Versuchung geraten, sie umzubringen. Vor etlichen Jahren hatten seine Lehrer ein Zeichentalent bei ihm entdeckt, und auf ihren Rat hin und mit Onkel Sols finanzieller Unterstützung hatte er sich bei einer Kunstakademie angemeldet, die er nach wie vor besuchte. Ohne das Zeichnen und Malen, dachte er manchmal, hätte er sich vielleicht umgebracht. Über seinen Onkel dachte er selten nach, er hegte lediglich eine unbestimmte Dankbarkeit – nicht für die Großzügigkeit des Onkels, die ja ihnen allen zugutekam, ohne dass ihm jemand dafür dankbar gewesen wäre, sondern weil Sol der Einzige war, der ihn in Ruhe ließ.

»So«, sagte er in die Runde. »Ich halte das alles nicht mehr aus. Ihr bringt es fertig, dass ich am liebsten alles wieder auskotzen würde, was ich gegessen habe. Tut mir leid, dass ich euch den Spaß verderbe, aber ich gehe. Sucht euch jemand anderen, über den ihr euren Dreck auskippen könnt.« Er ließ einen letzten hasserfüllten Blick über sie hingleiten, drehte sich um und verließ den Raum.

»Also ich frage dich«, sagte Bertha zu ihrem Bruder. »Kannst du mir einen Vorwurf machen?«

Sol stand ebenfalls auf. Sein Kopf war voller Schmerz, und das Essen lag bleiern in seinem Magen. »Belästige mich nicht mit euren Streitereien, Bertha«, sagte er. »Von mir aus könnt ihr euch gegenseitig auffressen, aber behelligt nicht mich damit! Ich gehe jetzt nach oben. Ich dusche, stelle meinen Ventilator an und dann lese ich, bis ich einschlafe. Meine Tür ist geschlossen. Von mir aus könnt ihr tun, was ihr wollt, verstehst du?«

Damit verließ auch er den Raum und erfreute sich zumindest an dem Schweigen, das er ihnen aufzwingen konnte, wenn er seinen Zorn zeigte; das immerhin bekam er von ihnen.

In seinem privaten Bad direkt neben seinem Schlafzimmer stand er mit geschlossenen Augen unter der kühlen Dusche, und das Rauschen des Wassers schwemmte die

Stimmen aus seinen Ohren. Er füllte die verglaste Duschkabine weitgehend aus. Das Wasser, das über die aufgedunsene, wenig klare Struktur seines Gesichts rann, schien seine Züge vollends aufzulösen. Es rann über den stämmigen, subtil entstellten Körper mit seiner eigentümlichen Ungleichmäßigkeit, seinen unerklärlichen Einbrüchen und Verdickungen, diesen Körper, den er keines Blickes würdigte. Vom Beckenknochen fehlte ein Stück, ebenso fehlten zwei Rippen, und das Schlüsselbein stand seltsam schräg. Wer ihn sah, mochte sich fragen, was für ein bizarrer Unfall ihn so absurd, nach einem so perversen Plan zugerichtet hatte. Aber sobald er sich abgetrocknet und in einen Bademantel gehüllt hatte, zeigte sich, dass jede Entstellung zufällig (oder aus merkwürdiger Absicht?) durch eine andere ausgeglichen wurde, so dass sich am bekleideten Körper nichts Ungewöhnliches zeigte – abgesehen vielleicht von einer gewissen Ängstlichkeit und Unbeholfenheit des Gangs, denn sein Gleichgewicht war prekär, und er musste bei jedem Schritt darauf achten.

Lange lag er lesend auf seinem Bett neben dem offenen Fenster. Kühle Ventilatorwinde strichen über ihn hin, und auf sein Gesicht fielen in kleinen Schwaden Sommergerüche – nach Blumen und gemähtem Gras. Aus den Gärten ringsum drangen Stimmen, Gläserklirren, ein Rauschen aus Gartenschläuchen und Rasensprengern. Von oben kam die Rastlosigkeit seines Neffen, der zeichnete oder malte oder einfach in krankem, wütendem Elend auf und ab tigerte. An Sol Nazerman ging das alles vorüber. Er las *La Vie de Henri Brulard*, im Original, und zwang sein Gehirn, bei den Irrungen und Wirrungen einer fernen Vergangenheit zu verweilen.

Als es hinter dem Fenster schon lange dunkelte und die

Grillen so laut waren wie die zufälligen Geräusche der wenigen Menschen, die noch draußen im Garten saßen, legte er das Buch auf den Nachttisch und schaltete das Licht aus. Dann redete er sich ein, dass er müde sei; es wirkte, sogar sehr schnell, und er schlief ein.

Sein Gesicht drückte sich ans Holz, die Augen in den Lücken zwischen den Latten des Viehwaggons. Das polnische Flachland zog eintönig vorüber, in nahezu immer gleicher Erscheinung, als stünde der Zug still und die Landschaft wäre immer dieselbe. Irgendwo unten an seinem Bein stieß sein Sohn David schrille, zermürbende Hilfeschreie aus. »Papa, ich rutsche aus, in das dreckige Zeug, ich kann nicht mehr stehen.« Aber was hätte er für ihn tun können? Zweihundert Leiber pressten ihn in diese Position; es war ihm unmöglich, sich zu bewegen. Er konnte nichts tun, als diese Gezeitenlandschaft zu betrachten. Ja, es war immer wieder derselbe Anblick. Dieses Haus dort, niedrig und schwarz, mit eingebrochenem Steinkamin, hatte er mindestens ein Dutzend Mal gesehen. Sie standen einfach still, und irgendein unerklärlicher Umstand bewirkte, dass vor ihren Augen die Erde abgerollt wurde. »Tu doch etwas«, fuhr seine Frau ihn an. Ruth hielt die kleine Naomi an der Brust, hielt sie ohne Arme, denn die Dichte der Leiber drückte sie alle zusammen wie in einem Eisblock. »Sol, lass ihn nicht da hineinfallen! Der Dreck von uns allen ist dort unten. Wie entsetzlich, wenn er darin liegen muss!« Ein Brechreiz ergriff ihn, wenn er die Nase nur einen Zentimeter zu dem Fäkalienteppich senkte. Das Kind spie sich wahrscheinlich die Seele aus dem Leib. Sol versuchte, etwas mehr zu bewegen als seine Finger, und er spürte das weiche, feuchte Haar auf Davids unaufhaltsam abwärts gleitendem Kopf. »Ich kann nicht«, gab er gereizt zurück. »Was erwartest du von mir? Ich kann keinen Muskel rühren.« Im Halbdunkel der Lichtstreifen sah er das grimmige Gesicht seiner Frau. Sie schien ihn für dies alles zu hassen. »Ich kann nicht, ich kann nicht. Nichts kann ich tun.« Seine Stimme klang eintönig und ungerührt, und er bemühte sich, mehr Gefühl hineinzulegen. »Ich bin genauso hilflos, hörst du?« Sie starrte ihn nur an, stumm, mit brennenden Augen und regloser Miene, wie eine dieser erschreckend lebensechten Wachsfiguren. »Nichts kann ich tun.« Seine Stimme klang so unbewegt und seelenlos wie zuvor. Von seinen Füßen tönte das ungestüme, leere Würgen des Kinds herauf, das sich übergab und in dem bodenlosen Dreck herumrutschte. Das Rattern des Zugs, das endlose Klagen der zusammengequetschten Menschen und die brennenden Glasaugen im wächsernen Gesicht seiner Frau. »Nichts, nichts, nichts«, schrie Sol in das entsetzliche Zwielicht.

Der Pfandleiher stöhnte im Schlaf, ohne zu erwachen. Im Haus rührte sich niemand; man war hier seinen geräuschvollen Schlaf gewohnt.

3

Der Morgen war grau und kühl, und selbst entlang dem Harlem River stand die Luft wie eine reglose Masse; das diesige Licht verwischte alle Konturen. Sol betrachtete die vielen, mit wachsender Ferne immer konturloseren Brücken; ihre unterschiedlichen Strukturen aus Stahl, Ziegel, Beton waren substanzlos wie Zeichnungen auf getöntem Papier. Er seufzte schwer.

Es schien kaum ein Mensch unterwegs zu sein, als er den Laden aufsperrte, und die wenigen Passanten bewegten sich obendrein langsamer, als hätte die Unwirklichkeit des Lichts ihre Lebenskraft geschwächt. Einen Moment lang stellte er sich vor, ein Pesthauch habe die Millionen dahingerafft, und er machte unnötigen Lärm mit den eisernen Gittern und schlug mit der flachen Hand auf den Ladentisch, wann immer er daran vorbeikam. Er schaltete die Neonröhren ein, und während er zusah, wie sie flackernd zum Leben erwachten, ließ ihn eine Stimme maßlos erschrecken.

»Und der Herr sprach: ›Es werde Licht.‹« Auf der Schwelle stand, kichernd, John Rider, eine mehr oder minder aufrechte Gestalt in ausgebleichtem Eisenbahnerdrillich, auf dem Kopf die steil ansteigende Lokführermütze mit weit auskragendem Schirm. »Morgen, Sol. Ha, das hätten Sie jetzt sehen sollen, wie es Sie gerissen hat. Schwache Nerven, was? Ihr jungen Leute habt alle schwache Nerven.«

Sols Herz sank nach kurzem Trommelwirbel wieder in ein langsameres Tempo zurück; er brachte eine schwache

Aufwärtskrümmung der Lippen zustande. »John«, sagte er. Es hatte keine Bedeutung; der alte Mann kam jeden zweiten Morgen, um zu kehren oder die Böden oder Fenster zu wischen. Hör auf, nach Vorzeichen zu schauen.

»Sie sind spät dran heute. Halbe Stunde steh ich drüben auf der anderen Seite und wart auf Sie. Verschlafen, wie? Ah, ihr Jungspunde, Halligalli die ganze Nacht und am Morgen nicht aus den Federn, weiß ich, weiß ich. Der Weg zur Hölle ist mit guten Vorsätzen gepflastert, aber für euch sind die Worte der Schrift ja Schall und Rauch. Säen hat seine Zeit und Ernten hat seine Zeit … Wachen hat seine Zeit und …«

»Heute brauchen Sie nicht den Boden zu wischen, John. Kehren Sie nur ein bisschen aus.« Ja, der Weg zur Hölle, den gehe ich nächtelang, das ist die Wahrheit.

»Guten Morgen, Sol! Na, bin ich pünktlich oder bin ich pünktlich? Nicht mal halb neun«, sagte Ortiz, als er katzengleich hereinschlich, dann herumfuhr und auf die Straße starrte. »Mann, ist das heut ein komischer Tag«, sagte er in plötzlich verändertem Ton. »Irgendwie hab ich das Gefühl, dass es heut ganz schön ruhig wird; ich hab so ein Gefühl, dass in der Nacht massenhaft Leute irgendwohin gekrochen und gestorben sind.«

Sol blickte zu ihm auf. Mit Befremden fühlte er seine Gedanken ausspioniert.

Doch das elfenbeindunkle Gesicht war glatt und unschuldig, nichts ließ ein Wildern in fremden Gefilden vermuten. »So, kann ich heute mit den Anzügen weitermachen? Ich hab mit George Smith geredet, Sie wissen schon, diesem Irren, der manchmal vorbeischaut und sich mit Ihnen unterhält. Steht auf kleine Mädchen, der Kerl, aber gescheit ist er. Ich glaub, er war mal auf dem College. Jedenfalls hat er mich im Lokal heut Morgen auf eine Idee gebracht. Ich hab ihm erzählt, was ich mit diesen ganzen Anzügen so mache, und er meint, ich soll ein Register mit *Querverweisen* anlegen!« Mit leuchtenden, herausfordernden Augen beugte er sich über den Ladentisch. Und trotz Sols unbewegter Miene erläuterte er, wie er sich die Sache vorstellte: »Als Erstes mache ich eine Liste der Anzüge nach Größe. Dann mache ich eine zweite Liste von sämtlichen Anzügen nach Zustand und dann eine dritte Liste nach Anzugtyp – also ob Sommer oder Serge oder Gabardine. Und in jeder Liste verweise ich drauf, wo der jeweilige Anzug auf den anderen Listen steht und so. Und dann kann ich früher oder später genau den Anzug herauspicken, den ich haben will, schneller, als Sie schauen können.« Grinsend stand er vor Sols kleinem Verschlag, triumphierend und selbstzufrieden, und seine Zähne leuchteten in weißer Perfektion aus dem glatten ockerbraunen Gesicht, seiner persönlichen Leistungsmedaille, diesen erlesenen, vollendeten, wie von einem Träumer gemeißelten Zügen.

»Schon gut«, sagte der Pfandleiher, und seine Stimme klang rau und alt. »Wenn nichts los ist, kannst du dich gern damit beschäftigen. Aber treib keinen zu großen Aufwand. Es gibt schließlich auch noch anderes.« Er war riesig und hässlich, und seine Hässlichkeit sollte in den kleinsten Traum eindringen. Es gab allerdings noch anderes als dieses beschauliche Ordnen und Tabellarisieren, dieses Schaffen; es gab Schmuddeligeres, Freudloseres – die Grundlage seines Gewerbes. »Du musst den Krempel im Keller sichten; aussortieren, was wir für die Auktion nächsten Monat haben. Dort unten liegt Mist aller Art herum. Wenn du oben mit deiner Spielerei fertig bist, möchte ich, dass du runter in den Keller gehst.«

Für einen Moment verhärtete sich Ortiz' Gesicht. Aber seine Pläne hatten tiefe Wurzeln, und bloße Worte konnten ihnen nichts anhaben. »Oh, diese Querverweismethode wird unsere Wirtschaftlichkeit enorm erhöhen, Sie werden mir noch dankbar sein. Machen Sie sich ans Werk und rufen Sie mich, wenn Sie mich brauchen. Unser-Freund-und-Helfer Jesus Ortiz steht zur Verfügung.« Wieder lächelte er, und Sol konnte sein Lächeln nicht ansehen.

»Was Gott tut, das ist wohlgetan«, sang John Rider vor sich hin, während er dem Staub hinter seinem breiten Straßenbesen auf den Gehsteig hinaus folgte, »es bleibt gerecht sein Wille.«

Sol hatte eine Ahnung, dass an diesem Tag tatsächlich nicht viel los sein würde. Außersinnliche Wahrnehmung? Der wissenschaftliche Jargon macht ja oft mehr draus, als wirklich dahintersteckt, aber es kommt doch vor, dass man manches mit einer Gewissheit voraussieht, die nicht logisch ist. Niemals Wichtiges, niemals Nützliches, nur kleine Stimmungen und Farben. Man geht eine Landstraße entlang, entdeckt in der Ferne einen Hof, und plötzlich *weiß* man, dass dort eine Birke stehen wird, mit seidenglatter Rinde und dichter Laubkrone. Diese Art von Hellsichtigkeit; niemals eine, die einem Leid erspart. Hatte er es lieber, wenn viel los war oder wenn es ruhig blieb? Er hätte es nicht sagen können. Seine Kunden machten ihn niedergeschlagen, aber andererseits – er deprimierte sich ja selbst. »Menopause«, sagte er sich mit bitterem Humor, kopfschüttelnd.

Die Hälfte der Uhren zeigte zehn, als die Frau hereinkam. Er blickte auf, und seine Teilnahmslosigkeit bekam ein paar Risse. Sie sah nicht aus wie seine übliche Kundschaft. Aber es kamen ja alle möglichen Kunden; er hatte auch schon welche im Nerzmantel hier gehabt. Diese jedenfalls hatte schimmerndes dunkelblondes Haar, ein makelloses volles Gesicht und die klaren blauen Pionieraugen einer Frau, die in ihrem Land zu Hause ist; ein amerikanisches Gesicht.

»Madam?«, fragte er mit steinerner Höflichkeit. Sie hatte nichts dabei, was sich versetzen ließ. Vielleicht hatte sie im Schaufenster etwas gesehen, was sie kaufen wollte. Irgendwo in den Verordnungen für die Stadt New York fand sich ein Einzelhandelsverbot für Geschäftslokale, in denen Gegenstände als Pfand genommen wurden; kein Mensch hielt sich daran. »Kann ich etwas für Sie tun?«

»Guten Morgen. Ich heiße Marilyn Birchfield.« Mit ihrem ebenmäßigen Lächeln schien sie ihre Gesundheit zur Schau zu stellen, und sie streckte ihm die Hand hin wie ein Mann. »Ich mache mich mit den Geschäftsleuten hier im Viertel bekannt. Ich bin gewissermaßen eine neue Nachbarin.«

Sol ergriff unbehaglich ihre Hand; an das aggressive Selbstvertrauen mancher Amerikanerinnen gewöhnte er sich nie. Was versuchten sie zu beweisen – dass sie so gut wie Männer waren? Keine große Leistung. »Haben Sie in der Nähe ein Geschäft aufgemacht?«, fragte er.

»Sozusagen.« Sie war eine korpulente Frau, Anfang dreißig schätzte er sie, und sie bewegte ihren ziemlich dicken Körper mit jugendlicher Unbeholfenheit, einer anrührenden, fohlenhaften Sprunghaftigkeit, die sehr weit entfernt war von der Gesetztheit einer beleibten Matrone. »Tatsächlich arbeite ich in dem neuen Jugendzentrum eine Straße weiter. Und ich dachte, ich stelle mich einfach mal den Geschäftsleuten der Umgebung vor und bekomme vielleicht Unterstützung, eine Hilfe, könnte man sagen, bei gewissen Aktivitäten. Manche Geschäftsinhaber sind Sponsoren der

Kindermannschaften geworden, sie engagieren sich sowohl zeitlich als auch finanziell.«

»Verstehe«, sagte Sol, verstand gar nichts, war stattdessen fasziniert von ihrem fantastischen Schimmern, ihren Farben. Wie kam man zu einer Haut wie dieser, so rosa und golden, so gesund? Unvorstellbar, dass jemand, der so aussah, eines Tages sterben könnte.

»Ich sag's Ihnen ganz offen. Ihr Geschäft macht mich neugieriger als alle anderen. Um die Wahrheit zu sagen, verstehe ich nicht das Geringste vom Pfandleihgeschäft. Sicher gibt es auch in meiner Heimatstadt mehrere Pfandleiher, aber ich hab sie nicht mal zur Kenntnis genommen, bis ich nach New York kam. Ich bin einfach sehr interessiert an der Umgebung, in der sich meine Kinder bewegen, und die Pfandleihe ist offensichtlich fester Bestandteil ihres Umfelds und ... Oh, jetzt rede ich schon wieder wie ein Wasserfall. Ich hätte Sie nicht so überfallen sollen.«

Er nickte, leicht verdattert.

»Aber zur Sache, Herr ...?«

»Wa... Ah. Nazerman. Sol Nazerman.«

»Herr Nazerman«, sagte sie, breit lächelnd. »Ich würde mich freuen, wenn Sie mir erlauben, Sie unverbindlich als Sponsor einzutragen. Später entscheiden wir dann, was Sie gern geben oder tun würden oder könnten. Zum Beispiel sehen Sie sich vielleicht in der Lage, eine unserer Mannschaften zu unterstützen, indem Sie Spielkleidung oder Ähnliches spendieren. Oder Sie schenken lieber Zeit, etwa indem Sie an einem Abend in der Woche die eine oder andere Aktivität im Zentrum betreuen. Haben Sie Erfahrung im Basketball oder beherrschen vielleicht ein Handwerk?«

Im ersten Moment konnte er nur verwirrt den Kopf

schütteln, weil sie ein so überwältigendes Gemisch aus Sonnenlicht und rosa-goldener Haut war. Doch er hatte sich gleich wieder in der Hand.

»Schauen Sie, Miss …«

»Birchfield«, half sie bereitwillig. »Sie müssen sich nicht sofort entscheiden. Vielleicht denken Sie erst mal darüber nach. Ich wollte mich einfach vorstellen, wie eine Nachbarin.« Sie lächelte in seine Verdrießlichkeit hinein; das war Teil ihrer Selbstdisziplin. »Für mich ist das immer das Schwerste. Es fällt mir ganz und gar nicht leicht, Leute anzusprechen und um Unterstützung zu bitten. Oje, hätte ich eine miserable Verkäuferin abgegeben.«

»Das scheint mir nicht so«, meinte er säuerlich.

»Aber schließlich müssen wir alle von Zeit zu Zeit Dinge tun, die unserer Natur fremd sind«, fuhr sie fort. »Wie auch immer, ich finde es wichtig, alles über das Klima zu erfahren, in dem meine Kinder leben.«

»Moment, Miss Birchfield, nicht so hurtig. Das ist ein bisschen viel auf einmal. Verzeihen Sie, wenn ich versuche, die Sache entsprechend meinen Erfahrungen zu vereinfachen. Wenn Sie um Spenden werben – schön. Ich bin's gewohnt, ich werde an jedem einzelnen Tag in der Woche um milde Gaben bedrängt. Sagen Sie mir, wie viel, und Sie kriegen eine klare Antwort. Was alles Übrige betrifft, so habe ich dafür weder Zeit noch Neigung.«

Ihr Lächeln schwand. Trotz ihrer matronenhaften Leibesfülle und der zarten Runzeln um die Augen sah sie merkwürdig kindlich aus; noch als alte Frau, dachte er, hätte sie genau diese Miene, diesen Ausdruck der Leichtgläubigkeit und unverwüstlichen Unschuld.

»Ich empfinde diese Zuwendungen nicht als *milde Gaben,*

Mr Nazerman. Schade, dass Sie das so sehen. Ich denke, was man für diese Kinder tun kann, tut man in gewisser Weise auch für sich selber – es ist eine Investition in die eigene Zukunft.«

»Die Zukunft interessiert mich nicht.«

Sie sah ihn fragend an. »Ich verstehe nicht …«

»Es hat keinen Sinn, darüber zu reden. Lassen Sie uns bitte nach meinen Bedingungen verhandeln, wenn's recht ist. Sie sind bei der Stadt angestellt, Sie arbeiten mit Kindern, sammeln Geld für sie, was auch immer. Gut, tun Sie Ihre Arbeit und lassen Sie mich die meine tun. Ich bin bereit – wie sagt man – mein Scherflein beizutragen. Ich bin's gewohnt. Sagen Sie mir einfach, wie viel.«

Ihr Mund straffte sich ein wenig, und unter ihrer rosigen, blank geschrubbten Haut breitete sich, kaum wahrnehmbar, eine Blässe aus. Eine Yankee, unerschrocken und dickköpfig und dumm, dachte er mit einer Verachtung, in der ein Anflug von Bewunderung mitschwang.

»Dann lassen Sie mich eines sagen, Mr Nazerman; ich bin um jeden Betrag froh, den Sie geben wollen, gleich, aus welcher Geisteshaltung heraus er gegeben wird. Meine persönlichen Gefühle will ich dabei gern hintanstellen, weil ich weiß, dass das Geld gut angelegt ist.« Sie zückte einen kleinen Quittungsblock mit dem Signet des Jugendzentrums auf dem Deckblatt, zog dann unter ostentativer Entfaltung selbstloser Tüchtigkeit einen Kugelschreiber hervor und drückte die Mine heraus. Doch dann ließ die Professionalität sie im Stich. »Ich mache das alles noch nicht sehr lang. Vielleicht können Sie mir sagen, ob dieser Argwohn verbreitet ist? Sie zum Beispiel – nehmen Sie von jedem immer das Schlechteste an?«

»Schauen Sie, Miss Birchfield«, sagte Sol hitzig, »es widerstrebt mir, dass ich es Ihnen erklären muss. Ich wünsche nicht, gleich zu Beginn des Tages in eine philosophische Auseinandersetzung verwickelt zu werden. Aber ich will Ihnen so weit entgegenkommen, wie ich kann. Ich erkläre es Ihnen. Es kommen ständig alle möglichen Spendensammler zu mir; falsche Nonnen, Leute mit Sammelbüchsen, die sie so halten, dass ich nicht sehen kann, für wen sie angeblich sammeln, Blinde, die eins a sehen, Taube, die hören könnten, wie an meinem Tresor die Zylinder einrasten, wenn ich die Kombination eingebe. Das sind meine Erfahrungen, und ich könnte Ihnen noch viel erzählen. Und auf dieser Basis sage ich: Wieso nicht auch Sie?« Ihr Gesicht begann ihn zu irritieren; er war über Gesichter dieses Typs hinweg.

»Richtig, warum nicht ich?«, pflichtete sie mit ihrer charakteristischen Dickköpfigkeit bei. »Wenn Sie mir was geben wollen, dann ...« Rot vor Verlegenheit hielt sie ihm die Hand hin. Und als er ihr schweigend eine Fünf-Dollar-Note hineinlegte und sie forschend anblickte, wie um zu sehen, welche Veränderung die Berührung mit dem Geldschein bewirkte, lächelte sie steif. »Sehen Sie, Mr Nazerman, ich bin nicht stolz. Und nachdem Sie so kooperativ waren, werde ich immer wiederkommen.« Das Lächeln verschwand zuckend, kehrte aber zurück, denn Höflichkeit war bei ihr ein Instinkt.

»Ich werde mich freuen«, sagte er, während sie eine Quittung über den Betrag ausstellte und ihm reichte. Sie gab darauf keine Antwort, sondern ging mit ihrer schulmädchenhaften Ungelenkigkeit davon; zurück ließ sie einen Hauch Süße, der seine Nasenschleimhaut reizte.

Sie hatte die Eigentümlichkeit dieses Tages verstärkt. Etwas bohrte sich dicht unter der Oberfläche in seine Haut, nicht gleichmäßig, und es tat nicht einmal richtig weh. Es war eher wie ein rostiger Erinnerungssplitter, etwas, was sich nur in seltenen Momenten bemerkbar macht, wie von Bewegungen ausgelöst, hinter denen er weder Muster noch Logik erkannte und die er deshalb auch nicht vermeiden konnte.

Die ersten Kunden kamen herein, nicht so viele wie am Vortag, aber genug, um ihn beschäftigt zu halten, und viele von ihnen blieben namenlos für ihn, weil diese seltsame Benommenheit nicht weichen wollte.

Tangee kam allein. Diesmal hatte er einen elektrischen Bohrer zu versetzen. »Machen Sie mir ein Angebot, Chef«, sagte er, mit geistesabwesendem Grinsen, und ließ seine gierigen Augen durch den Laden schweifen. Er trug einen schimmernden schwarzen Seidenanzug und dazu eine Krawatte mit flirrendem rot-schwarzem Harlekinmuster. »Kein vernünftiges Angebot wird abgelehnt …« Tangees Gesicht war Sol zugewandt, sein Blick aber ruhte auf einem Punkt eine Handbreit weiter links. Der Pfandleiher bekam das seltsame Gefühl, es sei jemand hinter ihm.

Instinktiv und zugleich verlegen wegen seines Instinkts drehte er sich um – und hätte beinahe aufgeschrien: Jesus stand so dicht hinter ihm, dass sie einander fast berührten.

»Was schleichst du hier herum?«, schrie er aus dem Ärger des Schrecks heraus. Sein Gehilfe aber starrte ebenfalls an ihm vorbei, als stünde auch er unter einem Bann. Er blickte Tangee direkt in die Augen, und in den Sekunden, bevor Ortiz ein Lächeln fand und es auf das Gesicht des Pfandleihers verlagerte, hatte Sol das Gefühl, er sei für die beiden unsichtbar.

»Ich war auf dem Weg in den Keller, ich dachte, ich mache mich gleich an die Arbeit«, sagte Ortiz. »Oben komme ich ganz gut vorwärts, kann jederzeit weitermachen, wo ich aufgehört habe.« Wieder warf er Tangee einen raschen, ausdruckslosen Blick zu und sagte: »Na, wie isses; wie läuft alles?«, dann glitt er davon ins Hinterzimmer und hinab in den Keller.

Sol wandte sich wieder seinem Kunden zu. »Drei Dollar«, sagte er, den Bohrer zu sich heranziehend. Sein Gesicht war angespannt und blickte gehetzt, und Tangee musterte ihn lächelnd.

»Wollen Se ihn nich ma ausprobieren, ob er überhaupt geht?«, fragte er erheitert, mit halb geschlossenen Lidern.

»Oh, ich traue Ihnen vorbehaltlos«, antwortete Sol. »Wenn Sie die drei Dollar wollen, bitte. Andernfalls vergeuden Sie nicht meine Zeit, ich habe zu tun.« Er stellte fest, dass er seinen Arm anspannen musste, weil ihn ein jähes Zittern befallen hatte.

»Okay, Mann, nur die Ruhe. Drei Dollar sind okay. Entspannen Se sich, Chef, immer langsam.« Er rollte die Schultern unter der extravaganten Polsterung, ließ einen letzten eiskalt begehrlichen Blick über die schäbigen Schätze schweifen und stolzierte von dannen.

Sol hörte ihn draußen vor dem Laden munter dem alten John Rider zurufen, der durch den äußeren Kellerzugang Schachteln mit altem Papier herauftrug.

»Pass auf, Dad, überanstreng dich bloß nicht, hörst du?«

Und die dünne Predigerstimme des alten Mannes antwortete: »Faulheit versenkt in Schlaf, ein träger Mensch muss hungern.«

Bei Tangees schallendem, sorglosem Gelächter überlief es

den Pfandleiher kalt, und er fühlte sich alt und ausgenutzt. Und blickte, um so viel gealtert, zu seinem nächsten Angreifer auf.

George Smith hatte das Gesicht eines venezianischen Dogen, wie mit dünnem silbrigem Bleistift gezeichnet, die Ausbuchtungen mit den zartesten, flachsten Runzeln schraffiert. Nur seine Augen verrieten den würgenden Dauerhunger. Er brachte eine ziemlich verbeulte batteriebetriebene Sturmlampe, die Sol bereits kannte; sie war etliche Male bei ihm gewesen.

Sol bot ihm einen Dollar an und wartete mit der zwischen ihnen eingebürgerten Geduld, dass George mit einstudiertem Bedacht das Angebot annähme; es war das Vorspiel zu dem Gespräch, das er im Sinn hatte: George Smith hätte den Pfandleiher auch direkt für eine halbstündige Unterhaltung bezahlt, nur hätte dies gegen die störanfällige Diplomatie verstoßen, die er praktizierte und die der Pfandleiher aus unbekanntem Grund duldete.

»Einen Dollar, tja … ich weiß nicht«, sagte George mit seiner misstrauischen, sanften Stimme. Sein Heranwachsen war krumm und kurvenreich verlaufen, weitaus dunkler, als seine Hautfarbe war, und seine äußere Erscheinung war eine mühsam geglättete, spröde Angelegenheit. Hier drin polierte er sie zu einem hellen Glanz, der sogar ihn blendete, blind machte für die Mutante, die er war. »Sie ist doch eigentlich erheblich mehr wert«, sagte er und musterte wider die Spielregeln verhalten das Gesicht des Pfandleihers.

»Also George, ich weiß nicht …«

»Ich hätte gern wenigstens drei Dollar dafür«, sagte George, bemüht, sich nicht allzu viel Behagen anmerken zu lassen, während er sich die Auslage der Waren besah, als hätte es ihn in eine große, reiche Zitadelle verschlagen. Er hatte einmal ein Negercollege im Süden besucht, doch hatte er schon damals zu viele Knorren und Kerben auf der Seele getragen, und nach einem diskret vertuschten Skandal hatte man ihn vor die Tür gesetzt. Jetzt arbeitete er im Postamt, las nachts in seinem Zimmer schöngeistige Bücher und fantasierte von aberwitzigen Schändungen junger Knaben und Mädchen. Dank den Büchern und den maßlosen Ambitionen seines Intellekts, dass seine Vergewaltigungen, bis jetzt, nur geträumt waren! Dank den wöchentlichen Besuchen beim Pfandleiher, dass seine wehmütige Disziplin hielt! Sol war ihm drei Jahre zuvor eines Tages erschienen, als er, halb betäubt vor rasender Begierde, durch die Straßen gewandert war; und er hatte ihm in jener berauschenden Sprache geantwortet, die ihm bis dahin nur in Büchern begegnet war: Durch Sol Nazerman waren Wörter, die ihm längst nichts mehr sagten, auf einmal Realität geworden. Seither trug George alle paar Tage einen Alibiartikel als Pfand zu ihm, und Sol Nazerman brachte es nicht fertig, ihm den Handel zu verweigern, sondern spielte, trotz tiefer Erbitterung, das merkwürdige, traurige Spiel mit, als wäre es ein unangenehmer, aber unumgänglicher Tribut, den er zahlen musste.

»Ich könnte auf zwei Dollar erhöhen, allerhöchstens«, sagte er müde.

»Hm …« George legte eine angemessene Pause ein und lächelte dann, als sei ihm etwas eingefallen. »Sagen Sie mal, Sol, nur so nebenbei«, begann er ungezwungen und beiläufig. »Zufällig lese ich gerade diesen Aufsatz ›Genese der Wissenschaft‹ – Herbert Spencer. Kennen Sie wahrscheinlich.«

»Ich hab's in der deutschen Übersetzung gelesen, als ich

in Paris auf mein Visum warten musste«, sagte Sol bedächtig, sich schwer aufstützend, um seine Geduld zu bewahren. »Gutes Buch, so weit ich mich erinnere.«

»Gut, sage ich«, betonte George mit zu viel Begeisterung. »Besonders hinreißend finde ich ja sein Argument, dass die Wissenschaft aus der Kunst entstanden ist. Er schreibt: Es lässt sich unmöglich sagen, wo die Kunst endet und die Wissenschaft beginnt. Das finde ich einen überaus erfrischenden Kommentar – und das von einem Mann, den viele moderne Denker altbacken finden.« Sein dünnhäutiges, eigenhändig gezeichnetes Gesicht näherte sich den Gitterstäben. »Das passt doch genau zu unserem letzten Thema. Wissen Sie noch, wie Sie sagten, dass Wissenschaftler gern versuchen, sich als so abgehoben darzustellen, als stünden sie weit über den sogenannten schwachköpfigen Künstlern?«

»Spencer hat sich nichts wirklich Neues einfallen lassen. Denkende Menschen wussten das alles schon gut sechshundert Jahre vor Christus«, sagte Sol, während er an der Sturmlampe herumhantierte, dem Symbol ihrer Transaktion, das ihren Wortwechsel erträglich machte. Die Lampe brachte nur ein trübes Glimmen zustande, wenn man sie einschaltete. »Sie wissen vielleicht, dass Pythagoras ein großer Musikliebhaber war. Tatsächlich ist ihm die Erkenntnis zu verdanken, dass die Tonhöhe von der Länge der vibrierenden Saite abhängt.«

»Versteht sich von selbst. Alle großen Wissenschaftler hatten Fantasie und Gefühl. Es sind schließlich keine Handwerker.« George lachte mit einem angeheiterten Juchzen wie einer, dem ein Gläschen Wein zu Kopf gestiegen ist. »Besonders in der Philosophie – da sehen Sie ja, wo sich die beiden Gebiete überschneiden.«

»Sokrates stand eigentlich an der Grenze zum Drama«, sagte Sol und ließ, nur des Anscheins halber, den Blick über sein Geschäftsbuch gleiten. Anschein für wen? Für George Smith oder für Sol Nazerman? Was war der Unterschied. Immerhin gewährte er dem armen Scheusal ein paar Minuten Gespräch!

»Ich wäre ganz und gar nicht überrascht, wenn seine Philosophie nicht ein Auswuchs des griechischen Dramas wäre, eine direkte Folge. Weshalb Herbert Spencer weiter sagt …«

Das griechische Drama! War er hier eigentlich im Irrenhaus? Dennoch reihte Sol, ob er wollte oder nicht, Wörter aneinander, die auf das von Teufeln gerittene Geschöpf vor ihm einen fulminanten Eindruck machten.

Und trotz alledem erzeugte ihr Gespräch ein leises, zaghaft wärmendes Brummen im Pfandleihhaus. Die ausgesetzten Trümmer des Warenbestands vermochte es weder zu stören noch gar zu beschönigen; nichts Profundes oder Originelles wurde erreicht, keine Schlussfolgerung auch nur gewagt. Genauso mochte das Gespräch zweier Gefangener, die sich spätabends in ihrer Zelle unterhalten, die Redenden erleichtern; wegen nichts anderem als den Klängen einer anderen Stimme, die nicht bedrängen und nicht fordern. Es wurde lediglich – vielleicht – der verbrannte Geist des farbigen Mannes von den strahlenden, tausendfältigen Abbildern der großen Namen und Worte erwärmt – womöglich sogar, wenn auch schwächer und distanzierter, das Bewusstsein des steinfarbenen Pfandleihers, der, obwohl er während der ganzen Zeit auf geschäftsmäßige Weise in seinem großen Registerbuch blätterte, ihrem Mäandern ein Gesicht gab.

Bis schließlich beim Pfandleiher ein Punkt jenseits allen

Taktgefühls erreicht war. Jemand stand draußen vor dem Laden, studierte das Sortiment der Kameras und Musikinstrumente im Schaufenster, drohte hereinzukommen und zu kaufen. Sol, wieder ganz Geschäftsmäßigkeit, stellte den Pfandschein aus und die Lampe unter die Ladentheke und überreichte George Smith förmlich den Nachweis über ihre Transaktion. George studierte das kleine Stück Karton mit bedauerndem und zugleich hoffnungsvollem Seufzen, wusste, dass sein Besuch unwiderruflich vorbei war, wusste aber auch, dass er einen Gutschein für ein nächstes Mal in der Hand hielt.

Minuten nachdem er fort war, entlud sich aus dem Mund des Pfandleihers ein wütender, leidender Schwall der Verwünschung. »Dieser verfluchte Idiot mit seinem Gewäsch – dieser schwarze Irre! Was will der von mir?« Aber das war alles nicht mehr als ein Flüstern, so dass sich Jesus Ortiz, der sich aufmachte, um für sie beide das Mittagessen zu holen, nur neugierig nach dem Gezischel umdrehte.

Am Abend nahm Ortiz aus Sols Hand sein Gehalt entgegen. Dann stand er da und blies träumerisch über die Kanten der Geldscheine.

»Ich hab einen Onkel, draußen in Detroit«, sagte er und starrte jetzt auf den Ärmel, der Sols Tätowierung verdeckte. »Eigenes Geschäft seit vierzig Jahren – Klamotten verkauft er. Meine Erzeugerin sagt, der Mann steht so fest in dieser Stadt wie der Felsen von Gibraltar. Die Gewinne pflügt er immer wieder unter, erhöht damit ständig sein Kapital. Sie haben dort Rassenunruhen, Konjunktureinbrüche, alles Mögliche, aber das Geschäft meines Onkels wächst und gedeiht, egal, was ringsherum passiert. Die Bullen nennen ihn sogar Mister. Er ist Mitglied von Handelsvereinigungen und alles. Hat einen Sohn ungefähr in meinem Alter, und dieser Knabe wird alles kriegen, wenn mein Onkel mal abtritt. Klar, es ist dieses Geschäft, das ihn so stabil macht. Bisschen wie ein König, der die Krone an seine Kinder weitergibt. Meine Mutter sagt, dass wir ihn mal besucht haben, als ich circa vier war. Schwer zu sagen, aber ich glaube, ich erinnere mich an ihn. Hab Fotos von ihm gesehen, und jetzt weiß ich nicht mehr, ob ich mich in echt erinnere oder ob ich's mir nur von den Fotos her einbilde.« Er riss den Blick aus dem Nichts zurück und holte tief und entschlossen Luft. »Eines Tages hab ich auch ein Geschäft, ganz bestimmt«, sagte er beinahe ungestüm zu Sol. »Ich brauch nur die Kohle dafür, den verdammten Zaster!« Verächtlich schnippte er gegen das dünne Bündel Geldscheine und ließ es in der Tasche verschwinden.

»Dann spar deine Groschen«, sagte Sol mit der Wärme eines Jahrmarktschreiers.

»Das mach ich, Sol«, sagte Ortiz mit einem unerschütterlich starren, mitleidlosen Blick. Gleich darauf vollzog sein Gesicht wieder diese pantomimengleiche Verwandlung, und er lächelte. »Einstweilen lerne ich jedenfalls von einem Meister.« In seinen Augen stand unbestreitbare Neugier, und die Art, wie er Sol ansah, erinnerte an Tangees Sezierblick. »Sagen Sie mir eins«, fragte er in einem von flüsternder Eindringlichkeit verschatteten Ton. »Wieso seid ihr Juden solche Naturtalente fürs Geschäft?«

Sol sah ihn mit strenger Belustigung an.

»Wieso, wieso. Du willst mein Erfolgsgeheimnis klauen, ha! Nun, Jesus«, sagte er ironisch, »ich tu dir einen Gefallen – das gehört zu meinen Pflichten gegenüber dir als meinem Lehrling. Eigentlich ist es ganz einfach. Also spitz die Ohren, sonst verpasst du was.«

Jesus horchte nach Details unter dem ätzenden Humor, die ihm von dem verächtlichen Monolog seines Chefs womöglich entgingen, und seine Augen waren so klar und empfänglich wie die einer Katze, die im Dunkeln nach Beute fahndet.

»Du fängst an mit ein paar tausend Jahren, in denen du nichts hast außer einer großartigen bärtigen Legende, nichts anderes. Du hast kein Land, auf dem du Nahrung anbauen, keine Wälder, in denen du jagen kannst, nie genug Zeit am selben Ort, um dir eine Geografie oder eine Armee oder einen Landmythos zuzulegen. Aber in deinem Kopf hast du ein kleines Hirn und diese bärtige Legende, und auf beide kannst du dich verlassen, beide versichern dir, dass du wirklich was Besonderes bist, selbst in deiner Armut. Aber die Hauptsache, das ist dieses kleine Hirn. Damit beschaffst du dir ein Stück Tuch – Wolle, Seide, Baumwolle, egal. Du nimmst das Tuch, schneidest es entzwei und verkaufst die zwei Teile für einen oder zwei Groschen mehr, als du für das Ganze bezahlt hast. Vom Erlös kaufst du dann ein etwas größeres Stück Tuch, das sich vielleicht in drei Teile zerschneiden und mit drei Groschen Gewinn verkaufen lässt. In diesem Stadium darfst du nie der Versuchung erliegen, dir ein extra Stück Brot zu kaufen, oder Luxus wie ein Spielzeug für dein Kind. Du musst sofort hingehen und ein wieder größeres Stück Tuch kaufen, oder zwei große Tuche, und den Vorgang wiederholen. Und immer so weiter, bis du gegen die Versuchung gefeit bist, in der Erde zu graben und Nahrung anzupflanzen, bis du nicht mehr die Sehnsucht hast, auf ein riesiges Stück Land zu blicken, das auf deinen Namen hört. Du wiederholst denselben Vorgang immer wieder und wieder, ungefähr zweitausend Jahre lang. Und dann, voilà – hast du ein merkantiles Erbe, bist als Kaufmann bekannt, als Mann mit geheimen Ressourcen, Wucherer, Pfandleiher, Hexer und was nicht noch alles. Inzwischen ist es Instinkt. Naturtalent. Einfach, oder? Mein ganzes Geheimrezept – ›Wie habe ich geschäftlichen Erfolg‹ von Sol Nazerman.« Er lächelte sein starres Lächeln.

»Gute Lektion, Sol«, sagte Jesus. »Da lohnt sich doch die ganze Mühe.« Okay, ihr seid ein verschrobener Haufen, ihr macht einen wahnsinnig, egal, ob ihr Heilige seid oder die ärgsten Teufel. Ich krieg noch raus, was hinter diesem Krokodilsgrinsen steckt. »Danke für die Unterweisung, Chef, vielen Dank. Viel besser, Ihnen zuzuhören, als auf einen schnellen Dollar rauszugehen. Ich kann die nächste Stunde kaum erwarten.« Er wirbelte herum wie ein Tänzer: zumindest dieser Erinnerung, dieser Verhöhnung seiner Anmut und Jugend fähig. »Sie sind wirklich zu gütig, Solly, zu gütig«, sagte er über die Schulter, während er im kalten Schein von Sols Lächeln davonschlenderte.

»Geh, Jesus, geh in Frieden«, murmelte der Pfandleiher, die Hand auf dem Telefon, dessen Läuten er jeden Moment erwartete.

Und diese Körperhaltung, die bei einem anderen nur ein Innehalten hätte vermuten lassen, weckte bei ihm eine andere Assoziation. Eine Hand zum Telefon gestreckt, die andere auf dem Ladentisch, erinnerte er an eine dieser gespreizten Gestalten aus alten Stichen von Folterszenen, die wegen ihrer stilisierten Lebensferne kaum Grauen erregen; sie sind eine blutleere, schwarz-weiße Darstellung, in der Schmerz lediglich anklingt.

So fand ihn der Polizist Leventhal.

»Was machen Sie, Solly? Was ist aus dem Geschäft geworden? Mau heute, wie? Anscheinend war die ganze verdammte Stadt heut auf dem Land.«

Ohne Sols Schweigen zu beachten, begann er durch den Laden zu schlendern und berührte hier und dort mit der Spitze seines Schlagstocks einen Gegenstand. »Junge, Junge, was Sie hier alles haben.« Mit übertriebenem Staunen schüttelte er den Kopf. »Diese Neger kaufen doch ohne Sinn und Verstand. Die neuesten Autos, die modernsten Fernseher müssen sie haben. Aber wie gewonnen, so zerronnen. Kaufen auf Raten, und am Ende landet alles hier; dann kriegen Sie den ganzen Krempel. Aber es ist ja ein gutes Geschäft. Hey, übrigens«, sagte er und hob den Kopf, weil ihm plötzlich eine Idee kam, »meine Frau ist auf der Suche nach einem Elektromixer. Haben Sie zufällig einen?«

Sol nickte und bückte sich zu einem der unteren Regalfächer, in dem mehrere Geräte vor sich hin staubten. »Eine Hamilton Beach hab ich hier, Modell vom letzten Jahr.«

»Hey, das wär super. Wie wär's, wenn Sie mir 'ne Rechnung ausstellen?«, fragte Leventhal, während er den Mixer besitzergreifend an sich zog.

»Das ist ein Bargeschäft«, antwortete Sol.

»Ach, ich bezahle, wenn ich meinen Gehaltsscheck habe. Was kostet der?«

»Für Sie neun Dollar. Kommen Sie wieder, wenn Sie das Geld haben; ich leg ihn für Sie zur Seite«, sagte Sol gleichgültig, nahm ihm den Mixer aus der Hand und legte ihn zurück ins Regalfach.

Leventhals Gesicht verhärtete sich, doch er verzog den Mund zu einem Minimallächeln, um seinen Zorn zu übertünchen. »Okay, Solly, tun Sie das.« Aggressiv schlug er sich mit dem Schlagstock gegen die flache Hand und begann sich schmaläugig im Geschäft umzusehen. Der Rasenmäher stach ihm ins Auge. »Wer zum Teufel bringt einen nagelneuen Rasenmäher hierher? Ich schreib mir mal die Seriennummer auf, wenn Sie nichts dagegen haben.«

Sol zuckte die Achseln; er empfand eine grimmige Erheiterung. Da hatte er also wieder die klassische Rolle des Verhörten, und Leventhal spielte den Part des Unterdrückers. Zunehmend verwirrend; bald würde man die Juden nicht mehr von ihren Unterdrückern, die Schwarzen nicht mehr von den Weißen unterscheiden können.

»Auf der Liste steht er nicht; und mehr kann ich nicht wissen«, sagte Sol mit karikaturistisch ausgebreiteten Handflächen.

»Okay, Solly, vorläufig okay. Halten Sie sich raus und bleiben Sie sauber.«

Bei der vertrauten Warnung hoben sich Sols Brauen.

»Und behalten Sie im Hinterkopf, was ich über Ihre langen Öffnungszeiten gesagt habe. In letzter Zeit waren mehrere Raubüberfälle in der Gegend. Ich möcht ja nicht, dass meinem Landsmann was passiert, nicht wahr?«

Sol nickte. »Behalte ich im Hinterkopf«, sagte er und sah der davonschlendernden Uniform nach.

Und dann läutete das Telefon.

»Ich bin's, Chef«, sagte die bleierne Stimme.

»Heute hätte dieser Savarese kommen sollen, kam aber nicht«, sagte Sol.

»Nein? Na gut, ich kümmere mich drum«, antwortete die leblose Stimme von Albert Murillio. »Dann kommt er morgen. Sonst nichts Neues?«

»Nichts Wichtiges. Dieser Bulle, Leventhal, schnüffelt nach Almosen. Er würde gern Ärger machen.«

»Leventhal?« Es erklang ein metallisches Gelächter. »Der Hurensohn. Er hat keine Ahnung, was läuft. Zerbrechen Sie sich seinetwegen nicht den Kopf.«

Sol stimmte schweigend zu; seine Gesprächsbeiträge enthielten niemals belangloses Geplauder.

»Also gut, Chef, erwarten Sie Savarese morgen. Und ansonsten bleiben Sie sauber. Ich melde mich.« Und damit war die Stimme verschwunden.

Daher also hatte Leventhal seinen Spruch. Sie umschwirrten ihn alle wie ein Pulk Leibwächter.

Aus reinem, kindischem Trotz gegen einen Namenlosen ließ er das Geschäft abends bis halb neun offen. Was im Grunde pervers war, denn er war unnatürlich müde und wackelig auf den Beinen.

Als er herumging und belanglose, unnötige Arbeiten erledigte, spürte er den Beginn eines tiefsitzenden, nicht lokalisierbaren Schmerzes, eines Wehs, das nicht eigentlich wehtat, nur die vage Verheißung von Leiden war, wie eine barometrische Vorankündigung. Niemand kam herein, und nur selten blieb draußen jemand vor den vollgestopften Schaufenstern stehen. Während er sinnlos mit Papieren hantierte, die ihm auf einmal vorkamen wie Papyrusfragmente voller Hieroglyphen, legte er sich plausible Gründe für diese merkwürdige Niedergedrücktheit zurecht. In kleinen Bruchstücken nicht gesprochener Wörter sagte er sich, dass er wahrscheinlich eine kleine Malaise ausbrütete, dass er zu viel arbeitete und nicht genügend schlief, dass er eine Phase durchmachte.

Ich werde alt … alt und flau …
Kleide mich in Mäusegrau.

Er kicherte heiser und erschrak über den Klang seiner Stimme. Ich glaube, ich schaue heute Abend bei Tessie vorbei. Ja, das mach ich. »Na schön, na schön«, sagte er laut, als würde er von jemandem bedrängt. Und dann gab er dem jähen Versagen seines Körpers nach. Er schloss zu, sperrte ab, verriegelte, setzte die schweren Gitter vor den Fenstern ein. Dann ging er zur U-Bahn, um zu Tessie Rubins Wohnung zu fahren. Unterwegs hatte er das Gefühl, als sei er einer Sache um ein Haar entronnen und bewege sich jetzt bestürzend nahe am Rand unzähliger weiterer Gefahren.

Und als er die schmutzstarrenden Stufen zur U-Bahn hinunterstieg, war ihm, als stürzte die graue feuchte Luft auf ihn herab wie eine feste, zerschmetternde Masse, so dass selbst das Donnern des unterirdischen Zugs den Klang einer Flucht hatte.

4

Tessie Rubin öffnete ihm die Tür, und es empfing ihn ein anderer Geruch, als im Treppenhaus herrschte. Auch auf dem Flur mit seinem Fliesenboden und den gebrochenen Fensterscheiben roch es nach Kohl und Ruß; Tessies Wohnung verströmte die individuelleren Gerüche nach schlechter Küche und Staub.

»Ah, du bist es«, sagte sie und zog die Tür weiter auf. Die jähe Furcht in ihrem gelblichen Gesicht wich dem chronischen, aber resignierten Ausdruck einer Dauerangst. »Dieser Goberman ist mich wieder um Geld angegangen. Er verflucht mich, stell dir vor – er *verflucht* mich, weil ich kein Geld für die Jewish Appeal gebe. Ist das eine Art, Spenden aus den Leuten herauszupressen – sie verfluchen!«

Sol ging an ihr vorbei durch den Korridor, dessen Wände so dunkel und konturlos waren, dass sie wie leerer Raum wirkten.

»Er streicht es selber ein«, beschwichtigte er sie, als sie ihm ins Wohnzimmer folgte.

»Ein Teufel ist er, jawohl. Sagt er zu mir: ›Gerade du solltest einen Beitrag leisten, um jüdisches Leben zu retten.‹ Was will er von mir, Blut? Sieht er nicht, wie ich lebe? Vielleicht weiß er nicht, dass ich keinen einzigen Cent im Haus habe. Jede Woche kommt er, und wenn ich ihm was gebe, schaut er es an, als wär's Dreck. ›Das nennst du einen Beitrag?‹, sagt er. Was will er von mir, frag ich dich.« Sie ließ sich müde in einen Sessel fallen, der sich unter seiner verblassten Cretonne-Bespannung sackartig zur Seite neigte, wie ein kranker alter Elefant unter zerschlissenen Königsgewändern. Tessie hatte eine große gebogene Nase, und ihr Gesicht war sehr dünn; an den Schläfen hatte sie tiefe Dellen, und ihre Augen, gestrandet in der Magerkeit sämtlicher Züge, waren ungewöhnlich groß und trübselig. Sie breitete die Arme aus und spreizte erschöpft die Beine: Deren Dünnheit war geradezu grotesk, denn ihr Rumpf war schwer und kurz und hatte gewaltige Brüste. »Warum schaut er sich nicht an, wie ich lebe? Wie kann er denken, ich bin ein Rothschild, ein Baruch! Vielleicht soll ich ihm sagen, dass ich als Abendessen für mich und den *altn* Brot in Büchsenmilch eingeweicht habe.«

»Letzte Woche habe ich dir fünfzig Dollar gegeben. Warum Brot und Milch?«, fragte Sol ärgerlich, während er sich auf dem Sofa zurücklehnte, das ebenso formlos war wie der Sessel, auf dem sie saß.

»Warum, warum! Weil ich zwei Mal den Doktor holen musste, für ihn, den alten Mann – Hausbesuche. Jedes Mal zehn Dollar.«

»Also dreißig Dollar in fünf Tagen. Kein Vermögen, aber mehr als Brot und Milch sollte rausspringen.«

»Ach, ich werd auch verrückt, weißt du. Ich habe einmal einen kleinen Film gesehen, und ein kleines Hauskleid hab ich gekauft, damit ich nicht mit sichtbaren Löchern herumlaufen muss. Ist das ein Verbrechen?« Grimmig, wie um ihre unveränderte Ruhehaltung wettzumachen, starrte sie ihn an.

Sol tat das Thema mit einer Handbewegung ab. »Ich lass dir ein paar Dollar hier, wenn ich gehe. Erinnere mich dran.« Er wandte den Kopf zu der Tür, die zu den zwei Schlafzimmern führte. »Wie geht's ihm, dem alten Mann?«

»Er lebt. Wie soll's ihm gehen.«

Sol nickte und ließ sich auf der Couch tiefer gleiten, bis er fast lag. Er atmete langsam durch die Zähne aus und verschränkte die Arme über den Augen. Die hässliche Grotte, die dieses Zimmer war, drang mit all ihren abgestandenen, muffigen Gerüchen in ihn ein; dennoch entspannte er sich seltsamerweise, wie jedes Mal, bis zur völligen Erschlaffung. Er hörte Tessie am anderen Ende des kleinen Raums leise seufzen, meinte trotz der Arme über seinen Augen die bedrängende Fülle unschöner Erinnerungsstücke zu sehen, die sie aus ihrem früheren Leben zurückverlangt oder nachgestellt hatte: einen Messingsamowar, ein doppelt gerahmtes, verziertes Bild von ihr und ihrem toten Mann, Hermann Rubin, einen braunen, deprimierenden Wandteppich mit der Darstellung eines venezianischen Kanals, einen von irisierend grünen Tulpen strotzenden kannelierten Wandteller aus Porzellan, ein Bild ihrer Eltern in den starren Posen von vor einem halben Jahrhundert, ein pausbäckiges Kind mit leichtem Silberblick in einem ovalen Rahmen – ihr verstorbener Sohn Morris. Der Wasserhahn in der Küche war undicht und entließ nicht Getröpfel, sondern ein beharrliches Rinnen. Von oben kam ein Dauertrampeln, die schweren Schritte Erwachsener und das leichte Getrippel von Kindern. Im Schlafzimmer stöhnte der alte Mann und stieß einen komplizierten jiddisch-polnischen Fluch hervor, gefolgt von einem hohen, fast weibischen Wehklagen, das mit der Zeit zu kurzen röchelnden Atemzügen verebbte. Es roch nach saurer Milch und Blumenkohl, und über allem lag ein durchdringender Schweißgeruch, als wäre das Gebäude ein riesiges schwitzendes Wesen. Sol begann sich leichter zu fühlen, sein Atem ging tiefer und regelmäßiger. Er lag da, lauschte den Geräuschen seines davondämmernden Körpers und beobachtete den betäubenden Frieden seiner Gliedmaßen, bis er wirklich einschlief, tief und friedlich.

Als er aufwachte, wusste er im ersten Moment nicht, wo er war. Bis auf das Licht, das unter der Tür zur Küche hervorschimmerte, war alles dunkel. Reglos lag er da, lauschte dem Klappern von Kochgeschirr, genoss das kraftlose Behagen seines Körpers.

»Wos gibt's zu essen? Bin ich kronk. Brauch ich Kraft, *kojech*«, sagte die nörgelnde alte Stimme. »Ich ess Brot und Milch und du … wos versteckst du und isst, wenn ich schlof? Ha, wos – Lachs un Hering, saftigen Räucherfisch? Ich bin *kronk, dajne ejne tate.* Du lasst mich verhungern. Ah, es is alles aus mit mir«, jammerte er.

»Schsch, du weckst ihn auf, lass ihn schlafen. Er ist so müde, der Mann, er braucht seinen Schlaf. Ich hab ein bisschen Geld aus seiner Tasche genommen und ein paar schöne frische Eier gekauft, Frischkäse. Du magst doch Frischkäse, Pa«, sagte sie.

»Ich träum von gerajcherten Butterfisch. Wieso ham wir nicht gerajcherten Butterfisch?«, beschwerte sich der alte Mann.

»Ich brate dir die Eier ganz durch, wie du sie magst«, sagte die Stimme der Frau. »Aber red nicht so laut, bitte. Hier schläft er doch am besten.«

Sol lag und rührte sich nicht. Der Geruch nach Rührei drang zu ihm, die Geräusche der anderen Hausbewohner. Ringsum war Leben, ausgehöhlter und mit insektengleicher Menschheit gefüllter Stein, die ganze Erde war ein bevölkertes Wabengebilde. In einem anderen Hohlraum aus Fels oder Ziegel oder Holz waren Jesus Ortiz, Morton, George Smith,

Murillio, Milliarden. Insekten, die das sanfte, stille Gleichmaß der Erde zerstörten. Zersetzten, beschmutzten, verletzten. Wo war der Gigantenfuß, der sie alle zertrat? Wo die gesegnete Stille? Schritte, scheppernde Töpfe, Stimmen von Fremden, dem alten Mann, der Frau in der Küche. Er nickte ein, um eine letzte kleine Leere traumlosen Schlafs zu erkunden.

»Sol, Sol, wach auf. Es gibt Abendessen. Komm, bevor es kalt wird.«

Er starrte zu ihrem hageren, freudlosen Gesicht hinauf. Sie nickte, um ihm zu bestätigen, dass er wach sei; sie hatte viel Erfahrung mit den verletzten Grenzen zwischen Traum und Wirklichkeit, wusste genug, um sich die Zeit zu nehmen, einen Schläfer zu beruhigen. »Eier und Semmeln, Kaffee. Ja, ja, ich bin's nur, Tessie … komm.«

Langsam faltete er sich auseinander, setzte sich auf, erhob sich. Sie berührte seinen Arm, und er folgte ihr. In der Küche empfing ihn der Alte achselzuckend.

»Hallo, Mendel«, sagte Sol.

»Klar, klar«, sagte der alte Mann bitter. »Was interessiert das die? Stellt bloß keine Fragen, es ist ein Jude – vergast ihn, verbrennt ihn, stecht heiße Nadeln in ihn.«

»Iss, Pa, solang es warm ist«, sagte Tessie und sah Sol über den Kopf ihres Vaters hinweg an.

Zu dritt saßen sie um die Porzellanplatte des Küchentisches. Sol griff nach einer Semmel, Tessie schenkte Kaffee ein, der alte Mann nuschelte mürrisch das Tischgebet; sein Gesicht war eine ausgetrocknete Reliefkarte irgendeines vergessenen Tals. Fünfundsiebzig war er und sah aus wie hundert. Er hatte viele Dellen in seinem kahlen Kopf, seine Nase war eingedrückt; aber er war von zähem Schlag und lebte immer noch.

»Ihr Mann ist in Belsen umgekommen«, sagte der alte Mann unvermittelt und zeigte mit krummem, anklagendem Finger auf seine Tochter. »Und was sie ihr angetan haben, ja, ja. Und da sitzt sie wie eine Dame. *Oj waj*, ich bin *sejer kronk*.« Er fing an zu weinen und wischte sich die Augen.

»Ich weiß, Mendel. Hör jetzt auf damit. Lass uns in Frieden essen, um Christi willen«, sagte Sol. Mit Trauermiene machte er sich an sein Essen, wie um ein Beispiel zu geben. Tessie zuckte die Achseln und begann ebenfalls zu essen, den Blick unverwandt auf dem Teller. Auf der totenbleichen Haut ihres Arms hatte sie eine ähnliche Tätowierung wie Sol. Aus dem Hahn rann das Wasser, von oben kamen das Getrampel der Nachbarn und gelegentliche Rufe auf Spanisch und Jiddisch. Auf der Straße schrie jemand, und eine Polizeisirene heulte auf und fuhr von dem allen davon. Hier, Rubin, hier ist deine liebreizende Witwe, dein würdevoller Schwiegervater; ich passe für dich auf sie auf, erhalte sie in einer ihrem Stand geziemenden Weise. Die Erde sei deinen Knochen leicht – du versäumst nichts, überhaupt nichts.

Endlich waren sie fertig. Tessie scheuchte den alten Mann in sein Zimmer und schloss die Tür hinter ihm, dann kam sie in die Küche zurück und räumte das Geschirr ab. Sol ging ins Wohnzimmer und setzte sich. Er schloss die Augen und wartete. Bald hörte er sie ins Zimmer kommen und sich neben ihn setzen. Er öffnete die Lider; nach wie vor war das Zimmer nur vom Licht der Küche erleuchtet. Sie sah ihn mit glänzenden, trostlosen Augen an.

»Was haben wir in diesem Leben?«, fragte sie.

»Wir haben, wir haben. Wir leben.«

»Ich könnte den ganzen Tag schreien. Ich hätte Lust, mich zu Tode zu schreien«, sagte sie.

»Aber du tust es nicht, und ich tu's nicht, und der alte Mann tut es nicht. Wir leben und wehren die Tiere ab.«

»Sie haben es besser, die Toten.«

»Dazu sage ich nichts. Ich will nicht darüber reden. Es ist lächerlich, darüber zu reden. Ich fühle mich sowieso seit ein, zwei Wochen nicht wohl. Red keinen Unsinn.«

»Dann rede ich gar nicht«, sagte sie.

Schweigend saßen sie etwa zehn Minuten beieinander, wie zwei friedliche Menschen, die von einer kühlen Veranda aus die Landschaft betrachten.

Dann fragte sie: »Willst du?«

»In Ordnung«, sagte er.

Im Halbdunkel zog sie ihr Kleid aus. Er legte sich rücklings aufs Sofa. Schließlich drückte sie ihm ihre schweren, hängenden Brüste ins Gesicht und schmiegte sich an ihn. »Bist du nicht zu müde?«

Er schüttelte den Kopf an ihrem warmen Körper, der alt roch. Mit kleinen Seufzern wandten sie sich einander zu. Und dann liebten sie sich auf dem klumpigen Sofa, während aus dem Nebenzimmer der stöhnende Wahnsinn des Alten drang, und es war sehr wenig Leidenschaft zwischen ihnen und nichts von echter Liebe oder Zärtlichkeit, sondern nur diese unendlich viel stärkere Kraft der Verzweiflung und gemeinsamen Qual.

Als es vorüber war, sagten sie nichts zueinander. Nach ein paar Minuten stand Sol auf und strich sich die Kleider glatt. Er zog ein paar Geldscheine aus der Tasche und klemmte sie unter den Samowar. Mit der Hand an der Tür sprach er, ohne sich umzudrehen.

»Montag, Dienstag komme ich vielleicht wieder«, sagte er.

»Was soll ich mit dem Quälgeist Goberman machen?«, fragte sie dumpf und erwartete nicht einmal den Anschein eines Wohlwollens von ihm. Gespenstergleich lag ihr kraftloser Körper im dunklen Zimmer.

»Gut, ich komme Montagabend. Sag Goberman, dass er Montag kommen soll und du dann mit ihm abrechnen wirst. Ich bin dann auch da und nehme ihn mir vor.«

Sie seufzte zur Antwort.

Er schloss die Tür hinter ihr und ihrem Vater; dieses Schließen der Tür war, als verabreichte er sich eine Arznei, ein Opiat, das einen Korridor seines Geistes absperrte. Durch den gefliesten Flur mit seinem Kohlgeruch und seiner Ähnlichkeit mit einem uralten, aufgelassenen Krankenhaus ging er hinaus auf die Straße, die unregelmäßig beleuchtet und dunstig von der zunehmenden Hitze war.

Wie ein Träumender ging er zur U-Bahn; bei der Aussicht auf die Entfernung, die ihn von seinem Bett trennte, sackte er vor Müdigkeit wieder in sich zusammen.

5

Mabel Wheatly hing an Jesus Ortiz' Arm wie eine Braut; er litt ihre besitzergreifende Umarmung, weil er sich männlich fühlte, wie er so durch die Menge ging. Die falsche Exotik des Tanzpalastes stürmte bei jedem Schritt grell und hektisch auf das Paar ein. Es war ein gewaltiges Stimmengewirr, ein fedriges Rascheln von Kleidern. Das Licht war eine wilde Farce; es kam von einem rotierenden Prisma an der Decke und tauchte Jesus und das Mädchen abwechselnd in Grün, Rot, Gelb, Blau. Die Band erzeugte rhythmisches Stampfen zu einem Minimum an Melodie. Dunkle Gesichter, weiße Zähne und flatternde Kleider öffneten ihnen eine wogende Gasse, durch die sie sich an einer Seite des riesigen Raums entlang den Weg zu einem leeren Tisch bahnten.

Ortiz stellte knallend seine zwei Flaschen Bier auf den Tisch, und sie setzten sich. Mit kühlem, leicht gelangweiltem Blick überflog er die wuselnde Halle und genoss den Anblick, den sie beide boten; er dasitzend wie ein Mann, der herumgekommen ist, Mabel halb über dem Tisch liegend, seine Hand haltend, die Augen unverwandt auf ihn geheftet. Ihr Ausdruck war ein naiver Versuch, sinnlich zu wirken; es war ihr Handwerkszeug, aber auch ihre einzige Möglichkeit, Gefühl zu zeigen. Sie trug ein Kleid in metallischem Grün, so tief ausgeschnitten, dass es den Ansatz ihrer vollen braunen Brüste offenbarte. Ihr Gesicht war zart geschwungen, großäugig, mit weiten Nüstern; sie bot ihrem Begleiter ihr Bestes, er aber saß in mürrischer Geistesabwesenheit neben ihr und ließ den Blick nach etwas schweifen, auf das er hier nicht zu hoffen brauchte.

»Möchtest du tanzen, Schatz?«, fragte sie schüchtern und strich mit den Fingerkuppen über seinen Handrücken.

»Lass uns erst mal nur hier sitzen … bisschen reden. Ich bin müde. Musste mir den ganzen Nachmittag für diesen Juden die *cojones* abarbeiten. Reden wir nur ein bisschen«, sagte er träge, und sein Blick war überall, nur nicht auf ihr.

»Worüber möchtest du denn reden, Schatz?«, fragte sie. Mit hungrigen Augen hing sie an ihm und sehnte sich nach irgendeiner ungreifbaren, strahlenden Reinheit, die sie in ihm vermutete. Von ihm erhoffte sie sich einen Ausweg, eine Rettung, was sie sich nur halb eingestand. Nicht dass sie die Prostitution für eine schlechte Methode hielt, sich den Lebensunterhalt zu verdienen. Nur war sie zuzeiten vor Hoffnungslosigkeit wie betäubt und empfand, wenn sie den verschrobenen Ängsten und Gelüsten ihrer zahlenden Kunden nachkam, einen derart intensiven Überdruss, dass sie schon über Selbstmord nachgedacht hatte und nur dank einer unerklärlichen Neugier, was der nächste Tag wohl bringen werde, von der Idee wieder abgekommen. Dieser Junge war so lässig, er sah so süß aus, und er schien sich auszukennen in der Welt, schien irgendeine fabelhafte Antwort zu haben. »Schwebt dir was Bestimmtes vor, Süßer?«

»Zu reden?« Er drehte sich zu ihr, erstaunt, als käme der Vorschlag von ihr. »Also, worüber hätten wir zwei zu reden? Geschäftliches, willst du drüber reden, in welche Art von Geschäft ich einsteigen soll?«, fragte er sarkastisch. »Bist du eine Expertin, oder was? Na gut, sag's mir. Soll ich in Textilien machen wie mein Onkel in Detroit? Oder in Grabsteinen oder Kinderwagen oder Lebensmittel oder ... oder soll ich ins Pfandleihgeschäft?«

»Da steckt doch gutes Geld drin, in der Pfandleihe«, sagte sie und tat, als hätte er sie im Ernst gefragt. »Der Jude bringt dir den Beruf bei, oder?«

»Ja, das stimmt.« Auf einmal glänzten seine Augen hart vor Begierde. »Ah, wenn ich den Scheißzaster hätte, die Kohle ...«

»Es ist dir ernst, oder? Du willst wirklich ein Geschäft aufmachen?«, fragte sie und überlegte, welche Rolle sie dabei spielen könnte.

»Natürlich.«

Einen Moment lang sah sie ihn vorsichtig an. »Kann ich mit einsteigen?«, platzte sie heraus.

Er musterte sie mit höhnischer Belustigung.

»Du sagst doch, du brauchst so dringend Geld. Also, ich könnte ja was beisteuern, oder? Wie fändest du das?«

Er lächelte und ließ die Finger ihren Arm hinaufgleiten. Es schmeichelte ihm, dass ihm eine Hure Geld anbot. Wie viele Männer bekamen solche Angebote? War das nicht der Beweis, dass er Mann unter Männern war?

»Vielleicht; man kann nie wissen, Mabel. Ich mag dich gern, du bist eine Süße, ich bin gern mit dir zusammen. Natürlich mache ich meine Pläne für mich allein, aber man weiß ja nie. Zeig mir das Geld, dann sehen wir weiter.«

»Du siehst weiter. Ich beschaffe mir Geld, werd der Kundschaft ein bisschen auf die Pelle rücken. Ich will ja das, was ich tue, auch nicht bis in alle Ewigkeit machen. Ich kriege ein paar Geschenke, extra, weißt du. Hab schon massenhaft Zeug zum Versetzen. Du wirst sehen, Schatz, ich werd dich überraschen.«

»Ja, mach das, schön, schön«, sagte er, während er den Blick suchend durch den Saal schweifen ließ. Ringsum waren eine Myriade fliehender Farben und die stampfende Musik, die sich mit hunderten Stimmen und dem raschelnden Gleiten der zahlreichen Tänzer auf dem Boden verflochten. Das farbige Licht huschte über Ortiz' edlen Kopf hinweg wie ein Widerschein seiner luftigen Ideen, seiner versponnenen, verzweifelten Tagträume. Jetzt war er ein Schrank von einem Mann und hatte Hände von gewaltiger, sehniger Kraft und ein Gesicht, das hart und brutal war und Furcht und Schrecken verbreitete; und jeder, er eingeschlossen, kannte seinen Namen, denn er war in die Wand eines mächtigen, eindrucksvollen Gebäudes eingemeißelt – JESUS ORTIZ.

Tangee und Buck White setzten sich an den Nebentisch. Tangee war mit einer auffallenden Begleitung erschienen, nicht seiner Gattin, sondern einer überkandidelten schwarzen Frau mit violettem Lippenstift. Buck White hatte seine Ehefrau dabei, die er scheu von der Seite beobachtete. Sie war ein hellhäutiges Mädchen von zarter, flittriger Schönheit, und ihre griesgrämige, gelangweilte Miene demonstrierte aller Welt, dass sie sich von ihrem begriffsstutzigen Gatten zwar hatte kaufen lassen, ihr Preis aber stetig stieg – direkt vor seinen verzweifelten Augen.

»Hey, Mann«, rief Tangee herüber. »Wie läuft das Pfandgeschäft?«

»Geht so«, antwortete Jesus ausweichend.

»Ah, den hört euch an, *geht so*! Der Laden ist eine Gelddruckmaschine!«

Jesus zuckte die Achseln. »Is nicht meiner.«

»Wieso kommt ihr nicht rüber und setzt euch zu uns, du und dein Mädchen?«, bot Tangee an. »Bisschen Geselligkeit.«

Jesus sah Mabel an, dann stand er auf und ging zum Nebentisch. Sie folgte ihm, schüchtern erfreut. Stühle wurden gerückt, es wurde kurz reihum gelächelt.

»Billy und Thelma, das sind Jesus Ortiz und ... hab den Namen deiner Kleinen nicht mitgekriegt ...« Tangee beugte sich vor, die diplomatische Brücke zwischen all ihren Unterschieden.

»Mabel«, sagte Jesus und ertrug die kichernden Begrüßungen, das verlegene Hin- und Herrutschen von Buck, für den Höflichkeiten kompliziert waren und besser vermieden wurden. Billy aber, seine Frau, starrte Jesus unverhohlen an, während sie mit den beiden anderen Frauen Konversation machte und Buck von den Säcken voll Gold träumte, mit denen er die nervöse Aufmerksamkeit seiner Frau erringen könnte.

»Also, Ortiz, ich denk schon die ganze Zeit über was nach. Krieg's aber nicht in den falschen Hals. Bin nur neugierig.« Tangee betrachtete Jesus' unbehaarte kleine Hände mit ihren zierlichen dünnen Fingern und sah, wie sie sich unter seinem prüfendem Blick zu Fäustchen ballten. »Wie kommt's, dass ein schlauer Junge wie du in diesem Pfandhaus arbeitet? Du hast auch schon mal höher gepokert, nicht? Zufällig weiß ich, dass du mal für diesen Dealer gearbeitet hast, diesen Kopey. Lukrative Sache vor paar Jahren. Wie kommt's, dass du jetzt diesen Negerjob machst? Was kriegst du – dreißig, vierzig Kröten? Du schaust eigentlich nicht aus wie ein Hausmeister.«

»Meine Sache, Tangee.«

»Okay, ich kapier's nur nicht.«

»Ich hab meine Pläne.«

»Klar, wer hat die nicht?« Tangee spielte mit dem Aschenbecher, den Blick auf den geballten Kinderfäusten. Nach angemessener Pause fragte er, beiläufig: »Sag mal, dieses Pfandhaus da, läuft das gut?«

»Viel Kohle«, sagte Jesus, der Tangee hartnäckig ins Gesicht starrte, um ihn von seinen Händen abzulenken.

»Ja, Mann, dachte ich«, sagte Tangee. »Genau das sagt auch Robinson, stimmt's, Buck? Genau die gleichen Worte, ›Viel Kohle‹.«

»Das hat er gesagt, als er …«, bestätigte Buck, brach aber ab, ehe ihn die Worte überforderten.

Billy White sah ihren Mann mit verächtlich gerunzelter Stirn an, und ihr Blick begann von Jesus' Haar zu seinem Mund zu seinen Händen zu wandern.

»Lohnt sich, drüber nachzudenken, über den ganzen Zaster«, sagte Tangee.

Jesus sah ihn mit glatter, unergründlicher Miene an, während das Orchester den Beat gegen die Wände und den Boden hämmerte und an der süßlich-verrauchten Luft zerrte, so dass die Hände und Füße der Leute gar nicht anders konnten, als dem Rhythmus zu folgen. Die Frau namens Thelma klopfte mit ihrer großen schwarzen Hand mit und summte irgendwas vor sich hin. Die Prismen an der Decke schwenkten farbige Lichtkegel über Gesichter und Flaschen, und trotz allem Trubel und Lärm war das vorsichtige, spekulative Atmen der drei Männer deutlich zu hören.

»Er ist süß«, sagte Billy White unvermittelt. Alle Köpfe drehten sich zu ihr. »Schaut nur, wie süß er ist«, sagte sie und blickte auf Jesus' Mund. »Ein Gesicht wie ein Mädchen. Und seht euch die Hände an – so hübsch, so mädchenhaft. Ich mag Männer mit so zarten Händen und so.«

Jesus spürte, wie es ihm die Kehle zuschnürte, wie sein

ganzer Körper sich versteifte vor Wut und vor Scham. Sämtliche Hände schienen auf dem Tisch ausgestellt, Bucks Riesenpranken, Tangees, Thelmas – sogar Mabels Hände waren ein wenig größer als seine. Tangee lächelte verschlagen. Buck hob nur leicht verwundert die Hände; er hatte noch nie über sie nachgedacht. Jesus hatte auf einmal ein Zucken in den Armen, als zerrte jemand daran. Ein Glas kippte um und rollte auf den Boden, ohne zu zerbrechen. Mabel entfuhr ein Laut des Erschreckens, sie bückte sich, um es aufzuheben, besann sich aber auf irgendein abwegiges Schicklichkeitsgebot und nahm von der Idee wieder Abstand.

Tangee lachte kurz auf. »Du magst einfach Männer, Billy, Punkt«, sagte er. Aber auch sein Blick folgte den gemeißelten Linien, registrierte die leicht überdimensionierten Augen, die geschwungenen, jetzt in finsterer Anspannung zusammengepressten Lippen, die unmittelbar an der Tischkante geballten Händchen. Und er hielt Ausschau nach etwas, was ihm nützlich sein konnte, was vielleicht zu unterschwellig war, als dass er den Finger hätte darauflegen können, aber da, da war es trotzdem. »Beachte sie nicht, Ortiz; sie will dich nur in Verlegenheit bringen, weiter nix.«

Jesus verzog den Mund zu einem steifen Lächeln und starrte Billy dreist an. »Wieso, ich bin halt ihr Typ. Ist doch ein Kompliment, oder.«

Buck betrachtete unterdessen seine neu entdeckten Hände und begann die Knöchel aneinanderzureiben, und in seinem massigen Gesicht war ein verwirrter Ausdruck; es gärte in ihm.

Jesus schob seinen Stuhl zurück und stand auf. »Wir müssen die Fliege machen«, sagte er leise, ohne sein blasses Lächeln aufzugeben. Mabel stand mit ihm auf.

»Tät sich lohnen, drüber nachzudenken, die ganze Kohle«, sagte Tangee.

»Ja, gut, ich denk drüber nach«, antwortete Jesus und winkte in die Runde. Tangee sah er einen Moment länger an, nahm dessen geheimniskrämerische, bedeutungsvolle Miene entgegen und gab sie ungeöffnet zurück.

»Vielleicht reden wir ein andermal, Tangee«, sagte er.

»Das wär gut, sehr gut«, rief Tangee ihnen nach, und er beobachtete Jesus' schmalen Rücken mit flachem und doch gierigem Blick, bis die beiden, ein letztes Mal gerötet und gebläut vom Prismalicht, im Gewoge der Menschen verschwunden waren.

Auf der Treppe zu Ortiz' Wohnung ging Mabel voraus. Seine Mutter war längst bei ihrer nächtlichen Arbeit, der Putzstelle in dem großen Bürogebäude. Sie betraten die Dreizimmerwohnung, und Mabel schaltete den kleinen Radioapparat ein, während Jesus mit der eben erstandenen Ginflasche in die Küche ging. Sie summte das Lied mit, während sie auf ihn wartete, und ließ den Blick gedankenverloren über einen vertrauten Anblick schweifen – vertraut in seiner Ähnlichkeit mit zehntausenden gleichartigen Wohnungen überall in der Stadt. Sie wusste, dass Jesus und seine Mutter während der letzten zehn Jahre ein Dutzend Mal umgezogen waren und dass eine Wohnung wie die andere gewesen war, wie lauter Zimmer in ein und demselben gigantischen Mietshaus. Kritiklos glitt ihr Blick über die Wände, die von den vielen übereinandergelegten Farbschichten uneben geworden waren, als hätte sich allen Verschleierungsversuchen zum Trotz die Armut den Zimmern eingekerbt. In einer Ecke beleuchtete eine flackernde Laterne eine süßliche Madonna, und ein Stück weiter fing die Goldbemalung eines Kruzifixes den Muttergottesschein auf. Das Bett unter seinem bescheidenen Überwurf und die müden Polstermöbel waren von der gleichen Formlosigkeit infiziert, und man merkte, dass der besondere Geruch der Ärmlichkeit nur von der verzweifelten Reinlichkeit der Frau, die hier lebte, halbwegs im Zaum gehalten wurde. Ein Foto von Jane Ortiz stand da, Jesus' Mutter, einer dunkelhäutigen Frau mit ausgeprägt negroiden Zügen, die verlegen lächelte, wie eingeschüchtert von der Nähe ihres neben ihr stehenden identisch gerahmten Ehemannes. Der Vater, der schon lang aus dem Leben von Mutter und Sohn verschwunden war (Mabel, die sich seiner unerklärlichen wunden Punkte durchaus bewusst war, hatte nie gewagt, Jesus zu fragen, was aus seinem Vater geworden sei), sah beinahe weiß aus, ein schmalnasiger, schmallippiger Mann mit großen, sinnlichen, leicht hervortretenden Augen, wie die eines spanischen Granden.

»So, da bin ich wieder, Baby«, sagte Jesus und reichte ihr ein volles Glas Gin mit ungeschickt zerschlagenen Eisklumpen darin. Er stellte die Flasche auf dem Beistelltisch ab und setzte sich neben sie auf die Couch. In der Küche brannte Licht; im Wohnzimmer aber spendete das einzige Licht der kleine Altar in der Ecke. Das Radio spielte Rock 'n' Roll, Mabel summte mit, gelegentlich eine Wortfolge einfügend, an die sie sich erinnerte. Ihr Kopf ruhte behaglich an seiner Schulter. Jesus nippte von seinem Glas und starrte auf den mattbunten Lichtschein von Neonreklamen und Straßenlaternen auf der herabgezogenen Jalousie. Er wich seinem furchtsamen Zorn aus; stattdessen sah er sich auf einer weiten, flachen Ebene, die völlig leer war, ohne einen Menschen, ohne Haus oder Baum, ohne eine Bodenerhebung. Und dann stellte er sich vor, wie er, erfüllt von gewaltiger, zitternder Erregung, auf ein großes Licht in der Erde zuging; er wusste nicht, wo das Licht herkam, er ging darauf zu und fragte sich, ob es furchtbar oder erregend wäre.

»Ein Penny für deine Gedanken, Schatz«, sagte sie schüchtern, bereit, ihr Angebot unendlich zu erhöhen.

»Nazerman hat mal gesagt: ›Weißt du, wie alt dieser Beruf ist?‹« Seine Stimme war weich und nachdenklich, fast als hätte er laut gedacht. »Nein, sag ich, wie alt? Und er: Jahrtausende. Er sagt, die Babylonier ... so ein irrer Stamm, sie akzeptierten Ernten und sogar Menschen als Pfand. Ein Mann nimmt ein Darlehen auf seine Familie auf – Frau, Kind, alles. Ich meine, da siehst du, was das für ein solides Geschäft ist – Tausende von Jahren. Schwer vorstellbar, die Leute damals, vor Jahrtausenden ...« Er lehnte den Kopf an die Couch und starrte mit brennenden Augen ins Halbdunkel. Durch seine Gedanken kreisten die verschiedenen, gleichen Zimmer, in denen er gelebt hatte, und er erinnerte sich, vertausendfacht, an die wenigen Male, die er wegen seines Namens verhöhnt und sein Vater in Zweifel gezogen worden war. Er entsann sich der hundert Male, die er so gedemütigt worden war wie an diesem Abend, als die Frau sich vor aller Augen über seine zarten Gesichtszüge, seine kleinen Mädchenhände lustig gemacht hatte. Sein Zuhause, sein Name, sein Geschlecht – alles eine dubiose, unbewiesene Angelegenheit. Die Welt hatte kein Auf oder Nieder für ihn; körperlos trieb er in einem dunklen Vakuum dahin und griff auf der Suche nach einem Halt, einer mystischen Geschichte immer nur aufs Geratewohl nach dem, was seines Weges kam. Nur der Pfandleiher mit seinen kryptischen Augen und seinem massigen geheimnisvollen Körper schien einen heimlichen Schlüssel zu besitzen, irgendeinen Talisman des Wissens.

»Nur fürs Geld. Ich lerne den Beruf, das Schätzen, das Rechnen. Hätt ich ein Bündel ...« Er drehte sich zu ihr, und sie, seine Absicht verkennend, öffnete ihm die Lippen. »Hast du eine Ahnung, worauf dieser Tangee vorhin im Tanzpalast hinauswollte?«, fragte er.

»Er hat ja nicht grad viel gesagt.«

»Gesagt nicht. Aber du weißt, wer dieser Kerl ist, du weißt, mit wem er sich rumtreibt.«

»Mit diesem Robinson ist er befreundet. Den kenne ich. Mit dem lässt man sich besser nicht ein. Hat lang gesessen, grässlicher Kerl.« Sie musterte ihn einen Moment, dann senkte sie die Augen. »Ja«, sagte sie feierlich, »ich weiß genau, worauf er hinauswollte. Aber Schatz, du musst dich nicht mit ihnen einlassen. Ich sag dir, ich treibe Geld auf, und du kannst selber was sparen. Dann hast du bald beisammen, was du brauchst – ohne Gefahr.« Wieder sah sie ihn an, und ihre Sorge galt nicht nur seinem Wohl, sondern auch ihrem womöglich bedrohten Beitrag dazu, der doch ihr einzig möglicher Zugriff auf ihn war.

»Klar, klar«, sagte er höflich und schloss sie, wieder einmal, mit einem Selbstschutzlächeln aus. »Mach dir keine Sorgen, Süße.«

Dann legte er sie kurzerhand in die Horizontale um und begann ihre Schenkel zu befummeln. Seine vorige Wut kehrte zurück, und er zwang sie, die Zierlichkeit seiner Hände zu vergessen, indem er damit ihre vollen Brüste zusammenquetschte. Er genoss ihr schmerzliches Stöhnen und sah sich, vorläufig, in seiner behaupteten Brutalität, als mächtigen brünstigen Hengst. Viele Male rief sie aus: »Ich liebe dich, ich liebe dich, ich liebe dich«, ekstatisch und verzaubert von der unbezahlten Liebe, die sie unter ihrem unergründlichen Geliebten erduldete.

Und später, während sie wehmütig seufzte und sich den Kopf zerbrach, wie sie zu plötzlichem Reichtum käme, um ihn einzuwickeln, lag Jesus rauchend neben ihr und paffte seine sich überstürzenden Träume in trüben Rauchwolken nachdenklich in Richtung Decke.

6

Vielleicht habe ich einen Tumor, dachte Sol mit galligem Humor. Er versuchte sich ein Bild von diesem eigenartigen Druckknoten zu machen, versuchte ihn sogar zu lokalisieren. Einmal schien er hier zu sein, unmittelbar unter dem Brustbein und dann ... weiter oben, in Halsnähe ... nein, weiter hinten und tiefer ... Einen Moment lang dachte er an den Tod, den alten Gefährten seiner Jugend. Ortiz staubte lautlos mit dem Flederwisch ab, und Sol beobachtete ihn. Dieser bitter pointenfreie Witz; Angst machte er ihm überhaupt nicht, er empfand nur Kälte.

»Wirf das für mich ein«, sagte er.

Ortiz nahm den Briefumschlag und las die Adresse.

Sol seufzte. »Wirf es einfach ein, ja?«, sagte er. »Vergeude keine Zeit. Wenn du wiederkommst, erzähl ich dir vielleicht das eine oder andere, Unterweisung im Pfandleihgeschäft. Liegst mir ja ständig damit in den Ohren.«

Ortiz lächelte und machte sich rasch an die Erledigung seines Auftrags. Sol befasste sich unterdessen mit seinen Schulden. Er rechnete hin und her und hatte schließlich den Beweis, dass er nicht genug verdiente, um alle fälligen Rechnungen zu bezahlen. Er ließ den Bleistift nur noch in amöbenartigen kleinen Kringeln über das Papier mäandern, bis sein Gehilfe zurückkam.

»Gut. Was du da eben eingeworfen hast, war die Liste der gestrigen Pfänder. Der Gegenstände, auf die ich Geld verliehen habe.«

Der wissbegierige Schüler stützte die Ellenbogen auf den Ladentisch, die Augen auf den Mund des Pfandleihers geheftet, mit allen Fasern auf diese prosaische Information konzentriert. Es kam ihm der Gedanke, dass große Geheimnisse unbeabsichtigt durch winzige Perforationen austreten können. Er musste geduldig und empfänglich sein.

»Auf dieser Liste müssen alle Informationen über ein Pfand stehen, beispielsweise ein Schmuckstück, die darauf als Darlehen gegebene Summe, die vollständige Beschreibung. Wenn du etwa eine Uhr beschreibst, brauchst du die Nummern des Gehäuses und des Uhrwerks, die Größe, etwaige besondere Kennzeichen, Inschriften aller Art. Bei Schmuck benutzt du die Lupe, um …«

Der Laden ächzte unter dem grotesken Gewicht seiner Waren, und die Luft stand stramm vor der Stimme des Lehrers. Keine Kundschaft kam herein, draußen auf der Straße schien alles menschenleer, sogar der Verkehr klang fern, und Jesus hatte plötzlich den Eindruck einer in der ganzen Stadt angebrochenen heiligen Zeit. Mit einem dumpfen Gefühl der Privilegiertheit überließ er sich der dunklen, zurückhaltenden Stimme des Pfandleihers.

»Um die Reinheit von Gold bis zu vierzehn Karat festzustellen, bringst du einen winzigen Kratzer an. Winzig meine ich im moralischen Sinn. Tatsächlich ist das ein Gebiet, auf dem gern unlauterer Profit gemacht wird; der Goldstaub von einem Jahr Echtheitsprüfungen kann sich auf eine ganz hübsche Summe belaufen. Jedenfalls träufelst du ein bisschen Salpetersäure auf den Kratzer. Wenn Messing drin ist, verfärbt es sich hellgrün, Silber zeigt sich als schmutziges Grau, und Eisen kriegt eine schwärzlich braune Farbe. Wenn das Gold über vierzehn Karat hat, musst du diese speziellen Nadeln mit Goldspitze und einen Prüfstein verwenden. Die Säure, die wir dafür benutzen, ist ein Berufsgeheimnis …«

»Geheimnis, hm«, wiederholte Jesus in sehnsüchtigem Ton, während ihn der Pfandleiher in knappen Worten in die Mysterien einweihte.

Und es schien ihm, dass allein in der Beschaffenheit der erzählenden Stimme viele Dinge von großer Bedeutung lägen; dass er jeden Moment allein am gewichtigen Atem, der die monotonen Worte transportierte, die unvorstellbare Komplexität seines Chefs erfassen könnte. In der geheimnisvollen Geschichte des Pfandleihers schienen Grauen und Begeisterung zu liegen. Jesus Ortiz, seltsam beruhigt und bereichert von den Dingen jenseits dessen, was er gedanklich formulieren konnte, jenseits dessen, was der Ältere sagte, fühlte die Offenbarung nahe.

»… du musst also auf die professionellen Bauernfänger, die großen Schwindler achten. Sie sind schlau und routiniert und haben einen Sack voller Tricks. Schmuck zum Beispiel. Nimm eine Perle von guter Qualität, die unabsichtlich durch Säure oder Schweiß ruiniert wurde. Der Betrüger schält nun die entscheidende oberste Schicht ab, so dass die zweite Schicht freiliegt. Die sieht tatsächlich ungefähr so aus wie die unverdorbene Perle. Aber nur ein paar Monate lang! Dann stellt man fest, dass man sich ein stumpfes, wertloses Nichts hat andrehen lassen. Daher muss man die scheinbar schöne Perle unbedingt genau untersuchen, denn wirklich glatt ist nur die ursprüngliche oberste Schicht; die übrigen sind bei näherem Vergleich rau.«

Immer weiter rollte Sols Stimme durch die Stille, voller Verachtung für sein gegenwärtiges Gewerbe, voller Bitterkeit über alles, was er einmal für wichtig gehalten hatte und jetzt nur noch hasste, weil ihn der Verlust nackt und hässlich zurückgelassen hatte.

Der glatthäutige Knabe aber mit seinem listigen, zarten Gesicht, der davon nichts wusste (und den es auch nicht weiter gekümmert hätte), sonnte sich im Schein der uralten, schrecklichen Wunder, die ihm da enthüllt wurden, Dinge, die er mit seinem schütteren Wissen um das besondere Erbteil des Pfandleihers, dessen bemerkenswertes Weiterleben nach unvorstellbaren Gräueln, nur schemenhaft erfassen konnte. So sah er sich die blauen Zahlen auf dem Unterarm seines Chefs an und versuchte sich von dieser kryptischen Summe aus zu dem zurückzuarbeiten, woraus sie sich zusammensetzte; und mehr und mehr wurde er mitgerissen von einem seltsamen Strom der Gefühle, erweicht und geblendet und gebannt.

Bis ihn der Pfandleiher am Ende fast freundlich anstieß und sagte: »Genug Unterricht. Geh wieder an die Arbeit, Ortiz.«

Und dann kam, wie zur Bestätigung, dass es vorbei war, Mrs Harmon herein und brachte drei Anzüge; Jesus nahm sie mit hinauf in den Dachboden und wandte sich widerstrebend seinem Querverweisregister zu, in das jetzt Willy Harmons zwei Sonntagsanzüge und die selten getragene Festtagstracht des invaliden Harmon junior aufgenommen werden mussten. Und Jesus Ortiz murrte vor sich hin, eigentlich über nichts, in Wahrheit aber verfluchte er die Ungreifbarkeit des Nazerman'schen Geistes.

»Die Gebühren für die Sekretärinnenschule meiner Edith sind fällig«, sagte Mrs Harmon mit ihrer lachbereiten Stimme. Dann lachte sie wirklich, laut, und schüttelte den Kopf, verwundert über die Fragwürdigkeit ihres Lebens. »Alle Mann in die Rettungsboote, wieder eine Rechnung. Wirklich wahr, es ist, als müsst man ein leckes altes Schiff, wo's überall reinrinnt, mit der Hand ausschöpfen. Man versetzt was, um was anderes zu kaufen, und dann versetzt man das wieder. Jedes Mal sinkt das Schiff ein Stück tiefer. Ist es nicht ein Wunder, dass sich was so lang halbwegs über Wasser hält?« Sie seufzte über ihre lächerliche Resignation. »Es geht, irgendwie geht's, auf die eine oder andere Weise. Aber echt, manchmal frag ich mich, ob der liebe Gott das alles geplant hat, um einen zu prüfen, oder ob er einfach so beschäftigt ist, dass er immer wieder grad rechtzeitig kommt, um zu verhindern, dass man zum dritten Mal absäuft.« Und ihr sattes, unverwüstliches Lachen prallte gegen die versetzten Gegenstände im Laden und stahl allen den Wert, weil es zu verstehen gab, dass es ohne menschliche Hände, die ihnen Leben einschmeichelten, so etwas wie Wert gar nicht gab.

»Fünf Dollar für die drei Anzüge«, sagte Sol, der wieder tief innen diesen Druck spürte. Ein Schwall Furcht durchströmte ihn; er musste an die Kraft von Grashalmen denken, die beim Wachsen festen Stein spalten können.

»Mir ist heut nicht nach Gefeilsche, Mista Nazerman. Sagen Sie mir nicht, ich soll meine Anzüge anderswohin tragen. Mir ist es egal. Zu müde.« Sie streckte die Hand nach dem Geld aus. Und als sie die Scheine tief in ihrer schäbigen Handtasche versenkte, murmelte sie: »Behalten Sie bloß Ihre blöden Pfandscheine, diesen und die von den Kerzenleuchtern ebenfalls. Was tot ist, bleibt tot, das wissen wir beide.« Einen Moment lang blickte sie in das graue, unerreichbare Gesicht des Pfandleihers. »Stimmt's nicht, Mista Nazerman?«

»Wahrscheinlich«, antwortete er, das Gesicht blicklos und nur zufällig in ihre Richtung gewandt.

Zwei Frauen kamen herein und hatten Eheringe zu versetzen; anscheinend waren sie beide gleichzeitig in ähnlich verzweifelte Lage geraten. Ein orthodoxer alter Jude, der trotz der Hitze einen langen Gabardinemantel trug, bot eine kleine diamantbesetzte Anstecknadel an; eine Zeitlang versuchte er auf Jiddisch schwache Einwände, nahm dann aber mit einem leise gackernden Laut das geringe Darlehen entgegen, das ihm angeboten wurde. Ein junger Puerto Ricaner brachte eine spanische Gitarre und akzeptierte wortlos den ersten Preis; er zupfte einen Zwei-Ton-Abschied von dem Instrument auf dessen Saiten, dann ging er. Ein pechschwarzes Mädchen mit schwangerem Körper und dem Gesicht einer Vierzehnjährigen gab ihm seinen Verlobungs»diamanten«, der sich als gläsern erwies. Der Pfandleiher schickte sie wieder fort, den Stein in der Hand, sprach- und fassungslos.

Zu Mittag kam ein Mann mit haselnussbrauner Haut und weißem Haar in den Laden. Er trat mit einer Liebenswürdigkeit an den Ladentisch, die keinen Zweifel ließ, dass er kein Darlehen wünschte.

»Iche bine Savarese«, sagte er. Er hatte die blutunterlaufenen Augen und das ramponierte Gesicht eines Boxers. »Mache Ihne Kostevorschlage.«

»Ich habe Sie gestern erwartet«, sagte Sol.

»Ware beschäftigte.« Savarese sah sich mit pseudotaxierender Miene im Laden um und grinste. »Gute, nache gute Prüfunge schätze iche, dasse die komplette Renovierunge koste fünfe Riese.«

»Auf wen soll ich den Scheck ausstellen?«

»Acame Bauunternehmunge«, sagte Savarese, der sich mit einem Zahnstocher die Zähne auspulte.

»Wie schreibt sich das?«

»A C A M E, *Acame*!«

Während Sol zu schreiben begann, sah sich Savarese verstohlen um, zog dann stumm einen dicken Umschlag aus der Brusttasche und ließ ihn vor dem Pfandleiher auf den Ladentisch fallen. Sol steckte ihn ein, ohne einen Blick darauf zu werfen und ohne sein Tun zu unterbrechen.

Savarese nahm den Scheck mit einem glucksenden Lachen entgegen.

»Werde gute Arbeite mache, Mista Pfandaleiha, male ganze Lade rosa unde gelbe.«

Sol entließ ihn mit einem Wink des Handgelenks, als wischte er ein Insekt vom Ladentisch.

Als er allein war, öffnete er den Umschlag, und es quoll ihm das fettige Graugrün eines dicken Bündels Geldscheine entgegen. Fünftausend Dollar. Während er stumpfsinnig darauf starrte, knarrten hinter ihm Schritte. Er fuhr herum und erblickte seinen Gehilfen, der mit Unschuldsmiene das Geld betrachtete.

»Donnerstag ist wohl Zahltag«, sagte Jesus ausdruckslos.

»Kümmere dich um deinen eigenen Kram«, sagte Sol. Er ging zu seinem riesigen Tresor, stellte sich davor, um die Kombination zu verbergen, schloss das Geld ein. Später würde er es wie gewohnt zum Nachttresor der Bank ein paar Häuser weiter bringen.

Eine gut gekleidete Frau, bleich vor Demütigung, brachte eine Diamantuhr. Er lieh ihr neunzig Dollar dafür, und sie nahm das Geld mit zitternder Hand entgegen, ehe sie mit dem Pfandschein enteilte.

»Jetzt ist auch sie keine Jungfrau mehr«, sagte Jesus. »War beim Pfandleiher und hat dem Teufel ihre Seele verkauft.«

»Auf deine Witze kann ich verzichten«, sagte Sol, der mit seinem befremdlichen Knoten beschäftigt war. Was war mit ihm los, machte er sich Gedanken um unsichtbare Schmerzen wie sein furchtsamer Schwager Selig? »Wenn du Zeit für Scherze hast, geh in die Cafeteria und hol mir einen Kaffee.«

In gespielter Überraschung angesichts der ungewohnten Hemmungslosigkeit seines Chefs blickte Jesus auf. »Nächstens nehmen Sie sich noch den Nachmittag frei und gehen zur Rennbahn.«

»Hab Geduld mit mir«, antwortete Sol säuerlich. »Ich bin nicht mehr der Jüngste.« Er warf Jesus eine Münze zu.

Der junge Mann fing sie blitzschnell im Flug und zwinkerte Sol zu, stolz auf seine Geschicklichkeit. »Schwarz, ohne Zucker?«

Sol nickte ungeduldig.

Während Jesus fort war, kam Mabel Wheatly herein.

»Hier habe ich ein teures Medaillon«, sagte sie herausfordernd. »Ersparen Sie uns die Testerei, ich weiß, dass es Gold ist.«

Es war wirklich Gold, schwer und rein. Dennoch kratzte und testete er pflichtgemäß, obwohl er allein von der Berührung her das Ergebnis wusste.

»Fünfzig Dollar«, sagte er.

»Geben Sie mir das Medaillon.«

»Fünfundsiebzig«, berichtigte er; so viel hätte ihr jeder andere geboten.

»Das ist locker hundert wert«, sagte sie, ermutigt von seiner schnellen Erhöhung, und nahm ihr Eigentum mit einem forschenden Blick in sein Gesicht wieder an sich.

»Nicht für mich.« Er erwiderte ihren Blick, als sei ihr Gesicht ein hohler Schacht.

Sie erkannte Endgültigkeit in seiner Miene. Einen Moment lang rieb sie mit dem Daumen über das Gold, wie um einen ungeheuren Wert hineinzumassieren. Dann aber nickte sie und ließ es vor ihm auf den Ladentisch fallen.

Während er den Artikel aufschrieb und den Pfandschein ausstellte, redete sie sich ihre Erleichterung von der Seele wie ein Mann, dem sein Lohn nach hartem Tagwerk Befriedigung ist: Es ist das Geld, das ihn auf dem Weg zu einer bestimmten Sehnsucht weiterbringen wird.

»Ah, Sie wissen alles über mich, Pfandleiher«, sagte sie in mühelos zutraulichem Ton. »Sie kennen mein Gewerbe. Ihnen muss ich nicht sagen, wie hart ich für mein Geld arbeite.«

»Eine spezielle Arbeit«, stimmte er neutral zu.

»Oh Bruder, speziell trifft es.« Sie zündete sich eine Zigarette an und blickte mit behaglicher Melancholie auf die Härten zurück, die hinter ihr lagen. »Eine Frau könnte direkt den Verstand verlieren, wenn sie zu viel drüber nachdenkt.«

»Dann sollten Sie vielleicht nicht darüber nachdenken«, sagte er mit einem Anflug von Schärfe.

»Vielleicht nicht«, stimmte sie zu. Sie sah dem ausgestoßenen Rauch nach, der abrupt vom Ventilator erfasst und zerhackt wurde. »Hab auch eine strenge Obrigkeit.«

»Die Chefin?«, erkundigte er sich höflich, während er die kleine Schreibarbeit erledigt.

»Nein, nein, die ist in Ordnung. Nein, ich meine den Oberboss, den Eigentümer. Harter Bursche, wirklich. Nicht dass er irgendwas macht. Soweit ich weiß. Nur wie er uns Mädchen anschaut, wie er redet mit seiner ruhigen, komischen Stimme. Da weiß man einfach, was einem blüht, wenn man nicht spurt. Und groß im Geschäft noch dazu, hat jede Menge Eisen im Feuer.«

Sol blickte sekundenlang auf, starrte auf den gemächlich sich wölkenden Zigarettenrauch zwischen ihnen und fühlte sich von dem kaum fassbaren Gefühl eines Wiedererkennens, einer Verbindung genarrt. Doch der Rauch geriet in den Bannkreis des Ventilators und verwehte, und Sol blickte stattdessen in die alltäglichen braunen Gesichtszüge des Mädchens, und was immer es gewesen war, entwischte dem Zugriff.

Bevor Jesus am Abend ging, fragte er Sol, ob er Begleitung zur Bank wünsche. »Ich nehm eine der Duellpistolen und beschütze Sie, wie wär's?«

»Wenn du nur das tun würdest, worum ich dich bitte, wär ich schon zufrieden. Freiwillige Zusatzdienste braucht es nicht, und ich schätze sie nicht. Geh einfach heim; wenn ich was will, sag ich's dir.«

»Sie würgen meinen Unternehmungsgeist ab«, sagte Jesus mit seinem ungestümen Lächeln.

»Jetzt gute Nacht«, sagte Sol, hob die Hand und wandte verärgert den Kopf ab. Und als er wieder hinsah, war Ortiz fort.

Er ging zum Tresor und nahm das Geld heraus. Zum ersten Mal war ihm nicht ganz wohl beim Gedanken an den kurzen Weg. Früher hatte ihn immer der Streifenpolizist zur Bank eskortiert; in den letzten Wochen, seitdem ihm Leventhal so auf die Nerven ging, war er allein gegangen.

Immerhin war es draußen noch recht hell. Viele Leute waren unterwegs, und die Polizei war nie weiter als eine oder zwei Straßen entfernt. Er sperrte den Laden ab und machte sich auf den Weg.

Als er fast bei der Bank war, bemerkte er die drei Männer an der gegenüberliegenden Straßenecke, erkannte den aschgrauen Anzug, Tangee, den Koloss Buck White, und er legte die letzten paar Meter mit beschleunigtem Schritt zurück. Seine Hände zitterten, als er den Umschlag durch die Messingklappe des Tresors schob. Doch als das Geld sicher deponiert war und er sich umsah, kamen sie ihm ganz harmlos vor, drei beliebige Männer, die müßig beisammenstanden und ihre Umgebung kommentierten. Und er empfand einen wachsenden Zorn auf sich; es war ihm, als sei sein größter Feind in seinen Körper eingedrungen und habe ihn erschüttert und sich selber fremd zurückgelassen.

Als er an diesem Abend nach Hause kam, waren alle außer Selig ausgegangen. Sein Schwager saß steif im Dämmerlicht des Wohnzimmers. Sein sonst so rosiges Gesicht war schweißfeucht und fahl, und er blickte flehentlich zu Sol auf.

»Was ist, Selig?«

»Ich glaube, ich habe einen Herzinfarkt«, flüsterte Selig in Todesangst.

Sol setzte sich und ergriff das Handgelenk seines Schwagers, um ihm den Puls zu fühlen. Selig starrte ihn an wie ein verschrecktes Tier. Der Puls war stark und gleichmäßig, nur ein bisschen schnell.

»Warum glaubst du, dass du einen Herzinfarkt hast?«

»Ich hatte vorhin solche stechenden Schmerzen in der Brust. Dann wurde mir schwarz vor den Augen. Niemand war da. Der Gedanke, ich könnte womöglich allein sterben, war entsetzlich. Ich habe Angst vor dem Sterben, Sol. Ich wagte nicht, mich zu rühren.« Er sprach leise, fast ohne die Lippen zu bewegen, wie um selbst diese winzige Anstrengung zu vermeiden. »Ich bin nicht wie du, Solly. Ich kann mir nicht mal vorstellen, was du alles durchgemacht hast. Dein Leben scheint dich nicht besonders zu interessieren. Ganz anders als ich, ganz anders. Ich muss leben! Ich liebe das Leben – Essen, Reden … Bertha und ich haben immer noch … Liebe … du weißt schon. Ich habe entsetzliche Angst, bitte, Sol …«

»Tut dir jetzt was weh?«

»Neee-in«, sagte Selig mit der Miene aufmerksamer Innenschau. »Ich glaube nicht.«

»Und wie viele stechende Schmerzen hattest du genau?«

»Vielleicht drei oder vier«, flüsterte Selig, nur die Augen bewegend.

»Und weiter war nichts?«

»Nein, nur dass ich danach diese Schwäche hatte.«

Sol lächelte voller Abneigung. »Du wirst jetzt nicht sterben, Selig, entspann dich. Du bist ein überaus gesunder Mensch.« In seiner Verachtung schwang ein überraschender Anflug von Freundlichkeit mit.

»Meinst du?« Selig neigte sich sehr behutsam der Hoffnung entgegen. »Was war das dann, das Stechen, diese Fast-Ohnmacht?«

»Die Nerven. Hast du aus einem bestimmten Grund gedacht, dass es ein Herzinfarkt sein könnte?«

»Ein Kollege an der Schule, genauso alt wie ich, vierundfünfzig, ist heute einfach umgekippt. Nie einen Tag krank, und zack, fällt er um und ist tot!«

»Aha.«

»Aber dass ich fast ohnmächtig wurde?«, fragte Selig, der die Angst nicht so leicht loslassen wollte, obwohl sich nach und nach ein feiges Lächeln der Erleichterung in seine Miene stahl.

»Natürliche Reaktion auf Angst. Das Blut weicht aus dem Kopf, man sieht nur noch wie durch Rauchglas, Töne werden fern und gedämpft.«

»Ja, ja, genau so war es.« Er atmete verzückt den süßen Odem des Lebens und begann sich mit großem Behagen umzusehen, wie ein Kind, das nach einem Albtraum die Vertrautheit seines Zimmers in sich aufnimmt. »Oh, Solly, danke. Ich würde das nicht vor anderen sagen, aber ... also du bist ein echter Trost für mich, seltsam, aber so ist es. Du bist jünger als ich ... komisch, das hört sich für dich sicher idiotisch an, aber bei dir hier fühle ich mich so beschützt wie als Kind bei meinem Vater. Beschützt ... komisch, oder? So was zu sagen. Morgen werd ich das alles vergessen wollen. Aber jetzt ...«

»Vor allem bist du ein Hypochonder, Selig. Aber zuallererst bist du ein Trottel.« Sol stand auf. »Jetzt entspann dich; deine Krise ist vorbei. Du musst dich selber um dich kümmern. Ich habe nichts mit dir zu schaffen. Ich bin nicht dein Beschützer, noch bin ich dein Vater oder dein Doktor oder dein Rabbi. Ich tu dir den Gefallen, dir deine Dummheit vor Augen zu führen, weiter nichts. Ich bin dir nichts, Selig. Und jetzt geh ich ins Bett.«

»Ja, Sol, danke, Solly«, sagte Selig, noch nicht zugänglich für Kränkungen.

Und in dieser Nacht wurde Sol Nazerman wieder von Träumen heimgesucht. Aber gnädigerweise, vielleicht, rissen sie vor einem Wiedererkennen ab, denn er schreckte die ganze Nacht hindurch immer wieder aus dem Schlaf und erwachte mit einer sonderbaren, namenlosen Beunruhigung.

7

Buck White saß brütend in einer Ecke und vernahm das kokette Lachen seiner Frau. In jüngeren Jahren war er mit seiner gewaltigen Muskelkraft ein beeindruckender Anziehungspunkt für weibliche Aufmerksamkeit gewesen; jetzt war sein Arbeiterkörper nur noch ein harter, knorriger Witz. Und anderes hatte er nicht zu bieten. Wörter entkamen ihm in vorsichtigen Zweier- und Dreiergruppen. Versuchte er, mehr Wörter zu benutzen, als er für eine Bitte oder schlichte Antwort brauchte, kamen sie als verworrenes Geschlängel aus ihm heraus, über dessen Anfang und Ende er keinen Überblick hatte. Einmal hatte er siebenhundert Dollar beim Würfeln gewonnen, und dieser Gewinn hatte ihn mit feschen Anzügen und einem auf Raten erstandenen Auto geschmückt; die Leute schienen bei seiner blendenden Erscheinung respektvoll zu lächeln. Jetzt saß er da und sehnte sich ungestüm nach dem gehabten Überfluss zurück, und sein imposantes Bantu-Gesicht war hart und düster, während er seine Frau Billy beobachtete, die Kopey, dem Schieber, ihr Gesicht und ihren Körper vorführte.

In einer anderen Ecke saßen drei weitere Männer, Cecil Mapp darunter, biertrinkend und lachend. Genau genommen, trank Cecil Limonade; dies auf Veranlassung seiner Frau, die mit den anderen Frauen in der Küche saß. Billy White war die einzige Frau unter den Männern, und ihr perlendes Lachen erzeugte bei ihnen ein pralles Bewusstsein für die eigene Männlichkeit; nur nicht bei ihrem Ehemann, der wütend und seine gewaltigen Hände knetend von barbarischer Pracht träumte.

»In ein paar Wochen mache ich einen kleinen Geschäftsausflug nach L. A.«, sagte Kopey mit blasiertem Ausdruck in seinem glatten gelben Gesicht. Er studierte den riesigen Sternsaphir an seinem kleinen Finger. »Werde wohl einen Abstecher nach Malibu Beach machen, während ich dort bin. In diesem L. A. geht die Post ab.«

»Liebend gern wär ich dort«, sagte Billy mit werbendem Lächeln. »Mal einen Blick auf die Filmstars werfen. Ist bestimmt total irr dort. Spaß ohne Ende und alles.«

»Klar, dort zieht man hin, keine Frage«, sagte Kopey mit einem letzten gelangweilten Blick auf seinen Ring.

Buck räusperte sich, und alles wandte sich ihm zu, überrascht von dieser Lebensäußerung. In Erwartung irgendeiner Dummheit runzelte Billy die Stirn.

»War beinah dort … einmal«, sagte er, den heimtückischen Morast der Konversation betretend; es schien ihm mit einem Mal, dass er größere Komplexität benötige. »Da war ich, glaub, der Army bei, aber nich vorher, nich als ich rauskam, aber dieser Typ, weiß ich nich wer, weil er war nich bei wie ich der Army, nur sagt der, wenn …« Seine Augen fuhren herum und suchten nach einer Orientierung, nach irgendetwas, was nicht das Gesicht seiner Frau war. Er fühlte sich im Sumpf der Worte versinken und zappelte heftig, um nicht unterzugehen. »Ich … wenn ich da also hin, nich er – ich«, betonte er, als liege knapp außerhalb seiner Reichweite eine gewisse Klarheit. Schweiß perlte auf seinem Gesicht, und das jähe Schweigen aller Anwesenden war wie ein Geräusch. »Also ich immer noch drin, aber er nich, er überhaupt nie, er hätt also können nach L. A., aber er konnte nich und wollte ich … mich …« In seinem Kopf war alles sehr einfach: Es hatte ihm nämlich ein T4, ein vorübergehend nicht dienstfähiger Mitsoldat, angeboten, an seiner Stelle einen Wagen nach L. A. zu überführen, weil er die Benzinrationen auf Army-Kosten bekommen konnte. Wie machte man anderen solche Sachverhalte klar? Er starrte in ihre stummen, mitleidigen Gesichter, und sein Mund schloss sich um Luft. Langsam senkte er den Blick auf seine gewichtigen Hände und ergab sich.

»Ich bin beinah …«

Billy White verdrehte erbittert ihre Haremsaugen zum Himmel, während Kopey mit einem gutmütigen Achselzucken sein Beileid bekundete. Woraufhin sich die zwei mit ihrem Gerede vom großartigen, glitzernden L. A. wieder ihrem hinterhältigen Balzverhalten widmeten, während Buck in seine trübsinnige Beschwörung legendärer Reichtümer zurückfiel.

In der Küche hatten sich die anderen Frauen bei Fruchtsaft um den Küchentisch versammelt. Mrs Cecil Mapp saß in selbstgerechtem Behagen, während sie über den sehnsüchtigen Kleinsünder herzog, der ihr Mann war.

»Kirche, er? Dass ich nicht lache, Schwester!«, sagte sie zu Jane Ortiz, Jesus' Mutter. »Dieser Mann is Gott so fern, dass er nich mal das Wort über die Lippen bringt. Ein rückgratloses Windei auf dem Weg zur Hölle. Is ihm schnurz, dass ich und seine Kinder in Fetzen gehen. ›Wozu kämpfen‹, sagt er, ›wir sind sowieso elendigliche Leute, bei denen Hopfen und Malz verloren is‹. Stellen Sie sich bloß mal vor! Er hat längst aufgegeben. Jetzt isser komplett der Ausschweifung verfallen und gibt sich dem Suff hin.«

»Mein Jesus ist auch ziemlich wild, muss ich zugeben«,

sagte Jane Ortiz, sinnierend an der Tischdecke zupfend. »Aber von Gott hat er sich nie abgewandt; das immerhin. Natürlich haben wir einen anderen Glauben als Sie, Mrs Mapp; er ist insgesamt ein bisschen anders. Aber egal, auf welche Teufelei mein Junge sich einlässt, er findet immerhin noch ab und zu den Weg in die Kirche. Er war bei der Kommunion, geht manchmal auch beichten.«

»Ja, klar, spricht für ihn. Hat wenigstens das Herz auf dem rechten Fleck, egal, in welche Kirche er geht«, sagte Mrs Mapp herablassend; sie war den Katholiken nicht wohlgesinnt. (Sind womöglich genauso abartig wie Farbige, die in der Synagoge beten!) »Aber bei uns Baptisten kann man seine Sünden natürlich nich einfach beim Priester abliefern, so leicht geht das nich bei uns. Wir müssen ständig mit dem Teufel kämpfen.«

»Tja, Mrs Mapp, Sie verstehen vielleicht nicht, wie das bei uns in der katholischen Kirche ist«, sagte Jane Ortiz recht stolz auf ihre Zugehörigkeit zu der Nichtnegerreligion, in die sie hinaufgeheiratet hatte. »Wissen Sie, bei uns …«

Unten saß John Rider, Hausmeister des Pfandleihers, rauchte seine Chromstielpfeife, und die schrillen Stimmen der Frauen oben lenkten ihn von seiner Bibellektüre ab.

»Lieber in einem Winkel unterm Dach hausen als mit einem keifenden Weib in einem Palast«, brummte er zornig, aber mit stolzer Selbstgefälligkeit und knallte das Fenster zu.

»Mein Jesus ist ehrgeizig«, sagte Jane Ortiz – sie wiederum mit stolzer Belanglosigkeit.

»Euereiner glaubt einfach nich an die Existenz der Hölle, das is euer Problem. Ihr glaubt, wenn ihr zur Beichte rennt, könnt ihr alles von euch abschütteln.«

»Zufällig war Jesus Christus selber katholisch«, warf Jane Ortiz als ihre Trumpfkarte hin.

»Zufällig war er Jude«, antwortete Mrs Mapp.

»Aber Mrs Mapp! Wie können Sie so was Schreckliches sagen!«

Kopey hatte einen Ausdruck wonniger Pein in seinem schimmernden gelben Gesicht, während er sich mit Billy White unterhielt.

»Und du solltest mal die Nachtclubs in L. A. sehen. Dagegen können die Läden hier zusperren …«

Billy seufzte sehnsüchtig, während ihr Mann seine Pranken knetete und ihnen Schätze zu entringen versuchte.

Jesus fläzte im dunklen Kino in seinem Sitz. Seine Knie stießen gegen die Lehne des Vordermanns, und seine Augen starrten zusammengekniffen und gebannt auf die Leinwand, wie Feuerschlitze.

Zu sehen war die Terrasse eines prächtigen Landhauses. Menschen in eleganter Abendgarderobe schlenderten durch den parkähnlichen Garten, japanische Laternen spiegelten sich in einem weiten, organisch geformten Swimmingpool, durch die offenen Fenstertüren drangen schläfrig die Klänge einer Band. Im Vordergrund murmelte jetzt ein weißer Mann sehnsüchtig gegen das Gesicht einer Frau. Das Gelände fiel in einer sanften Welle luxuriöser Privatheit ab; alles war makellos, reich, märchenhaft.

Jesus Ortiz war von einer grenzenlosen, unbestimmten Sehnsucht ergriffen, die zu groß und schön war, um eine Form anzunehmen. Deshalb dachte er an Geld und die Macht des Geschäfts.

Mabel Wheatly räkelte sich aufreizend auf den weißen Laken des Bordells, während sie wartete, bis ihr dritter Kunde des Abends sich ausgezogen hatte. Sie murmelte ihm Lüsternes zu, diesem fetten, halb kahlen Weißen mit Mädchenhaut und kurzen Wurstfingern. Heiß und abgasgeschwängert quoll der Sommer durch das vorsichtig geöffnete Fenster, und die dicken Hände des Mannes zitterten.

»Ich sag dir, was ich mit dir anstellen will«, sagte er mit einer vor Scham brutalen Stimme. »Erst leg dich auf den Rücken … so. Und dann sagst du immer wieder: ›Mach's mir, Richy, mach's mir‹, so«, sagte er, und seine bebende Hand war feucht auf ihrer nackten braunen Haut.

»Heißt du Richy, Schatz?«, fragte sie mit Vamplächeln.

»Nein, nein. Don. Aber du tu, was ich dir sage, und stell keine Fragen. Tu, was ich sage.« Er ließ sich auf sie fallen und begann mit einer wilden Pantomime von Virilität.

»Mach's mir, Richy, mach's mir, Richy, mach's mir …«, psalmodierte sie monoton und krümmte sich gemäß dem Standardrezept für Leidenschaft. Doch ihre Augen waren zur Zimmerdecke gerichtet und starrten in einen verzweifelten Traum.

Tessie Rubin weigerte sich, Gobermans wütendem Klopfen aufzumachen. Hinter der geschlossenen Tür rief sie in halblautem Flüsterton, der, wie sie hoffte, zu Goberman durchdrang, nicht aber zu ihrem Vater, der im hinteren Zimmer seinen Zornesschlaf schlief.

»Was fällt dir ein, mitten in der Nacht hier aufzukreuzen!«

»Spielt es für die Sklaven im Jemen, die Israeliten in den Ghettos von Algerien und Alexandria eine Rolle, wie spät es ist? Ihr Blut klebt an deinen Händen. Du musst mir Geld für den Jewish Appeal geben, sonst wird dein Name zusammen mit Hitler zur Hölle fahren«, rief Goberman draußen im Flur im gleichen Halbflüsterton zurück.

»Ich geb schon, ich geb schon, du Wahnsinniger«, zischte sie. »Aber jetzt habe ich nichts. Komm am Montagabend, komm dann, dann bekommst du was.«

»Gut, ich werde kommen, wie der Engel des Todes über die Ägypter werde ich kommen, Gott helfe dir, wenn du nicht ...«

»Montag, Montag«, wimmerte sie gegen die Tür.

»Wos is des fir e hamern? Sejnen se wider do?«, brüllte der alte Mann aus dem Schlafzimmer. *»Ich bin geschtorbn sint zwejhundert jorn!«*

»Nichts, Papa, *gej schlofn*; es ist bloß der Stromableser«, rief sie, an die Tür gelehnt, in beschwichtigendem Ton. »Es wird sich alles erledigen, Sol wird alles erledigen.« Sie legte die Hände vors Gesicht und drückte, so fest sie konnte.

Gobermans Schritte klackten hohl über die Fliesen im Flur, entschwanden hinaus auf die Straße und verklangen, waren fort aus ihren Ohren, aber nicht aus ihrem Kopf, nie aus ihrem Kopf.

Meilen entfernt saß der Pfandleiher starr und aufrecht in seinem Bett, um dem langgezogenen, endlosen Wehklagen seiner Träume zu entrinnen.

8

Seine Sonntage waren Parodien des Sabbats; Stunden, die es ohne die Isolation durch die Arbeit zu überstehen galt. Er schwang die Füße aus dem Bett und starrte auf die blättrigen Lichtsprenkel der einfallenden Sonne; es war, als entdeckte der Morgen den Marmor einer Statue. Draußen stemmten sich Kinderstimmen und die Geräusche der Sonntagsgärtner gegen die Stille. Ein Rasenmäher tuckerte ein paar Häuser weiter in der warmen Luft, und ein paar Vögel zwitscherten augustgemäß lustlos. Er hatte es warm und sicher. Warum ächzte er dann unter unsichtbaren Gewichten? Warum spürte er dieses Phantomgewächs tief in sich?

Minutenlang studierte er die reglosen, sonnengemusterten Vorhänge. Er begann die Umrisse von etwas wohltuend Rationalem zu erkennen.

»Donnerstag in einer Woche ist der achtundzwanzigste August«, sagte er laut. Jedes Mal, wenn sich der Tod seiner Familie jährte, erlebte er diese vage gewordene Bedrückung. Das war nur natürlich; unnatürlich war eher, dass dieses Gefühl so schwach war. Er trauerte nicht, grämte sich nicht; alles Abstrakte in ihm war abgetötet. Die Wirklichkeit bestand aus der sichtbaren, riechbaren, hörbaren Welt. Kein Gedenken, an niemanden, an nichts. Das war das Geheimnis seines Überlebens. Dennoch war der August sein schlechter Monat, die Zeit seines persönlichen Mistrals, in der er alte Narben spürte, wie ein Kriegsveteran bei feuchtem Wetter seine alten Wunden. Nicht mehr; der August kam und ging, und Sol existierte weiter. Freudlos getröstet, dass er einen Namen für seinen Zustand hatte, stand er auf.

Er zog eine beigefarbene Sommerhose an und ein olivgrünes Sporthemd, das ihm seine Nichte Joan letztes Jahr zu Weihnachten geschenkt hatte und das seine Haut gelblich durchscheinend machte, wie alter Marmor. Im Bad fuhr er sich mit dem elektrischen Rasierer über seine spärlichen Bartstoppeln; den Rest seines bleichen Gesichts nahm er gar nicht zur Kenntnis. Dann putzte er sich die Zähne, die, bis auf zwei stählerne auf einer Seite, seine eigenen waren. Erstaunlich, dass er sie nicht alle verloren hatte. Er spreizte die Lippen, um seine Zähne zu begutachten, und behielt den Ausdruck als unfrohes Lächeln über diese sonderbare Langlebigkeit; die Zähne verarbeiteten weiterhin Kalzium, wie Haare und Fingernägel auch im Grab noch weiterwuchsen.

Mit seiner einzigen Brille auf der Nase ging Sol nach unten, wo der Geruch nach frischem Kaffee und Semmeln und geräuchertem Fisch angenehm durch die Zimmer strich. Bertha war in der Küche, der Rest der Familie las die verschiedenen Rubriken der *Times*.

»Guten Morgen, Onkel Sol. Heute hast du aber lang geschlafen«, sagte Joan munter. In ihrem gelben Bademantel, die Haut zu einem hübschen Ahornbeige gebräunt, war sie ein heiterer Blickfang in dem sonnigen Raum. »Und so förmlich. Würdest du mir nur mal erlauben, dass ich dir einen Morgenmantel kaufe.«

»Guten Morgen, Solly«, sagte Selig mit verschwörerischer Herzlichkeit; seine erhobenen Brauen riefen seinem Schwager seine anhaltende Dankbarkeit in Erinnerung.

»Guten Morgen«, sagte Sol, trat ans Wohnzimmerfenster und blickte leer auf die verschattete Straße hinaus.

Morton sah von seinem Studium der angepriesenen Busen im Feuilleton der Zeitung auf. Einen Moment lang betrachtete er seinen Onkel. Merkwürdigerweise fühlte er sich in der Nähe der großen, formlosen Gestalt etwas entkrampfter: Manche Stränge der Beklemmung entspannten sich in der Stille seines Onkels und wurden erträglich.

Berthas Stimme drang in die raschelnde Ruhe im Raum ein.

»Kommt zum Essen«, rief sie aus der Küche.

Sie kamen und setzten sich um das verschwenderische Angebot an Semmeln, Bagels, Käse, Stör, geräuchertem Felchen und Lachs, riesigen Tomaten und üppigen Stücken Fassbutter; und was ihnen allen real erschien, war der gemeinsame Hunger, die Gier, die ihre Gesichter aufleuchten ließ; ein Ersatz für Zuneigung, für Liebenswürdigkeit. Bertha schenkte allen Kaffee ein. Sols Tasse war ein überdimensionierter Humpen mit der Aufschrift »Opa«, den Joan im Jahr zuvor aus dem von Sol bezahlten Urlaub mitgebracht hatte. Sie war Teil der stillschweigenden Kampagne, die sie und ihre Mutter führten, um Sol zum »Original« der Familie zu stilisieren; damit ließ sich immerhin seine undefinierbare Persönlichkeit erklären, und letztlich würde damit hoffentlich eine Größe aus ihm, mit der man arbeiten, die man kontrollieren konnte.

Eine Zeitlang plauderten sie in kleinen Nebenbemerkungen über Freunde und Zeitungsmeldungen und Buchkritiken. Bertha verbreitete sich mit grausamer Schadenfreude über ein kleines Versagen des Nachwuchses einer ihrer Freundinnen. Aber als Selig und Joan mit dem Frühstück fertig waren und sich mit Zigaretten und einer zweiten Tasse Kaffee zurücklehnten, fiel Joans Blick unversehens auf die mageren Hände ihres Bruders.

»Deine Nägel sind schmutzig«, sagte sie und entließ einen doppelten Rauchstrahl durch die Nase. Die Bemerkung war ohne Bosheit erfolgt, denn Joan war ein gesundes, unfrustriertes Mädchen. »Du lässt sie zu lang wachsen.«

Selig legte sein Gesicht in väterliche Strenge. »Ich möchte dich nicht so am Esstisch sehen«, sagte er.

Morton aß schneller, als rechnete er damit, dass ihm der Teller weggenommen werde, ehe er fertig war.

»Antwortest du nicht, wenn man mit dir spricht?«, fragte seine Mutter.

»Lasst mich in Ruhe«, sagte Morton und aß weiter.

Bertha starrte ihn eine Minute lang grimmig an, nährte ihre bittere Enttäuschung, suchte nach Munition. Sie verfügte über eine gewisse Liebesfähigkeit, die jedoch begrenzt war. Ihr Leben in Amerika war hell und sauber und hübsch gewesen; sie hatte sich an saubere Hübschheit gewöhnt. Vor dreißig Jahren war sie nach Amerika gekommen und hatte den gebildeten, »amerikanisch aussehenden« Selig dazu gebracht, sich in ihr gutes, gesundes Aussehen zu verlieben. Ihr erstes Kind hatte ihr alle Ehre gemacht. Und dann Morton! Sie hätte es vielleicht geschafft, eine mitleidige Zuneigung für ihren Sohn aufzubringen, doch er war von früher Kindheit an ebenso griesgrämig und unempfänglich für ihre Aufmerksamkeit gewesen wie jetzt.

»Ich habe unanständige Fotos in deiner Schublade gefunden«, sagte sie und verschwieg, dass sie die Bilder neugierig gute zehn Minuten betrachtet hatte.

»Ah, das einsame Laster, sehr ungesund«, sagte Selig, und

stieß mit seinem Zigarettenrauch einen Geruchsschwall Räucherfisch aus. »Du bist in einem Alter, in dem Selbstbeherrschung wichtig ist, Morton.«

»Habt ihr eigentlich überhaupt keine Scham?«, fauchte Morton. »Wie könnt ihr so mit anderen Leuten reden? Ja, ihr verachtet mich und ich verachte euch. Ja, sprechen wir's aus – verachten! Nein, ich brauche euch nicht. Ich werde Künstler und gehe weg. Von mir aus könnt ihr alle zur Hölle fahren!«

»Diese Sprache in Gegenwart deiner Mutter und deiner Schwester!« Selig stand drohend halb auf. Und das war sein Nachkomme, seine Unsterblichkeitshoffnung! Er nahm es mit der Disziplin zu locker. Er würde jetzt andere Saiten aufziehen. Sekundenlang malte er sich einen großen, breitschultrigen Morton mit glatter, gebräunter Haut und freundlichem Blick aus und sich selbst, Selig, wie er diesen schönen jungen Mann seinem Direktor vorstellte und sagte, man habe ihm unzählige Fußball-Stipendien angeboten, aber Morton ziehe ein bestimmtes College vor, an dem das medizinische Propädeutikum am besten sei. Glasigen Blicks verharrte Selig in seiner halb stehenden Position und hatte seine ursprüngliche Absicht vergessen. Doch der Tagtraum verblasste, und er sank langsam auf seinen Stuhl zurück.

»Morton«, sagte Joan, »wir hassen dich nicht. Was ist das für eine kranke Einstellung! Du bist dir selber feindselig und versuchst das jetzt auf uns zu projizieren. Dabei wollen wir dir nur helfen. Unsere Kritik ist konstruktiv gemeint.«

»Dafür ist eine Familie schließlich da«, fügte Selig hinzu.

»Aber eins hasse ich wirklich, nämlich wenn er so wird«, sagte Joan. Und mit einem Seitenblick zu ihrem Onkel, dem Generalkostenträger: »Vielleicht wäre professionelle Hilfe angebracht. Mort, würdest du dir überlegen, mal mit Sids Freund zu reden, mit Doktor Klebish? Ganz unverbindlich; das tun heutzutage alle, die intelligentesten Leute.«

Morton aß stur weiter und reagierte nicht.

»Wenn er so *wird*«, rief Bertha, auf einmal von bitteren Erinnerungen übermannt, höhnisch. »Er war immer so. Schon als Säugling hat er an mir gesaugt, bis Blut kam. Und mit drei hat er immer noch nach der Zitze geschrien.«

»Also wirklich, Mutter!«, protestierte Joan pikiert. »Aber Mort, du weißt ja, Mutter ist einfach wütend – was man ihr wirklich nicht zum Vorwurf machen kann. Du regst sie halt sehr auf. Ehrlich, du lässt niemanden locker und einfach freundlich zu dir sein. Warum musst du immer so unsozial sein, so …«

»Er hat sich noch mit elf Jahren in die Hose gemacht, nur um mich zu blamieren«, setzte Bertha nach, und fast genoss sie die leichte Übelkeit, die ihr dieser Angriff gegen ihren Sohn verursachte. Wenn sie nur lang genug, vehement genug weitermachte, konnte sie vielleicht die ganze kranke Wut auf ihn erbrechen und wäre dann besänftigt und erleichtert und geduldig genug, um ihn zu lieben, wie sie sollte.

»In der Schule haben wir heutzutage Vertrauensleute«, sagte Selig. »Vielleicht wenn deine Schule … Ich meine, dieses Zeichnen ist ja keine Lösung für deine ganzen Probleme, weißt du. Sagen wir, du lebst irgendein bescheidenes Talent aus, alles schön und gut, aber …«

»Ihr habt doch keine Ahnung!«, schrie Morton mit sich überschlagender Stimme, und die Augen quollen ihm wild aus den Höhlen. »Ihr mit euren schleimigen, verkümmerten Spießerhirnen und eurem Gewäsch über *ausländische Filme* und *Buchkritiken*. Was wisst ihr schon? Von echter Schönheit?! Ihr kennt nur hübsche, saubere kleine Sachen, modisches Zeug, Dreck! Und ihr habt die Frechheit, mir zu sagen …«

»Diese Bilder in deiner Schublade vielleicht – ist das Schönheit?«, fragte Bertha.

Morton fauchte wütend, wie ein Tier in der Falle.

Sol saß nur da, trank seinen Kaffee, sinnierte über den kalten, lebenden Stein in seinen inneren Organen und konnte es nicht erwarten, bis die Stunde, der Tag, die Woche, der Monat vorbei wären. Er zwang sich, an den Frieden zu denken, der jedes Mal auf sein eigenartiges saisonales Unbehagen folgte; sicher auch diesmal. Die Stimmen seiner Verwandten schnappten wütend, in einem immer engeren Kreis um ihre hässliche, schwache Beute, aber er hörte sie nur sehr gedämpft, wie eine Jagd in weiter Ferne. Er blinzelte in das Chromfunkeln des Herds, in dem sich die Sonne spiegelte und Lichtnadeln in seine Augen sandte, und dachte, er könnte ja im Oktober einen kleinen Urlaub machen, in Neuengland durch die Wälder wandern und einfach atmen, ohne Widerwillen und ohne Bitterkeit die angenehme kalte, von unnatürlichen Gerüchen freie Luft einatmen. Er könnte sich ein paar Bücher mitnehmen und in einem ruhigen Gasthof wohnen und laufen und essen und lesen und ganz zufrieden sein innerhalb der Wände seiner Sinne. So saß er, das Gesicht schlaff und idiotisch, der Körper seitwärts zusammengesackt, in eine herbstliche Träumerei entrückt.

Aber irgendwann drang der Lärm doch mit einem Schlag zu ihm durch, und als er aufblickte, war Morton aufgesprungen, hielt sich mit beiden Händen die Ohren zu und schrie wie am Spieß. Es war ein gleichmäßiges, stetiges Kreischen.

»Das ist doch kindisch, Morton«, rief seine Schwester. »Du weigerst dich einfach, Kritik anzunehmen wie ein erwachsener Mensch.«

»Weil er ein Kleinkind ist, ein verzogenes Kleinkind«, gellte Bertha.

»Jetzt reiß dich zusammen, Junge!«, schrie Selig.

»Haltet den Mund, alle!«, sagte Sol mit Donnerstimme. »Lasst ihn in Ruhe!«

»Na, Solly, du musst schon erlauben, dass wir unsere Erziehungsprobleme auf unsere Weise regeln«, sagte Selig mit mildem Tadel.

»Seid still, seid still, sage ich!« Sol war aufgestanden und überragte sie mit seinem Zorn, und den anderen fiel wieder ein, dass er Gräuel und Gewalt hinter sich hatte, von denen sie nichts wussten. Selig und Joan verschlug es die Sprache.

Bertha indes war aus härterem Stoff gemacht.

»Noch bist du nicht der Diktator hier, Solly«, sagte sie. »Vielleicht bildest du dir ein, du kannst die kleine Hilfe, die du uns zu geben bereit bist, gegen uns verwenden. Aber wir haben dich nicht zum Hausvorstand gewählt. Schließlich bekommst du was dafür. Wir haben dir ein Heim geschaffen, dir eine Familie zur Seite gestellt. Für welches Geld könntest du dir das kaufen?«

Morton vergaß zu schreien. Er nahm die Hände von den Ohren und beobachtete seinen Onkel.

Mit kaltem Zornesfunkeln wandte sich Sol an seine Schwester.

»Du hältst jetzt den Mund«, sagte er. »Kein Wort mehr, bis ich aus diesem Zimmer bin. Ruhe, Bertha. Wenn ich weg bin, könnt ihr mit eurem Kannibalismus weitermachen; ich ergreife für niemanden Partei und mische mich nicht in euer erbärmliches Vergnügen ein. Aber hör zu, was ich dir sage. Ich brauche euch nicht als Familie – das ist dein Mythos. Und wenn du ihn aufrechterhalten willst, dann sei jetzt still!«

Damit wandte er sich ab und verließ den Raum.

Morton folgte seinem Onkel in vorsichtigem Abstand. Wie sein Vater neigte er zu fantasievollen Umdichtungen. Er sah Sols breiten, massigen Rücken an und hatte nicht das Bedürfnis, sich einen neuen, perfekten Vater auszudenken; in seinem Traum war er bereit, sich mit diesem einen nüchternen, unwirschen Mann abzufinden, diesem Pfandleiher, und hätte es gern mit jeder Finsternis in ihm aufgenommen, von der er nie etwas wissen würde. Er ahnte – ohne einen Beweis dafür zu haben –, dass es Dunkelheiten gab, die diese Augen durchdringen und begreifen konnten.

Aber Sol verlangte nur Stille. Mit einem Band Tschechow ging er hinaus in den Garten. Setzte sich auf einen der Stühle mit geflochtener Plastiksitzfläche und begann zu lesen. Er versenkte sich in ein literarisches Klima, das ihn gegen den warmen Sonnenschein abschirmte, aber auch gegen die vom dichten Sommerlaub immerhin gedämpften Nachbarsstimmen. Und langsam entfernte er sich von dem an sich geringfügigen Ärgernis der jüngsten häuslichen Szene. Er las gierig, und obwohl er sich bis zu einem gewissen Maß durchaus in die russische Stadt des späten neunzehnten Jahrhunderts hineinversetzte, rührte sein Vergnügen vor allem von der fraglosen Vertrautheit mit einem Gut her, das er in einer anderen Zeit geschätzt und geliebt hatte. Er würdigte die heraufbeschworenen Gefühle, war aber selbst nicht emotional beteiligt, denn seine Unverwundbarkeit duldete keine Ausnahmen. Es streifte ihn nur ein ferner Anflug von

Traurigkeit; er war wie ein Archäologe, der die Ruinen einer interessanten Zivilisation studiert. Manchmal lächelte er ein wenig, dann wieder verengten sich seine Augen, und über sein leeres, begrabenes Gesicht strich ein Hauch Lebendigkeit wie eine Brise.

Während des Vormittags kamen die Familienmitglieder aus unterschiedlichen Gründen in den Garten; Bertha, um den Müll zur Tonne zu bringen, Selig suchte nach einer Baumschere, Joan wanderte ziellos umher. Alle umrundeten die ruhende Gestalt in vorsichtigem Schweigen und blieben so kurz wie möglich; Sols regloses, im grüngoldenen Licht wie versteinertes Gesicht und die von den dicken Brillengläsern verschleierten Augen schüchterten sie ein.

Nur Morton saß lange, allerdings in gebührendem Abstand, auf einem anderen Stuhl. Er las mit Unterbrechungen in Gardners *Art Through the Ages* und hob gelegentlich den Blick verstohlen von einem byzantinischen Heiligen, einer Renaissancemadonna zu der unbewegten Gestalt seines Onkels.

Nach einer Weile stellte auch Sol fest, dass es ihn hin und wieder aus dem Balsam des Lesens riss. Zwar hob er den Blick nicht von der gedruckten Seite, doch seine Gedanken trieben dahin wie ein ruderloses Boot und legten aufs Geratewohl an diesem, an jenem Strand an, seine Kunden tauchten auf und verschwanden, und wenn sie an ihm vorüberzogen, musterte er sie unfreundlich, als fände er hier die Ursache seines wachsenden Unbehagens. Ohne den Blick von dem »Tag auf dem Lande« zu wenden, hakte er auf diese Weise Jesus Ortiz und Buck White ab, Tangee und den blauäugigen Neger. Belauschte das scharfe akustische Winseln von Murillios Stimme, die Manieriertheit von George

Smiths aufdringlicher Debattierlust. Und er fragte sich, ob einer von ihnen oder gar alle mit seinem gegenwärtigen Zustand etwas zu tun haben konnten. Der Verdacht machte ihn kribbelig, und es überkam ihn eine leichte Benommenheit.

»Aber es ist natürlich die Zeit des Jahres … alter Aberglaube«, sagte er laut, auch gestikulierend, wie zur Antwort an einen ungesehenen Gefährten.

»Was hast du gesagt, Onkel Sol?«, fragte Morton, der mit seinem fahlen Gesicht in diesem fröhlichen Sonnenschein so fehl am Platz wirkte wie sein Onkel.

»Was … ach nichts, nichts. Ich hab laut gelesen … hat nichts zu bedeuten«, sagte er leise.

Damit kehrte er zu Tschechow zurück und erwürgte die Erinnerung mit dem eisernen Griff seines Willens. Und mit dem Sonnenschein fielen auch die sanften Sommergeräusche auf ihn, so wenig bemerkt wie der hauchzart rieselnde Blütenstaub.

9

Vom Appellplatz aus, auf dem sie standen, konnten sie alles sehen. Sol stand mit den anderen in einer endlosen Reihe, von ihren Aufsehern aufgestellt, wie noch einige weitere Arbeitstrupps. Außerhalb des Stacheldrahtzauns knurrten die Hunde mit gefletschten Lefzen und umkreisten Rubin immer enger. Die Aufseher in ihren schwarzen Uniformen standen träge in der Mittagssonne, rauchend und scherzend; selbst die Hunde, die den kleinen geduckten Menschen rückwärts zum Zaun trieben, schienen keine besondere Eile zu haben.

In der Woche zuvor hatten sie Rubins schielenden Sohn »zu den Duschen« geschickt. In der vergangenen Nacht war Rubin irgendwie die Flucht aus dem Lager gelungen, Gott allein wusste wie. Aber die Hunde hatten ihn aufgespürt, und des Kommandanten erbauliches »Exempel« folgte auf dem Fuß. Die Nacht über hatten sie Rubin seinen Vorsprung gelassen, in Wahrheit aber drängten sie ihn während der ganzen Zeit unbemerkt zum Lager zurück. Jetzt, zu Mittag, befand er sich direkt vor dem hohen Zaun, damit alle ihn sähen und aus seinem Beispiel lernten; endlich erkannte auch Rubin den zynischen Scherz.

Wenn man den Blick von der kleinen geduckten Gestalt abgewandt hielt, konnte man meinen, es sei hier eine harmlose tierische Jagd in Gang, ein für sich genommen so unaufregender Sport, dass die Aufseher ihn durch Witze und Zusatzwetten interessanter zu machen versuchten.

Die Hunde schlugen an. Es war heiß und gleißend hell, die Luft von Vögeln und Insekten leer gebellt, und die Häftlinge standen wie Schatten, die auf ihrem schlurfenden Weg zur Hölle kurz innehalten mussten. Sol spürte Staub an sich herabrieseln wie Schweiß, eine trockene, pulvrige Ausscheidung, die verbraucht und hitzig roch.

Einer der Aufseher aus Sols Kolonne rief zu den Hundeführern hinüber. »Hoffentlich ist der Strom aus, sonst ist ja alles verdorben.«

Ja, das sei der Fall, rief ein Mann in Schwarz. Er legte die Hand auf einen der verzwirbelten Drahtknoten und mimte Todesqualen, als hätte er den Stromschlag erhalten. Alles lachte über seine Clownsnummer. Sonst war alles totenstill; nur dies: das Lachen von ein paar Männern und das Kläffen, das Trompeten der Hunde.

Rubin war noch zwei Schritte vom Zaun entfernt, als die Hunde ihn anfielen. Eine Minute lang war er im Getümmel der haarigen Leiber nicht zu sehen, und das Grollen aus den Hundekehlen ging unter den schmatzenden Geräuschen dessen, was sie taten, fast unter. Sol wandte den Blick ab; ein merkwürdig totes Gefühl breitete sich in seiner Brust aus, es war wie Langeweile. Alle Männer in der Reihe waren knochengraue Profile, vom Staub in der Luft dünn beschichtete Totenmasken. Eine Taube landete auf einem der schlammfarbenen Barackendächer; ihrer Unterlage nicht ganz sicher, flatterte sie stehend mit den Flügeln, flog wieder auf und verschwand über dem monotonen Horizont des Lagers.

Der abscheuliche Chor aus den Kehlen der Hunde schwoll zu wahnsinniger Höhe. Sol sah wieder hin und sah, dass Rubin sich weitaus größer erhob, als er je gewesen war. Sekundenlang ließen die Hunde von ihm ab, überrascht von der trügerischen Beute, die erst so klein gewirkt hatte. Rubin schrie, eine glänzend rote Blutgestalt, und in dem zerfleischten Körper war nur sein Mund identifizierbar, das aber umso klarer, weil er den Schrei umrahmte. Alles ringsum war weiß überstäubt, die dunklen Gestalten der Aufseher und die Hunde, jeder in einem sich wölkenden, pulvrigen Lichthof. Nur Rubin besaß eine gewaltige Farbigkeit, war ein großer karmesinroter Quell, der den ganzen Tag herabwürdigte.

Auf einmal fuhr Rubin herum und warf sich hinauf in den Stacheldrahtzaun, und dort hing er dann, knapp außerhalb der Reichweite der schnappenden Hunde. Einer der Aufseher gestikulierte zum Wachturm hinüber. Es folgte ein Knacken und Knistern von Strom. Die blutige Gestalt wurde steif, wich zurück von der entsetzlichen Lebendigkeit der Drähte, ergriff sie wieder und schmiegte sich hinein wie in eine liebende Umarmung. Dann erschlaffte sie. Und das zerfetzte Bündel blutigen, verkohlten Fleisches, das wie ein vom Wind herbeigewehter Müll im Zaun hing, war nicht länger Rubin oder sonst etwas.

Sol würgte trocken, als sie die unkenntliche Gestalt vom Zaun rissen. Er hörte andere in der Nähe würgen, aber alle standen gerade, mit ausdrucksloser Miene, als sei auch das Würgen etwas, was ihre Aufseher herbeiführten. Und wie alle anderen würgte auch Sol nur Staub hervor.

Es hatte keinen Sinn mehr, um den Schlaf zu kämpfen. Es war kurz nach Tagesanbruch, als er sich leise durchs Zimmer tastete, sich anzog, wusch, rasierte. Weil er zu der Zeit weder Anblick noch Geräusche eines anderen Familienmitglieds ertragen hätte, trat er mit äußerster Vorsicht auf, erspürte im Voraus jedes Knarzen und verlagerte das Gewicht bei jedem Schritt, wie jemand, der ein frisch verheiltes Bein ausprobiert. Draußen, in der taufeuchten Luft, atmete er tief ein und fühlte sich im erwachenden Vogelgezwitscher gut verborgen.

Seine Autoreifen zischten die feuchten Straßen entlang. Die Sonnenstrahlen erforschten die schmutzigen Nachtschatten. Sol stellte sich Entspannung vor und blies als leises Gesäusel, das nicht ganz ein Pfeifen war, eine unbekannte Melodie.

Es war der achtzehnte August – am Donnerstag in einer Woche war der achtundzwanzigste. Nur einer von dreihundertfünfundsechzig Tagen. Na gut, gib dich dem alten Aberglauben hin, wenn es denn sein muss. Also klang der Tag mit düsterem Nachhall in seinem Kopf. Aber in zwei Wochen wäre es wieder vorbei. Das Nirwana kommt bald zurück, dachte er sarkastisch. Sicher würden die Träume seltener; irgendwann hörten sie vielleicht ganz auf. Träumen zu können war wie ein Geschwür, ein typisch menschliches Leiden. Heilbar durch Schonkost. In ein paar Wochen wäre er wieder unangreifbar wie immer.

Er hatte gerade das Geschäft geöffnet, als Marilyn Birchfield auftauchte. Sie trat aus der prallen Sonne herein, so dass ihr vom Gegenlicht überstrahltes Gesicht erst nur ein Schattenpfuhl war.

»Guten Morgen, Mister Nazerman. Darf ich reinkommen?«

Die Neonröhren flackerten auf, und er sah ihre Matronengestalt in einem azurblauen Kleid. Ihr Gesicht wirkte erstaunlich jung und unschuldig.

Sol heftete den Blick auf die Röte, die sich über ihre runden Wangen und den Nasenrücken breitete.

»Kleiner Sonnenbrand«, sagte sie lächelnd. »Ich esse mein Sandwich oft drüben am Fluss. Vielleicht leisten Sie mir ja mal Gesellschaft?«

»Danke, aber ich esse immer hier im Laden«, antwortete er und ordnete Bleistifte und Büroklammern. Um weitere Beschäftigungen verlegen, blickte er dann mit höflicher Geduld zu ihr auf. »War noch etwas, was Sie wollten?«

»Oh, eigentlich immer dasselbe – Geld, Unterschriften, Patenschaften, Auskünfte«, sagte sie.

»Ich dachte, wir hätten das alles geklärt.« Sein Tonfall war jetzt unverhohlen kalt. Er empfand einen seltsamen Anflug von Enttäuschung, der ihn stutzig machte.

»Ich gebe nie auf. Nein, im Ernst: Ich bin einfach ein Stück spazieren gegangen, weil ich zu früh dran war. Und dann sah ich Sie und sagte mir, ein Besuch wäre doch nett. Nachbarlich, sozusagen.«

Ein kühle, erfrischende Brise schien ihr in den Laden gefolgt zu sein, und Sol nickte nur unsicher.

»Ich bin keine Langschläferin«, sagte sie sinnierend, einen Ellenbogen vor dem Schalter aufgestützt, und betrachtete einen Abakus aus Elfenbein. »Es spielt überhaupt keine Rolle, wann ich in die Federn krieche – kaum wird es fünf, ist es mit dem Schlaf vorbei. Oh, ich kenne schon alle Witze darüber, was alten Jungfern den Schlaf raubt«, fügte sie errötend hinzu, so dass sich der Sonnenbrand über ihr ganzes Gesicht zu breiten schien. »Tatsache ist, dass ich, bis ich nach New York kam und diese Arbeit bei der Stadt anfing, nicht eine einzige schlaflose Nacht hatte. Wie die Menschen leben! Dieses Elend, dieses Elend. Ich spür es schon in meiner eigenen Wohnung, als läge es in der Luft. Zu Hause, in Springfield, musste mein Vater an die Tür hämmern, um mich zu wecken. Sehr seltsam. Gehen Ihnen diese Menschen genauso an die Nieren?«

»Nein«, sagte Sol. »In keiner Weise.« Mit ostentativer Unhöflichkeit nahm er sich die Liste der verpfändeten Gegenstände vor.

Sie sah ihn einen Moment unschlüssig an und setzte dann einen Ausdruck der Milde auf.

»Wenn Sie meine Neugier bitte entschuldigen wollen – Sie sind im Ausland geboren, oder?«

Er blickte argwöhnisch auf und spürte, wie er unter ihrer kindlichen Musterung zu vibrieren begann. In seinem Zustand konnte er auf diese dicke Frau mit ihrem Schulmädchengesicht und -benehmen wirklich verzichten.

»Ja, ich bin im Ausland geboren. Also Miss … Miss …«

»Birchfield«, half sie wieder nach.

»Miss Birchfield. Ich neige nicht zur Geselligkeit. Sie zwingen mich, das zu sagen; Sie scheinen kein Taktgefühl zu besitzen, sehr ähnlich wie ein dummes Kind, das kein Gespür dafür hat, wann sein Zuhörer reden will und wann nicht.«

»Was die Kinder betrifft, wären Sie überrascht«, sagte sie leise.

»Ich bin nicht freundlich. Ich habe keine Lust, Leute zu grüßen. Sie haben mich neulich bedrängt, und ich habe Ihnen fünf Dollar gegeben; eine großzügige Spende. Wenn Sie nächste Woche wiederkommen, gebe ich Ihnen vielleicht noch mal was. Ansonsten haben Sie von mir nichts zu erwarten. Ich kann die Basketball- oder Tischtennis- oder Baseballmannschaft nicht trainieren, selbst wenn ich es wollte. Das Leben, das ich geführt habe, könnte von Pfadfindern und Basketball nicht weiter entfernt sein …«

Und genau in dem Moment, als er sie bis an die Schwelle eines wütenden und gedemütigten Abgangs gebracht hatte, fiel ihr Blick auf die tätowierte Nummer an seinem Unterarm. Ihre Augen verschleierten sich vor Mitgefühl, sie sah mit haarsträubender Demut in sein seltsames, hässliches Gesicht und war fortan gegen jede Kränkung gewappnet.

»Es tut mir leid, Mr Nazerman«, sagte sie. »Sie haben recht, und ich möchte mich entschuldigen. Überraschenderweise gibt es Momente, in denen selbst ich meine Taktlosigkeit erkenne. Ich schätze, ich war irritiert von Ihrer Art, als ich zum ersten Mal hier war, und wahrscheinlich war ich insgeheim entschlossen, Sie herumzukriegen.«

»Wofür entschuldigen Sie sich? Meine Art hat sich ja nicht gebessert, oder?«

»Eher nicht, leider«, sagte sie mit kurzem Auflachen. »Aber inzwischen macht es mir wohl nichts mehr aus.«

Er stöhnte grimmig.

Sie beugte sich näher zum Schalter; durch die Stäbe seines kleinen Käfigs wirkte ihr Gesicht strahlend, und ihre drallen, blank geschrubbten Hände waren nur Zentimeter von ihm entfernt.

»Nehmen Sie meine Entschuldigung an?«, fragte sie.

»Ja, ja, ich nehme sie an. Jetzt lassen Sie mich in Ruhe.« Er fand selbst, dass er unerträglich launisch klang, und wunderte sich über die Lächerlichkeit dieses Zusammentreffens, das er sich durch nichts verdient hatte. »Was immer Sie sagen, ist mir recht. Wenn Sie jetzt bitte …«

»Dann besteht die Möglichkeit, dass wir Freunde werden?«

»Ja, Freunde«, stimmte er zu, beschwichtigend, als hätte er es mit einer Wahnsinnigen zu tun, und blickte zu der staubigen Zimmerdecke empor, wo sich eine vernickelte Tuba wie eine exotische Schlange wand.

»Und wenn das so ist, leisten Sie mir dann morgen Mittag Gesellschaft am Fluss?«, fragte sie schelmisch.

»Also gut, wenn's sein muss, aber bitte …«

»Morgen um zwölf Uhr bin ich dort«, sagte sie, winkte fröhlich und entfernte sich mit diesem eigenartig unbeholfenen Gang, der den Eindruck machte, als würde ihr voller Frauenkörper von einer Ewig-Jugendlichen bewohnt.

Mit glasigem Blick starrte der Pfandleiher eine ganze Weile auf die leere Tür, und am Ende entfuhr ihm ein Seufzer äußerster Fassungslosigkeit. Sollte das ein Witz sein? Er brauchte diese Irre wie einen Kropf. Aber seltsamerweise haftete ihr zarter Wäscheduft mit hinterhältiger Hartnäckigkeit in seiner Nase, und so begann er sein Tagwerk: verfolgt von ihrem Geruch.

Sein erster Kunde hatte ein verschlagen-irrsinniges Gesicht voller offener Wunden. Vorsichtig, die Arme um eine dieser fettigen, hautähnlichen Tüten geschlungen, trat er auf den Schalter zu.

»Wertvolles Stück Ware hab ich hier«, sagte der Mann, und sein ausgemergelter Körper verströmte einen abstoßenden Geruch nach chronischer Krankheit. »Hab es von einem Rabbi, Freund von mir. Echt authentisch, wertvoll.«

Er griff in die Tüte und zog eine samtene Thorahülle heraus, silberdurchwirkt und mit goldbestickter Einfassung für die Griffe der Thorarolle.

»Wie kommen Sie dazu?«, fauchte Sol.

»Er hat es mir gegeben, der Rabbi«, winselte der Mann. »Ist es Ihnen nichts wert?«

»Tragen Sie's raus hier und kommen Sie nicht wieder«, sagte Sol.

Jesus Ortiz kam herein, doch ehe Sol auch nur ein Wort zu seinem Gehilfen sagen konnte, war der Laden auf einmal voller Kunden.

Lange waren sie damit beschäftigt, zu schätzen, zu feilschen, sich zwischendurch rasche professionelle Zeichen zu geben. Sie waren ein seltsam harmonisches Gespann, diese zwei, und sie boten ein noch seltsameres Schauspiel – gewährten Gnade mit einer Bewegung des Handrückens, befühlten das eigenartige Strandgut aus dem Leben anderer Leute, nahmen alte Träume als Pfand für kurzlebige neue, geliehene, nickten einander über treuherzige Köpfe hinweg zu, verweigerten, zwinkerten kalt, hoben Finger in geheimer Verständigung.

Manche Kunden schrien, andere lachten gutmütig, ein Mädchen weinte. Die Gerüche ungewaschener Menschen, billig parfümierter Körper, Verarmter, Kranker – alles füllte den Laden und bedrängte den Pfandleiher und seinen anmutigen, zarten Gehilfen. In den Regalen drängten sich immer noch mehr Relikte fremder Idyllen, und vom fettigen Umgang mit Geld verloren Sols Hände das Gefühl für die Luft.

Erst gegen Mittag war der Laden mit einem Schlag leer. Jesus blickte mit einem kleinen verschwörerischen Lächeln zu seinem Chef hinüber, das Sol mit schmallippigem Nicken und einem Achselzucken quittierte.

Während Jesus die Beschreibungen der verpfändeten Waren niederschrieb, sah sich Sol mit gerunzelter Stirn um. Er suchte nach einem logischen Grund für ein befremdliches Phänomen: Auch nach all diesen hässlichen, schmutzigen Gerüchen, die er eingeatmet hatte, hing ihm noch immer der Duft nach Frischgewaschenem in der Nase.

10

An diesem Nachmittag brachte er es kaum fertig, George Smith das Minimum an Höflichkeit entgegenzubringen. Doch der kleine Mann war so unverkennbar vorbereitet, dass Sol sich zu schwach fühlte, um so brutal zu sein, wie es seine Ungeduld verlangte. Er wusste mit unbeweisbarer Gewissheit, dass George mit Tinte und Feder eine Tabelle angelegt hatte, in der er das Datum jedes Pfands, eine Aufzählung der für künftige Verpfändungen infrage kommenden Dinge sowie die ungefähren Daten für die Auslösung von Pfändern (unter Berücksichtigung eines taktvollen Intervalls zwischen Versetzung und Auslösung) eingetragen hatte. Sol hatte einfach noch nicht den Mut, ihn zu demütigen und fortzujagen, wie es seinem Bedürfnis entsprach.

»Wissen Sie, ich habe dieses *Vorwort zur Logik* gelesen«, sagte George, voller Behagen an den Ladentisch gelehnt. »Und ich kam bis zu der einen Stelle, die genau zu dem passt, worüber wir neulich geredet haben. Diesmal spricht er von der Logik der Fiktion. Und er führt aus, dass Aristoteles in seiner *Poetik* sagt, die Dichtung sei wahrer als die Geschichte … stellen Sie sich das mal vor, *wahrer als die Geschichte.*«

»Sie meinen das Buch von Morris Cohen?«, fragte Sol, der ohne den sonstigen barmherzigen Aufschub die Transaktion niederschrieb.

George nickte glücklich und redete weiter. Er konnte vor dem inzwischen wohlbekannten Ausdruck des Desinteresses seines Gegenübers ganz gut die Augen verschließen;

wenn einer ausgehungert ist, lebt er auch von der kargsten Nahrung. Also redete er, Gelehrter für einen Moment, und der hohe, klare Turm seines Verstands war vorläufig von allem sich windenden Verlangen leergefegt, alle niederen Gelüste waren von der Reinheit intellektuellen Begehrens in einen dunklen Keller verbannt. Als ein geschwätziger, verhalten viriler alter Professor inmitten von Büchern und gelegentlichen Zuhörern wäre er glücklich gewesen, gleichgültig gegen seinen Körper und traumlos.

Sol starrte ihn minutenlang dumpf an, sah, wie das zerbrechliche, straff gespannte Gesicht die Miene veränderte, aufleuchtete, ermahnte, dirigierte, Gedanken und Wonnen spiegelte. Und obwohl er sich diesem hellbraunen Mann in keiner Weise verbunden fühlte, kein Verständnis für Georges fieberhafte Fischzüge nach großen Ideen aufbrachte, ertrug er ihn gut zehn Minuten lang und gönnte ihm sogar das minimale Achselzucken und Nicken, das den Monolog möglich machte, aber irgendwann konnte er nicht mehr.

»Ja, ich weiß ... Aber hören Sie, George«, unterbrach er ihn sacht, »können wir nächstes Mal weiterreden? Ehrlich gesagt, bin ich jetzt ziemlich beschäftigt.«

George lächelte matt und konnte seine Enttäuschung kaum verhehlen. Erst zehn Minuten war er hier! Vielleicht hatte er diesmal wirklich nichts Spannendes mitgebracht, nur einen Aufguss des letzten Gesprächs. Außerdem kam er normalerweise später am Tag, wenn man damit rechnen konnte, dass weniger los war. Oh, aber das nächste Mal hätte für den Pfandleiher einen Leckerbissen auf Lager! Spinoza hatte er für den wirklich idealen Zeitpunkt aufbewahrt, für einen Nachmittag, an dem er ein ziemlich wertvolles Pfand brächte und sich damit mehr Zeit im Laden verdient hätte, vielleicht eine halbe, gar eine Dreiviertelstunde. Wie reich würde dann der Gedankenaustausch zwischen ihnen! Er konnte es kaum erwarten.

»Anfang nächster Woche werde ich wohl wiederkommen, vielleicht schon Ende dieser Woche. Dann hab ich was Interessantes für Sie, Sol«, sagte er.

Sol nickte mit dem Anflug eines Lächelns, das in dem Moment verschwand, in dem ihm George Smith den Rücken kehrte.

Er hatte ein dringendes Bedürfnis nach Luft. Er trat auf die Straße hinaus und blickte zu der Eisenbahnbrücke in der Ferne, die perspektivisch von den schäbigen Ladenfronten eingerahmt wurde. Es war drückend heiß, noch schlimmer als im Laden. Menschen gingen an ihm vorbei, Autos fuhren und hupten, die unterirdischen Züge ließen das Straßenpflaster beben, einen Block weiter tönte vom Fluss her ein Schiffshorn. Es war keine Erleichterung in Sicht. Er hob den Kopf; der Himmel starrte auf die Masse aus Stein und Beton wie ein monströses blassblaues Auge, dem alles eins war – er und die anderen lächerlichen Kreaturen und die schmutzige Stadt.

Mit leisem Zischen entließ er den Atem durch die Zähne und kehrte ins Geschäft zurück. Als er fast am Schalter angelangt war, merkte er, dass während seiner kurzen Abwesenheit jemand hereingekommen war. Er drehte sich um, und sein Blick fiel direkt in den unerfreulichen Blick des blauäugigen Negers.

»Was kann ich für Sie tun?«, fragte Sol ausdruckslos.

Ohne ein Wort, ohne seinen erschreckenden Blick von Sols Gesicht zu wenden, deutete der Blauäugige zum Schalter.

Dort lag, in einem aufgeklappten, mit Samt ausgeschlagenen Kasten, eine funkelnde, sehr große Mundharmonika. Sol warf einen kurzen Blick darauf, registrierte den Schieber für die Halbtöne, den berühmten deutschen Namen. Normalerweise hätte er sich niemals auf eine Mundharmonika eingelassen, aber diese war eine sehr gute, ein Profiinstrument von beträchtlichem Wert, das sich für fünfzig Dollar oder mehr verkaufen ließe.

»Hübsche kleine Harmonika. Ich kann Ihnen zehn Dollar dafür leihen.«

»Geben Sie mir den Pfandschein, ich will den Pfandschein«, sagte Robinson mit seinem dürren Bass. Er stand vollkommen reglos, sein ausgemergeltes Gesicht war eiskalt und geduldig wie das eines begnadeten Jägers. Nur ein kleiner Tick des Kiefermuskels ließ vermuten, dass unter der dunklen, unbewegten Oberfläche womöglich einiges in Aufruhr war.

Während der Pfandleiher die Transaktion schriftlich festhielt, kam Jesus Ortiz vom Speicher herunter. Einen Moment lang stand er hinter Sols Schulter, wechselte einen Blick mit Robinson, und als Sol auf- und sie beide ansah, hatte keiner eine Ausrede für die stumme Verständigung, welchem Zweck sie auch gedient haben mochte.

»Verkaufen Sie die Harmonika nicht, Pfandleiher«, sagte Robinson mit seiner abgründigen Stimme, in der mangelnder Gebrauch und Einsamkeit mitschwangen. »Ich hol sie zurück.«

»Bringen Sie einfach den Pfandschein. Sie wird da sein«, sagte Sol.

»Das werde ich«, schnarrte Robinson in düsterer Verheißung, den Blick unverwandt auf Jesus Ortiz geheftet.

Sol sah dem aschgrauen Anzug nach, der mit steifem Gang den Laden verließ. Aus dieser Perspektive sah der Mann einfach nur alt und verarmt aus; von hinten konnte man die inhumane Drohung dieses ausgezehrten Gesichts, dieser Augen, die nichts zu verlieren hatten, beinahe vergessen.

»Ich hab ein komisches Gefühl bei dem Mann, diesem Freund von Tangee. Ich traue ihm nicht. Der Anzug kommt mir vor wie die Art von Bekleidung, die sie einem bei der Entlassung aus dem Gefängnis geben.«

»Aber Sie trauen ja sowieso niemandem, Sol. Ist das nicht das Geheimnis Ihres Erfolgs?«, fragte Jesus.

»Korrekt«, entgegnete Sol, ohne seinen Gehilfen anzusehen. »Ich traue niemandem.«

Minutenlang hatte das Schweigen zwischen ihnen die Qualität einer Feile. Jesus war in dem kleinen Büro damit beschäftigt, Pakete zu schnüren, und Sol saß über der Liste der Gegenstände, die zur Versteigerung vorgesehen waren.

Aber nach und nach ließ das Gefeile nach, denn das fantastische Sammelsurium des Pfandgeschäfts erhob wieder Anspruch auf ihre unterbewussten Stimmungen. Wieder waren sie gespalten angesichts der Vielfalt und Kompliziertheit des Instrumentariums, mit dem die Leute überlebten. Und jeder reagierte für sich, auf je eigene gedankenlose Weise, auf eine kleine, traurige seelische Zermürbung. Jeder empfand Mitleid – ohne um sein Mitleid zu wissen – mit dem armseligen Krimskrams, aus dem der Mensch sich Mauern baut. Das glänzende Holz alter Geigen, das verbeulte Blech von Tuba und Trompete, das verzerrende Kameraauge, das Silber- und Goldblitzen von tausend ausrangierten Sachen erzeugten ein eigenes Licht, in dem der

Pfandleiher und sein Gehilfe arbeiteten, in dem sie sich Tag für Tag aufhielten und dabei selbst komplexer wurden; denn dieses Licht hatte etwas Einzigartiges, Geheimnisvolles. Jesus Ortiz ahnte beim Pfandleiher, wonach er selbst sich sehnte, ohne die äußere Form seiner Sehnsucht zu erkennen. Und was der Pfandleiher wollte, hatte mit Verlangen nichts zu tun; offensichtlich sehnte er sich nach Nichtsein, und in dem nichtsichtbaren Teil von ihm waren immer noch Dunkelheit und erschreckendes Wachsen.

Mabel Wheatly war nervös, als sie hereinkam. Sie ließ zwei Kunden vor, ehe sie selbst an den Schalter trat.

»Geben Sie mir den Gegenwert dafür, wie viel auch immer«, murmelte sie, an Sol gerichtet, ihr Blick aber ruhte auf Jesus.

Es war eine Herrenuhr, modernen Stils und aus massivem Gold. Auf der Rückseite war »Seymor Epstein 1956« eingraviert.

»Was soll ich damit anfangen?«, fragte Sol. »Sie müssen wissen, dass ich angehalten bin, der Polizei Beschreibungen von sämtlichen Juwelierarbeiten zu schicken.«

»Ist nicht gestohlen. Der Mann hat's mir geschenkt. Für … für eine private Sitzung«, sagte sie, kaum die Lippen bewegend, wie um den jungen Mann am anderen Ende des Ladentisches nicht mithören zu lassen.

»Warum tun Sie dann so nervös?« Sol musterte sie mit Abneigung. Auf einmal packte ihn eine Wut wegen ihrer schäbigen Machenschaften, auch ein Zorn auf seinen Gehilfen, weil ihm der Gedanke kam, der könnte mit all diesen Leuten gemeinsame Sache machen, sich verschwören, Ränke schmieden … Nein, nein, er musste sich zusammenreißen; so kündigen sich Nervenzusammenbrüche an. Niemand verschwor sich gegen ihn; niemand hatte mit ihm irgendetwas zu schaffen.

»Es ist leider so, dass der Oberboss keine privaten Verabredungen duldet. Wenn ihm das zu Ohren kommt …« Mit einem schiefen, nur halb gelungenen Lächeln versuchte sie ihn zum Komplizen zu machen. Nur ihre Augen fuhren unbehaglich zwischen der Uhr und Jesus hin und her.

»Nachdem die Rückseite graviert ist, wage ich Ihnen nicht mehr als fünf Dollar zu geben. Lieber hätte ich gar nichts damit zu tun.«

Mabel nahm das Geld unglücklich entgegen, warf aber Jesus, ehe sie den Laden verließ, noch ein schüchternes Lächeln zu. Dann ging sie hinaus mit ihrem hüftschwingenden Profigang, der dem kühl begutachtenden Blick ihres Liebhabers behutsam angepasst war.

»Dieser Boss von ihr, das muss ein grausamer Mensch sein«, sagte Sol neugierig.

»Spaghettifresser. Einer von den Bonzen. Besitzt mehrere Häuser. Hat sicher jede Menge Mädels laufen. Ja, mir kommt er ziemlich brutal vor. Hat mich mal mit ihr reden sehen und uns angeschaut, als wären wir ein Auswurf auf der Straße. Ich glaube, er zahlt sogar diesen Bullen Leventhal.«

»Aha, Leventhal!«, sagte Sol und rieb mit kraftlosen Fingern über die Fassung seiner Brille.

Eine Zeitlang hielten sie das Schweigen aus. Dann sprach Sol in einer heiseren Parodie von Beiläufigkeit.

»Wie dieser Kerl heißt, dieser Boss von ihr – hast du das zufällig mitgekriegt?«

»Irgendein Spaghettifressername. Murdio, Murlio, so was in der Art.«

Eine kalte Beute des Wissens lag greifbar vor ihm, und Sol dachte mit leichter Übelkeit darüber nach, ob er zulangen sollte oder nicht. Am Ende stemmte er sich schwer auf den Ladentisch, um ein kleines inneres Flattern zum Stillstand zu bringen.

»Murillio womöglich?«, fragte er, betont unbeteiligt.

»Könnte sein«, antwortete Ortiz und reckte neugierig den Hals nach den unsichtbaren Zuckungen des Pfandleihers. »Warum – kennen Sie den?«

»Warst du mal in einem Bordell?«, fragte Sol, die goldene Uhr in den Händen und im Gesicht ein geheucheltes Lächeln, das zu zwangloser Konversation einlud.

»Bordell?«

»Freudenhaus, Puff – na, so ein Etablissement wie das, in dem sie arbeitet.«

»Ach, ein paar Mal, als Jugendlicher. Aber jetzt muss ich dafür nicht mehr zahlen.«

»Und wie ist es? Sind die Mädchen dort unglücklich mit dem, was sie tun müssen?« Seiner Miene nach zu urteilen, irrte der Pfandleiher durch einen namenlosen Friedhof der Gedanken. Doch hinter dem gelassenen Äußeren wehrte er sich dagegen, unter Dingen begraben zu werden, die er für immer hinter sich gelassen hatte. Auf einmal bereute er, dass er überhaupt gefragt hatte.

»Sie müssen nicht, es zwingt sie keiner«, klärte Ortiz ihn auf, stolz auf sein überlegenes Wissen auf immerhin einem Gebiet. »Sie werden gierig nach leichtem Geld, und dann tun sie's eben. Klar, später stellen sie fest, dass es nicht ganz so leicht ist, wie sie sich vorgestellt haben. Wenn man mal drin ist, kommt man schwer wieder raus. Wissen Sie, sie haben dort alle möglichen Durchgeknallten, von denen man ganz schön derbe Sachen kriegt. Ist kein Spaß, sag ich Ihnen. Auch für den Kunden nicht. Da könnte man genauso gut 'nen Automaten vor sich haben.« Es schien ihm ein Einfall zu kommen, und er äugte nach dem Pfandleiher, als misstraute er dem flachen weißen Neonlicht. »Wie kommt's«, fragte er lauernd, »dass Sie sich plötzlich so dafür interessieren? Wollen Sie ihnen einen Besuch abstatten?«

»Nein, nein«, antwortete Sol, dem die Komik nicht aufging, geistesabwesend. Einen Moment lang stand ein Grauen in seinem Gesicht, als sei etwas exhumiert worden. Seine Lippen öffneten sich und wurden weiß, und auf seiner Stirn standen, wie durch großen inneren Druck herausgepresst, dicke Schweißtropfen. Hilflos traten seine Augen hinter den vergrößernden Brillengläsern hervor. Innerlich aber erkannte er nichts als gewaltige Formen, die ständig ihre Gestalt wechselten. Und zum Glück gelang ihm bald, sie zum Stillstand zu bringen, sie niederzuringen wie besänftigte Tiere.

»Ist Ihnen schlecht?«, fragte Jesus, verstört von den Erschütterungen, die in dem sonst so steinernen Gesicht vor sich gingen. »Was ist los mit Ihnen?«

»Was mit mir los ist?«, wiederholte Sol benommen.

Dann war er mit einem Schlag wieder der Pfandleiher, denn das war es, was er sein wollte: ein gleichgültiger, unergründlicher Mann, der niemals etwas umsonst hergab.

»Mir sind nur diese Leute manchmal zuwider, wie sie hierherkommen und winseln und flehen. Dann frage ich mich, was diese Kreaturen zwingt, so zu leben.«

Sein Gehilfe musterte ihn mit kaltem Interesse. »Warum sagen Sie ›Kreaturen‹? Weil es Nigger sind?«

»Nein, nein«, widersprach Sol und lachte kurz, fast schnaubend auf. »Ich bin kein Sektierer, ich mache keine Unterschiede. Schwarz, Weiß, Gelb, für mich ist alles gleich grässlich. Sag mir, Ortiz, glaubst du an Gott?«, fragte er mit bösem Lächeln.

»Sie sind kein Priester, Sol. Was ich denke, ist meine Sache«, antwortete der junge Mann, ganz der gelehrsame Schüler. »Ich höre auf das, was mein Hirn mir sagt.«

»Kenne dich selbst«, sagte Sol spöttisch. »Aber du hast ganz recht, Jesus Ortiz. Mir scheint, du lernst schneller als ich seinerzeit. Natürlich hast du Glück, dass du mich als Lehrer hast. Du hast schon gelernt, nichts und niemandem zu trauen.«

»Wie gesagt, Sie wissen nicht, was ich denke«, konstatierte Ortiz stolz. Dann lächelte er und betrachtete das graue fleischige Gesicht seines Gegenübers. »Ich hab also einen guten Lehrer; okay, lehren Sie. Sagen Sie mir, wem Sie trauen und wem nicht.«

Der Anflug von Humor in Sols Miene verflüchtigte sich beinahe in derselben Sekunde, in der er zu sprechen anfing, und wich einer wachsenden Angespanntheit, einer inneren Bewegtheit, unter der sich seine Gesichtszüge gleichsam zusammenzogen.

»Ich traue weder Gott noch der Politik noch den Zeitungen noch der Musik noch der Kunst. Ich traue keinem Lächeln und keinen Kleidern, keinen Gebäuden, Landschaften, Gerüchen.« Er griff nach den Lichtschaltern und knipste der Reihe nach die Neonröhren aus, bis die einzige Beleuchtung im Raum der durch die Tür fallende Widerschein des späten Sonnenlichts war und die beiden Menschen darin blasse, fast reglose Nachbilder dessen wurden, was sie noch kurz zuvor im gleißenden Licht gewesen waren, weniger real als die überall verteilten Blechinstrumente und Schmucksachen.

»Ich traue keinen Namen. Ich traue keinen Mienen und keinen Farben und keinen Strukturen von Materialien.« Von draußen schoben die Geräusche des frühabendlichen Verkehrs die letzten Reste von Stille in den Laden, wo sie sich um die beiden legten und sie zu unentdeckten Inseln in ihrer privaten Dämmerung machten. »Aber vor allem traue ich keinen Menschen mit ihrem Gerede, weil sie mit diesem Gerede die Hölle erschaffen haben, weil sie bewiesen haben, dass sie das Dasein als das, was sie sind, nicht verdienen.«

»Sie auch nicht?«, fragte Ortiz mit angerauter Stimme, wie nach zu langem Schweigen.

»Ich auch nicht.«

Von Ortiz kamen allerlei Laute wie *hm* und *ts*, während er versuchte, sich einen Reim auf alles zu machen, was an diesem merkwürdigen Gespräch bombastisch und unangebracht war.

»Also, Herr Pfandleiher, gibt's gar nichts, zu dem Sie Vertrauen haben?«, fragte er in gewollt scherzhaftem Ton, als wäre die Antwort ihm gleich.

»Vielleicht doch«, sagte Sol, und in der goldenen Lichtflut von draußen waren seine Augen ein kaltes Funkeln.

Ortiz wartete mit verhaltenem Atem.

»Geld«, sagte der Pfandleiher unversehens; er ließ das Wort zwischen all das Gold und Silber im stillen Laden fallen. »Leute, die weniger pragmatisch sind als du, dürften sich davon abgestoßen fühlen«, sagte er höhnisch. »Die alte Geschichte mit den Juden. Aber ich sag dir, Ortiz, es gibt einen guten Grund für diese Treue. Stimmt schon, Geld kann an Wert zu- oder abnehmen; es kann auch in gewisser Weise riskant sein. Aber man hat doch in der Regel zu jedem Zeitpunkt eine gewisse Vorstellung von seinem Wert. Man hat eine Grundlage, um einzuschätzen, was man sich damit kaufen kann; Essen oder Komfort, Luxus, Schmerzlinderung oder manchmal sogar … ja, manchmal kann es einem das Leben erkaufen. Nach der Lichtgeschwindigkeit, von der uns Einstein sagt, dass sie die einzige absolute Größe im Universum ist, käme für mich gleich an zweiter Stelle das Geld. Siehst du, da hab ich dir jetzt das Credo des Pfandleihers hergebetet. Was gäbe es sonst noch zu wissen!«, rief er fast vergnügt.

Ortiz schüttelte nur den Kopf; ein eigenartiges Flackern flocht sich in sein Lächeln, und man sah ihm an, dass ihn etwas umtrieb.

»Na gut, Sol, Sie haben alles gesagt. Hey, da muss ich doch auf meinen Lehrer hören, oder? Okay, ich schreib mir Ihre Lektion hinter die Ohren. Was denn sonst?« Er streckte die Hände aus, die Handflächen aufwärts gekehrt, die typisch semitische Geste der Resignation. Doch hinter seiner ganzen Spöttelei, hinter allem Zynismus war eine eigenartige Wut, ein Blick, der Bedauern und Anklage ausdrückte. »Sie sind schließlich der Lehrer …«

Ortiz war fort, und Sol war selbst im Begriff zu gehen, als das Telefon läutete.

»Ein gewisser Riordan kommt vorbei«, sprach die phonographische Stimme in sein Ohr. »Er bringt die Lieferung. Übrigens auch einen Brief mit paar Vorschlägen für die Verwendung unseres Geldes. Ah, wir sind ein fabelhaftes Team, Sie und ich, Chef. Gefällt mir, wie Sie das Kindchen schaukeln. Das gibt einen Weihnachtsbonus, lassen Sie's mich nicht vergessen. Ah, stimmt, Sie feiern ja kein Weihnachten, oder? Egal, machen wir Chanukka draus.« Das glucksende

Lachen schrammte durch den Hörer wie eine langsam um ihr Zahnrad geschwungene Ratsche.

»Die Leute zahlen gut für ihre Begierden, oder?«, fragte Sol mit scheinbarer Gleichgültigkeit. »Für Essen und Trinken und die sonstigen körperlichen Genüsse. Bezahlen sie Sie gut dafür?«

»Wovon reden Sie? Sagen Sie bloß, Sie trinken!«

»Von dem vielen Geld, das Sie einnehmen. Davon rede ich.«

»Werden Sie nicht neugierig, Chef; das passt nicht zu Ihnen. Sagen wir so: Meine Investitionen machen sich bezahlt. Sofern Sie das irgendwas angeht. Abgesehen davon, bleiben Sie sauber und überlassen alles Weitere mir.«

»Es soll mich also nicht kümmern, wie das Geld riecht?«, fragte er in so distanziertem Ton, als stellte er eine ganz normale Frage.

»Wäre eher ungesund. Was ist mit Ihnen, Chef?«, fragte Murillio. »Verlieren Sie den Respekt vor Geld?«

»Nein, nein, ich rede nur so daher. Tut mir leid. Vergessen Sie, was ich gesagt habe.«

»Schon vergessen. Sie aber auch, Chef.«

»Ähm, Riordan, sagten Sie. Was ist denn aus Savarese geworden?«, fragte Sol, der seinen Gleichmut wiederhatte.

»Der war unzuverlässig. Wir versuchen's eine Weile mit dem Iren.«

Sol nickte, als könnte sein Gesprächspartner ihn sehen.

»Gut, Chef, ich ruf Sie morgen oder übermorgen an. Bis dahin …«

»Halte ich mich raus«, antwortete Sol.

Murillio lachte derart, dass die zarte Membran in der Hörmuschel vibrierte. »Ganz genau«, sagte er erheitert und legte auf.

Sol stand eine Zeitlang mit der Hand auf dem Telefon da und überlegte fieberhaft, was nun anstand. Es war Montag; was hatte er für den Montag geplant? Die irreführende Zeitmessung der zahlreichen tickenden Uhren gab keine Auskunft. Zu glatt, als dass man sie festhalten könnte, flossen die Stunden vorüber und führten sowieso nirgendwohin. Sein Körper roch nach Lehm, leicht feucht, sonnenlos, alt.

»Tessie«, sagte er laut. »Ich hab ihr versprochen, dass ich heut Abend komme.«

Und das brachte ihn seinem Ziel, was immer es sein mochte, zumindest einen Schritt näher. Er begann alles zu versperren. Als er fertig war, ging er eiligen Schritts die Straße entlang, wie jemand, der sich zu einem heimlichen Treffen verspätet hat.

11

Mendel, der Alte, saß in der Küche und starrte grimmig auf das Radio, aus dem ihm so laute Tanzmusik entgegenschallte, dass der kleine Lautsprecher schepperte. Sol starrte auf die vier Karten in seiner Hand und dachte darüber nach, wie er damit Zehner bauen sollte. Ihm gegenüber saß Tessie und kaute angespannt an ihren Nagelhäuten. Immer wieder sah sie auf die Uhr und warf dann einen raschen, verstohlenen Blick zur Tür, ehe sie sich neu den Karten zuwandte. Oben konkurrierte ein spanisches Programm mit der Tanzmusik aus der Küche, und ein Mann und eine Frau, die offensichtlich erbittert stritten, schrien einander an, als sei ihre laute Musik bloß die Begleitung zu ihrer Wut. Die alten Rohrleitungen vibrierten und jaulten. Von irgendwoher kam hysterisches Gelächter, das gefährlich in Richtung Ersticken abdrehte, aber in einem Hustenanfall ausklang. Ein Kind weinte. In den Zimmern roch es nach feuchtem Plüsch, wie ein Zugwaggon, der nach längerer Verplombung wieder geöffnet wird.

»Jetzt spiel schon aus«, sagte Tessie gereizt.

»Hast du's eilig?«

»Na, einfach so rumsitzen!«

»Warum bist du so nervös?«

»Nervös, warum soll ich nervös sein? Ich bin eine zufriedene, friedvolle Frau. Alles ist wunderbar für mich. Wieso soll ich nervös sein?« Schuldbewusst starrte sie ihn an, und ihre gelbe Haut war vom Elend des Alltags zerschlissen, zu einer Textur abgewetzt, hinter der die massiven alten Entstellungen verschwanden.

»Du bist aufgeregt wegen Goberman«, hielt er ihr vor.

»Der Mann macht mich wahnsinnig. Neulich war er wieder spätabends hier. Von seinem Hämmern an der Tür ist der alte Mann aufgewacht. Die Drohungen, die er ausstößt, die Flüche.«

»Er kann dir nichts anhaben. Er ist einfach ein Ärgernis. Ich hab dir gesagt, ich kümmere mich um ihn, worüber regst du dich auf?«

»Wo bleibt er nur?«, fragte sie, den Blick zur Tür gerichtet.

»Mir scheint fast, du hättest ihn gern hier.«

»Ja, was ist denn, wenn er erst kommt, nachdem du schon wieder fort bist? Was sag ich ihm dann? Er wird mir nicht glauben.«

»Ich versteh dich nicht. Was er sagt, kann dir doch vollkommen egal sein. Er hat nichts gegen dich in der Hand. Sag ihm einfach, er soll dich in Ruhe lassen, sonst rufst du die Polizei. Er kann dir überhaupt nichts zuleide tun.«

»Oh doch! Da sieht man, wie blind du bist. Er kann Dolche in mich rammen, er kann mir den Schlaf rauben, er kann mir das Herz herausreißen.«

»Was für ein Unsinn! Du hast keinen Grund, dich schuldig zu fühlen. Wir haben beide keinen. Wir waren in der Hölle und sind entkommen. Wir sind niemandem was schuldig.«

»Bist du entkommen?«

»Du bist hysterisch. Reiß dich zusammen, sonst kriegst du noch einen Nervenzusammenbruch. Ja, ich bin entkommen. In mir bin ich in Sicherheit. Ich hab mir eine Ordnung geschaffen, die mir niemand stören kann. Wäre gut, wenn du das ebenfalls versuchst. Wenn Goberman kommt, erledige ich das für dich, dann wirst du sehen, wie einfach alles ist.« Damit legte er sein Ass auf die ausgespielten Karten, eine Sieben und ein Kleines Casino. »Zehner gebaut«, sagte er.

Tessie warf ihren Zehner auf sein »Gebaut«, und in ihr Gesicht trat ein boshafter, rachsüchtiger Ausdruck, als sie die Karten an sich raffte.

Sol lächelte. »Siehst du, so geht das«, sagte er. »Nimm dir, was du brauchst, ohne viel Gezeter zu machen. Nimm, mach, handle! Das Leben ist hier und jetzt. Konzentrier dich auf das, was direkt vor dir ist. Stoß jeden weg, der dir in die Quere kommt. Nimm, was du brauchst; Geld, Erleichterung, Frieden.«

»Ich hatte ein Kind, ich hatte einen Mann«, flüsterte sie wild.

»Was willst du von mir?«, schrie er. »Bring dich um, dann hast du's hinter dir!« Er warf seine Karten hin und stieß den Tisch von sich. Sein Gesicht war wie ein Felsen, von dem ein Kind mit schwachem, aber beharrlichem Hämmern winzige Splitter abschlägt.

Tessie hob furchtsam die Hand; tief, mit violetten Lidern lagen die Augen in ihrem verhärmten Gesicht. »Warte, warte, setz dich wieder«, rief sie. »Ich mach dir Kaffee, ich habe Kuchen. Wir essen was, Sol.«

Mürrisch ließ er sich zurückfallen und schloss zustimmend die Augen.

Tessie ging in die Küche, wo die Tanzmusik mit unverminderter Wucht das Gebrabbel des alten Mannes überplärrte.

»Mach es leiser, Pa«, sagte sie. »Bei dem Krach kann ich nicht denken.«

Das Radio aber setzte seinen Angriff unvermindert fort, und das war nur ein Lärm in der Kakophonie des Hauses. Tessie polterte mehr als nötig, um sich bei all dem Getöse noch zu behaupten, knallte den Wasserkessel auf den Herd und die Tassen auf die Untertassen. Eines der Porzellanteile gab einen dumpfen, selbstmörderischen Laut von sich.

»Kaputt«, sagte sie fassungslos.

Der alte Mann schaltete stöhnend das Radio aus. »Hör dir das an, wie diese Mörder auf *Deutsch* herumschreien«, knurrte er resigniert.

»Das ist Spanisch, Pa, nicht Deutsch«, antwortete sie dumpf.

»Sie sind alle *deutsch*«, schrie er, plötzlich wild, und fügte in verschlagenem, bösem Ton hinzu: »Du vermischst aber nicht das fleischige Geschirr mit dem milchigen?«

»Nein, Pa, alles koscher«, sagte sie müde.

Und dann erbebte die Tür unter einer donnernden Faust.

Tessie rang nach Luft und trat mit einem beschwörenden Blick zu Sol in die Küchentür. Er erwiderte ihn verächtlich, stand dann gemächlich auf und ging zur Wohnungstür. Die Hand auf dem Knauf, blickte er zu Tessie zurück und nickte.

»Wer ist da?«, rief sie in bebendem, aber treuherzigem Ton.

»Dein Gewissen, Goberman. Zahl deine Schulden«, sagte die heisere Stimme draußen im Gang.

Sol riss jäh die Tür auf. Eine kurzgewachsene, untersetzte Gestalt stand vor ihm, die nach der massiven Drohung der Stimme wie ein Witz daherkam. Goberman hatte ein bleiches Gesicht, dessen Bestandteile allesamt wie herausgedrückt wirkten, als würde er langsam erwürgt. Aus der Spitze seiner Knollennase war unter dem Druck alle Farbe gewichen, die Lippen quetschte es nach vorn zu einem fratzenhaften Kuss, die wie gekocht wirkenden Augen standen vor wie bei jenen Vögeln, die jedes Auge einzeln bewegen können. Kinn und Wangen waren räudig von unrasierten Stellen, als hätte er sich den Bart mit einem stumpfen Küchenmesser abgeschabt; das ganze Gesicht wirkte erdig, als sei es eben ausgegraben und von den gräulichen Spuren der jüngst erfolgten Bestattung noch nicht vollständig gesäubert worden.

»Wer sind Sie? Das Licht ist schlecht hier«, beschwerte er sich mit seiner ruppigen Stimme. »Wo ist die Frau, die hier wohnt, diese Rubin? Ah, aber du kommst mir auch bekannt vor, bist ein Jid, oder? Oh, aha, klar, verstehe«, sagte er triumphierend und quetschte sich an Sol vorbei in das erleuchtete Zimmer, den Blick siegreich auf die tätowierten Zahlen an Sols Arm geheftet. Er hielt eine zerkaut wirkende Aktentasche hoch und wedelte damit vor Sols Gesicht herum. »Von dir erwarte ich auch was. Jewish Appeal. Weißt du, wie viele Juden immer noch in Kairo sind? Ich sag's dir, damit du aufgeklärt bist. Siebenunddreißigtausendsechshundertzweiundzwanzig. Zahl von letzter Woche. Gott weiß, wie viele seitdem umgekommen sind. Und in Syrien! Neunundzwanzigtausendachthundertvierzig. Dann haben wir siebzehntausendvierhundertdreiunddreißig im Iran, sechsunddreißigtausendundsieben in Deutschland, neunzehntausend...«

»Lass mich deinen Berechtigungsschein sehen«, sagte Sol kalt.

»Berechtigung, Berechtigung«, fauchte Goberman entrüstet. »Wo ist sie, wo ist diese Frau, die so gern ihr Gewissen erleichtern möchte? Du wohnst hier nicht. Ich hab's in meinem Adressbuch stehen, es wohnt hier eine Frau, Tessie

Rubin, Alter dreiundvierzig, ein Mann, Mendel Solowitz, Alter fünfundsiebzig. Du gehörst nicht hierher. Ich rede nur mit der Frau des Hauses.«

»Ich bin hier, ich bin hier«, rief Tessie furchtsam. »Ist schon gut, Goberman. Dieser Mann kümmert sich um meine Angelegenheiten.«

Der alte Mann spähte wild über ihre Schulter und verwünschte halblaut alte Verbrechen.

»Um deine Angelegenheiten kümmert er sich«, sagte Goberman gehässig, »verstehe. Sehr gut verstehe ich. Der Ehemann liegt kalt im Grab, und irgendwer muss sich ja …«

»Mit welchem Recht platzt du hier herein?«, fragte Sol. »Bevor du noch ein einziges Wort sagst, will ich deinen Berechtigungsschein sehen.«

»Meine Berechtigung, du willst meine Berechtigung sehen? Gut, gut, ich zeig sie dir, ich zeig sie.« Er warf seine Aktentasche hin, die mit einem leisen Platschen auf den Boden fiel wie ein Tierkadaver. Dann riss er sich die Jacke vom Leib und krempelte die Ärmel auf, während er vor sich hin murmelte: »Berechtigung, Berechtigung, ich zeig dir meine Berechtigung.« Auf dem linken Unterarm waren die bekannten blauen Zahlen in einer Umrahmung aus weißem Klebeband, wie ein bizarres Warenmuster auf der haarlosen Oberfläche. »In meinem Herzen hab ich weitere Berechtigungen. Holt ein Messer aus der Küche und schneidet mich auf. Ich zeige euch die Stichwunden, die verbrannten Stellen vom Mord an meiner Frau, an meinen fünf Kindern, meiner Mutter, meiner Schwester. Los, holt das Messer; ich zeig euch meine Berechtigung, in Rot gedruckt, in BLUT! Wollt ihr noch mehr? Hackt mir den Schädel auf und seht in meinem

Hirn die Bilder der lebenden Toten, der Geschändeten, der Ausgeweideten.« Sein Atem kam als zerstoßenes Keuchen, die Augen drohten aus dem Kopf zu fallen und sein Gesicht hinabzurinnen. Gebückt und drohend stand er da und verströmte eine Gewalt aus Geruch und Wut, das Hemd hing ihm halb aus der Hose, und an seinem Hals pochte ein stürmischer Rhythmus. »Reicht das an Berechtigung, sagt mir das, reicht das?«

»Schon gut, Goberman, ich gebe, ich gebe«, heulte Tessie. »Ist es denn nötig, so zu schreien. Ich bemüh mich; weshalb verfluchst du mich, dafür gibt es doch keinen Grund. Es ist doch nicht wahr, dass ich kein Mitgefühl mit den Juden habe, es ist doch nicht wahr!«

Mit einem selbstgefälligen, selbstgerechten Ausdruck schlüpfte Goberman wieder in seine Jacke. Er blickte Sol an. »Und du, kannst du den Sklaven das Mitgefühl verweigern, den leidenden *jidlach*?«

»Ich hab mir dich angesehen, Goberman«, sagte Sol leise, nachdenklich. »Und ich habe mir das Gedächtnis zermartert, woher ich dich kenne. Und jetzt fällt es mir plötzlich wieder ein. Du warst dort, ja, du warst auch dort. Muss 1941 gewesen sein, in Dachau … nein, nein, Bergen-Belsen. Ja-aa, ich erinnere mich sehr genau.«

»Was, was?«, rief Goberman leicht nervös. »Du kannst dich gar nicht erinnern, ich war …«

»Doch, doch, jetzt bin ich sicher. Damals warst du sogar noch ein Stück fetter als jetzt. Du hattest deine Tricks, um an Essen zu kommen. Es war die Rede davon – ich weiß nicht genau, was dran wahr ist –, aber es war die Rede von Kooperation mit einem gewissen …«

»Das war eine Lüge, eine komplette Lüge!«, schrie Goberman, auf seine Aktentasche schlagend. »Niemand konnte mir vorwerfen …«

»Wenn ich nicht irre, gab es jemanden, der behauptet, du hättest sogar deine nächsten Anverwandten denunziert …«

»Das ist die größte Lüge auf der Welt, das abscheulichste Stück Dreck, das man über einen Menschen sagen kann«, kreischte Goberman, und seine Stimme schraubte sich zu einem gebrochenen Alt hinauf.

Sol, der offensichtlich nur wiedergab, was ihm zu Ohren gekommen war, zuckte die Achseln.

»Nie meine eigene Familie, nie meine eigene Familie. Was für ein Mensch würde so was behaupten? Da, sieh mich an, sieh, wie ich Geld für die Juden sammle, wie ich blute für sie alle, die über die Welt versprengt sind. Tag und Nacht versuche ich Geld für ihre Rettung aufzutreiben. Ich schreie, ich drohe, ich gebe meine Selbstachtung dahin, um mich für sie einzusetzen. Und das, das ist mein Lohn! Niemand kann mir ins Gesicht sagen, dass ich … nie in einer Million Jahren hätte ich meiner unmittelbaren Familie so was angetan. Glaubst du, ich könnte nachts schlafen, glaubst du, ich könnte auch nur eine Minute stillhalten, wenn …? Würde ich herumrennen wie ein Irrer Tag und Nacht, wenn ich …? Würde ich nicht still sitzen und versuchen, ein bisschen Frieden und Ruhe …? Wie könnte jemand …? Es übersteigt doch jede Vorstellung, dass so ein Mensch dann noch auf dem Antlitz der Erde wandeln …« Sein Mund sackte herab wie ein Gebilde aus zu feuchtem Ton. »Ich habe NIE … MEINE … EIGENE … FAMILIE … VERRATEN … NIENIENIENIE!«

»Was machst du denn mit dem ganzen Geld?«, fragte Sol eisig und vollkommen reglos, erbarmungslos. »Nähst du's in deine Matratze ein, oder bist du aufgeklärt genug, um es auf ein Konto mit dreieinhalb Prozent Zinsen einzuzahlen? Auf was sparst du?«

»Ich spare für das jüdische Volk«, heulte Goberman mit tränennassem, breiigem Gesicht. »Das jüdische Volk.«

»Du sparst für Goberman. Du bist ein Betrüger, ein Gauner, Goberman. Ich könnte dir die Polizei auf den Hals hetzen. Oder noch besser«, sagte er, denn er dachte an Murillio, »ich könnte dich mit einem einzigen Telefonanruf zu Brei schlagen lassen.«

»Du verstehst nicht, du verstehst einfach nicht, was ich durchgemacht habe.« Goberman weinte jetzt wie eine Frau; drückte seine zerschlissene Aktentasche an die Brust und schluchzte.

»Ich verstehe dich sehr gut, Goberman. Leute deines Schlags sind ja verbreitet. Du bist ein professioneller Leidender, ein praktizierender Flüchtling. Du bist ein Opportunist, der aus allem Profit schlägt. Aber du hast Schuldgefühle, das eine oder andere Verbrechen lastet doch auf deinem Gewissen, und du schläfst nicht besonders gut. Deshalb rennst du mit dieser Aktentasche herum und versuchst, anderen die gleichen Schuldgefühle einzureden, wie du sie hast, und dabei machst du noch eine Stange Geld. Aber ich verurteile dich nicht, wohlgemerkt, mir ist es gleich, was du tust. Nur eins musst du wissen: Vor mir bist du nackt. Mir machst du keinen Eindruck.« Sol nahm seine Brille ab und begann die Gläser zu polieren, und dabei starrte er Goberman mit diesem flachen, kurzsichtigen Blick an, der so fern und unerreichbar wirkte.

»Bist du vielleicht besser als ich? Sag du mir nicht, dass du nicht deine Toten hast liegen lassen und gerannt bist wie ein

Karnickel, dass du nicht Auf Nimmerwiedersehen gesagt hast, zu allem, zu den ganzen stinkenden Toten. Behaupte das ja nicht«, jaulte Goberman, den Zeigefinger anklagend gegen Sol erhoben, und aus dem Gewoge seines verweinten Gesichts quollen die Augen wie Quallen. »Und du, Tessie Rubin, kannst du einfach dastehen und ihn das sagen lassen, zu einem Vertreter ... zu einem Vert... Ist es menschlich, einfach so dazustehen wie ein Felsen und einen Menschen in Stücke zu reißen, einem Menschen sein Leiden vor die Füße zu schmeißen, einem Menschen, einem Opfer!«

Sol begann zu lachen, und dieses Gelächter fuhr jedem, der es hörte, durch Mark und Bein, schneidend, schrill, wie Metall auf Metall. Goberman fletschte die Zähne, Tessie starrte Sol entsetzt an; nie hatte sie ihn lachen hören, und jetzt war es, als hätte er sich mit diesen unerhörten Lauten als Ungeheuer offenbart. Der alte Mann wimmerte und wich in die Küche zurück, und selbst das lärmende Haus ringsum schien sekundenlang in erschrockenem Schweigen zu verharren.

»Oh, er ist unbezahlbar, dieser Goberman«, sagte er zu Tessie. »Warum hast du mir nicht erzählt, wie unterhaltsam er ist? Du bist wirklich humorlos, Tessie. Dieser Mann ist außerordentlich, eine seltene Perle. Goberman, mein Freund«, sagte er, sich jäh umdrehend, »ist dir klar, dass du deine Zeit vergeudest? Du solltest zum Fernsehen gehen, wenigstens zum Radio. Du bist einer der größten Witzbolde, die ich je erlebt habe. Mit dieser Aktentasche, diesem Gesicht und mit deinen Reden ...« Wieder fing er zu lachen an. Tessie hielt sich die Ohren zu, doch Goberman starrte nur, zitternd, und dicke Tränen rannen ihm in seinen zerfließenden Mund. »Red ... red noch ein bissel weiter ... Gober ... man«, keuchte

Sol. »Amüsier uns. Lachen ist doch angeblich so gesund. Bring mich noch mehr zum Lachen.« Doch dann hatte er plötzlich wieder die Brille auf, und sein Gesicht war steinern wie je. »Bring mich noch mehr zum Lachen!«, fauchte der Pfandleiher.

»Was willst du von mir?«, greinte Goberman. »Ich geh, ich geh. Du bist schlimmer als sämtliche Nazis, du bist schlimmer als meine Albträume.«

»Viel schlimmer«, bestätigte der Pfandleiher von seiner großen Höhe herab. »Ich könnte dich in eine Million Einzelteile zerschmettern.«

»Ich habe niemals meine Familie verraten.«

»Du bist Dreck, Goberman; man sollte dich wegspülen.«

Goberman stand wie gebannt von dem Blick, der durch dicke Gläser auf ihn herabstach, und schien unter seinen schäbigen Kleidern gleichsam auseinanderzufallen, so dass ihn nur der Klammergriff um die fleischige Aktentasche noch im Ganzen zusammenhielt.

»Jetzt geh, SCHWEINEHUND!«

Goberman sprang in die Luft, als hätte ihm dieses Wort einen Stromschlag versetzt. Er jaulte auf, prallte breiig gegen die Wand, stieß einen Schmerzenslaut aus und verschwand plump, aber sehr geschwind durch die Tür. Das Klackern seiner Absätze auf den Fliesen im Flur klang nach Maschinengewehr.

Tessie hielt ihre Wange. In der Küche ächzte der alte Mann furchterregend. Und der ganze Lärm des Hauses brach wieder über sie herein.

Später fiel Sol mit kalter Wut auf dem Sofa über sie her, und sie schluchzte und flehte um etwas, was sie nicht benennen konnte. Für ihn aber war es trotz ihres Weinens und erstickten Flehens, als schliefe er mit einer Toten, und der Akt war eine grauenhafte Farce. Als es vorbei war, sprang er jäh auf die Füße, stand taumelnd da, und sein Herz jagte das Blut durch die Engstellen seiner Adern.

»Was flennst du? Hab ich ihn dir vom Hals geschafft oder nicht? Hast du Klagen? Du bist selber ein elendes Geschöpf.« Immer noch keuchend und wütend, beugte er sich über sie. »Was verlangst du von mir; dass ich dir das Paradies bringe, *ganejdn*!«

Sie schlug die Hände vors Gesicht, so dass ihre Stimme gedämpft und verzerrt herauskam. »Nein, nein, nichts. Du gibst mir nichts. Nur geh jetzt weg; ich kann dich nicht mehr aushalten.«

Also zog er sich an und richtete sich auf und ging ohne ein Wort des Abschieds; und bevor er die Tür schloss, schob er noch ein paar Geldscheine unter den Samowar, genug, um sie und den Alten durchzubringen, bis er wiederkam.

Die lange Fahrt mit U-Bahn und Auto verlief ereignislos. Aber er hatte entsetzliche Schmerzen im ganzen Körper. Er nahm sich vor, es von der lustigen Seite zu sehen, und sagte, als er im Auto saß, laut vor sich hin: »Wäre ich Selig, würde ich einen Herzinfarkt vermuten.«

Ansonsten dachte er nichts.

12

»Komm, Solly, Lieber«, sagte Bertha liebevoll zu ihm. »Wir sind gerade bei Kaffee und Dessert.« Mit einer Handbewegung wies sie auf die Gäste, einen Mann und zwei Frauen, die mit Selig am Tisch saßen. »Doktor Kogan kennst du. Seine Frau Martha. Und das ist *Dorothy*«, sagte sie und legte in ihren Tonfall sämtliche Nettigkeiten, die sie über die modisch gekleidete, maskulin wirkende Frau gesagt hatten. »Die Schwester des Doktors ...«

Sol nickte und murmelte ein Hallo.

»Hallo, Sol«, sagte der weißhaarige, glatt rasierte Mann. »Wie läuft der Geschenkeladen?«

Sol warf seiner Schwester einen angewiderten Blick zu, und Bertha flehte stumm zurück, ihre Notlüge nicht aufzudecken.

»Dem Geschäft geht's gut, danke. Und Ihrem – saisonale Flauten haben Sie ja nicht, oder?«

Der Arzt lachte. »Das wissen Sie doch«, sagte er.

»Sie verkaufen also Geschenke«, sagte die unverheiratete Schwester bereitwillig; zwar war sie in keiner Weise beeindruckt von dem großen, zerzausten Mann mit den sonderbaren Augengläsern und dem ungesunden, aufgedunsenen Gesicht, doch auf die Tatsache seiner Unbeweibtheit reagierte sie instinktiv. »Ich bin selbst im Einzelhandel tätig, Mr Nazerman ...«

»Nennen Sie ihn doch Sol«, beharrte Bertha mit einem neckischen Neigen des Kopfes.

»Ich bin Einkäuferin bei einem großen Kaufhaus. Das heißt, wir sind wohl Kollegen«, sagte Dorothy munter.

Sol nickte und setzte sich zu Kaffee und Schokoladencremetorte. Er hatte bei Tessie nichts gegessen, und von der süßen Torte auf leeren Magen wurde ihm leicht übel. Er schenkte sich eine zweite Tasse Kaffee ein, um den Sacharingeschmack aus dem Mund zu vertreiben.

»Ich weiß nicht, ob Ihnen klar ist, Doc, dass mein Schwager hier ein sehr gebildeter Mann ist. War Dozent an der Uni, in Polen. Vor der schlimmen Zeit natürlich.« Selig lächelte zu Sol hinüber. »Ich habe oft gesagt, er sollte Lehrer sein.«

»Lehrer sind schlecht bezahlt«, sagte Sol. Und mit einem hämischen Zug um den Mund fügte er hinzu: »Es wär mir kaum möglich, von einem Lehrergehalt meinen ganzen Verpflichtungen nachzukommen.«

»Dorothy hat eine ausgezeichnete Stelle als Einkäuferin«, warf Bertha rasch dazwischen. »Sie reist sogar jedes Jahr nach Europa.«

»Aha.« Sol nickte lustlos. »Und wie ist es heutzutage in Europa?«

»Oh, ich bin ganz verrückt nach Paris. Natürlich habe ich dort meine hauptsächlichen geschäftlichen Verbindungen. Aber an zweiter Stelle in meinem Herzen stehen gleich Rom und Berlin. Da ist eine Atmosphäre, wie wir sie hier gar nicht kennen, so etwas Liebliches. Man kann den Unterschied beinahe riechen.«

»Ich habe eher einen Gestank in Erinnerung«, sagte Sol, der dieses Gespräch so schnell wie möglich beenden wollte.

Tatsächlich trat fast eine Minute lang ein verlegenes Schweigen ein, bis Bertha, aufmerksame Regisseurin, die sie war, einsprang. »Mein Bruder schockiert gern. Joanie nennt ihn ein Original. Man muss halt seinen Humor verstehen. Solly, bitte«, schalt sie lächelnd, als hätte er einen etwas gewagten Witz gemacht.

Minutenlang umkreiste ihn nun ein vorsichtiges Geplauder, in dessen Mitte er saß wie ein Stein. Die Alleinstehende warf ihm von Zeit zu Zeit einen neugierigen Blick zu und bemühte sich unterdessen, zu einer inneren Haltung zu finden. Endlich zielte sie mit ihrem modischen Haupt auf ihn.

»Wo ist denn Ihr Geschenkeladen, Sol?«, fragte sie.

»Es ist kein Geschenkeladen«, antwortete Sol mit Genuss. Bertha fuhr herum, sichtlich bestürzt, weil sie in ihrer Wachsamkeit nachgelassen hatte. Zu spät. »Es ist ein Pfandleihhaus. Ich bin Pfandleiher.« Unschuldig betrachtete er das höflich verschleierte Erschrecken in den Mienen. »Natürlich kommen gelegentlich auch Leute, die was kaufen, weil sie es verschenken wollen. Hauptsächlich aber kommen sie, um Besitztümer zu versetzen, Abgebrannte, die schnelles Bargeld brauchen und dafür alles und jedes verpfänden.«

Er stand auf und lächelte gefällig in die Runde. »Wenn Sie mich jetzt bitte entschuldigen, ich hatte einen anstrengenden Tag. Es war mir ein Vergnügen, Sie kennenzulernen, Miss Kogan ...«

»Nenn sie doch Dorothy«, protestierte Bertha matt.

»Vielleicht irgendwann, wenn ich besser gestimmt bin ...«

Im Davongehen hörte er Berthas Stimme, die sich bemühte, das unansehnliche Loch, das er aufgerissen hatte, wieder zu stopfen.

»Natürlich hat Sol viel Schweres hinter sich«, sagte sie. »Und er liest so viel. Aber wir locken ihn nach und nach aus seiner Höhle und in die Gemeinschaft ...«

Oben, in seinem abgedunkelten Schlafzimmer, zwang er

den Schlaf herbei, indem er die vereinten Zinsen seiner Ersparnisse ausrechnete; er ließ Einer-, Fünfer- und Zehnerscheine wie grüne Vögel springen, die er zusammenzählte, multiplizierte, dividierte, bis ein genau richtiges Gefiederrascheln seinen Kopf ausfüllte und er einschlief.

Er lag flach auf dem Rücken und starrte in die grelle Operationslampe. Im Raum hörte er das gestärkte Knistern der weißen Kittel von Chirurgen und Schwestern. Aber sehen konnte er nichts als die bläuliche Grellheit der Lampe. Stimmen lachten und scherzten, Menschen, die knapp außerhalb seines Gesichtsfelds beschäftigt waren. Er spürte keinen Schmerz. Aber er hörte, wie Knochen gesägt wurde, und wusste, dass es sein Knochen war. Aber die Ärzte plauderten so fröhlich miteinander wie Männer, die einem gemeinsamen Zeitvertreib nachgehen. Schwer zu begreifen … er spürte keinen Schmerz. Dann kam ein Plumpsen von Teilen, die in einen Eimer fielen, es folgte ein Rinnen und Tropfen.

»WAS SCHNEIDET IHR MIR RAUS?«, schrie er und sah sich entbeint wie ein Tier, das küchenfertig gemacht wird. »NICHT, NICHT«, gellte er und sah sich jetzt völlig klar als weichen, in sich zusammengesunkenen Fleischhaufen.

»Halt's Maul, Jude«, fauchte ihm eine blauäugige Schwester ins Gesicht. »Sonst schneiden wir dir auch den Schwanz ab.«

Danach rührte er sich nicht mehr. So klein die Zerstörung sein mochte, die sie im Sinn hatten, war sie doch viel größer, als sie ahnten. Aber zumindest spürte er jetzt keinen Schmerz, und er konnte sich tot stellen.

»Alles fertig«, sagte ein Arzt. »Ich bin gespannt, wie er jetzt funktioniert.« Im Gemurmel der Stimmen klang kalte Schadenfreude. »Falls er funktioniert, falls er überhaupt funktioniert – wenn Sie wissen, was ich meine.«

Jemand lachte mit sanftem Tadel.

»Ah, Berger, Berger, Sie sind ein Teufel, wirklich«, sagte eine andere Stimme.

Sol stürzte in einen Abgrund des Entsetzens, heulend.

Er starrte auf die stillen Schatten, die der Mond an die amerikanische Wand warf. Die Schritte von Selig und Bertha waren zu hören, die ein kurzes Wachsein nutzten, um ins Bad zu verschwinden. Und dann die Stille, der Sol den Zugriff auf ihn verweigerte. Wach, mit aufgerissenen Augen lag er im Bett, bis die Sonne wie eine vertrauenswürdige Wächterin ins Zimmer kam. Und dann schlief er noch eine Weile.

13

Als erste Kundin des Tages kam eine andere Hure. Sie war eine großgewachsene, sehr dunkle Negerin Ende dreißig. Ihr Gesicht war übersät von Striemen und Schwellungen, den Spuren alter und neuer Schläge, und ihre Augen funkelten wie dunkle Steine. Sie brachte ein goldenes Zigarettenetui und hatte, während sie sprach, eine Zigarette im Mund, so dass sie wegen des aufsteigenden Rauchs den Kopf in den Nacken legen und ein Auge weitgehend schließen musste.

»So, Dad, was ist das wert? Ich hab nix zu essen. Yeah, die alte Rose ist nämlich gefeuert. Muss mich jetzt tatsächlich selbstständig machen. Und dafür brauch ich erst mal 'ne Bleibe. Hey, aber das ist Gold, Paps, bringt 'nen Haufen Moneten, oder?«

Während er das Etui untersuchte, beobachtete sie ihn, andauernd vor sich hin murmelnd, so dass die Zigarette zwischen ihren Lippen auf und ab wippte.

»Muss den Doktor zahlen, wegen meiner Krankheit, und ein Kissen für mein müdes Haupt brauch ich auch. Kleines Getränk hier und da für die Nerven. Weil eins sag ich dir, meine Nerven sind komplett im Eimer.« Sie trug ein rotes Satinkleid, und ihr Dekolleté war strukturiert wie Schildkrötenhaut, die Brüste scharf modelliert wie bei einer alten Frau, die ein stahlversteiftes Korsett trägt.

»Zehn Dollar«, sagte er, durch den Mund atmend, um ihrer atemraubenden Parfumwolke zu entrinnen.

»Oh, Daddy! Aber ich muss doch leben!«, jammerte sie. Der Zigarettenrauch verzerrte ihr geschwollenes Gesicht zu einer Grimasse.

»Warum?«, murmelte er zwischen den Zähnen.

»Mach fünfzehn draus, Dad«, sagte sie, denn sie hörte nur, was sie selbst sagte. »Mit fünfzehn käme ich klar.«

»Zehn. Zehn, mehr geht nicht«, sagte er, die Stimme erhebend.

»Okay, okay, Mista, klar«, sagte sie beschwichtigend; sie war von zu vielen Männern misshandelt worden, um zu streiten. »Nehm ich. Danke, danke, gut.« Und dazu nickte sie ungestüm wie ein Kind, das die Unausweichlichkeit einer Strafe hinnimmt.

Ein Mann kam mit ein paar Anzügen, und Ortiz ging mit ihm nach oben, um ihm ein paar neuere zur Anprobe zu zeigen.

Ein alter Mann mit weißem Haar und Schnurrbart schob sich in den Laden. Er trug einen adretten, aber abgetragenen Anzug und ein an den Kanten leicht zerfranstes blaues Hemd, das er, obwohl krawattenlos, bis oben hin zugeknöpft hatte. Unter dem Arm trug er ein ordentlich verpacktes Bündel, das er umklammerte, während er an der Tür herumstand und minutenlang sehnsüchtig auf die Straße hinausblickte. Doch dann holte er entschlossen Luft und marschierte zu Sol hinüber.

»Dafür würde ich gern etwas Geld aufnehmen, junger Mann«, sagte er und schrie dabei ein bisschen. »Ein befristetes Darlehen. Der Geschäftsvorgang muss sorgfältig protokolliert werden. Versuchen Sie bitte nicht, mein Eigentum zu verkaufen, denn ich habe vor, es in allernächster Zeit wieder auszulösen.« Während seiner Rede richtete er einen mahnenden Blick auf den Pfandleiher, und seine arthritischen Finger fummelten am Knoten.

»Unsere Aufbewahrungszeiten entsprechen der gesetzlich vorgeschriebenen Frist«, sagte Sol mit dünnem Lächeln. Eine Minute lang sah er den entstellten Fingern zu, wie sie sich mit dem Knoten abmühten.

Dann zückte er ein Rasiermesser und durchtrennte kurzerhand die Verschnürung, die mit einem dumpfen Knall aufplatzte. Bestürzt, dass ihm sein Besitz so rasch aus der Hand genommen wurde, wich der alte Mann zurück.

»Aber wohlgemerkt, ich weiß, wie viel das wert ist«, warnte er ohne Überzeugung und blickte auf seine Hände, die ihn so im Stich gelassen hatten.

Es war ein Schachspiel; schön gestaltete Figuren aus prächtigem Hartholz und das Brett aus Teak und Walnuss. Die Figuren waren historischen Gestalten nachgebildet, die Türme Elefanten mit Sänften auf dem Rücken, die Bauern Fußsoldaten, die Springer stolze Reiter, die Läufer verschlagene Geistliche mit orientalischen Zügen, die Könige und Königinnen vornehme, alles überragende Majestäten.

»Wie schön«, sagte Sol in sinnierendem, zärtlichem Ton. Der Bruder seines Vaters hatte ganz ähnliche Schachfiguren besessen. Vor einer Million Jahren. »Unverkennbar handgeschnitzt.« Behutsam hob er den weißen König auf und lächelte auf die Miniaturstrenge seiner Gesichtszüge hinab.

»Ich seh schon, Sie haben ein Auge für so was«, sagte der alte Mann glücklich. »O ja, das ist sehr alt. Mein Vater hat es gekauft vor … ach, das müssen schon über achtzig Jahre sein. Ich hatte es selber mehr als vierzig Jahre. Ich würde mich nicht eine Minute davon trennen, aber … vorübergehende Widrigkeiten. Höhere Gewalt sozusagen. Es gab ein kleines Durcheinander mit einem Pensionsscheck. Selbst in meinem Alter muss der Mensch essen.« Mit herrschaftlicher Geste strich er sich über den Schnurrbart, schmunzelnd. Über Geschacher jeglicher Art war er sichtlich erhaben.

»Ich kann Ihnen dafür nur fünfzehn Dollar leihen«, sagte der Pfandleiher ausdruckslos.

Der alte Mann blickte überrascht auf; es war, als sei eine andere Person an die Stelle des Mannes getreten, der die Schönheit der geschnitzten Figuren bewundert hatte. Er blickte in das graue, ungerührte Gesicht und sagte sich: Nein, nein, das ist ein Pfandleiher, nimm, was du kriegen kannst. Daher nickte er und ließ sich nicht dazu herab, die Formalitäten der Transaktion zu überwachen. Und als alles erledigt war, ging er, das Geld in der Tasche, und seine zerschlissene, gestärkte Würde war unangetastet.

Und bevor Sol auch nur einen Moment Verschnaufpause hatte, kamen zwei Frauen herein, die miteinander eine kleine elektrische Nähmaschine trugen. Er prallte innerlich zurück, denn er musste, mit idiotischem Humor eigentlich, an Salomo denken, wie der sich angeboten hatte, das Baby entzweizuschneiden, um den Streit der beiden Mütter zu schlichten.

»Wem gehört die?«, fragte er argwöhnisch.

Die Frauen, auf einmal hinterhältig und gierig nach Eigentum, sahen einander abwägend an.

Sol blickte grimmig zu der Tuba an der Decke hinauf.

Ortiz hatte Hunger. Schon an der Tür, rief er dem Pfandleiher über die Schulter zu: »Bin bald wieder da.« Doch Sol blickte nur stur himmelwärts, und die zwei Frauen zankten sich flüsternd.

In der Cafeteria nahm Ortiz die Erbsensuppe, dann Schweinefleisch mit Bohnen, Kaffee und ein Stück Ingwerbrot, und mäanderte durch den Speisesaal auf der Suche nach einem freien Tisch. Er fand einen, setzte sich, salzte die Suppe.

»Hey, Mann, setz dich doch zu uns«, rief Tangee. Buck White und der hagere Robinson saßen bei ihm und sahen schläfrig herüber.

»Ist vielleicht besser, wenn wir so reden ... getrennt«, sagte Ortiz und wandte sich wieder seinem Essen zu.

»Warum, wozu?«

»Wenn ich denke, ich weiß, worüber ihr reden wollt, ist es womöglich schlauer, wenn ...«

Tangees Augen weiteten sich anerkennend. »Ja-aa, Mann, ist schlau«, stimmte er zu. Mit ostentativer Aufmerksamkeit richtete er den Blick auf seine zwei Begleiter, während er beiseite sprach. »Versteh ich also richtig, dass du an was interessiert bist?«

»Könnte sein«, sagte Jesus und kaute bedächtig auf seinem Ingwerbrot.

Geld, hatte der Pfandleiher gesagt, stehe gleich hinter der Lichtgeschwindigkeit. Der Licht-ge-schwin-dig-keit! Die Vorstellung hatte etwas Schreckliches und Aufregendes. Der Pfandleiher hatte selbst entschieden, und Ortiz wagte nicht, die Probe aufs Exempel zu machen, um festzustellen, ob er die Schlussfolgerung bedauerte. Er war die masturbatorischen Träume allmählich leid.

»Weißt du, was uns vorschwebt?«, fragte Tangee und versuchte mit hölzernem, steifem Mund die bauchrednerische Methode anzuwenden, mit der sich Häftlinge verständigen, wenn sie ihre Gespräche vor den Aufsehern verheimlichen wollen. Robinson lächelte verächtlich.

»Komm zur Sache.«

»Okay. Die Sache ist die: Wir brauchen dich, um es richtig zu machen.«

»Weiß ich.« Ortiz legte den Löffel hin, saß steif auf dem Stuhl und starrte auf die Tischmitte. »Also hör zu, Mann. Ich kann noch nix Endgültiges sagen. Muss noch eine Zeitlang drüber nachdenken, einen Plan machen und schauen, ob er funktionieren kann.«

»Wissen wir, Mann. Das funktioniert schon, keine Sorge!«

»Gar nichts weißt du. Du glaubst, du hast eine gute Idee, könntest irgendwo reinmarschieren, und das isses. Mit Trotteln will ich nix zu tun haben, verstehst du!«

»Okay, okay, komm wieder runter«, sagte Tangee beschwichtigend und vergaß sein Verschwörergehabe.

Sie waren umgeben vom unschuldigen Plappern und Klappern einer öffentlich speisenden Menge; dem Geschlurfe von Füßen auf gefliestem Boden, Tellerklirren, blechernem Geklimper von Besteck, dem umfassenden, gestaltlosen Gewoge hunderter Stimmen. Ortiz hörte zu essen auf und starrte durch die riesigen Fensterscheiben. Draußen gingen Leute vorbei; im grellen Licht waren dunkle Gesichter mehr Reflexion als Farbe. Die Läden auf der anderen Straßenseite waren eine Zwietracht verblasster und greller Farben, ein idiotisches Anagramm von Botschaften; Firbish, Ye Style Shoppe, 24-Stunden-Service, Weeny Hut, Tabernacle of Jesus Our Lord, White Rose Sal … Knapp außerhalb des Gesichtsfelds mussten die drei Goldkugeln im schwefeligen Sonnenlicht leuchten. Schönheit.

»Ich muss derjenige sein, der sagt, was passiert. Falls ich beschließe, mitzumachen«, sagte Jesus. Es kam als ein heißes, leises Zischen heraus.

»Ja klar, Mann. Dafür haben wir dich vorgesehen«, sagte Tangee, die Hand vor dem Mund. Buck stimmte mit einem Nicken zu, nur Robinson saß in steifem Schweigen da.

»Und wenn dieses Ding abgeht, dann ohne Schießerei, ist das klar? Ihr braucht eine Kanone, okay, aber nur zum Schein.«

Tangee und Buck nickten feierlich, und Robinson musterte die beiden hochnäsig, als wären sie Kinder bei einem unsinnigen Spiel.

»Schießen ist dumm, macht nur Ärger. Wir machen es ohne Knarre, egal, was ist, verstanden?« Ortiz wagte einen Blick hinüber und sah Tangee und Buck weiter zustimmend nicken. Robinson ließ sich immerhin zu einer Krümmung seines dünnlippigen Mundes herab. Ortiz schob sein Essen auf dem Teller herum; Hunger hatte er nicht mehr, sein Appetit war aber nicht gestillt, sondern bis zur Unkenntlichkeit verstümmelt. »Falls ich beschließe, mitzumachen … falls. Dann sage ich, wann und wie. Falls.«

Schließlich stand er auf und steckte sich eine Zigarette an. Durch eine Rauchwolke starrte er auf die drei Männer, und sein Blick schloss eine Art Vertrag mit ihnen, teilte ihnen aber auch mit, dass noch gar nichts unterschrieben sei und sie Geduld haben müssten.

»Reg dich nicht auf, Mann«, sagte Tangee mit einem Lächeln.

»Sowieso. Ich reg mich nie auf«, antwortete Ortiz, den angesichts der schläfrigen, unausgesprochenen Meinung des protzig gekleideten Mannes eine plötzliche Wut packte.

Im Laden blickte Sol vom wabernden, unsichtbaren, von allen Seiten heranbrandenden Schmutz auf; seine Haut fühlte sich trocken und gealtert an, die Augen brannten von seinen zerquälten Nächten. Und aufblickend sah er Marilyn Birchfield, die vor ihm stand wie eine Fleisch gewordene Vision der Reinlichkeit. Sie hielt eine Papiertüte in der Hand, und sie lächelte.

»Wir sind zum Mittagessen am Fluss verabredet, wissen Sie noch?«, sagte sie.

Sol sah sie verwirrt an. Ihr Lächeln und ihre Heiterkeit verschlugen ihm die Sprache, und er fragte sich, was sie mit ihm zu schaffen hatte.

Doch in dem Moment kam Ortiz herein, und Sol gelang es, den Schleier der Verwirrung in jähen, hämischen Humor umzuwandeln.

»Ich bin bald wieder da«, sagte er in das verdatterte Gesicht seines Gehilfen hinein. »Ich gehe picknicken.«

Und er verließ den Laden an der Seite der Frau. Zurück blieb eine Fassungslosigkeit, in der Jesus Ortiz nun eine kurze Regentschaft führte.

14

Sie saßen auf dem niedrigen Holzbalken, der eine Art Befestigung des Flussufers bildete. Einen Meter unter ihnen floss das grünlich braune Wasser, dem die Sonne glitzernde Lichtsprenkel entlockte: aus all dem Dreck eine Illusion von Glanz. Sol ließ den Blick über das Chaos am anderen Ufer schweifen. Direkt gegenüber war ein Kohlenlagerplatz mit einer Schütte zum Wasser hinunter. Von hier aus sprangen ein paar Jungen in den ölschillernden Fluss und kletterten gleich wieder hinauf, um abermals zu springen, und es war erstaunlich, wie frisch das Wasser aussah, wenn sie es ins Sonnenlicht emporspritzen ließen. Es folgten Ziegelgebäude und Wellblechdächer. Ein großer, schwer beladener Lastkahn bewegte sich gewichtig auf sie zu. Sol setzte seine Begutachtung der altbekannten Gegend fort, als hätte sich in den wenigen Stunden, seitdem er zum letzten Mal hier gewesen war, tatsächlich etwas verändert. Dasselbe herrenlose Grundstück direkt am Fluss, dieses ausgedehnte Dreieck, über das sich wüstengleicher Sand gebreitet hatte: eine Fläche ohne ersichtliche Verwendung, auf der sich nicht einmal der übliche Schrott und Abfall gesammelt hatte, wie ihn die meisten Baulücken in diesem Teil der Stadt magisch anzogen. Und das gewohnte Panorama aus schmutzverkrusteten Mietshäusern im Vordergrund und in der Ferne dahinter, weit stadtabwärts, den himmelhohen Bürotürmen, unwirklich wie Trugbilder.

Und dann – sie! Eine heitere, pausbäckige Frau, die lächelte und redete und sogar mit dem zarten Schweißfilm auf der Oberlippe immer noch bemerkenswert frisch und reinlich wirkte. Wieso saß er hier mit ihr, dieser redseligen Amerikanerin mit ihrem Mädchengesicht und dem vollen Frauenkörper?

»… weil mir, offen gestanden, Mr Nazerman, diese Stadt immer noch ziemlich fremd ist«, sagte sie.

Er versuchte sich auf die Umstände ihrer Zusammenkunft hier in der heißen Sonne, neben dem dahinströmenden Schmutzwasser zu konzentrieren. Ringsum war das unermessliche steinerne Wuchern der Stadt, und er saß da, in einem Körper, den er schon lang überlebt hatte, während eine fremde Frau in einer Sprache auf ihn einredete, die er zu verstehen geglaubt hatte.

»… dann sagte ich mir, Marilyn, altes Mädchen, lass es. Es sind alles Menschen. Besonders ist nur, dass sie alle möglichen Probleme haben, die mir bis dahin noch nie begegnet waren. Und auf einmal war es viel einfacher für mich. Die Stadt hier kam mir auf einmal nicht mehr so sehr wie ein fremdes Land vor, sondern mehr wie ein Teil meiner Heimatstadt, der mir früher einfach nie aufgefallen war.« Sie lächelte ihr gesundes Lächeln. »Jetzt rede ich schon wieder zu viel. Vielleicht ist das die Schwachstelle einsamer Menschen. Entweder die Leute lassen sämtliche Rollläden herunter, woraufhin ich wie unter Zwang alles tue, um zu ihnen durchzudringen, oder aber sie sind nett zu mir – dann hab ich das Gefühl, ich schulde ihnen jede Menge Unterhaltung. Ich geb's zu, manchmal geh ich das Risiko ein, mich lächerlich zu machen, und oft genug komme ich mir selber vor wie die reinste Pest. Aber wenn ich dann doch einmal durchdringe, wenn ich doch mal Freundschaft finde … dann scheint mir das Risiko wieder ganz unbedeutend.«

»Ich möchte Ihnen keinen Misserfolg bescheren, Miss Birchfield, aber ich muss ebenfalls offen sein. Ehrlich gesagt, Ihre Neugier, Ihr Interesse – das ist mir nicht angenehm. Zu anderen Zeiten hätten Sie von mir wahrscheinlich eine ganz unverblümte und brutale Abfuhr bekommen. Nur war ich in letzter Zeit … nicht ganz ich selbst.« Er lachte kurz und schnaubend auf. »Nicht ganz ich selbst«, wiederholte er und empfand ein perverses Vergnügen bei der Ironie der Formulierung. Aber seine Miene verdüsterte sich gleich wieder, und er schien Mühe zu haben, durch seine dicken Gläser zu blicken.

»In den letzten Wochen war ich nicht auf dem Damm. Schlechter Schlaf … Das schwächt mich irgendwie«, sagte er. »Normalerweise lasse ich mich nicht so leicht aus der Fassung bringen. Es ist seltsam, dieses Gefühl, ich weiß nicht. Vielleicht sollte ich einfach zu einem Arzt gehen und basta. Ärzte haben heutzutage ja die tollsten Tricks, oder? Bewirken ganz erstaunliche Veränderungen. Und zum Teil weiß ich ja, weshalb ich mich so fühle. Ich stehe sehr stark unter Druck, unter finanziellem Druck. Und mein Geschäft bringt mich mit den ärmeren Elementen zusammen, mit schmutzigen, ungebildeten Menschen. Dieses Gewerbe hat auch seine bedenklichen Seiten. Trotzdem habe ich mich etliche Jahre ganz gut geschlagen. Alles geht vorbei. Ich bin vielleicht ein bisschen müde, angespannt. Jünger wird man auch nicht; im Herbst bin ich sechsundvierzig.«

Ihre Augen weiteten sich unwillkürlich. Er sah viel älter aus. Er war nur zehn Jahre älter als sie; es erschütterte ihre Vorstellung von ihrem Verhältnis. Zum Teil lag es wohl an seiner schlechten Hautfarbe, an den unerklärlichen Verdickungen in seinem Gesicht. Denn eigentlich hatte er kaum Falten, und sein Haar war dunkel, frei von weißen Fäden. Aber seine Körperhaltung, die Masse seines Gesichts, hinter der die Knochenstruktur nicht zu erraten war – das hatte etwas Uraltes.

»Aber jetzt bin ich schon mal hier, und vielleicht schadet es nicht, eine Weile in der Sonne zu sitzen und einfach nichts zu tun.«

»Und diese Sandwiches zu essen, die ich gekauft habe«, erinnerte sie ihn mit launig gehobenen Brauen.

»Und die Sandwiches zu essen, die Sie gekauft haben, aber die ich letzte Woche bezahlt habe.«

Darüber lachte sie entzückt und warf dabei den Kopf in den Nacken, so dass sich ihr muskulöser Hals im hellen Sonnenlicht spannte. Immer noch lächelnd fragte sie ihn, ob er gern ein Sandwich mit Corned Beef hätte.

»Ich kann aus irgendeinem Grund kein Fleisch essen. Es ist mir widerlich. Vielleicht hatte ich zu lange keines. Normalerweise esse ich zu Mittag Käsebrote.«

Triumphierend hielt sie ihm ein in Wachspapier gewickeltes Sandwich hin. »Sehen Sie, ich hab doch ein Gespür für Ihre Vorlieben. Käse für Sie, das Fleisch nehme ich.«

Er lächelte, als er nach dem Sandwich griff.

Mit gespielter Verblüffung lehnte sie sich zurück.

»Ich hab's gesehen!«, sagte sie.

»Was?«, fragte er, und sein Lächeln schwand langsam.

»Sie haben sich für einen Moment gehen lassen, und ich hab's gesehen. Sie haben ein bezauberndes Lächeln, Mr Nazerman. Allmählich glaube ich, dass sich unter Ihrer abweisenden Art ein echter Mensch verbirgt.«

»Verlassen Sie sich nur nicht drauf, Miss Birchfield«, sagte er und biss in sein Sandwich.

»Wie das? Warum wollen Sie nicht für menschlich gehalten werden?«

Er hob die Hand.

»Reden Sie bitte nicht von Dingen, von denen Sie nichts verstehen. Sie sind doch eine Soziologin, eine moderne, logisch denkende Person. Natürlich bin ich ein Mensch; zwangsläufig. Aber ich bin auch ein Einzelgänger, und das will ich bleiben. Es ist angenehm hier«, sagte er und atmete die erhitzte, nach Teer riechende Luft ein wenig tiefer ein. »Ich empfinde es fast als erholsam. Verderben Sie's nicht durch dumme Analysen.« Einen Moment lang wurde sein Gesicht düster. »Im Übrigen könnten Sie dabei auf Dinge stoßen, die Ihnen ganz und gar nicht behagen. Lassen wir's einfach, wie es ist. Sagen wir, ich bin ein ziemlich kalter Mensch, ich hatte ein schwieriges Leben, und ich ziehe es vor, in Frieden gelassen zu werden.«

Sie nickte respektvoll. Dann äugte sie mit einer gewissen Neugier zu ihm hinüber. »Aber sagen Sie mir eines«, sagte sie, »haben Sie irgendwelche Berührungspunkte mit den Leuten, mit denen Sie jeden Tag im Geschäft zu tun haben? Machen Sie Ihnen irgendeinen Eindruck?« Sie aß langsam, ganz auf sein Gesicht konzentriert.

»Oft widern sie mich an. Weiter nichts.«

»Verstehe«, sagte sie nachdenklich. »Meine nächste Frage könnte vielleicht ein bisschen kränkend sein. Bitte schieben Sie's auf meine unersättliche Neugier und verzeihen Sie mir. Ich hatte immer das Gefühl, dass das Pfandleihgewerbe ein irgendwie unappetitliches Geschäftsmodell ist, das die Not von Menschen ausnutzt. Liege ich da ganz falsch?«

»Natürlich nicht«, sagte Sol leichthin, auf den Fluss hinausblickend. »Schon allein deshalb nicht, weil Arme ja immer ausgenutzt werden; wäre es anders, gäbe es in unserer Gesellschaft überhaupt kein Geschäftsleben. Ja, das Gewerbe des Pfandleihers lebt von der Not anderer. Und? Der Bestattungsunternehmer lebt vom Tod anderer und ist doch nicht schuld, dass sie gestorben sind. Was spielt es für eine Rolle, an welchem Punkt in der Kette des Seins jemand sein Geschäft aufmacht? Für mich ist dieses Gewerbe ideal. Ich muss niemanden bedrängen oder umwerben, wie es in so vielen anderen Branchen der Fall ist. Ich muss nichts verkaufen. Abgesehen davon, ist mit der Pfandleihe kein schlechter Profit zu machen. Ich brauche ein gewisses Einkommen, um mir die Ungestörtheit und Unabhängigkeit, die mir unverzichtbar sind, leisten zu können.«

»Aber sagen Sie mir eins: Haben Sie als Mensch nicht, wie jeder andere auch, manchmal ein Bedürfnis, Ihr Tun zu rechtfertigen? Ich für meinen Teil bin überzeugt, dass unsere Arbeit eine Bedeutung haben muss, einen echten Wert, zumindest manchmal. Sonst sind wir doch wie Mäuse im Laufrad, ohne ein Gefühl für Anfang oder Ende.« Sie hatte ihr Sandwich sinken lassen und beobachtete ihn, während er träge den Fluss studierte.

Das gewohnte harte Lächeln hob seine Mundwinkel an, und aus der Tiefe der dicken Brillengläser funkelten seine Augen fast grausam.

»*Als Mensch* wieder?«, fragte er sarkastisch. »*Rechtfertigen*, sagen Sie. Also gut, ich rechtfertige. Ich mache es logisch und lobenswert, denn je nach Sichtweise lässt sich alles erklären und verteidigen, absolut alles. Sagen wir, ich bin wie ihr Priester. Ja, seien Sie nicht schockiert, das bin ich. Sie kriegen von mir so viel wie von ihren Kirchen. Sie bringen mir ihre Probleme in Form von alten Tischradios und Uhren und gestohlenen Schreibmaschinen und vergoldeten Kruzifixen und halb abbezahlten Kameras. Und ich, ich erteile ihnen die Absolution in klingender Münze. Was sagen Sie dazu! Selbstverständlich wissen sie, dass ich ihnen nur einen Bruchteil dessen gebe, was das Ding wert ist. Aber was sie kriegen, ist ihnen trotzdem eine Beute. Sie wissen, wie schwer es ist, etwas aus mir rauszuholen. Ließe ich mich erweichen, würde ich ihre kleinen Triumphe entwerten. Sie wären schockiert und verwirrt; ich wäre wie ein Priester, der einer Versuchung erliegt. Natürlich ist das Vergnügen von kurzer Dauer; das Wenige, das ich ihnen gebe, muss in null Komma nichts ausgegeben werden. Aber sie verlassen meinen Laden lächelnd und mit dem Gefühl einer Gnadenfrist.« Auf einmal waren seine Augen umwölkt. Es war, als hätte er unter seinem derben Humor ein Körnchen Wahrheit entdeckt, und in seinem harten Lächeln lag ein Hauch von Bestürzung, als er ihr das Gesicht zuwandte. »Sagen Sie, Miss Birchfield: Wer kann ihnen mehr geben als eine Galgenfrist?«

»Ich weiß nicht«, antwortete sie. »Ich weiß es wirklich nicht. Vielleicht verstehe ich tatsächlich nichts. Mein Weltbild war ziemlich naiv. Aber ich werde älter; manche Schrecken sind sogar bis zu mir durchgedrungen.« Versonnen betrachtete sie die halbnackten Jungen am anderen Ufer, die platschend in den Fluss sprangen und dann wie glänzende, frisch gefangene Fische aus dem Wasser kamen und die Kohlenschütte wieder hinaufkletterten. »Ich war ein dickes, liebenswürdiges Kind; alle mochten mich. Die Jungen hielten mich für einen tollen Kumpel. Ich weiß noch, wie mir manche feierlich versicherten, ich sei wie eine Schwester für sie.« Sie lachte, ohne eine Spur von Traurigkeit. »Als Mitglied dieser merkwürdigen Kategorie war ich auf ungezählten Partys und hatte jede Menge Freunde. Es war gar nicht so übel. Natürlich hatte ich auch sehnsüchtige Momente, in denen ich mich sylphidenhaft und exotisch sah. Aber eine traumatische Kindheit hatte ich darum keineswegs, eigentlich war sie ziemlich glücklich. Bis ich eines Tages feststellte, dass ich von der quälendsten Krankheit befallen war – Einsamkeit. Ich kämpfte dagegen an, ich verachtete sie. Nichts als Selbstmitleid, sagte ich mir; lass es, Mädchen, schau dich um, es gibt Leute, die wirklich Probleme haben. Aber wissen Sie, wenn ich mich umsah, fiel mir auf, dass die meisten Menschen unter derselben Krankheit leiden. Und durch das Mitleid mit mir gelangte ich zu Mitleid mit ihnen. Natürlich will ich nicht Ihr Mitgefühl, um Himmels willen. Meine Backfischsorgen kommen Ihnen gewiss völlig albern vor, vielleicht kränkend. Aber es leidet nun mal jeder für sich. Ich will eigentlich auch nur sagen, dass ich eine Erkenntnis hatte, zumindest für mich. Ich hab kapiert, dass niemand anderes an meiner Traurigkeit schuld ist, und folglich gibt es niemanden, auf den ich böse sein könnte.« Sie seufzte und zog ein schiefes Gesicht, das fast ein Lächeln war. »Einsamkeit ist wahrscheinlich der Normalzustand des Menschen. Und jedes Glück, das man ergattern kann … ist irgendwie Teil … eigentlich könnte man sagen, dass das Glück im Umfeld der Traurigkeit enthalten ist.«

Nun sah sie ihn wieder direkt an; in ihrer Offenheit und Vitalität wirkten ihre hellblauen Augen beinahe maskulin. Ihre Gesichtszüge waren zu kräftig, um hübsch zu sein; ihre Attraktivität verdankte sie ihrem Mienenspiel, das mitfühlend und humorvoll, unschuldig und pragmatisch zugleich war.

»Ich weiß, dass es Elend und Grausamkeit und Ungerechtigkeit auf der Welt gibt, Mr Nazerman. Ich bin nicht ganz so blauäugig und dumm, wie Sie vielleicht denken. Aber ich habe Hoffnung für jeden. Auch für mich.« Mit den Fingern bildete sie eine Geste, die um seine Nachsicht bat – eine leichte Krümmung der hochgehaltenen Hand, die Aufmerksamkeitsheischen und Winken zugleich war. »Manchmal fällt es mir schwer, meine Würde zu wahren. Ich bin alleinstehend, Junggesellin – alte Jungfer, wenn Sie so wollen; jedenfalls nicht die attraktivste Rolle, die man sich vorstellen kann. In meinen schlimmsten Phasen komme ich mir vor wie eine Figur in einem geschmacklosen Witz.« Unverbesserlich sonnig trotz all ihrem Kummer, als hätte sie zur Tragödie weder Talent noch Neigung, milderte sie ihre Aussage mit einem Lächeln. »Aber meistens habe ich wenig Klagen. Meine Arbeit verschafft mir viel Befriedigung; sie scheint mir wichtig und lohnend. Und vor allem bin ich nicht verbittert.« Sie blickte ihm resolut ins Gesicht, eine gestrenge Yankee, in ihrem Blick lag der protestantische Glaube an Selbstbeherrschung. »Ich habe eine annähernde Vorstellung davon, was Sie durchgemacht haben, Mr Nazerman. Ich kann mir denken, dass sehr viel Trauer und Leid in Ihnen ist. Aber warum sind Sie verbittert? Inzwischen müssten Sie festgestellt haben, dass Verbitterung ein armseliger Schutz ist.«

Sol beobachtete zwei Möwen, die aufmerksam über das dunkle Wasser dahinschwebten, sich hin und wieder hinabstürzten, als hätten sie in dieser opaken Brühe Leben entdeckt, um sich gleich darauf, wenn sie ihren Irrtum erkannt hatten, fast ohne Flügelschlag wieder emporzuschwingen.

»Liebe Miss Birchfield, wie rührend naiv Sie doch immer noch sind«, sagte er schließlich und rutschte auf der hölzernen Einfassung ein Stück zur Seite; sein Gesicht glänzte vor Schweiß, und seine Brillengläser fingen die Sonne ein und warfen sie als winzige Pfeile nach seiner Begleiterin. »Sie haben die Einsamkeit entdeckt, Sie haben festgestellt, dass das Leben ungerecht und grausam ist. Was für eine bemerkenswerte Leistung! Und mit löblicher Bescheidenheit verkünden Sie, dass ich auf Ihr Leiden hinunterschauen, dass es weniger dramatisch scheinen könnte als meines. Gut – aber lassen Sie mich versuchen, Ihnen etwas zu erklären.« Er beugte sich vertraulich zu ihr. »Folgendes, liebe Soziologin. Menschen, die in Ihrer kleinen Welt ›gelitten‹ haben, können verbittern oder auch nicht, daran mag der Zustand ihres Verdauungssystems schuld sein oder eine zu frühe Entwöhnung von der Mutterbrust. Aber eines haben Sie nicht bedacht. Es gibt eine Welt, die ihrem Wesen nach so radikal anders ist, dass sie nicht die geringste Ähnlichkeit mit der Ihren hat; die Erfahrungen, die man dort macht, unterscheiden sich derart von dem, was Sie so erleben, dass sie eine ganz andere Spezies darstellen!« In der Haltung eines Sonnenanbeters richtete er das Gesicht zum Himmel, aber seine Augen waren offen und böse. »Ich bin nicht verbittert, Miss Birchfield; Verbitterung ist ein Gefühl, das eine Million Jahre hinter mir liegt!« Nach einer Minute schloss er die Augen, weniger, schien es, wegen der Helligkeit der Sonne als vielmehr aus jäher Gereiztheit. »Verbittert«, schnaubte er höhnisch. »Wie kommen Sie drauf? Hören Sie mich Leute verwünschen? Halte ich Brandreden wider die Übel des Faschismus und Hitlers Schandtaten? Seien Sie nicht dumm. Ich hege keinen Zorn und kein Bedürfnis nach Rache. Ich beschränke mich auf das, was ich für sinnvoll halte, weiter nichts. Ich will nichts außer Ruhe und Frieden.«

Sie reichte ihm eine Flasche Soda und beobachtete die Schluckbewegungen seiner Kehle, während er trank; als er die Flasche sinken ließ, sprach sie sofort, als hätte sie lediglich darauf gewartet, dass er wieder ansprechbar sei.

»Dann sagen Sie mir doch eines, Mr Nazerman. Wenn Ihre Überlegung über Ihre Bedürfnisse korrekt ist, warum haben Sie dann keinen Frieden gefunden? Kann es nicht sein, dass Ihre Philosophie oder Nichtphilosophie oder wie immer Sie Ihr Weltbild nennen wollen – sich irrt?« Sie versuchte einen hässlichen Juden am Ufer eines verdreckten Flusses mit dem süßen Duft ihrer eigenen Geschichte zu umfloren; denn sie trug das Erbe von Missionaren, und wie ihre Vorfahren war sie bereit, der Wildnis in jeglicher Form zu trotzen.

»Es waren Menschen wie Sie, die mich um meinen Frieden gebracht haben, Miss Birchfield.«

»Dann würde daraus folgen, dass Ihre Philosophie nichts taugt, denn Sie leben in einer Welt voll von Menschen wie mir«, sagte sie.

Er lächelte unerwartet. »Ich muss mich bei Ihnen entschuldigen, Miss Birchfield. Ich habe Sie unterschätzt. Sie haben das Zeug zur Disputantin. Aber ich werde nicht mit Ihnen disputieren. Tatsächlich hab ich das alles extrem satt. Es hat keinen Sinn weiterzureden. Abgesehen davon, ist es hier viel zu heiß.« Er stand langsam auf, richtete sich mit so viel Bedacht auf, dass man den Eindruck hatte, er würde nie damit fertig, und sie blickte mit Scheu zu ihm auf. »Außerdem sind da noch die Wechselfälle meines Geschäfts. Ich habe einen merkwürdigen Gehilfen, meinen Jesus Ortiz. Ich verstehe ihn so wenig wie er mich. Manchmal scheint er in seiner Arbeit aufzugehen, dann wieder habe ich das Gefühl, er könnte mich umbringen und meinen Tresor ausräumen.« Er lachte kurz auf. »Wer weiß, aber es könnte sein, dass ich jetzt zurückkomme und meinen Laden ausgeräumt finde.«

»Eine letzte Frage noch?«, sagte sie.

Er wartete, während sie den Abfall ihres Mittagessens einsammelte und in der Papiertüte verstaute. Schließlich stand auch sie auf, eine vollbrüstige Frau mit großer Herzlichkeit und vielleicht wehmutsvoll brachliegenden Leidenschaften.

»Sind in Ihnen gar keine Gefühle mehr? Ich meine, empfinden Sie nie Mitgefühl oder Liebe oder …?«

»Doch, doch«, fauchte er, auf einmal fast stranguliert von der Ahnung nahen Unheils, die ihm Kopfweh machte. »Einen gewissen Respekt habe ich vor der Angst. Von Liebe rede ich nicht; zu abstoßend die Obszönitäten, die in ihrem Namen begangen werden. Aber Angst … Wenn ein Mensch eine derart angstbesetzte Vorstellungskraft hat, dass er jedes Mal, wenn ein anderes Wesen geschlagen wird, den Schmerz am eigenen Leib empfindet, dann habe ich allen Grund, mich bei diesem Menschen sicher zu fühlen. Gefährlich sind Ihre mutigen Männer und Ihre leidenschaftlich Liebenden. Nein, mir sind die Rückgratlosen und Unentschlossenen lieber, die mit der furchtsamen, kranken Fantasie, die egozentrisch genug sind, um sich ständig in jede Brutalität hineinzuversetzen: Gegen die kann ich mich behaupten.« Er machte einen tiefen, beschwichtigenden Atemzug. Dann deutete er wortlos zur Straße, und sie setzten sich in Bewegung.

»Eine Zeitlang war es ganz angenehm, Miss Birchfield. Aber dass Sie unbedingt Tiefschürfendes reden mussten, hat es mühsam gemacht. Sie haben es verdorben.«

»Tut mir leid, Mr Nazerman. Sie haben recht«, sagte sie unerschüttert; auch sie war zu einer gewissen Schläue fähig. »Es ist dieser verdammenswerte Zwang, andere Menschen zu bedrängen. Schlichte Neugier vermutlich.« Sie warf ihm einen verstohlenen Blick aus dem Augenwinkel zu. »Aber schauen Sie, wenn ich verspreche, nie wieder so nachzubohren, würden Sie dann eine Neuauflage in Erwägung ziehen?«

»Warum, Miss Birchfield? Im Ernst – warum?«, fragte er, als sie auf der Straße waren.

»Ach, das ist dumm … Also – ich mag Sie. Es gibt schließlich nichts Natürlicheres. Sie sind ein Mann, und ich bin eine …«

»Oh, Miss Birchfield!«, sagte er ungläubig. »Bitte!«

Sie errötete und blickte auf ihre Füße, fuhr aber tapfer fort. »Na dann sagen wir, es gibt keinen guten Grund. Möglich, dass mich Ihre Gesellschaft freut, und wenn Sie denken, Sie könnten ebenfalls …«

Er runzelte die Stirn; mit jedem Schritt, den er sich dem Laden näherte, lastete die Hitze schwerer auf ihm. »Kann ich nicht sagen, ich weiß nicht …« Vor dem grellen Asphalt konnte er kaum seine Füße sehen.

»Wie wär's denn, wenn wir am Sonntag diesen Ausflug auf dem Hudson River machen?«, stieß sie rasch hervor. »Das ist eine wirklich schöne Fahrt.«

»Sie sind ungebührlich direkt«, sagte er.

»Das stimmt wohl. Vielleicht ist das der Grund, weshalb mich meine Klassenkameraden einen ›guten Kumpel‹ genannt haben. Aber es hat wirklich Vorteile, direkt zu sein.

Schon allein deshalb, weil man leichter offene Antworten kriegt«, sagte sie mit verschmitztem Lächeln. »Also wär das was?«

»Nein, Miss Birchfield. Danke, aber leider nicht, nicht jetzt. Vielleicht irgendwann, wenn ich …« Er zuckte die Achseln; für die Zukunft gab es keinen Namen.

»Also für den Fall, dass Sie sich's anders überlegen«, sagte sie und reichte ihm, mit immer noch ungetrübtem Lächeln, ein Kärtchen mit ihrem Namen und dem Namen des Jugendzentrums, und darüber war, mit Bleistift, ihre private Adresse samt Telefonnummer geschrieben.

»Ja, ja, gut«, sagte er und blinzelte geradeaus auf die in der Sonne blitzenden Goldkugeln.

»Gut, dann auf Wiedersehen einstweilen, Mr Nazerman«, sagte sie mit einem aufmerksamen Blick in sein wechselndes Mienenspiel.

»Danke, ja, Wiedersehen, Wiedersehen«, sagte er ungeduldig. Geistesabwesend schob er das Kärtchen in die Tasche und hatte keinen Blick für sie, als sie davonging; sein Gesichtssinn nahm bereits das neontrübe Halbdunkel des Pfandhauses vorweg.

15

»Ich muss mit Ihnen reden«, sagte Sol zu der blechernen Stimme im Telefon.

»Reden Sie. Wozu die Dramatik?«, sagte Murillio.

»Persönlich. Ich würde gern persönlich mit Ihnen reden.«

Nur der Schatten eines Zögerns deutete darauf hin, dass Murillio über das ungewöhnliche Ansinnen verblüfft war.

»Was erwarten Sie von meinem Gesicht? Dass Sie mehr aus mir rauskriegen, wenn wir uns persönlich gegenübersitzen? Ich bin ein guter Pokerspieler.« Murillio seufzte, unaufrichtig; er neigte sonst nicht dazu, sich zu fügen. »Ich hoffe, Sie machen nicht plötzlich Mucken, Chef. Wir hatten so ein nettes Verhältnis. Hab mir was drauf eingebildet, einen Kollegen zu haben, der mir keine Scherereien macht. Wollen Sie jetzt den Schlaumeier spielen?«

»Durchaus nicht. Ich weiß nicht, was ich von Ihrem Gesicht erwarte. Ich habe nur das Gefühl, persönlich mit Ihnen reden zu müssen. Kann ich heute Abend zu Ihnen kommen?«

»Okay, Chef. Ihre Bilanz ist so perfekt, dass Sie wohl ein paar Minuten meiner wertvollen Zeit verdient haben. Bisher waren Sie ja keine Pest.« Er kicherte. Dann verstummte das Kichern, und seine Stimme tönte aus dem Hörer wie die Wetter- und Zeitansage. »Ich erwarte Sie heute Abend um zweiundzwanzig Uhr fünfzehn, pünktlich, verstanden?«

Und Sol blickte auf den Telefonhörer, der leer in seiner Hand summte.

»Tut mir leid, tut mir leid«, sagte er laut. »Meine Gesundheit lässt das nicht zu. Ich bin sicher nicht überempfindlich, aber ich muss auf meine Gesundheit achten, ich kann mich doch sonst auf niemanden verlassen. Irgendwo muss ich ja eine Grenze ziehen ...«

Es wäre Selbsttäuschung gewesen, hätte er nicht zugegeben, dass er nervlich in schlechter Verfassung war. Unabhängig davon, was körperlich alles nicht stimmte. Tatsächlich war er wackelig auf den Beinen, und obwohl er wenig Lust hatte, sich unter dem Aspekt des hinter ihm liegenden Lebens zu analysieren, musste er akzeptieren, dass es doch manches gab, was den Panzer seiner Gefühllosigkeit zu durchdringen vermochte. Auf manches reagierte er nach wie vor, obwohl er allein den Gedanken an Erinnerung verabscheute. Es stand ihm Schlimmeres bevor als nur Krankheit des Körpers. Zum ersten Mal begann seine Bedrücktheit die Züge des Entsetzens anzunehmen, und er war erstaunt und befremdet, denn er konnte sich nicht denken, was er denn eigentlich fürchtete. Mit ärgerlicher Hartnäckigkeit ging ihm immer wieder Murillios Beziehung zu dem Bordell durch den Sinn. Er hatte nicht die Absicht, sich nach dem Warum und Weshalb den Kopf zu zerbrechen; die Gründe dafür, sagte er sich, träten sicher mit schmerzlicher Klarheit zutage, sobald er nur hinsähe. Es reichte ihm zu wissen, dass er etwas tun musste, um den schlimmsten Druck zu lindern.

Vorläufig schien er wieder von seiner seltsamen Indisposition befallen. Es gab zahlreiche Körperhaltungen, die ihm unerträglich waren; Haltungen, bei denen seine Hände oder sein Kopf oder seine Beine früher oder später zu zittern anfingen. Auch Erschöpfung setzte ihm zu, obwohl der Tag relativ ruhig gewesen war. Es fiel ihm auf, dass er häufig gähnte und dass ihm immer wieder tiefe, zerstoßene Atemzüge dazwischenkamen, die in ein Seufzen mündeten. Es war eine Sache, Gespenster zu verachten, aber zu behaupten, dass sie nicht existierten, war einfach vermessen. Er würde mit Murillio reden, zumindest diesen einen schmerzhaften Knoten im Hirn entwirren.

Er sperrte das Geschäft zu und überquerte die Straße zur Cafeteria. Er hatte eine gute Stunde vor sich, bis er die zwanzigminütige U-Bahn-Fahrt stadteinwärts zu Murillios Wohnung antreten konnte. Laternen und Neonlichter beleuchteten die Straße, doch der Himmel darüber war noch nicht ganz dunkel, von einem erfrischenden Indigoblau, das im Westen zu zartestem Denim verblasste. Und dieses empfindliche Gleichgewicht kurz vor dem Kippen zur Nacht hin schien seine Horizontale irgendwo auf der Höhe von Sols Kopf zu finden. Für die wenigen Entgegenkommenden bekam sein Gesicht davon eine Ungewissheit, eine farbliche Uneindeutigkeit in diesem mit Hautfarben derart geschlagenen Teil der Stadt. Knapp einen Block entfernt meinte Cecil Mapp Sol Nazerman zu erkennen, und er stieß John Rider an, der neben ihm auf der Stufe saß, und fragte, ob das nicht der Pfandleiher sei, für den John arbeite. Johns Aufmerksamkeit aber galt dem aufgeschlagenen fünften Buch Mose, das er sich dicht vor die Augen hielt, und er knurrte nur kurz in den stechenden Sommerabend.

In der Cafeteria starrte Sol auf das Angebot der Gerichte. Er wusste nicht genau, was er von Murillio eigentlich wollte, wonach er fragen sollte. Es mochte besser sein, sich gar nicht erst vorzubereiten; es brächte ihn nur in noch größere Verwirrung. Lieber von Angesicht zu Angesicht: Er vertraute auf diesen magischen Kontakt des Blicks; dann würde er wissen, was er sagen wollte.

»Sagt Ihnen nichts zu, Mac?«, fragte der spindeldürre Puerto Ricaner hinter der Theke in vorwurfsvollem Ton. »Wie wär's mit Chili? Ist gut heute«, sagte er, tauchte die Schöpfkelle ein und kippte sie mit einem hässlichen Pflatschen wieder aus.

»Nein. Eier, zwei Eier, pochiert und auf Toast. Und Kaffee«, sagte Sol. Dann stand er da, starrte kurzsichtig auf den dampfenden Kaffeespender und klopfte mit der Gabel einen geistesabwesenden Rhythmus auf das braune Plastiktablett.

Ich muss einfach was tun, sonst breche ich zusammen. Und wer hilft mir dann! O ja, es gibt gute Gründe, das weiß ich natürlich; der Zeitpunkt von … von allem. Aber es ist auch der finanzielle Druck, diese Tiere, mit denen ich verhandeln muss. Jünger werde ich auch nicht. Alles normal. Ich darf einfach nicht in so einen Zustand geraten, darauf kommt's an. Nein, das ist lächerlich, ich sage zu Murillio einfach …

»Ob Sie noch was wollen, hab ich Sie gefragt? Hey, Ihr Essen wird eiskalt. Hey, Mista!«, sagte der Mann an der Essensausgabe, die Stimme zum Tonfall gelangweilter Fürsorglichkeit erhoben, den er bei Alten und Schwerhörigen anzuschlagen pflegte.

Sol fand einen Tisch in Fensternähe. Er aß mit dem grellen Ausblick auf die Straße und nahm doch nichts davon wahr; seine Aufmerksamkeit war nach innen gewandt, auf das dunkle, nasse Kauen seines Mundes, das monströse, bestialische Schlucken und Verdauen. Die unwillkürlichen Bewegungen seiner Organe widerten ihn an, und er hockte wie ein winziges körperloses Wesen im eigenen Inneren und starrte fasziniert auf etwas, was stumpfsinnig, aber beharrlich vor sich hin lebt.

Als er aufgegessen hatte, stellte er fest, dass ihm seine Hände im Weg waren. Ein paar Tische weiter saß ein stämmiger Neger mit lederner Schiebermütze; er stieß einen gewaltigen, genüsslichen Rauchschwall aus und betrachtete mit träger Verzückung die weiße Zigarette zwischen seinen dunklen Fingern, und bei seinem Anblick fragte sich Sol auf einmal, warum er es nie mit dem Rauchen versucht hatte. Wie entspannt der Mann aussah! Spontan stand er auf und ging zu dem Raucher hinüber.

»Verzeihung, könnte ich Ihnen vielleicht eine Zigarette abkaufen? Ich habe meine vergessen«, sagte er und genoss die geschickte kleine Lüge.

»Klar«, sagte der andere. »Nein, ist schon recht, Mann.« Er hob eine Hand, um die Bezahlung abzuwehren. »Geschenkt«, sagte er und gab ihm sogar Feuer, doch die Ungeschicktheit, mit der Sol an seiner Zigarette zog, befremdete ihn sichtlich.

»Sehr gut«, sagte Sol und ließ den Rauch in, wie er meinte, sachkundiger Weise durch die Lippen entweichen, während er die Zigarette betrachtete. »Sogar meine Marke. Ich danke Ihnen.«

Der bemützte Mann winkte auch den Dank ab und wandte sich wieder seinem fast erotischen Entzücken am Rauchen zu.

Minutenlang erzeugte Sol mit kindischem Vergnügen mächtige Rauchwolken, die er um die Drehplatte in der Tischmitte wabern ließ. Er freute sich an dem grimmigen Aufglühen der Spitze, wenn er an der Zigarette zog, an dem Anblick des sauberen weißen Zylinders zwischen seinen ungelenken Fingern. Er beobachtete sich beim Rauchen und ertappte sich dabei, wie er sein Tun katalogisierte, als eine Therapie verzeichnete, die ihn womöglich stärkte. Unbewusst begann er vor sich hin zu singen, eine dünne Melodie in Moll, deren Töne er in ein einsilbiges *»Dei, dei, dei, deideidei, dei, dei …«* kleidete.

Auf einmal aber verfing sich der Klang wie ein Haken in seinem Herzen. Mit seiner gestörten Atmung drang ihm ein wenig Rauch in die Lunge, und sofort packte ihn ein ungestümes Husten. Während er sich von dem Anfall erholte, empfand er einen merkwürdigen, kalten Schmerz in der Brust, und das Vergnügen am Rauchen war fort, wie nie empfunden. Wieder verkrampfte sich sein Magen beim Gedanken an Murillio.

Seufzend stand er auf und ging auf die Straße hinaus. Und die war jetzt fraglos eine nächtliche Straße unter dunklem Firmament, und in dem grellen Kunstlicht, in dem die Menschen lebten, gingen die Sterne unter.

Er stieg die von Kaugummi und Speichelflecken übersäten Stufen zur U-Bahn hinunter und stand dann im trüben Bahnsteiglicht, in dem alles die Farbe von Schmutz hatte und alles verunstaltet, beschmiert war – Schilder, Wände, Abfalleimer, alles.

Schauen Sie, Murillio, werde ich zu ihm sagen, ich will ja nicht zimperlich sein, aber ich bin einfach nicht wohlauf. Nein, das ist nicht gut. Ich sage: Aus persönlichen Gründen …

Das gelbe Auge des Zugs brauste aus dem Tunnelschacht heran; es kam von hundert schmutzigen Bahnsteigen her, lauter Ebenbildern dieses Bahnsteigs, und war unterwegs zu hundert weiteren. Die ganze Stadt war verkrebst mit diesen trüben Tunneln, deren Schmutz sich über die Füße der Menschen auf den Straßen oben, ja über die ganze Welt verteilte. Murillios hinter ihm und vor ihm. Gestern und morgen, alles eins. Ein ununterbrochener Angriff, dem er sich wachend wie schlafend entgegenstemmte. Wozu eigentlich? Nur um das Leben zu erhalten? Er war viel zu müde. Er hatte diesen Druck in sich, dieses Gefühl, dass tief unten etwas lauerte, das an der Oberfläche dieses wachsende Zittern verursachte – vielleicht der Vorbote einer schrecklichen Schubkraft, die ihn zerfleischen, ihn vernichten würde. Und was war es, fragte er sich, während der Zug schaukelnd und kreischend aus dem Tunnel auf ihn zuschoss wie ein Projektil. War es Angst? Wovor – dem Tod? Lächerlicher Gedanke, dass er sich davor fürchten könnte. Nein, ganz bestimmt nicht – vielleicht war er ihm sogar … Er beugte sich über die Bahnsteigkante. Der Luftdruck wehte ihm ins Gesicht, das Licht blendete ihn. Der Zug beschleunigte sein Tempo, raste herbei, um ihn zu verschlingen.

Und im nächsten Moment trat er zurück und sah die erleuchteten Fenster vorbeisausen wie einen Lichtstreifen, der sich erst allmählich, als der Zug langsamer wurde, in viereckige Rahmen für menschliche Köpfe unterteilte. Er sah die Türen aufgehen, stand da und wiegte sich leicht hin und her, sein Herz hämmerte, und sein Gehirn weigerte sich, die vergangenen Sekunden zur Kenntnis zu nehmen.

Während der Fahrt saß er die meiste Zeit in lähmender Erschöpfung zusammengesunken. In ihm war Leere. Mit leicht offenem Mund starrte er in die vorüberrauschende Dunkelheit der Tunnelröhre; das Getöse des Zugs schwemmte die sich sammelnden Erinnerungskristalle, kaum entstanden, gleich wieder aus seinem Gehirn. Nach etwa der Hälfte der Fahrt verspürte er ein säuerliches Brennen in der Kehle; es schmeckte schwach nach Ei.

»Jetzt auch noch Eier«, sagte er angewidert und versank gleich darauf wieder in seine kataleptische Ruhe, sein Kopf bewegte sich mit dem Schwanken des Zugs, seine Augen nahmen die Gesichter vielfältiger Form, die Zeitungen in zahlreichen Sprachen nicht wahr.

Das Apartmenthaus, aus weißem Klinker erbaut, war gut fünfundzwanzig Stockwerke hoch. Es hatte eine riesige, verglaste Eingangshalle, durch deren Panoramascheibe Sol in einen eleganten, allzu ordentlichen Garten mit weißen Steinbänken und scheinwerferbeleuchtetem Gebüsch blickte. Ein Portier tauchte auf, der beim Anblick des massigen, hitzezerknitterten Mannes argwöhnisch die Brauen hob; er kam ihm vor wie ein verwahrloster Vertreter, der verzweifelt auf ein Geschäft hoffte. Aber der Mann hatte keinen Koffer, keine Aktentasche, so dass der Portier gleich die Möglichkeit eines Spinners und Fanatikers mit noch weniger vertrauenerweckenden Absichten ins Auge fasste.

»Was wünschen der Herr?«, fragte er, bereit, beim geringsten Anzeichen aus der gerade noch gewahrten Höflichkeit Einschüchterung werden zu lassen. »Suchen Sie jemanden?«

»Mr Albert Murillio«, antwortete Sol und starrte stumpfsinnig auf die theatralisch weiße Uniform des Portiers.

»Ich denke, ich rufe ihn kurz für Sie an«, sagte der Mann unsicher; bei der Nennung des bekannten Namens mischte er rasch den Stapel der ihm zur Verfügung stehenden Attitüden neu. »Um sicherzugehen, dass er oben ist. Spart Ihnen den Weg.« Er ging zu dem Telefon an der Wand und drückte auf einen aus einer langen Reihe von Knöpfen. »Bloß zur

Vergewisserung, dass er … Oh, hallo, Mr Murillio? Abend. Oh, hallo, Joe, hier ist Sweeny, von unten. Hab einen Burschen hier, der sagt, er will zu deinem Chef. Was? Moment, ich frage …« Er legte eine Hand über das Mundstück des Hörers und warf Sol einen fragenden Blick zu. »Der Name, der Name!«, forderte er schließlich ungeduldig.

»Sol Nazerman. Er erwartet mich«, sagte der Pfandleiher und blickte gleichgültig in den erleuchteten Garten hinaus. Er fragte sich, ob der Bewuchs wohl echt war.

Erst während der beinahe lautlosen Auffahrt der Liftkabine fiel seine Erschöpfung so weit von ihm ab, dass er wieder eine Beklommenheit spürte. Sinnlose Wörter purzelten durch seinen Kopf, als er in Murillios Etage ausstieg. Welche davon sollte er sagen? Was wollte er von dem Mann? Was konnte er erwarten, wenn nicht mal er es wusste …

»Nur herein, Chef«, rief Murillio hinter dem Mann im Leinensakko eines Hausdieners. »Setzen Sie sich, setzen Sie sich«, sagte er, als Sol die zwei Stufen in das tiefergelegte Wohnzimmer herunterkam. »Welch seltene Ehre, Partner. Aber Sie könnten recht haben, macht den Umgang zwischen uns doch persönlicher, nicht? Trinken Sie was? Sagen Sie's, ich hab alles da; Scotch, Bourbon, Rye, Gin. Hey, kennen Sie diesen Brandy mit Kaffeearoma? Hab ich aus Haiti. Teures Gesöff.«

»Nein, danke, ich trinke nicht. Ich habe einen empfindlichen Magen.«

»Na gut, setzen Sie sich trotzdem«, sagte Murillio, der eine Herzlichkeit vor sich hertrug wie etwas, von dem er wusste, wie es aussah, aber nicht, wie es sich anfühlte; und als der Pfandleiher sich ansatzweise zu entspannen schien, lächelte er energisch. »Ich sag's Ihnen, Chef, ich denke oft, ich würde gern mal mit Ihnen zusammenkommen. Die Leute, mit denen ich sonst so zu tun habe, sind ein Haufen Schwachköpfe. Aber Sie sind ein intelligenter Bursche, das weiß ich, Sie waren in Ihrem Heimatland Lehrer und alles. Also ich hatte ja nicht so die reguläre Schulkarriere, schon klar, aber ich hab einen Sinn fürs Schöne. Schauen Sie, die Geschäftsleute, die's wirklich weit bringen, die haben alle ein Gespür fürs Große, alle. Ich hab einen Haufen Bücher gelesen, Geschichte, Kunst, das ganze Programm. Macht mir einen Riesenspaß. Ist eigentlich das Einzige, das mich wirklich interessiert. Kohle hab ich genug, Zaster, so viel mein Herz begehrt. Wird öd auf die Dauer.«

Sol beobachtete ihn, während er redete, und wunderte sich; der Stimme kam es nicht im Geringsten zugute, dass sie jetzt leibhaftig zu hören war. Es lag nicht nur an der Distanz der Telefonverbindung – zwischen der Stimme und dem Gesicht des Mannes bestand keine ersichtliche Verwandtschaft. Murillio hatte eine staubig weiße Haut, und darauf schimmerte der blaue Schatten eines akkurat rasierten, sehr dichten Bartwuchses. Man sah ihm an, wie viel Sorgfalt er auf die Pflege all seines Haars verwandte; den Bart schien er, um diese fantastische Glätte zu erzielen, wenigstens zweimal täglich zu rasieren, das Haupthaar war perfekt getrimmt, die Hände auffällig haarlos, als würden auch sie rasiert oder mit irgendeinem starken Mittel enthaart – wobei unter den gestärkten weißen Manschetten allerdings einige kräftige Härchen hervorsprossen –, die Brauen makellos geschwungen, die Nasenhaare gestutzt. Sol hatte den Eindruck, dass nur die gewissenhafteste Wachsamkeit Murillios haarigen Absturz ins Äffische verhinderte. Der Bartschatten endete zwei Fingerbreit unter den Augen, und dort endete auch das Affenähnliche. Denn seine Augen hatten die blassgraue Farbe von Schneematsch zu genau dem Zeitpunkt, wenn der Schnee noch sauber und noch nicht zu Wasser zertaut ist – nicht eigentlich Farbe, sondern durchscheinende, lichtleitende Materie.

»… aber manchmal ist dieses ganze Zeug einfach um Haaresbreite zu hoch für mich. Zum Beispiel wenn ich was lese … Paar Collegeknaben wollten mir unbedingt dieses *Schuld und Sühne* schmackhaft machen. Also lese ich, und ich verstehe es – gute Geschichte, schon klar, der Knabe, der die Alte meuchelt. Hab's ganz gelesen. Ich könnt es Ihnen von A bis Z erzählen. Aber irgendwie hab ich das ärgerliche Gefühl, mir ist was entgangen. Genauso geht's mir mit Musik. Ich mag gute Musik, vor allem Oper. Aber da hab ich dasselbe Gefühl, dass irgendwas an mir vorübergeht. Macht mich wahnsinnig.«

Auf einmal wurde er sich bewusst, dass ihn der Pfandleiher ausdruckslos anstarrte.

»Na gut, man muss viel nachdenken«, sagte er verdrossen. »Hey, wenn Sie bloß herkommen wollten, um mich anzuglotzen, kann ich Ihnen auch ein Bild schicken. Okay, was ist, Chef?«

»Ich habe was auf dem Herzen. Es beschäftigt mich schon eine ganze Weile. Sie werden es merkwürdig finden, aber haben Sie bitte Verständnis«, sagte Sol, den Blick auf seine Hände gesenkt. »Es ist so, dass …« Er sah auf und suchte die Schneematschaugen. »Sagen Sie mir, gehört Ihnen das Bordell in der Straße, in der ich mein Geschäft habe?«

»He, Moment mal, was wird das denn?«

»Das Freudenhaus hinter dem Massagesalon, das ist Ihres, oder?«

»Sekunde, lassen Sie uns eines klarstellen, bevor wir weiterreden. Stecken Sie nur Ihre Nase in Dinge, die Sie einen feuchten Kehricht angehen, oder wollen Sie mir was Spezielles mitteilen.«

»Ja, was Spezielles«, sagte Sol. »Ich versuche mich klar auszudrücken … obwohl es mir vielleicht selber nicht besonders klar ist. Sehen Sie, in letzter Zeit war mir nicht recht wohl, Spannungen, ich weiß nicht«, sagte er achselzuckend, als sei es im Grunde ganz unwichtig. »Die Sache ist die, dass ich ja versuchen würde, meine Spannungen abzubauen, unabhängig davon, wie albern sie sogar mir vorkommen. Sie sind da, sie belasten mich. Es gibt Dinge in meiner Vergangenheit – was genau, spielt keine Rolle –, die ich lieber vergessen würde. Aber sie machen mir manches schwer …« Irgendeine Unschlüssigkeit in ihm schien sich plötzlich zu entscheiden. Seine Miene wurde kalt und fest. »Wenn Ihr Geld aus dem Hurenhaus kommt, will ich es nicht«, sagte er sachlich.

»Wie bitte? Sie haben mich … Was?« Murillio beugte sich vor, sein furchterregendes Gesicht wurde für einen Moment komisch. Er hatte die seitwärts gebeugte Haltung eines Schwerhörigen; man erwartete fast, dass er die Hand um die Ohrmuschel legte.

»Wir können ein anderes Arrangement treffen … ich weiß noch nicht genau, was. Vielleicht finde ich Sie ab oder Sie finden mich ab. Wie auch immer. Aber ich will kein Geld, das aus einem Hurenhaus kommt.«

Murillio fand sein Gehör wieder, und er begann zu lachen; sein Mund verzog sich dabei aber nur zu einem milden Lächeln. Es war, als stammte das Lachen aus einer früheren Etappe des Abends, und Murillio spielte es Sol nun vor, entließe es aus der Gefangenschaft seines steifen Lächelns ins Freie.

»Na, Sie sind mir einer, Chef, ich muss schon sagen. Für jede Überraschung gut, was? Aber schon recht, schon recht, mir macht das Spaß. Nein, ernsthaft. Diese ganzen Arschlöcher, mit denen ich sonst so zu tun habe – Jesus, bei denen kann ich im Voraus sagen, wann sie furzen, wann sie lächeln, wann sie stöhnen. Die gehen mir auf die Nerven. Da vergeht mir die Lust, wissen Sie. Sie dagegen, Sie halten mich geistig auf Trab, gutes Training. Bei Ihnen weiß ich gar nix im Voraus.« Er lächelte noch immer, und inzwischen schien seine Erheiterung sogar echt. Der Ausdruck seiner kalten Augen unterschied sich von seinem sonstigen Blick immerhin so weit, dass er eine Gefühlsregung nicht fern der Zuneigung andeutete. »Okay, ich beiße an; warum wollen Sie das Geld aus dem Puff nicht – gesetzt den Fall, es gehört mir tatsächlich?«, fragte er leutselig.

»Was spielt das für eine Rolle?«, fragte Sol müde zurück.

Von Murillios violetten Lippen verschwand das Lächeln so umstandslos, als hätte er sich einen kleinen Rest Essen abgewischt. Seine Augen verdunkelten sich, und unter dem gepflegten menschlichen Gesicht kam der gereizte Puma zum Vorschein.

»Sie sind mir sympathisch, Chef, sonst hätte ich schon längst die Geduld verloren. Aber das ist jetzt kein Spaß mehr. Allmählich wird's mir langweilig. Es spielt sehr wohl eine Rolle, wenn Sie hierherkommen und meine Zeit vergeuden. Sie werfen mir eine hirnverbrannte Behauptung in den Schoß, und ich soll jetzt sagen, gut, gut, schreiben wir das Ganze doch ab. Und Sie fragen mich, was das für eine Rolle spielt? Es spielt allerdings eine!«

»Es ist was Persönliches, eine Marotte, wenn Sie so wollen. Nennen Sie es eine Allergie, sagen Sie sich, ich bin allergisch gegen Bordelle. Nehmen Sie an, was Sie wollen. Ich sage nur eines – ich bestehe, ich bestehe darauf ... etwas muss geschehen. Ich verkaufe an Sie oder Sie verkaufen an mich. Es plagt mich schon länger, und ich muss jetzt was dagegen unternehmen.«

In der Stille, die er heraufbeschworen hatte, holte Sol tief Luft. Langsam atmete er wieder aus und bildete sich ein, eine Erleichterung zu verspüren, etwas erreicht zu haben. Die schwarz-weiße Bestie, die reglos in seinem äußersten Augenwinkel hockte, ignorierte er geflissentlich. Langsam, beiläufig ließ er den Blick über die weichen gelbbraunen Wände gleiten. Bei manchen wilden Tieren darf man keine jähen Bewegungen machen; Haie schlagen angeblich genau dann zu, wenn man das Wasser aufwühlt. Ausgiebig betrachtete er die unterschiedlichen Ölgemälde. Sie entstammten irgendeiner unbedeutenden süßlichen Schule italienischer Maler, spätes neunzehntes oder frühes zwanzigstes Jahrhundert. Mädchen mit Krügen auf dem Kopf, idyllische Straßenszenen; eines trug den Titel »Der Friseur« und zeigte einen rotbackigen Mann, der einem Knaben die Haare schnitt, während des Knaben Mutter verzückt danebenstand, den unvermeidlichen Krug auf dem Kopf. Jedes Gemälde wurde von einer darüber montierten kleinen Lampe beleuchtet, wie es in manchen Kunstgalerien üblich ist. Man bekam davon den Eindruck, dass die Luft im Raum aller Klimatisierung zum Trotz trocken und staubig und unbewohnt war.

»Ich sehe, Sie bewundern meine Kunstsammlung. Gefällt sie Ihnen?«, fragte Murillio in sanftem, spekulativem Ton. »Hat mich ein kleines Vermögen gekostet, können Sie mir glauben. Aber ich umgebe mich nun mal gern mit Schönheit. Vielleicht werde ich irgendwann Mäzen, ha! Irgendwann vielleicht …« Er setzte ein emailliertes Lächeln auf, und sein Gesicht schien zweidimensional zu werden, ohne räumliche Tiefe; man stellte sich vor, dass die Mundhöhle gleich nach dem Eingang mit einer polierten Granitplatte endete, dass die Augen sich auf die gewölbte Oberfläche beschränkten. Wie ein nur halb überzeugendes Basrelief zielte er mit diesem Gesicht auf Sol. »Aber noch nicht, Chef. Okay, damit wir uns ganz genau verstehen: Aus irgendeinem Grund haben Sie sich in den Kopf oder ins Gewissen oder was-weiß-ich-wohin gesetzt, dass Sie nicht mit Geld aus einem Hurenhaus in Verbindung gebracht werden wollen. Sie haben eine *Allergie*. Okay! Beruhigen Sie sich, Chef, und schauen Sie, wie verständnisvoll ich bin. Sie wissen ja, dass ich ein vernünftiger Mann bin, oder?« Er wartete Sols steifes, argwöhnisches Nicken ab. »Gut, von jetzt an werde ich eine Sonderregelung nur für Sie machen.«

Sol lauschte aufmerksam, erwartungsvoll und bildete sich einen Moment lang ein, die Lippen dieses Mannes könnten einen unerklärlichen Erlösungsstrahl aussenden.

»Von jetzt an werde ich Ihnen anderes Geld schicken! Sehen Sie? Den Zaster aus dem Puff kriegt einfach ein anderer Geschäftspartner. Ihnen schicke ich nur sauberes Geld, Geld aus rechtmäßigen, erstklassigen Investitionen. Wie finden Sie das – fair, oder?«

In Sols Gesicht malte sich der langsame Übergang von Bestürzung zu Wut. Er öffnete den Mund und schloss ihn wieder über seiner Empörung, mehrmals, wie ein Fisch, der seiner Atmosphäre nicht sicher ist.

Murillio brüllte vor Lachen. Es war schrecklich, in dieses

tatsächlich kaum amüsierte Gesicht zu blicken und zu begreifen, dass diese monströse Frohsinnsbekundung von dort kam. Sol drehte den Kopf von einer Seite zur anderen, wie um festzustellen, woher die Laute tatsächlich stammten. Er sah den leinenberockten Dienstboten in der Tür stehen, ausdruckslos und wachsam; sein dunkles, verbeultes Boxergesicht war wie eine gegen Nebel gerichtete Spiegelfläche.

»Halten Sie mich für einen Idioten?«, rief Sol endlich erbittert. »Das lasse ich mir nicht bieten. Es reicht, sage ich. Ich will unsere Vereinbarung beenden. Es wird keine weitere Geschäftsverbindung zwischen uns geben. Sie spielen nicht mit mir!«

Das Gelächter verstummte mit einem Schlag.

»Halten Sie den Mund«, sagte Murillio mit einer Sanftheit, die das Ohr wie ein Schuss traf. Er stand auf, ging zu Sol hinüber und blickte auf ihn hinab. Seine Lider waren gesenkt, so dass seine Augen schwer und giftig wirkten. »Ja, ich halte Sie für einen Idioten. Was glauben Sie, mit wem Sie's zu tun haben, mit einem mickrigen jüdischen Kaufmann, einem halbseidenen kleinen ›Geschäftsmann‹ mit den Westentaschen voller Bleistifte und Papierfetzen, um die großen Dinger aufzuschreiben?« Er war zwar um einiges kleiner als Sol, jetzt aber, als er wie ein tödliches Gewicht über dem Pfandleiher aufragte, schien er riesig. Seine Augen waren so nahe, dass Sol die eisähnliche Lamellenstruktur der Iris erkennen konnte. »Was Sie wollen, interessiert mich nicht die Bohne. Mich interessiert nur, was Sie sagen und tun. Sie hören mir jetzt zu, Sie hören ganz genau zu, denn das ist wichtig für Sie.« Er beugte sich vor und stützte die Hände auf die Knie, als spräche er mit einem Kind. »Sie haben hier keine Bedingungen zu stellen. Ich will, dass alles so bleibt, wie es ist. Das Beste, was Sie sich erhoffen können, ist, dass ich Sie ohne einen Penny rauslasse, ohne dass Sie von Ihrer Arbeit dort irgendwas anderes mitnehmen als ein paar zusätzliche Runzeln. Mein Geld hat Ihrem Laden auf die Beine geholfen; Sie sind nur deswegen Partner, weil es Vorteile für mich hat, wenn Ihr Name in meinen Unterlagen steht. Wenn Sie schlau sind, lassen Sie alles, wie es ist, okay? Die Kröten, die mit den Jahren für Sie rausspringen, sind schließlich nicht zu verachten; Polster fürs Alter vielleicht.«

»Sie haben kein Recht, mich …«

»Reden Sie keinen Stuss, Chef! Ich hab Ihnen gesagt, was das Beste ist, das Sie tun können. Wissen Sie, was auch noch passieren könnte?« Er studierte Sols Gesicht mit einer Neugier, die nicht eigentlich menschlich war – eher wie eine Katze, die mit unverwandtem Interesse die Reaktionen ihres Opfers beobachtet, während sie es mit Samtpfoten hin und her schubst.

Sol, der sich vorläufig weder seines Gesichtsausdrucks noch seiner Gefühle bewusst war, saß einfach nur da. Es schien ihm nur, dass er das alles schon einmal erlebt hatte; oder beinahe erlebt oder geträumt. Er versuchte sich auf seine Erfordernisse zu konzentrieren, auf die konkreten Risiken, die er einging, das Geld, die Ungestörtheit, die er sich damit erkaufte. Aber die farblosen Augen verlangten mehr von ihm.

»Gut, ich sag's Ihnen in klaren Worten, Chef. Ich könnte Sie umbringen.« Er nickte langsam in das graue Gesicht unter ihm. »Totmachen. Mhm, genau das. Keine große Sache für mich. Sind Sie lebensmüde, Chef?«

Unerwartet tätschelte er Sols Schulter, und der zuckte bei der Berührung zusammen. Murillio lachte froh.

»Hey, Ihre Nerven sind wirklich im Eimer, Chef. Das wirft natürlich ein anderes Licht auf die Sache. Warum gönnen Sie sich nicht mal 'nen Wochenendurlaub, hm? Wir könnten den Laden doch ein, zwei Tage diesem Knaben da anvertrauen. Ich schicke jemand, der ein Auge drauf hat. Ich sag Ihnen was. Sie sind angespannt? Sie könnten doch mal in meinem ›Haus‹ 'ne Nummer schieben. Jederzeit. Kostet nix – Sie kriegen 'ne Kreditkarte. He, wie ist das, Joe?«, sagte er, sich rasch zu dem Mann an der Tür umdrehend. »'ne Kreditkarte!« Joe lächelte pflichtschuldig, wenngleich matt. Wieder seinem Besucher zugewandt, zielte Murillio mit der Faust auf Sols Kinn, streifte ihn aber nur spielerisch. »Klar, aus Ihnen sprechen nur die Nerven. Ich red jetzt auch nicht mehr drüber. Vergeben und vergessen. Sie kapieren das, oder?«

»Ich bin kein Kind, Murillio. So behandeln Sie mich nicht. Nein, ich bin nicht zufrieden. Sie drohen mir, aber ich bin nicht ... Es muss etwas geschehen. Etwas ...« Auf subtile Weise war ihm das Gefühl vermittelt worden, er sei irgendein minderwertiges Treibgut, das aus Versehen in dieses vulgär reiche Apartment geraten war. »Sie können mir nicht einfach das Maul stopfen. Ich bin nicht ...« Außer sich vor Zorn stand er auf.

Und Murillio nickte plötzlich, und seine Augen hoben sich über Sols Schulter. Im nächsten Moment spürte Sol den Kontakt mit kaltem Metall an der Wange. Als sein Kopf herumfuhr, knallte ihm etwas Steinhartes gegen den Kiefer; und als er den Mund aufriss, rammte sich ihm dieses kalte Metall zwischen die Zähne, und er nahm den bitteren Geschmack von Stahl wahr.

»Keine Bewegung jetzt, Chef«, sagte Murillio, den Blick

auf den Mann hinter Sol geheftet. »Sie halten absolut still und schmecken eine Zeitlang dieses Kanonenrohr. Dem alten Joe hier muss ich nur zublinzeln, und er drückt den Abzug. Dem ist das scheißegal, stimmt's, Joe? Aber so was von egal, Joe ist ein echter Hurensohn. So. Sie stehen jetzt einfach eine Weile so da und genießen das Gefühl. Sehen Sie's so: Sie sind wie ein Gaul. Sie bocken ein bisschen, und wir ziehen am Zügel. Wenn Sie richtig störrisch werden … tja, Sie wissen, was man mit Pferden macht. Sie stehen einfach da und denken über alles noch mal nach, sehen es, wie's ist, kein Gequatsche mehr, kein nettes Geplauder, nur das …«

Und Sol stand da und würgte an dem schauerlichen Knebel, sein Blick fuhr wild zwischen den Einrichtungsstücken dieses abstoßend luxuriösen Zimmers hin und her, den Ölgemälden, den brokatbespannten Stühlen, dem polierten Hartholz. So lang, so lang schon waren seine Albträume so real wie Geschmack und Berührung – seitdem sie ihn auch im Wachen heimsuchten. Er hätte sich getreuer einprägen sollen, dass so das Leben schmeckte, dass dieser Geschmack sich nicht auf Träume beschränkte.

Er schwitzte trotz Klimaanlage. Er flatterte wie ein halb zerquetschter Vogel, und sein Herz hämmerte Verhängnis, rammte es in ihn hinein wie einen langen Eisennagel. Übelkeit packte ihn, und er fragte sich, welches Schicksal ihn erwartete, wenn er sich jetzt auf den teuren bordeauxroten Teppich erbrach. Die bestrahlten Gärten unten würden kunstlichtprächtig leuchten, und der weiß uniformierte Portier würde zufrieden auf den Absätzen wippen und sein Reich bewundern. Die Stadt döste in heißer Müdigkeit, und die Stille trat ihre kurzlebige Herrschaft über das unabsehbare steinerne Meer an. Und Sol Nazerman stand im Zentrum eines klimatisierten Albtraums und fragte sich, ob es letztlich nicht klüger wäre, den Tod von der Waffe in seinem Mund entgegenzunehmen. Er hätte alles hinter sich.

Doch als Murillio sagte: »Bist du jetzt ein braver Junge, Chef, bleibst sauber und gehst mir nicht mehr mit solchem Blödsinn auf den Wecker?«, nickte Sol unerklärlicherweise nur und sah den Revolverlauf, nass von seinem Speichel, aus seinem Mund kommen. »Ich will nämlich keinen Ärger. Wir hatten doch immer ein nettes Verhältnis. Schauen wir mal, ob du dein gutes Ansehen bei mir wiederherstellen kannst, was?«

Und Sol stand einfach da und nickte. Nach einer Weile setzte er sich langsam in Bewegung Richtung Tür, aber noch immer wippte sein Kopf auf und nieder.

»So, alles klar jetzt, Chef? Alles in bester Butter?« Murillio folgte ihm in die Diele hinaus, und der leinenberockte Joe stand neben der Tür Habtacht. »Du gehst jetzt heim und vergisst das alles ganz schnell.«

»Ja … in Ordnung … ich werde … versuchen«, sagte Sol, und jedes Wort musste eine Hürde in seiner Kehle überwinden. »Ich weiß nicht, was es … ich meine, ich wollte ja keine Unannehmlich…«

»Ja, weiß ich, Chef«, sagte Murillio begütigend, während er Sol sacht durch die Tür schob.

»Es ist nur so, dass ich mich in sehr großem Schmerz fühlte … Nerven … Manches quält mich … Aber ich will ja nur in Frieden gelassen werden, so viel Geld verdienen, wie ich brauche, und meine Ruhe haben. Ich möchte nicht das Wenige, das ich habe, verlieren, verstehen Sie, das Geschäft, meine Ungestörtheit. Es ist nur so, dass mir gewisse Dinge zugestoßen …«

Das glatte, sorgsam gepflegte Haupt nickte verständnisvoll. Die mörderischen Augen aber waren auf den Mund des Pfandleihers geheftet, und selbst im Drohen wurde sein Blick leicht gelangweilt. Und auf einmal empfand Sol diese geradezu weibliche Aufmerksamkeit für seinen Mund wie ein Starren verdrehter Liebe, und er war noch entsetzter als zuvor.

»Wiedersehen, Chef, wir telefonieren. Und nicht vergessen: sauber bleiben …«

Dann stand Sol draußen im Flur und ging steif, als lägen die Augen seines Partners noch immer auf ihm, zum Aufzug. Er war grauenhaft müde. Er musste jeden Vorwärtsversuch der Beine zuerst denken, musste seinen Finger zum Aufzugsknopf dirigieren, musste sich befehlen, die Kabine zu betreten. In dieser lähmenden Müdigkeit schien ihm der Gedanke an sein Bett in der Stille des fernen Mount Vernon aberwitzig verlockend.

In der Küche aß er im Stehen, ein schwerfälliger, undefinierbar verstümmelter Riese. Er lehnte an der Theke und kaute an einem seifigen Stück Schmelzkäse, schlürfte Root Beer aus einem der alten Jahrzeit-Gläser. Bertha umschwirrte ihn mit simulierter Schüchternheit, und Selig schaute auf eine freundliche Bemerkung herein, die unerwidert blieb. An Sols einwärts gekrümmter Zurückweisung prallten die Stimmen ab.

»Du bist aber nicht mehr sauer wegen unserer kleinen Differenzen am Sonntag, oder, Solly?«, fragte Selig. »Wir sind doch eine Familie, solche Sachen …«

»Ich bin immer noch da, oder?«, antwortete Sol. Er starrte durchs Küchenfenster in die Schwärze hinaus und versuchte sich klar zu werden, ob der rätselhafte Überfall aus seinem Inneren kam oder von außerhalb. Dann dachte er, es sei womöglich ein Angriff von zwei Fronten her, und es überlief ihn ein sichtbares Schaudern.

»Was ist los, du zitterst?«, fragte seine Schwester, und hinter seinem Rücken wurden ihre Äuglein auf einmal berechnend. »Setz dich doch, Solly, damit dir das Essen besser bekommt. Zu Morton sage ich immer, er soll nicht schlingen ...«

Sol schob den Teller von sich und warf den Rest Käse darauf.

»Gib mir einen Kaffee. Ich nehme ihn mit rauf in mein Zimmer, wo ich Ruhe habe.« Ungeduldig wartend stand er da, eine graue Gestalt, fremd zwischen all dem funkelnden Chrom und Resopal, während Bertha ihm Kaffee einschenkte. Mit gespielter Befangenheit schob sie ihm noch rasch ein Stück Kuchen auf die Untertasse. Sol zuckte die Achseln und nahm nur die Tasse.

Auf dem Weg nach oben begegnete ihm auf dem Treppenabsatz sein Neffe. Morton hatte einen großen Block unter dem Arm, und sein unordentliches, füchsisches Gesicht trug Spuren von Zeichenkohle.

»Onkel Sol«, sagte er.

»Hallo, Morton.« Stirnrunzelnd suchte Sol nach einer Freundlichkeit. »Was zeichnest du? Zeig mal. Schließlich ist das meine Investition«, sagte er mit einer kleinen Grimasse.

Morton hielt eine Kohlezeichnung des Gartens hoch. Die Szene funkelte, schien in einem klaren Dämmerlicht dazuliegen, und die Dächer und Äste waren sichere, feste Striche, die unterhalb der offensichtlichen Struktur ein subtiles, nur zu erahnendes Muster ergaben. In der einen Ecke des Bilds saß eine formlose Gestalt im Gartenstuhl, und zu ihr führte all dieses Zwielicht hin, so dass eine Dreiheit aus Himmelshelligkeit, hellem Hof rund um den Mann und großer Dunkelheit dazwischen entstand.

»Bin ich das etwa?«, fragte Sol, auf die Gestalt im Stuhl zeigend.

Morton nickte, verhalten auf eine Meinung wartend.

»Verstehe. Das scheint mir aber sehr gut gezeichnet. Was hast du mit dem Licht gemacht … Gut, gut, mein Geld ist offensichtlich nicht vergeudet.« Er schenkte ihm so viel Lächeln, wie er zu vergeben hatte, und berührte dann noch seine Schulter. Und obwohl es eigentlich nur ein Anstupsen war, um seinen Neffen aus dem Weg zu schieben, sah der darin einen Ausdruck der Anerkennung und entnahm ihm die ersehnte Wärme. Und als sich Sol an ihm vorbeigequetscht hatte, stand Morton noch einen Moment auf dem Treppenabsatz, sah der hünenhaften, taillenlosen Gestalt auf dem Weg nach oben nach, und in seinem Gesichtsausdruck lag etwas Zärtliches und Dankbares.

Sol trank seinen Kaffee langsam, an das hölzerne Kopfteil seines Betts gelehnt; er hatte keine Lampe eingeschaltet, so dass der Widerschein des Mondes schwach ins Zimmer fiel und eine wässrige Beleuchtung erzeugte, die der Dämmerung ähnelte. Vor dem Fenster waren die Dächer und Äste, wie Morton sie gezeichnet hatte, nur in leicht verändertem Winkel im Vergleich zu dem Blick aus dem Zimmer des Jungen ein Stockwerk höher. Sol leerte seine Tasse und beugte sich über das Fensterbrett, um in den Garten hinunterzuschauen. Suchte er nach der formlosen Gestalt eines Mannes, wie sein Neffe sie gezeichnet hatte? Aber dieser Mann war er, und ihn gab es nur einmal. Oder? Bloß keine

Geister, Gott bewahre! Das hätte er nicht ausgehalten. Die Existenz von Geistern würde ihn vernichten, oder war er längst vernichtet, war vernichtet worden vor langer Zeit und jetzt selbst ein Geist? Aber er empfand doch Schmerz, tief im Inneren, ein Wachsen, ein langsames Sich-Dehnen, das ihn durchbohren wollte, das sich von innen den Stichen seiner Mitmenschen von außen entgegenstemmte, Menschen, die gegen ihn die Hand erheben würden. Also konnte er kein Geist sein … konnte ein Geist leiden? Ah, lass mir wenigstens mein Hirn, lass mich nicht wahnsinnig werden. Wie eine Litanei zwang er sich die Regeln des Lebens auf: Du lebst, du isst, du schläfst, du schützt dich.

Er duschte glühend heiß, ließ den Schock eisiger Kälte darauf folgen. Im oberflächlichen Frieden seines betäubten Körpers lag er dann auf dem Bett und las *Anna Karenina* auf Russisch, und die vertrauten Worte, die er seit seiner Jugend mehrmals gelesen hatte, taten ihm wohl.

Die Grillen kamen und gingen; die Dunkelheit war sehr alt, als er endlich das Buch weglegte und bei noch brennender Lampe die Augen schloss.

Durch das offene Fenster hörte er das scharfe, fordernde Flüstern von Schwester und Schwager im Nebenzimmer. »Wenn du nicht zu müde bist, Schatz …«

Liebe.

Selbst Schlaf wäre besser, dachte Sol. Sein Körper gab nach, erschlaffte. Schwärze erfüllte den Raum.

»Heute Nacht schlafe ich wie die Toten«, sagte er sehnsüchtig.

Aber er schlief wie die Lebenden.

Der Wächter ließ ihn den Kopf nicht vom Fenster wegdrehen, er klopfte ihm jedes Mal, wenn er es versuchte, spielerisch drohend seitlich ans Kinn. Deshalb blickte er in den weiten Raum, der in zahlreiche Zellen aufgebrochen war. In jeder war eine Frau, manche standen mit müder Miene an der offenen Seite der Zelle, andere saßen lustlos auf dem Bett und starrten zu Boden. Wildes Gelächter hallte aus verschiedenen Richtungen des großen unterteilten Raums, und wie das verzerrte Echo des Gelächters folgte das leise, zerdrückte Geräusch eines Stöhnens.

Doch für alle anderen Kompasskalibrierungen brachte die Nadel seiner Aufmerksamkeit nur ein gleichgültiges Flimmern auf. Seine Augen schwangen in immer kleineren Bögen hin und her, bis sie sich mit zitternder Kraft auf dem einen Pol einpendelten. Einer Zelle, in der seine *Frau auf dem Bett saß. Ruth. Sie verhüllte ihre Nacktheit mit einem Leintuch, und sie sah nicht, dass er hereinblickte, denn ihre Aufmerksamkeit war mit ahnungsvoller Beklemmung auf den Eingang der Zelle gerichtet.*

»Lassen Sie mich weg«, flehte er den Wächter an.

»Gequengelt und gequengelt hast du. ›Was ist mit meiner Frau? Was macht sie?‹, wolltest du wissen. ›Warum hat man sie aus dem Frauenlager geholt?‹ Mit halben Wahrheiten wolltest du dich nicht zufriedengeben. ›Ich muss es ganz genau wissen‹, hast du gesagt. Natürlich hatte ich es irgendwann satt. Deshalb sind wir hier. Ich bin ein großzügiger Mensch, ich lass es dich selber sehen«, sagte der Wächter und stupste wieder Sols Kinn an. »Jetzt schau schon, schau schon hin, deswegen bist du hier. Nachher fragst du nicht mehr, dann weißt du's.«

»Ich weiß es schon jetzt, ich versteh es. Es reicht. Bitte, noch mehr kann ich nicht aushalten«, wimmerte er; Krämpfe schüttelten seinen Körper wie strafende Hände.

»Du bleibst und du schaust, Schluss«, sagte der Wächter und drückte seinen kurzen Knüppel auf Sols Hals.

Also schaute er, wie er es verdient hatte.

Ein Mann in schwarzer Uniform betrat Ruths Zelle. Er zog sich aus und führte der schreckstarren Frau auf dem Bett minutenlang seinen entblößten Körper vor. Schließlich zog er ihr das Leintuch fort. Er schien mit ihr zu sprechen, aber durch das Glas drang kein Laut zu Sol. Ruth begann zu zittern. Ihr Gesicht wurde weiß wie Kalk, wie etwas aus Gips, etwas Pulvriges, das bei der ersten Berührung zu Staub zerfällt.

Eine, zwei Minuten lang befingerte der SS-Mann rachsüchtig ihre Brüste und ihre Scham. Ihr Mund verzerrte sich in stummer Qual. Als hätte er nur darauf gewartet, zwang der Mann sie jetzt in die Knie und drückte ihren Kopf an sich.

Sol begann zu stöhnen. Doch bevor Tränen gnädig seinen Blick verschwimmen ließen, sah er, dass sie ihn entdeckt hatte. Und aus dieser abstoßenden Haltung, so niederträchtig durchbohrt, ertrug sie den Gipfel ihrer Qual und überwand ihn. Bis sie schließlich in der Lage war, ihm die Tränen des Verzeihens zu schenken. Er aber war ihrer Gabe nicht würdig; er nahm sich den unendlich niedrigeren Triumph der Erblindung, und obwohl Feuerqualen in ihm fraßen wie ein Krebsgeschwür, war er dem Anblick nicht länger ausgesetzt, teilte die obszöne Erfahrung nicht länger mit ihr: Eine Zeitlang sah er nichts. Er spürte nur Luftzüge hier und dort, hörte die bekannten Geräusche des Lagers, die jetzt einen vertrauten, fast beruhigenden Beiklang hatten und den pochenden Schmerz in seinen Gelenken beinahe erträglich machten. Und dann ging er noch einen Schritt weiter auf das leere Schwarz animalischer Erleichterung zu: Er wurde ohnmächtig und spürte lange Zeit gar nichts.

Mit hämmerndem Herzen und schweißnass wachte er auf und wusste erst nicht, wo er war. Minutenlang starrte er ins Licht der Glühbirne. Dann wandte er, bläuliche Sterne vor

Augen, den Blick ab und zum Fenster, durch das ein leichter, laubgefilterter Lufthauch wehte, und ließ ihn schließlich seinen schweißglänzenden Körper hinabgleiten.

»Lieber Gott, wie kann man das aushalten?«, sagte er.

Mit der Antwort im Kopf, er werde es wohl irgendwie aushalten müssen, stand er auf und ging ins Bad. Er zog die nasse Unterwäsche aus und stellte sich noch einmal unter die Dusche. Wieder getrocknet kehrte er in sein Schlafzimmer zurück. Stopfte sich die Kissen in den Rücken, so dass er aufrecht saß, nahm sein Buch und begann zu lesen. Draußen herrschte die nahezu vollkommene Stille der Nacht, und nur sein Atem war eine geringfügige Ablenkung. Er las, ohne aufzuhören, bis zum Morgen.

16

Marilyn Birchfield erwachte zwischen den Wänden ihres Apartments und sah den Morgen mit dem vertrauten Gefühl von Leere. Sie schluckte dagegen an, als wäre es Hunger nach Essen.

Ihr ganzes Zimmer verriet einen ebenso empfindsamen wie erlesenen Geschmack; hübsche moderne Drucke, weiße Wände, ein karg funktionales Bücherregal, dem Entwurf eines berühmten Designers nachempfunden und mit guter Literatur gefüllt, ein Lautsprecher, der an einen High-Fidelity-Plattenspieler im Wohnzimmer angeschlossen war. Ein japanischer Lampion hing über zwei asketisch schlichten Kommoden und einem bequemen, mit braunem Cordsamt gepolsterten Stuhl, auf dem ein Kissen in leuchtendem Orange lag.

Nur ihr Körper suggerierte Derbheit und Übermaß.

»Viel Frau für so wenig Leben«, war ihr selbstironischer Kommentar. Er überzeugte ihre Angehörigen und Freunde, dass sie ausgeglichen und angepasst sei. Ja, das dachte sie auch, trotz der schuldigen Bilder, für die sie frühmorgens oder spätabends anfällig war, den Zeiten, zu denen ihr Körper wegen seiner Ungenutztheit aufmuckte. Sie fühlte das schwere Schwingen ihrer Brüste und dachte an all die Babys, die sie hätte nähren können, bewegte die ausladende Kraft ihrer Hüften und empfand eine heimliche Wehmut beim Gedanken an den Mann, dem sie Freude und Trost hätten sein können.

Aber nur die Dünnhäutigkeit des ersten Erwachens erlaubte solche Gedanken. Sie schwang ihre kräftigen Beine über die Bettkante und warf sich damit tapfer in den Tag. Lächelnde Würde, das war eine ihrer Posen; es gab schlechtere. Solange sie die Augen offen hielt, solange sie weiter über sich lachte, wann immer ihre Posen ihr den Eindruck von Wahrheit zu machen begannen, konnte sie nicht schrullig oder mitleiderregend werden. Ja, sie hatte Sehnsüchte, heftige, und die musste sie sich eingestehen, durfte sie nicht in andere Gewänder kleiden, wie diese kinderlosen alten Jungfern, die ihre Hunde in Pullover und Mützchen steckten und in Babysprache auf sie einredeten.

Sie stellte sich unter die Dusche und wusch sich gründlich, putzte sich volle fünf Minuten die Zähne, bürstete ihr glänzendes hellbraunes Haar mit einhundert gezählten Strichen. Und dann starrte sie, spartanisch gewappnet, geradewegs in das runde, makellose Gesicht im Spiegel, die klaren Augen mit den ersten Spuren des Alters in den zarten Schraffuren, die sie umgaben. Das war für sie wie morgendliche Freiübungen des Geistes, dieser unverstellte Blick auf ihr biederes, füllig gesundes Gesicht, und wie bei Freiübungen fühlte sie sich durch die schonungslose Konfrontation damit, wer und was sie war, gekräftigt und belebt.

Nicht dass sie darum völlig beruhigt gewesen wäre; sie schulterte lediglich das Gewicht des Unglücklichseins aus festerem Stand. Während sie sich ankleidete, registrierte sie noch einmal ihren drallen, eher derben Körper und empfand einen Anflug von Bedauern. Aber das war nicht Selbstmitleid, sondern eine Form von Missbilligung – sie war zu Abscheu vor Vergeudung jeglicher Art erzogen worden. Und dies brachte sie wieder auf Sol Nazermans Gesicht, denn auch bei ihm spürte sie Vergeudung, eine ungeheure Vergeudung von Geist. Abgesehen davon riss das Mitgefühl mit ihm eine alte Wunde in ihr wieder auf, denn wo sie Narben gewähnt hatte, fühlte sie jetzt Hoffnung pochen.

»Ach, dieser arme Mann«, sagte sie laut, als sie schlückchenweise ihren Kaffee trank und durch das Küchenfenster auf das ferne Glitzern des Flusses und seine Brücken starrte, die im Morgendunst aussahen, als stammten sie aus einem Kinderbaukasten. Aber das klang ihr zu herablassend. Wie kam sie auf die Idee, dass er ihr Mitleid brauchte? Sie hatte keine Ahnung, was hinter diesem gedunsenen, fremdartigen Gesicht vor sich ging. »Ließe er sich nur ein bisschen aus der Reserve locken …« Aber gleich warnte sie sich vor Selbstbetrug. Na, na, Marilyn, altes Mädchen, mach dir deine Beweggründe klar. Täusche nicht Altruismus vor, wenn auch nur der Hauch eines Argwohns besteht, dass es hauptsächlich um Erwiderung geht. Ja, Sol Nazerman war ein Mann. Aber er schien so voller Leiden zu sein, dass er für eine Frau letztlich doch nicht empfänglich war. Außerdem war sie ziemlich gefeit dagegen, ihn als Mann zu begehren, denn er war, zugegeben, körperlich unattraktiv, er wirkte alt und abgerückt und schien allem, was mit Mann-Frau-Beziehungen zu tun hatte, vollkommen fern. Aber wenn sie keinen persönlichen Gewinn im Sinn hatte, war sie vielleicht eine professionelle Wohltäterin?

Über diesen Verdacht hielt sie sich eigentlich für erhaben, jedenfalls in Bezug auf ihn. Er löste in ihr eine tiefere Verstörung aus, als sie jemals bei den armen Kindern verspürte, mit denen sie arbeitete. Und wenn sie ihn ansah oder auch nur an ihn dachte, fühlte sie etwas Unermessliches, Unsägliches an ihrer Seele, ihrem Geist zerren. Es war, als dränge aus der Ferne ein gewaltiges Wehklagen an ihr Ohr, und sie hatte das Gefühl, sie könnte nicht in derselben Welt mit diesem Weinen leben, ohne Abhilfe wenigstens zu versuchen.

Sie spülte Tasse und Untertasse ab und stellte beides in den Abtropfständer. Dann schob sie eine Lade zu, schloss einen Küchenschrank und richtete die leicht schiefe Pflanze neben dem Plattenspieler wieder auf. Und schließlich machte sie sich für den Tag im Jugendzentrum bereit; füllte ihre Aktentasche mit Notizbüchern, Bleistiften, Blöcken und lächelte über die Untauglichkeit ihres Handwerkzeugs.

Als sie in der Apartmenttür stand, schon halb auf dem Flur, drehte sie sich noch einmal um und warf einen gedankenverlorenen Blick zurück, als hätte sie etwas vergessen. Und in dieser sinnierenden Haltung, einen Finger neben dem Mund, die Aktentasche schwer am anderen Arm zerrend, sprach sie laut in die leeren Räume.

»Ich muss ihm einfach auf die Pelle rücken. Ich muss ihm hinterherlaufen. Für einen einzelnen Menschen trägt er zu viel Leid. Ich seh es an seinen Augen …«

17

Seitdem er den Laden aufgesperrt hatte, riss der Strom der Kundschaft nicht ab. Einer nach dem anderen kamen sie herein, still und leise, als sei ihnen irgendeine folgenschwere Nachricht zu Ohren gekommen, als reagierten sie alle auf einen gewichtigen, stummen Ruf. Erwartungsvoll gingen sie herum mit ihren beweglichen Lippen, schiefen Zähnen und trüben, geäderten Augen und warteten mit gewichtiger Geduld, bis sie an der Reihe waren. Und Sol blickte mit einer Art Grauen vor der beängstigend langen Schlange zu jedem neuen Gesicht auf.

Über die Köpfe der Nächststehenden hinweg sah er auch draußen noch Leute warten, die in die Schaufenster blickten oder einfach nur dastanden und unschlüssig ins heiße Licht der Straße starrten, während sie ihre kleinen Schätze an die Brust drückten und nicht wussten, was sie drinnen dafür bekämen.

»Was glauben sie, was heute ist – Ramschtag?«, murrte Sol.

Am Schalter nebenan erledigte Jesus Ortiz seinen Anteil am Kundenverkehr ruhig und tüchtig. Hin und wieder rief er seinem Chef eine Frage zu, und Sol antwortete ausweichend oder stimmte einer treffenden Einschätzung zu. Aber meist handelte Ortiz in vollständiger Autonomie. Er hatte sich gewisse Marotten angewöhnt, mit denen er Sols Vorbild nachzuahmen schien, etwa wenn er sich außer Sichtweite der Kunden an allerlei Dingen zu schaffen machte, wie um ihnen seine Missachtung gegenüber ihrem Anliegen zu bekunden, oder wenn er eine Forderung ablehnte, indem er mit wortlosem Kopfschütteln, das an seiner Entschlossenheit keinen Zweifel ließ, den als Pfand angebotenen Gegenstand zurückgab oder aber ihn mit einem einzelnen, ruckartigen Nicken akzeptierte. Und das alles hätte ebenso unbewusste Respektsbezeugung vor seinem Lehrer wie Stolz auf gut Gelerntes sein können.

Sol hingegen schien durch den unerwarteten Kundenansturm völlig aus der Bahn geworfen. Häufig blickte er auf und spähte auf die Straße hinaus, und von Anfang an war er erschöpft und entmutigt; er hatte das sonderbare Gefühl, dass alle Millionen dieser Stadt vor seinem Laden anstanden, dass er bis in alle Ewigkeit hier hinter dem Schalter stehen und die aufeinanderfolgenden Generationen bedienen musste, endlos feilschend, argumentierend, sich gegen die hässlichen, umnachteten Gesichter wehrend.

Die Gegenstände, die ihm die Leute hinreichten und denen sie nachblickten mit einem Ausdruck des Verlusts oder Bedauerns oder des Ärgers auf ihn, weil er sie nahm, wurden in seinen Händen alle billig und wertlos. Nach und nach erfüllte ihn die Vorstellung, dass er einen Turm aus Müll errichtete, dass er sich abmühte und erschöpfte, um lauter Nichts aufzuhäufen. Manchmal blickte er zu seinem Gehilfen hinüber, wie um dort einen Sinn hinter dem, was er tat, zu entdecken, aber es war nur Ortiz, der Drahtige, Ruhige, Vitale, und er bot überhaupt keine Beruhigung an. Deshalb versuchte Sol, seine Gedanken über die leise murmelnde Menge hinaus schweifen zu lassen, ziellos über die Größe der Welt nachzudenken, sich andere ferne Ziele und Bestrebungen auszumalen, nur um schließlich wieder wohl oder übel zu dem, was er tat, zurückzukehren. Für ihn lag das Wesen des Lebens hier vor ihm, in all seiner Realität, brutal, jämmerlich, habgierig. So weit war er gekommen; tiefer war nichts mehr. Und er klammerte sich an diese herbe Wirklichkeit wie an einen scharfkantigen, rollenden Felsblock, entsetzt, wütend und hoffnungslos.

Ein kaffeefarbener Mann in schwarzem Lodenmantel, ziegenbärtig und hornbebrillt, versetzte eine blanke Trompete. Ein groß gewachsener, unmännlicher Knabe kam mit einer Damenuhr und verhandelte in hoher Stimmlage, mit angestrengtem Lispeln über den Preis. Eine stämmige Negerin mit modischer Harlekinbrille, die wieder mal ihr fast andauernd versetztes Heizkissen brachte, teilte sich mit einem Minimum an Einsilblern mit. Ein Athlet mit kurz geschorenem, dichtem Bart, der wie ein Schatten auf seiner sehr dunklen Haut lag, verpfändete einen Sack Golfschläger und ein Paar Hockey-Schlittschuhe, und seine Miene besagte mit trübsinniger Einsicht, er sei sowieso zu alt für dieses Zeug. Puerto Ricanerinnen in zwei unterschiedlichen Lebensstadien (das eine die verhängnisvolle Schönheit, zu der sie oft neigen, das andere deren jäher Zusammenbruch, der so früh einsetzt) kamen und gingen wie eine sich ständig wiederholende Parodie. Ein Mann mit braunem Lincolngesicht und orangefarbenem Hemd verpfändete den Ehering seiner Frau. Ein Trio Halbwüchsiger mit hohlen, kriegerischen Gesichtern versetzte identische marineblaue Anzüge. Ein schläfrig majestätischer Neger, der wie ein schwedischer König auftrat, bot ein aufwendig gearbeitetes Bruchband als Pfand und legte dabei eine Feierlichkeit an den Tag, als reichte er seine Eingeweide dar. Ein schlitzäugiger Mulatte, der auf einer Sackkarre einen Fernsehapparat hereinschob, gab sich gelangweilt und abgebrüht, und seine Antwort auf das erste

Angebot war derart leise, dass die Worte kaum den Weg zu seinen Lippen zu finden schienen. Ein dicker, trauriger Weißer bat um ein hoffnungsloses Darlehen für seine Taschenuhr und akzeptierte Sols Angebot lediglich mit einer kaum merklichen Verlängerung des Ausatmens, die ein Seufzen hätte sein können. Ein Junge, nicht älter als vierzehn, der sich aber für zwanzig ausgab, versuchte ein Zigarettenetui aus Blech zu verpfänden, fluchte professionell, als Sol ablehnte, und sein boshaftes Truthahnkükengesicht drohte Heimtücke an. Alles Gehen, Laufen, Stolpern des Lebens brachte sie her, und der Nachschub stockte nie.

Um die Mitte des Nachmittags begann Sols Kopf auseinanderzufallen. Es war, als sei ein Riss, der sich morgens an der Schädelbasis gebildet hatte, inzwischen so weit geworden, dass jeden Moment das Gehirn hervorquellen könnte. Er empfand das dringende Bedürfnis zu schreien und hatte schon den Mund geöffnet; doch mit einem Schlag war alles leer und still. Ein später Sonnenstrahl fräste sich durch den Staub des jüngsten Massenansturms, und Sol sah ihn eine lange, erstarrte Minute an. Dann hob er langsam sein gequältes Gesicht wie ein uralter Mann.

Jesus Ortiz lächelte zu ihm herüber und nickte bestätigend: Sie hatten diesen Ansturm überstanden und lebten immer noch.

»Was gibt's zu lächeln?«, krächzte Sol. Er verspürte die bebende Irritation, wie ihn Alte beim Anblick von etwas Jungem, Unverbrauchtem empfinden.

»Ich glaube, ich mag meine Arbeit«, antwortete Ortiz.

»Aha. Und hättest du vielleicht gern ein eigenes Geschäft?«, fragte Sol mit trügerischer Höflichkeit. »Eines wie dieses – vielleicht genau dieses?«

»Nichts dagegen.« Ortiz sah sich gemächlich um. »Ich würde Systeme machen und alles. Und ich würde mit Goldbuchstaben meinen Namen an die Tür schreiben – Eigentümer J. Ortiz. Genau – wenn ich's mir überlege, ist das, glaub ich, ein sehr guter Beruf für mich. Ich mag das Überraschende dran – in dieser Branche wird man doch dauernd überrascht. Nie kann man wissen, ob einem nicht mal was ganz Großes begegnet. Ein Riesendiamant, ein alter Goldschmuck, wertvolle Sachen …«

Sol fing zu lachen an; ein hartes, teuflisches Geräusch in der Stille.

Ortiz beäugte ihn mit neugieriger, zugleich aber argwöhnischer und verschlossener Miene.

»Warum lachen Sie? Ist das so komisch, was ich sage?«

»O nein, nein, überhaupt nicht komisch. Und du willst es so unbedingt, dass du praktisch alles tätest, um es zu kriegen, dieses Geschäft?«

Ortiz gab keine Antwort. Er sah den Pfandleiher vorsichtig an und fragte sich, wie viel der Jude wusste oder zu wissen meinte.

»Ja, natürlich tätest du alles«, sagte Sol sinnierend. Es war, als bereitete es ihm ein perverses Vergnügen, dass er wusste, wie die Wände, die ihm näher rückten, aussahen.

»Nicht die schlechteste Art, sein Geld zu verdienen, oder? Sie sagen doch selber, dass sich alles darum dreht – ums Geldverdienen. Und dass sonst kaum was so wichtig ist, oder?« Er sprach von dem anderen Schalter aus, hinter dem er nach wie vor stand, und es hatte etwas sonderbar Förmliches, wie sie da quer durchs Geschäft miteinander sprachen: Es erinnerte an eine Debatte, eine Gerichtsverhandlung, deren Themen sich ständig veränderten, flüchtig wie Quecksilber.

»Ja, das stimmt, kaum was«, antwortete Sol. Er starrte auf den leeren Boden, wo eben noch so viele Kunden angestanden hatten. »Und selbst das … kann manchmal zu Staub werden. Aber ganz gleich …«

»Ja?«

»Ist es nicht komisch, wie sie manchmal in Scharen hereinströmen, stundenlang, und auf einmal – kein Mensch mehr.«

»Ja, komisch«, stimmte Ortiz zu.

Eine Zeit verging, ohne dass ein neues Thema zur Sprache kam. Unterdessen entrollte vor dem Laden die Straße ihr nahtloses, unaufgeregtes Tableau, dessen Hintergrund mit dem schwindenden Tageslicht kaum merklich die Farbe veränderte.

Schließlich fragte Ortiz in schläfrigem Ton: »Was war das, was Sie über die echt guten Diamanten gesagt haben?«

»Solche wirst du hier nicht zu Gesicht kriegen«, antwortete Sol.

»Vielleicht nicht, aber ich wollt's halt wissen, nur für den Fall …«

»Na gut, wenn es sein muss.« Er seufzte; dann füllte er die Lunge wieder auf. »Die allerbesten«, fing er an, »sind natürlich die Launen der Natur. Große Raritäten. Es gibt sie in allen möglichen seltsamen Farben, braun oder kanariengelb, sogar schwarz. Aber abgesehen von diesen, den ganz, ganz seltenen Steinen, sind die Besten von den anderen die sogenannten Jager, deren Inneres ein strahlendes Himmelsblau ist, wie ein brennendes Herz aus Licht. Dann die Wesseltons, die von einem härteren, eher metallischen Blau sind. Ferner die Rivers, von hochfeinem Weiß, und die Crystals, ein leicht getöntes Weiß …«

Kaum wissend, was er eigentlich sagte, fast schon eingelullt von der eigenen Litanei, breitete Sol weitere Details seines Handwerks aus, und Jesus Ortiz sog alles begierig auf, weil er, ohne es zu wissen, das Gefühl hatte, dass die Stimme des Pfandleihers ein tiefes Vakuum in ihm füllte. Sol fuhr beim Sprechen mit den Fingern über den verstaubten Rednerpreis unter dem Ladentisch, Ortiz spielte geistesabwesend mit der kleinen Silbermedaille um seinen Hals, und beide wirkten, während sie vage zur Straße hin blickten, als hörten sie einem Dritten zu.

Bis sich der Pfandleiher mit einem Mal der verstrichenen Zeit bewusst zu werden schien. Die Brauen gerunzelt, nahm er die Brille ab und begann sie zu putzen.

»Jetzt reicht es aber, Ortiz. Räum hier ein bisschen auf«, sagte er kalt.

»Klar«, sagte Ortiz. »Schule aus, oder?«

Sol warf ihm mit finsterer Miene eine stumme Frage zu.

»Na, ist doch klar, Sie sind mein Lehrer. Ich bin Ihr Schüler«, sagte Ortiz mit einem Grinsen in seinem zarten dunklen Gesicht.

»Du bist mir gar nichts«, sagte Sol, heftig, von einem jähen Phantomschmerz durchzuckt.

Ortiz hob die Achseln, aber sein Gesicht wurde zur starren Maske, und die träumerische Leichtigkeit in seinem Blick wurde davongefegt wie Wolken vom Wind. Und danach wechselten sie kein Wort mehr, bis Ortiz Feierabend machte.

Als er fort war, ging Sol, behutsam, um den gewaltigen Spalt in seinem Schädel zu schonen, im Laden herum. Er machte Ordnung, wischte, hob Papierschnipsel auf und versuchte sie zu entziffern, konnte aber keinen Sinn ausmachen. Immer wieder hielt er inne, die Hand vor dem Mund, als imitierte er jemanden, der so vielbeschäftigt ist, dass er entscheiden muss, welcher der dringend anstehenden Arbeiten er den Vorzug geben soll. Aber getreu seiner kleinen Nachahmung tat er dann gar nichts Besonderes. Er rückte nur eine alte Duellpistole in der Vitrine zurecht, nahm eines der billigen Schwarzwaldmesser-Imitate in die Hand und hielt es sich, die Spitze voran, vors Gesicht, ehe er es in leicht veränderter Position neben den Duellpistolen niederlegte.

Er hob auch Mrs Harmons versilberte Kerzenhalter auf. Etwas kratzte am Rand seines Bewusstseins, und eine Zeitlang stand er nur da, beide Kerzenhalter in den Händen wie ein lebensgroßes Votivstandbild, und versuchte das Flackern unbestimmter Gefühlsregungen zu verscheuchen.

Mabel Wheatly kam parfumumwölkt, in blauseidenem Rascheln herein. Auf halbem Weg zum Schalter blieb sie abrupt stehen und starrte den Pfandleiher an, der statuengleich mit zwei leeren Kerzenhaltern dastand. Und im ersten Moment hatte sie den Impuls, sich zu verbeugen, irgendwie Ehrerbietung zu bekunden: Er sah heilig aus.

18

»Kerzenhalter«, sagte Sol mit einer verwirrten Kopfbewegung zu seinen Händen hin.

Mabel sah sich unbehaglich über die Schulter um und erwog den Rückzug. Die Neonlampen summten, eine schadhafte Röhre flackerte, und dieses Licht verlieh der Szene etwas von einem alten, häufig vorgeführten Film.

Ein krampfartiges Zucken lief über Sols Gesicht; er blickte voller Abscheu auf die Kerzenhalter und stellte sie auf den Ladentisch.

»So, und was kann ich für Sie tun?«, fragte er, den Ladentisch umrundend, bis er hinter dem vergitterten Schalterfenster stand. Dort fühlte er sich sicher. Auch Mabel war erleichtert, ihn dort zu sehen; er war wieder der Pfandleiher, und nichts störte oder verwirrte. Mit dem Pfandleiher konnte man immer ein Geschäft machen.

Sie lächelte und trat mit ihrem hüftschwingenden Berufsgang auf den Schalter zu.

»Wo ist Ortiz?«, fragte sie, den Kopf zu ihrem Handtäschchen gesenkt, und blickte von unten zu ihm auf.

»Er ist schon fort für heute.«

»Ach?« Sie sah sich nervös um und stützte sich dann so auf den Ladentisch, dass der entblößte Brustansatz zur Geltung kam. »Ich war eigentlich nur so unterwegs – die Zeit totschlagen, Sie wissen schon.«

Er starrte sie ausdruckslos an, keine Zuflucht für die Rastlosen.

»Wissen Sie …« Sie lächelte ein wenig und blickte mit Plaudermiene zur Wand. »Ich versuche Geld aufzutreiben. Hatte so eine Idee, ich könnte ins Geschäft einsteigen.«

»Ich dachte, Sie sind bereits im Geschäft«, sagte er säuerlich.

»Ach nein, nicht so«, sagte sie mit einem Kichern. »Ich meine ein echtes Geschäft, ein ehrenwertes.«

»Sie auch?«

»Also, ein Bekannter von mir hatte diese Geschäftsidee …«

»Ich kann mir schon denken, wer Ihr Bekannter ist.«

»Die Sache ist jedenfalls die: Man braucht Bargeld.«

»Warum erzählen Sie mir das? Ich wollte für heute zusperren. Wollen Sie mir was zeigen? Wenn nicht, gehen Sie bitte, ich bin müde, es ist spät …«

»Also-o«, begann sie mit einer schüchternen Unsicherheit, und ihr Blick fuhr kreuz und quer durch den Raum, ging ihm aber geflissentlich aus dem Weg. »Ich kriege diese Woche noch ein hübsches Schmuckstück …«

»Dann reden wir doch darüber, wenn's so weit ist.« Er wandte sich von ihr ab und nahm sein zielloses Warenverrücken wieder auf.

»Aber etwas habe ich vielleicht schon jetzt«, sagte sie mit gesenkter Stimme. Sie warf einen Blick zur Tür, drehte sich wieder zu ihm. Die Sache war die, dass sie möglichst rasch Geld brauchte; sie hatte das Gefühl, dass Jesus sich mit einem Plan trug, in dem sie nicht vorgesehen war. Auf der Stelle hatte sie die aberwitzige Idee entwickelt, ihren Körper rund um die Uhr zu verkaufen, Tag und Nacht ohne Unterlass.

Abwartend drehte sich Sol zu ihr um.

»Ähm, wohnen Sie hier in der Nähe, Pfandleiher?«, fragte

sie aus dem dumpfen Gefühl heraus, ihre Aufdringlichkeit gegenüber diesem Mann ein wenig dämpfen zu müssen. Dabei sah er tatsächlich nicht so aus, als bekäme er, was er von Frauen brauchte; eigentlich sollte er ein Angebot, wie sie es für ihn hatte, bereitwillig annehmen.

»Was soll das? Ich habe keine Zeit für Besuche. Kommen Sie zur Sache. Wollen Sie was Bestimmtes oder wollten Sie einfach mal hallo sagen?«

»Ich hab doch gesagt, ich muss Geld auftreiben …« In der stechenden Kälte seines Blicks sah sie ihren schlichten Plan sehr rasch verwelken. Verzweifelt warf sie ihre eselsohrigen Karten auf den Tisch. »Ich bin gut, Mister, wirklich gut. Sie wissen, was ich meine. Ich kenne Tricks, von denen Sie nich mal träumen. Mit mir geht alles, Pfandleiher. Sie geben Mabel zwanzig Dollar, und ich mach Sie sehr glücklich …«

Sie beugte sich so weit zu ihm vor, wie es der Schalter zuließ, und Sol starrte sprachlos auf ihr schwellendes weiches Fleisch; im ersten Moment war er nicht sicher, in welcher Dimension ihm dies passierte.

»Sie haben doch sicher hier irgendwo ein Hinterzimmer, eine Couch halt? Oh Mann, ich kann's Ihnen schön machen. Wir könnten Folgendes miteinander …« Und sie ging daran, in expliziten Details alles aufzuzählen, was sie zu bieten hatte; die obszönen Worte gingen ihr ganz sachlich, nicht weiter schockierend über die Lippen.

Nachdem der Pfandleiher minutenlang verblüfft geschwiegen hatte, hob sie die kleine Klappe an und kam hinter den Ladentisch, zögernd erst, dann zuversichtlicher, bis sie dicht vor ihm stand. Sie umschloss mit beiden Händen ihre Brüste und bat ihn, die Tür abzusperren, damit sie weitermachen könnten.

Hätte er sie plötzlich angeschrien oder sogar geschlagen, sie wäre nicht derart erschrocken: Er sprach mit einer leisen, uralten Stimme, die ihr durch Mark und Bein fuhr.

»Sie brauchen das nicht zu tun. Ihr Körper interessiert mich nicht«, sagte er. Und es stimmte; das langsame, dumpfe Pochen in seinem Unterleib zeugte eher von Schmerz als von Lust. »Packen Sie Ihr bedauernswertes Fleisch wieder ein. Hier, hier haben Sie Geld«, sagte er, griff in die Tasche und zog ein Knäuel zerknüllter Dollarscheine hervor, das er ihr in die Hand drückte. »Sehen Sie, Sie haben nichts, das sich zu kaufen lohnt. Nehmen Sie das Geld einfach so, als milde Gabe. Nehmen Sie's und gehen Sie jetzt. Verlassen Sie mein Geschäft. Sie machen mich krank. Ich bin schon krank genug. Gehen Sie, gehen Sie … VERSCHWINDEN SIE ENDLICH!« Und obwohl die letzten Worte wie ein Schrei wirkten, waren sie weich und eisig und vollkommen eintönig gesprochen.

Und Mabel Wheatly hatte das Gefühl, dass eine Macht, die aus ihrer Kindheit kam, sie abermals verurteilte. Wieder schmeckte sie die giftige Schande ihrer ersten Sünden und erschauerte, wie sie damals erschauert war. Sie stürzte hinter dem Ladentisch hervor und rief: »O nein, o nein, tut mir leid, tut mir leid …«, und ihre Abbitte folgte ihr in geringem Abstand aus dem Laden.

»Was soll man jetzt davon halten?«, sagte Sol laut in die Stille. »Wurde je ein Mann von solchem Wahnsinn, von solchen Wesen heimgesucht!« Er lachte vor sich hin, während er abzusperren begann, aber in seinem Lachen war kein Anflug von Erheiterung. So spröde und unwirklich war es, dass es bald in einem unbeschreiblichen Schaudern verklang. Mit gebeugtem Kopf stand er da, eine Hand an den Schaltern, die sämtliches Licht bis auf das eine kleine weiß leuchtende Nachtlämpchen im Büro löschten, die andere auf seinen Kopf gepresst, um die scharfen, trockenen Krämpfe abzuwehren, die auf ihn einhämmerten. Wirklich hörten sie so schnell wieder auf, wie sie begonnen hatten, und Sol ging mit seinem vorsichtigen, kopfschonenden Gang aus dem Laden hinaus in den warmen Abend der Straße.

Schwerfällig bewegte er sich vorwärts, eine gewaltige Anhäufung seltsamer Unterbrechungen, schlecht zusammengekoppelter Zahnräder und Zapfen und Riegel, aus dem Gleichgewicht geraten, das Ungleichgewicht überkompensiert und damit dann doch wieder ausgeglichen. Jede seiner Bewegungen war das Resultat eines präzisen Plans. Sein Gedächtnis war abgekapselt, alle Hoffnung vor langer Zeit amputiert. Jedem seiner Sinnesorgane war nur ein Augenblick Aktivität zugestanden, während er die kunterbunte Avenue entlangging, vorbei an einer Kirche, die wie ein ehemaliges Theater aussah und handschriftlich »Erlösung« verhieß, vorbei an einer Metzgerei mit spanischem Ladenschild, das Fliegengitter vor der Tür wimmelnd von fleischhungrigen Insekten, vorbei an einer blitzenden Zahnarztpraxis, die wie ein Kaufhaus aussah und ein Dutzend Zahnärzte anpries (Keine Wartezeit!). Und er war erfüllt von einer Wachsamkeit, die sich wie Tentakel in alle Richtungen streckte, denn jeder einzelne Teil von ihm war genial verdrahtet und geflickt; er sah, er bewegte sich in die Richtung, in die er wollte, er stand den Tag durch, verdiente Geld, hielt manches in Schach. Wer hätte wissen können, dass sein Geist, tief innen, wie ein alter, schäbiger Volksfestplatz war, fadenscheinig, fragwürdig verschnürt und repariert, und dass diese Einzelteile, zu geschunden und grässlich für das menschliche

Auge, mit zerschlissener Leinwand gnädig zugedeckt und in die dunklen, abfallgefüllten Seelenwinkel verräumt waren? Lass ihn einfach so weitermachen, lass alle Verdrahtungen halten, lass die abgekapselten Teile zugedeckt bleiben, den knarzenden, quietschenden Mechanismus weiter funktionieren, bis der Tod kommt und das ganze sich mühselig dahinschleppende Ding mit einem Schlag auslöscht. Lass ihn nur nicht jetzt zerfallen, bat er, und es wäre ein Gebet gewesen, wäre es an einen Adressaten außerhalb seiner selbst gerichtet. Lass ihn halten, bis ich tot bin; lass es nicht passieren, solang ich lebe, sonst muss ich im Chaos existieren.

Er überquerte die Straße, nachdem er zuvor gewissenhaft nach rechts und links geblickt hatte, wie einer, der Wert auf seine Sicherheit legt. Der Asphalt war immer noch weich von der Hitze des Tages, und die vorbeifahrenden Autos erzeugten ein leise schmatzendes Geräusch. Er kam zur Cafeteria und warf im Vorbeigehen einen Blick durchs Fenster.

Und stockte. In der Mitte des Raums saß Jesus Ortiz und redete mit drei Männern. Aus dieser Entfernung konnte Sol von keinem sicher sagen, wer er war; der schwarze Anzug konnte zu Tangee gehören oder auch nicht. Der aschgraue aber war einzigartig, unverkennbar, ein Granitfelsen in einem Blumenbeet. Einen Moment lang stand er schwankend vor dem Fenster wie ein Kläger an der Klagemauer; sein Mund verzerrte sich bitter, und das Geräusch seines mühseligen Atems erfüllte sein Gehör.

»Ja, ja, Jesus Ortiz, ich hätt's wissen sollen … ausgerechnet du, ausgerechnet du …«

Er nahm seinen Gang wieder auf; setzte einen Fuß nach vorn, ließ den anderen folgen. Ließ das Becken schwingen, den schweren Rumpf sich neigen, stoßen, schieben, bediente seinen Körper nach dem Gedächtnis. Vorbei am Army-Navy-Laden und dem Freiluftmarkt mit seinen Behältern voller bunter Textilien, den mit Kittelschürzen behängten Kleiderstangen, dazwischen und rund herum die dunklen Frauen zwitschernd und schnatternd wie eifrige Vögel; vorbei an einem Restaurant, das nach dem Bratfett der Grillhähnchen und Bratfische roch, und an Saloons, aus denen schwallweise Bierdunst und derbes Gelächter drangen.

Auf der anderen Straßenseite schwang ein Polizist zum Zeitvertreib seinen Schlagstock. Er hielt aber jäh inne und stand dann reglos und wachsam in einer Haltung da, bei der sich Sol die Nackenhaare sträubten. Die schäbige Straße drückte rings um ihn die Luft zusammen. Er beschleunigte seinen Schritt, stolperte und fing sich wieder mit beginnender Panik. Nun setzte er seine Füße mit noch größerer Konzentration auf; es sah aus, als watete er durch Schlamm, und es war eine große Anstrengung. Sein Atem kämpfte sich durch eine komplizierte Abfolge von Hindernissen und qualvollen Kurven. Übelkeit ergriff ihn, und um sie im Zaum zu halten, biss er seine Stahlzähne zusammen. Es machte ihm das Atmen nur noch schwerer.

Dann kam er zum Fluss. Hier war es ein wenig kühler; die Luft war nicht frischer oder lieblicher, aber in ständiger kleiner Bewegung. Am Ufer blieb er stehen, um seinen Atem zu besänftigen.

Ein dunkler Kahn zog im Begräbnistempo vorüber, und Sol sah ihm nach, wie er mit Kurs auf ein unsichtbares Meer eine Brücke nach der anderen passierte. Eine jähe Sehnsucht durchfuhr ihn, und er stellte sich vor, wie er auf einem so düsteren, stillen Kahn wie diesem flach auf dem Rücken lag und auf dem Weg zum Meer war, wie Brücke um Brücke für einen Moment den Himmel verdunkelte und das Wasser unter ihm mächtiger wurde, sich zur Endlosigkeit des offenen Meeres weitete, die Sterne über ihm so fern, dass es unmöglich war, an ihnen einen zurückgelegten Weg zu ermessen, und alles war still bis auf das murmelnde, bergende Meer, und er lag da mit gefalteten Händen, treibend in ewigem Frieden ...

Nach einer Weile ging er wieder weiter, zu seinem Wagen. Unter dem fast ununterbrochenen Donnern der Züge am Bahnhof der 125th Street unterquerte er die Eisenbahnbrücke. Rußflocken rieselten auf ihn herab. Das Getöse besänftigte ihn, machte ihn taub sogar für seine Gedanken. Die Menschen wurden zu Schemen, ihre Stimmen gingen in das gewaltige Rattern der Züge und Autos ein. Fast ohne zu denken, bog er in die 125th Street ein.

Wie immer herrschte ein Menschenandrang, ballte sich um den Zeitungsstand, strömte zwischen Bahnhof und Straße hin und her.

Ein Mann stand vor dem Zeitungsverkäufer und stritt mit ihm.

»Sie wollen mich vor aller Augen demütigen. Sie bezichtigen mich des Diebstahls – von was, frage ich Sie, Ihrer billigen Pornografie, Ihren dämlichen ...«

»Wenn Sie so unschuldig sind, lassen Sie mich in Ihre Tasche schauen«, sagte der Zeitungsverkäufer, ein Mann mit einem graustoppeligen Gesicht wie ein zusammengeschnurrter Ballon, in müdem, mitleidlosem Ton.

»Hier, hier«, kreischte der Mann, der Sol den Rücken zukehrte, und hielt eine pralle Aktentasche hoch. »Ich habe nur wichtige Geschäftsunterlagen drin. Leben und Tod von Menschen werden hier verwahrt!«

»Ich habe Sie diese jiddische Zeitung lesen sehen, und jetzt ist sie weg. Ich hatte nur diese eine«, sagte der Zeitungsverkäufer, über seinen Ladentisch gebeugt, wie um den Beschuldigten jeden Moment packen zu können.

»Aha, die Verfolgung nimmt also kein Ende!«, schrie der mutmaßliche Dieb mit zitternder, heiserer Stimme. »Na schön, ich bin Folter gewohnt – vierundzwanzig Stunden am Tag habe ich sie. Schauen Sie«, rief er und riss seine Aktentasche auf. »Ich habe nur diesen einen *Forverts,* den ich heute Morgen in der Bronx gekauft habe«, sagte er schlau und hielt triumphierend die Zeitung hoch.

»Das ist meine, Sie betrügerischer Kerl. Der *Forverts* erscheint nicht vor zwei Uhr mittags. Zahlen Sie mir die Zeitung oder ich rufe einen Polizisten.«

»Kein Ende, kein Ende«, schrie der Mann mit der Aktentasche in lächerlicher und doch seltsam überzeugender Qual.

Er drehte sich um, die Hände flehentlich ausgestreckt, um die Welt als Zeugin anzurufen. Und Sol sah, dass es Goberman war.

Und der, die Arme noch ausgebreitet, die schwere, offene Aktentasche an einer Hand baumelnd, erkannte Sol. Sekundenlang starrten sie einander reglos an. Sogar der Zeitungsverkäufer schien über die plötzliche Lähmung seines Gegners verdutzt. Das ungewisse Licht erzeugte Glanzlichter in Gobermans vorstehenden Augen, harte kleine Brillanten, falsch und tragisch zugleich, wie Diamantentränen einer skurrilen Gedenkstatue. Im nächsten Moment sackten Gobermans Arme herab, seine Augen huschten an Sols Gestalt hinab wie zwei schüchterne Mäuse, und er wurde zur Vogelscheuche, taumelnd am Rand des eigenen Abgrunds.

Sol ging an ihm vorbei, und Goberman wandte sich wieder dem Zeitungsmann zu.

»Wie viel also? Ich hab nicht die Kraft«, sagte er.

Sol beeilte sich jetzt. Sein Rücken spürte die Wucht von etwas, was ihm folgte, aber er wagte nicht, sich danach umzudrehen. Was es war, würde er ohnehin nicht sehen, das ahnte er.

Er kam zu seinem Wagen, stieg ein, ließ den Motor aufheulen. Trat brutal aufs Gas und schoss auf die Straße hinaus wie ein vom Tatort fliehender Täter.

19

Den ganzen Donnerstag war es bewölkt und heiß gewesen. Doch um halb acht Uhr abends, als Sol den erhöhten Gehsteig neben der Bathgate Avenue zu Tessies Haus entlangging, brach die Sonne mit einer unbarmherzigen Grellheit hervor, unter der sich die Müllfetzen auf den Straßen einzuringeln schienen. Diese Satire auf alle Sonnenuntergänge schlug wie eine Flamme gegen die müden Alten, die auf Treppenstufen saßen, und trieb die Kinder zu ungeahnten Höhen des Lärms und der Brutalität. Zwei Jungen prallten mit ihm zusammen und rannten weiter, ohne seine zerstreuten Verwünschungen auch nur zur Kenntnis zu nehmen. Eine Straße weiter schrie eine Frau jemanden an, der keine Antwort gab. Als Sol den Hausflur betrat, wäre er beinahe auf einem faulenden Salatblatt ausgerutscht und gestürzt.

»Der Doktor ist da«, flüsterte Tessie, als sie die Tür öffnete. »Dem alten Mann geht es schlecht. Gestern hat er Blut gepinkelt und heute konnte er gar nicht. Er hat solche Schmerzen, dass er nicht aufstehen konnte. Ich habe einen anderen Doktor gerufen, einen *schwarzn*, der seine Praxis nebenan hat.«

Sol ging an ihr vorbei ins Wohnzimmer. Es roch nach Alkohol; das war eine Erleichterung nach all den anderen Gerüchen. Er setzte sich und sah sie ausdruckslos an. Sie trug nichts als ein schwarzes Unterkleid, und ihr Haar hing offen und zerzaust und dunkel herab. Sie war wie eine jener immerfort trauernden Italienerinnen; gegen das Schwarz war ihre Haut weiß und durchscheinend wie Quarz.

Sie sah ihn eine Weile an, ertrug dann aber sein leeres, teilnahmsloses Starren nicht mehr und senkte den Blick auf ihre Hände.

»Hast du schon gegessen?«

»Ich bin direkt hergekommen.«

»Ich habe Eier, Fisch …«

»Mach Kaffee. Ich esse eine Kleinigkeit dazu.«

Sie saßen schweigend in der Küche und aßen, als der Arzt in der Tür erschien und sich an einem Handtuch die Hände abtrocknete. Er war ein recht stämmiger Neger mit den breiten Schultern eines einstigen Athleten. Seine Augen waren leicht abwärts geneigt, was ihm etwas Melancholisches gab, und sein Haar war, obwohl er höchstens Mitte dreißig sein konnte, ziemlich ergraut und oben merklich gelichtet.

»Es geht ihm sehr schlecht, Ihrem Vater«, sagte er, in munterem Ton, wie um seine von Natur aus schwermütige Miene Lügen zu strafen. »Ich weiß kaum …« Erst jetzt nahm er Sols Gegenwart zur Kenntnis und lächelte befangen.

»Das ist ein Freund. Sol Nazerman«, sagte Tessie.

»Herr Doktor«, sagte Sol. »Wie lautet die Diagnose?«

»Sie sind gut, Mr Nazerman.« Der Arzt setzte sich an den Tisch und nickte zum Dank für den Kaffee, den ihm Tessie einschenkte. »Die Diagnose? Der Körper dieses Mannes ist eine Katastrophe. Kein Mensch sollte je in diesen Zustand geraten, auch wenn er tausend Jahre lebt. Nieren, Lunge, Herz, Anus, Darm. Wie ist es dazu gekommen? Ein schlimmes Unglück oder was ist geschehen?«

»Ein sehr schlimmes Unglück«, sagte Sol trocken. »Geburtsfehler. Er war im Lager.«

Der Arzt blickte einen Moment verwirrt drein, und sein schweres Gesicht mit den abwärts geneigten Augen erinnerte an das eines Bluthunds. Seine Brauen hoben sich mit einsetzender Erkenntnis. »Ach ja, gewiss. Die Tätowierung ist mir aufgefallen.« Sein Blick glitt prüfend über Sols, dann Tessies Arm, und er zog eine Grimasse, die sein Gesicht in dieselben Falten legte wie sonst sein Lächeln. »Tut mir leid. Was für eine Welt, in der wir leben. Aber dann kann ich natürlich auf schonende Worte verzichten. Mrs Rubin, Ihr Vater stirbt.«

»Wer nicht, Herr Doktor?«, fragte Sol. »Die Frage ist, wie nah ist er dem Tod?«

Der Arzt seufzte schwer; sein Körpergewicht schien ihn zu bedrücken. »Ich könnte jetzt rein professionell sein und ausweichen, indem ich sage: So und so viele Stunden, so und so viele Tage«, sagte er. »Die Wahrheit ist – ich weiß nicht, wie er nach dem, was ihn so zugerichtet hat, überhaupt weiterleben konnte. Nach allen wissenschaftlichen Erkenntnissen sollte er längst tot sein, getötet. Aber der menschliche Organismus widersetzt sich der wissenschaftlichen Erkenntnis. Was immer ihn seit vielen Jahren, bis heute, am Leben erhalten hat, könnte ihn auch noch weiter halten. Großer Gott, ich weiß es nicht, keine Ahnung. Er könnte jeden Moment gehen. Ist keine Hilfe, ich weiß. Ehrlich gesagt, mehr kann ich nicht tun.«

»Gibt es etwas, was ich für ihn tun kann?«, fragte Tessie ausdruckslos.

»Ich habe ihm eine Spritze gegeben. Ich glaube nicht, dass er viel Schmerzen haben wird.«

Tessie schnaubte. Sie nahm die Kaffeekanne und schenkte Sol nach.

»Sie können mich jederzeit anrufen«, sagte der Arzt.

»Was schulde ich Ihnen?«, fragte Tessie mit einem Blick auf Sol.

»Ach, wissen Sie – meine Praxis ist ja nur zwei Häuser weiter. Dieser Besuch hier lag auf meinem Heimweg. Zahlen Sie mir halt den einen Dollar für die Injektion, die ich ihm gegeben habe. Nennen wir es ein Einführungsangebot – vielleicht werden Sie ja Stammkundin, Mrs Rubin.«

Als der Arzt fort war, saßen sie im Wohnzimmer und lauschten dem von Schmerzmitteln gedämpften Stöhnen des alten Mannes im Schlafzimmer.

Nach einer Weile stand Tessie auf und setzte sich zu Sol aufs Sofa. Minutenlang sah sie ihn an. Dann ließ sie die Träger von den Schultern gleiten und entblößte ihre großen weißen Brüste. Sol saß nur steinern da. Schüchtern nahm sie seine Hand und legte sie sich auf eine Brustwarze, rieb sie an warmer, weicher Haut.

Mit einem Ruck zog er seine Hand zurück. »Nein, nein, lass«, sagte er.

Sie zuckte die Achseln und steckte ihre Brüste zurück in das Unterkleid. Sie legte den Kopf an die Rückenlehne und starrte mit bitterem Lächeln zur Decke.

»Wie geht das Geschäft?«, fragte sie schließlich.

»Fabelhaft. Ich habe Ärger mit Murillio. Ich will nicht mehr sein Partner sein. Das ist aber unmöglich. Außerdem habe ich ein komisches Gefühl wegen dem *schwarzn,* der bei mir arbeitet. Er ist ein seltsamer Junge. Manchmal glaube ich, er … Jedenfalls habe ich den Verdacht, dass er was Krummes im Schilde führt. Er treibt sich mit diesen kriminellen Typen herum. Ich weiß es nicht, aber vielleicht planen sie, mich auszurauben.«

»Und deine Verwandten, gehen sie dir immer noch auf die Nerven?«

»Das sind auch Tiere. Was soll ich sagen! Die ganze Welt ist ein großer Zoo. Vielleicht gehe ich nach Alaska, zum Nordpol«, sagte er mit ätzendem Humor. »Die Eisbären sind bestimmt eine amüsante Gesellschaft.«

»Angeblich sind es bösartige Tiere, die Eisbären«, sagte Tessie ernst.

Sol begann unfreundlich zu lachen. Unter Verweis auf den alten Mann bat sie ihn, still zu sein. Später zündete sie eine Gedenkkerze für einen ihrer Toten an. Sie begann zu weinen, und Sol musste schließlich doch noch mit ihr schlafen. Als er heimkam, fiel er auf sein Bett wie ein Stück Fleisch. Er bedachte nicht einmal die Gefahr eines Traums. Aber natürlich träumte er.

Er stand da, beide Hände an den Wangen, und starrte auf die Kinderleiche, die an einem monströsen Haken hing: von hinten durch den Körper gebohrt, so dass er bei der Brust wieder herauskam. Er fing an zu schreien. Das Schreien war von derart unerträglicher Gewalt, dass es sich anfühlte wie ein Erbrechen oder eine Geburt. Der Schmerz trieb ihm das Blut aus sämtlichen Poren. Er konnte es nicht halten; bald würde sein Körper in Stücke zerfallen.

»Naomi, Naomi, Kinder, mein Kleines, mein Kleines …«

Und auf einmal erschien dort, auf demselben Kinderkörper, ein anderes Gesicht. Grotesk für diesen zarten Körper – das dünne, fahle Gesicht eines jungen Mannes – Mortons Gesicht! Es wurde ersetzt durch das faltige, erbärmlich verkommene Gesicht von George Smith. Und dann erschien das Gesicht von Jesus Ortiz. Alle diese Gesichter saßen nacheinander auf dem schmächtigen Kleinkindkörper mit dem grausamen Haken in der Brust, der aufwärts, zum Kopf hin zeigte.

Es war, als würden Diapositive darauf projiziert. Doch so unwirklich die Prozession der Gesichter auch war, brachte sie ihm keine Erleichterung, im Gegenteil; der Schmerz wurde nur schlimmer davon, er schwoll an, und immer, wenn er glaubte, den Gipfel der Qual erreicht zu haben, brachte der nächste Augenblick eine Steigerung der Intensität. Und die Gesichter auf dem Körper seines gepfählten Kindes änderten sich unaufhörlich, es ging immer so weiter, ein Abstieg zur Hölle, der kein Ende nahm. Mabel Wheatly nahm auf dem Haken Platz, Tessie, Cecil Mapp, Mendel, Buck White, Mrs Harmon, Goberman, einer nach dem anderen und kein Ende …

Er erwachte derart erschlagen vom schlechten Schlaf, dass er sich erschöpfter fühlte als am Abend zuvor. Seine Gliedmaßen hätten verwitterte Knochen sein können, zerlöchert und spröde, vom Leben denkbar weit entfernt.

In seinem Kopf aber und in seiner Brust war eine drangvolle Beklemmung, und er schnappte nach Luft. »Vielleicht sterbe ich bald. Gut. Aber was soll dann das alles?«

20

Selig passte ihn im Wohnzimmer ab und bat ihn um zweihundert Dollar für eine Bruchoperation. Er sprach verhalten, durch einen Mundwinkel, als wäre der geplante Eingriff ein verbotenes Vergnügen. Nachdem Sol genickt und gemurmelt hatte, er werde das Nötige veranlassen, lauerte ihm seine Schwester mit einer Warnung auf: Wenn nicht demnächst die Rohrleitungen repariert würden, bekämen sie eine Überschwemmung im ganzen Haus. Im Garten bat ihn seine Nichte Joan um »ein Darlehen, Onkel Sol, aber wirklich nur geliehen. Nur so lange, bis ich an meine Urlaubskasse herankomme. Ich bestehe auf dem regulären Zinssatz.«

Und im Geschäft war es an diesem Samstag zugegangen wie im Tollhaus, so dass er, als er endlich in seinem stillen Schlafzimmer war und sich mit einem aufgeklappten Buch auf der Brust aufs Bett hatte fallen lassen, das Klopfen seines Neffen an der Tür wie einen physischen Schlag empfand.

»Was willst du jetzt, Morton!«, fragte er und machte kein Hehl aus seinem Ärger.

»Ähm – ich muss den Künstlerbedarf fürs nächste Semester kaufen, und ich dachte, vielleicht …«

»Geld, du willst ebenfalls Geld? Für euch bin ich ein Geldscheißer. Weiter nichts – ein Mensch, der nur aus Dollarscheinen besteht. Irgendwann werdet ihr das ganze Geld von mir abgeschält haben, und drunter ist nichts, nur Luft. Was macht ihr dann?«

»Ich weiß nicht … Ich wollte nur …« Und dann fand auch

Mortons Gesicht eine Würde im Zorn. »Wenn du's mir nicht geben willst …«

»Oh, ich gebe schon. Gebe ich nicht immer? Was soll ein Geldscheißer sonst tun? Nichts. Geld verdienen, verteilen, mehr verdienen, und immer so weiter.« Er stand auf und ging zum Schreibtisch, nahm Scheckbuch und Füllfeder aus der Schublade und stand da, riesig und formlos, den Jungen überragend. Morton wandte mit bitterer Miene den Blick ab. »Okay, Morton, welchen Betrag soll ich reinschreiben? Oder vielleicht soll ich bloß unterschreiben, und du setzt den Betrag selber ein? Du könntest dir tausend Dollar beschaffen, hunderttausend, eine Million. Gibt keine Beschränkung.«

»Ich brauche vierundzwanzig Dollar«, sagte Morton mit tonloser Stimme, den Blick in den dämmrigen Garten gerichtet.

Aus irgendeinem Grund ging Sol diese Zahl zu Herzen, und er schluckte hinunter, was er noch hatte sagen wollen. Er stellte den Scheck über diesen Betrag aus und reichte ihn seinem Neffen. Morton verließ den Raum, ohne sich zu bedanken, gekrümmt und abwehrend, wie einer, dem ein schlimmer Schmerz in der Körpermitte sitzt.

»Und wenn ich dir das Geld nicht gäbe, wie?«, sagte Sol zur geschlossenen Tür. »Was tätest du, wenn ich dir das Geld nicht gäbe? Wo willst du denn sonst hin, du hast ja keine Alternative, Morton, du elendes Geschöpf. Mach dich nicht lächerlich mit deiner gekränkten Würde, mach dich bloß nicht lächerlich …« Und dann stand er einfach nur da vor dem aufgeschlagenen Scheckheft, den Stift noch in der Hand, und es war ihm ganz und gar nicht zum Lachen. Er war von brutalen Schwingungen erfüllt, wie eine ungestüm angerissene Violinsaite, krank und sterbend und doch weit entfernt von jeglicher Erleichterung durch den physischen Tod.

Draußen schmorte der heiße Sommerabend mit seinen vielfältigen weichen Geräuschen im eigenen Saft. Er umschloss das Haus und drang endlich auch in das Zimmer ein, in dem Sol stand, ein von innerem Druck langsam berstender Koloss, der nur noch ein Scheckheft, einen Stift als Halt hatte.

Zum Duschen fehlte ihm die Kraft, er schaffte es gerade noch zum Bett. Schräg fiel er darauf nieder und lag reglos da, spürte den getrockneten Schweiß des Tages, den Schmutzfilm an den Händen von all den alten, unsauberen Gegenständen, die er an diesem Tag angefasst hatte.

Nach einer Weile zuckte er langsam dem Schlaf entgegen.

Ein Berg ausgemergelter Leiber, Hände und Beine in grauenhafter Hingabe ausgebreitet, als sei jedes Opfer während eines rasenden Tanzes gestorben, die eingesunkenen Augen und aufgerissenen Münder hätten auch Ausdruck einer wahnsinnigen, perversen Ekstase sein können. Sol empfand einen Anflug von Neid auf den Traum, den sie womöglich geträumt hatten, während ihr Gehirn unter der vergifteten Luft, die ihnen den Tod gebracht hatte, den Geist aufgab. Gewiss beneidete er sie um das, was sie jetzt waren – blind für einen Anblick wie diesen. Der Leichenberg schien leise zu ächzen, er hörte es trotz des Geschreis der Aufseher, denn die gespenstische Weichheit war etwas Gewaltiges.

Gut, er würde ihnen gehorchen, den Männern in Uniform; absurderweise fürchtete er noch immer den Tod, den sie zu vergeben hatten. Er half mit, Leichen auf den anwachsenden Haufen vor dem Krematorium zu werfen, schamerfüllt, und er betete darum, kein bekanntes Gesicht zu entdecken, von keinem toten Blick in versehentlichem

Zorn getroffen zu werden. Er vermied es, die Köpfe anzusehen, packte nur die knochendürren Gliedmaßen und zog sie hoch. Sein Geist klammerte sich an den Begriff der Arbeit.

Der Himmel über ihm war bedeckt, wolkenverhangen mit einer Andeutung von Schwarz hinter dem hellen Grau. Unter diesem Himmel klangen die Rufe der Aufseher kurz und flach, und dieses leise, kaum hörbare Ächzen schien emporzusteigen und im hohen farblosen Gewölbe zu verwehen. Die ferneren Leichen waren verschwommene Flecken; er sah nicht bis zum Stacheldrahtzaun. Besser so. Nur zupacken, heben, sich strecken, werfen. Die Toten waren eigentlich sehr leicht, selbst für einen so Unterernährten wie ihn. Seine hünenhafte Gestalt hatte er immer noch, er war kräftiger als die meisten Häftlinge – als hätte er mit so viel mehr Kraft begonnen, dass er, so geschwächt er auch war, immer stärker wäre.

Als er an einer Leiche zerrte, purzelte ihm etwas Glänzendes, Zerbrechliches vor die Füße, und er bückte sich rasch. Es war eine Brille, bemerkenswert intakt. Er setzte sie auf, und der ganze entsetzliche Anblick sprang ihn klar und deutlich an. Er biss die Zähne zusammen, als müsste er den Kieferknochen brechen, und machte sich wieder an die Arbeit: Diese klare Sicht erlegte er sich auf. Es war das Mindeste, das er tun konnte.

Aber ach, der Geruch, der Geruch – es drehte ihm das Innerste nach außen. Sein Blick wanderte mit dieser neuen Klarheit über die Köpfe. Gott stehe ihm bei, falls er Ruths Gesicht entdeckte, die Gesichter der Kinder! Gott stehe ihm bei, dass er alle diese fremden Gesichter sehen musste, dass er überhaupt sah.

Mit den runden, altmodischen Augengläsern arbeitete er weiter. Sie machten alles grausam klar, aber er behielt sie auf. Es war das Mindeste, das er tun konnte.

»Nein, nein, ich glaube nicht, dass ich gleich mit Spinoza ins Haus falle«, sagte George Smith und ließ das Bibliotheksbuch sinken, in dem er gelesen hatte. »Erst mal beiläufig ein paar Spanier erwähnen, Baroja, Iglesias, Unamuno, Gasset. Und dann, im Lauf der ...« Mit schlauen Kreisen plante er von seinem durchgesackten Bett aus seinen wohlmeinenden Überfall auf den Pfandleiher. Er hatte zum Lesen seine Schwanenhalslampe zu sich herabgezogen, was die schuppigen Wände zur Decke hin fast verschwinden ließ. An einer Wand stand eine schwarz gestrichene Orangenkiste mit geblümtem Vorhang; darin verwahrte er seine Toilettenartikel. Er besaß einen alten Beistelltisch, aus zweiter Hand, auf dem er zu essen pflegte. Ferner besaß er eine zweiflammige Kochplatte, auf der er japanische Mahlzeiten zubereitete, direkt auf dem Tisch. Zwischen Bett und Wand stand das selbst gebaute Bücherregal; darin hatte er eine Reihe von Taschenbüchern und drei mit festem Einband: die Bibel, Shakespeares gesammelte Werke in einem Band und eine ziemlich obszöne pornografische Blütenlese. Letztere verwahrte er weit hinten und in Packpapier getarnt – dabei war er doch der Einzige, vor dem er sie verbarg. Und er bewirkte ja auch gar nichts mit seiner Heimlichtuerei: Er wusste doch, dass das Buch da war, immer.

Jetzt aber war George Smith gefahrlos beschäftigt und verschwendete keinen Gedanken an das Buch oder an die Geräusche der Familien in den anderen Räumen der Wohnung: Er dachte nur an Spinoza und den Pfandleiher, und er lächelte. Irgendwann in nächster Zeit würde er den Mut aufbringen müssen und Sol Nazerman einladen, mit ihm einen ganzen Abend zu verbringen, einen Abend, an dem sie Zeit hatten, sich in aller Ruhe zu unterhalten. Vielleicht konnten sie sich ein paar Dosen Bier mitnehmen und stundenlang am Flussufer sitzen. Und reden, reden, reden – all das wirklich Große käme in ihrer Unterhaltung zur Sprache. Oh, er musste es sorgfältig einfädeln, taktvoll, musste es beiläufig präsentieren und verlockend. Er konnte nicht ganz vergessen, dass der Pfandleiher ein weißer Mann war. Selbstverständlich war er kein gewöhnlicher *ofay*. Nein, gar nicht. Der Pfandleiher war ein Mann von großem Wissen und Verstand, dem Hautfarbe weniger als nichts bedeutete, ein Mann, der selbst gelitten hatte und daher Verständnis für die Schwächen anderer haben konnte, ein Mann, der …

George bewegte seinen schmächtigen, unbehaarten Körper auf dem Bett, lächelte, dachte an die großartigen Spitzfindigkeiten der Philosophie und Literatur, an die vielen Wege, sie zu erforschen, die dem Pfandleiher und ihm offenstanden.

Und unwillkürlich schlich seine Hand den Körper abwärts zur Leistengegend und bewegte sich sacht über diesen Teil von ihm, während seine Augen sinnierend an die verschattete Decke starrten. Dann schob sich die Erregung der Sinne über die Erregung des Kopfes. Die schrecklichen, schönen Bilder machten ihn schaudern, während er sich liebkoste. In einem anderen Raum lachte ein Kind, und er schloss ekstatisch die Augen. Sein Körper wand sich, während er in seiner Lust versank und darin zu ertrinken begann.

Das Buch fiel zu Boden, und er riss erschrocken die Augen auf. Er griff hinab, hob es mit beiden Händen wieder auf. Vor seinem inneren Auge erschien das Gesicht des Pfandleihers, still und klug hinter den dicken Brillengläsern, aber auch sorgenvoll, wie gequält angesichts der unanständigen Angewohnheiten seines Freunds und intellektuellen Gefährten George Smith.

»Nein. Nicht mehr. Darf nicht mehr an so was denken. Verderbe alles. Und was würde er denken, wenn ihm zu Ohren käme, dass ich wieder in Scherereien stecke? Oh, er würde mich nicht verurteilen, dafür ist er zu groß. Trotzdem, es würde alles verderben.«

Er setzte sich auf, stopfte sich das Kissen in den Rücken und blätterte im Buch, bis ihn endlich etwas fesselte und er zu lesen begann. Nach und nach entspannte er sich, und nach einer Weile wurde er schläfrig. Er rutschte tiefer, vorsichtig, darauf bedacht, die angenehme Erschlaffung nur nicht zu beeinträchtigen.

Er war fast eingeschlafen, als ihn die Stimme des Kindes aufstörte und das verworrene Begehren in ihn einfuhr wie ein elektrischer Schlag. Er krümmte sich auf dem Bett und schnappte laut nach Luft. Wieder befuhr seine Hand den heimlichen, bösen Weg abwärts, und er wimmerte leise. Doch dann berührten seine Finger den spröden Pergamenteinband des Buchs, er umklammerte es und drückte es starr an die Brust, Frieden und Sicherheit von ihm erflehend, wie ein Kind den Teddybär.

Robinson zog sein aschgraues Sakko aus und hängte es sorgsam auf einen hölzernen Kleiderbügel. Sein Zimmer war klein und eng wie eine Zelle, und das eine Fenster am Ende nahm fast die Hälfte der Wand ein. Ein trübes Neonlicht flackerte langsam unter dem Blechschirm an und aus.

Er zog auch sein sauberes, gestärktes Hemd aus und hängte es ordentlich über das Sakko. Er faltete die Hose und klemmte sie mit den Aufschlägen in die oberste Schublade des Schreibtisches. Er bürstete kurz über die Schuhe und stellte sie exakt parallel zu dem darüber hängenden Sakko. Am Waschbecken, einer winzigen Schale wie aus einer Puppenstube, in einer kleinen Nische links der Tür, drehte er den Hahn auf und blickte in den Spiegel darüber. Ohne eine Miene zu verziehen, betrachtete er den Totenschädel, der sein Kopf war. Die seltsamen blauen Augen machten daraus einen Blick ins Nichts. Er lebte fast ausschließlich im Jetzt. Was ihn zu dieser skelettartigen Erscheinung herunterkommen hatte lassen, war nicht nur begraben, sondern zur Unkenntlichkeit verschüttet. Dumpf war er sich bewusst, dass dies ein Segen war; andernfalls wäre er heulend durch die Straßen gerannt. Er erinnerte sich an die materiellen Fakten eines grauenhaften Lebens, aber seine damaligen Gefühle waren wie abgeschnitten. Er kannte die Namen und Daten von Prügeln und Demütigungen, von Verrat und obszönen Verletzungen; er konnte sich an jeden Tag erinnern, den er in Gefängnissen und Krankenhäusern zugebracht hatte. Aber eine emotionale Erinnerung hatte er an keinen einzigen. Für ihn gab es immer nur den Augenblick, das gegenwärtige Bedürfnis.

Jetzt war er schmutzig. Daher seifte er die grobe Scheuerbürste ein und begann seinen Oberkörper zu schrubben, der knochendürr war und Ähnlichkeiten mit einem Waschbrett hatte oder einem eigenartigen Wäschegestell. Dieselbe Behandlung nahm er an seinem Gesicht vor und anschließend, nachdem er die Unterhose ausgezogen hatte, an seinen Beinen und Geschlechtsteilen. Und als sein ganzer Körper wie Feuer brannte, trocknete er sich ab und zog saubere Unterwäsche an.

Dann ging er zum Schreibtisch und nahm eine kleine Injektionsnadel heraus. Er zog eine der Ampullen auf, die er in einer Schachtel in dem kleinen Eiskasten in der Ecke aufbewahrte, und spritzte sich in den einstichübersäten Arm. Er lächelte sein düsteres Lächeln, als er den jüngsten Nadelstich betrachtete.

»Meine Kicks«, murmelte er sarkastisch. Er war Diabetiker, und die Ampullen enthielten Insulin.

Er nahm eine kleine, billige Mundharmonika aus der Schublade. Setzte sich auf die Bettkante und begann mit einem Walzerpotpourri. Die dünne Musik wehte klagend durch den Raum und schien zwischen den Wänden hin und her zu hallen, so dass ein unheimliches, verwirrendes Echo entstand, das die vertrauten Melodien über den Haufen warf. Nach einer Weile sackten seine Gesichtszüge zusammen; bis dahin hatte er alterslos gewirkt, jetzt schien er ziemlich alt. Und in den Augenwinkeln zeigte sich ein erschreckendes Glitzern von Tränen. Sein Gesicht verzerrte sich wild, wie aus Wut über den miserablen Klang der Mundharmonika, und er dachte an das wunderbare Instrument, das er zum Pfandleiher gebracht hatte.

Jäh stand er auf und schleuderte mit einer Grimasse des Abscheus die Harmonika gegen die Wand. Wieder ging er zur Schreibtischlade, nahm einen kurzläufigen Revolver heraus und kehrte zum Bett zurück. Er schüttelte sein Kissen auf und machte es sich darauf bequem. Stützte die Hand mit der Waffe auf ein gebeugtes Knie, zielte auf die farblose Wand, die vom diffusen Widerschein blinkender Neonlichter auf der Straße sacht pulsierte, und drückte bei leerer Trommel den Abzug.

Klick, klick, klick.

Erstaunlich, wie laut der Anschlag des Hammers in dem kleinen Zimmer war.

Jesus Ortiz redete offensichtlich mit seiner Mutter. Aber er erwartete keine Antworten von ihr, sondern benutzte sie lediglich als Resonanzkörper – die Vorstellung, dass er Selbstgespräche führte, hätte ihn abgestoßen.

»Ich meine, von wem kann ich besser lernen als von einem Juden? Außerdem – eins muss man ihm lassen, ein Dummschwätzer ist er nicht. Er nervt halt nicht, weißt du. Ist praktisch Erholung in dem Laden. Nö, is nich so, dass er mir nicht auf die *cojones* geht. Du kennst die Juden, sie schenken einem nix. Aber ich fühl mich irgendwie … weiß auch nicht … leicht. Ich hab das Gefühl, er wird mir irgendwie nie was Schlimmes antun …«

Ein helleres Licht zuckte über das Fenster und das tiefe Brummen des nächtlichen Verkehrs wurde von einem fernen Grollen übertönt.

»Aber diesem Sheeny bin ich echt nix schuldig. Was kann er mir?«

Marilyn Birchfield sah das Blitzen von ihrem Fenster aus. Sie blickte zu einem Himmel hinauf, der die Lichter der Stadt zurückwarf, von sich selbst aber nichts preisgab, und sie fragte sich, ob es wohl regnen würde.

Sol Nazerman fuhr schweißnass aus dem Schlaf, und von dem Keuchen im Traum war sein Mund ausgedörrt. Er sah den jähen Blitz und hörte das Donnergrollen und sehnte sich nach dem kühlenden, nassen Rauschen des Regens. Ohne Hoffnung allerdings. Viele Stunden lag er da und hörte nichts anderes als weiteren Donner, und er war immer noch wach, als der Tag anbrach, klar und heiß und trocken.

21

Sol verließ das Haus, ohne jemanden aus der Familie seiner Schwester zu wecken. So fest entschlossen war er, ihnen allen im Sonntagsfrieden aus dem Weg zu gehen, dass er seinen Wagen die Zufahrt entlang bis zur Straße rollen ließ, ehe er den Motor anließ. Dann aber brauste er dröhnend davon.

Mount Vernon lag friedlich in der Hitze des frühen Morgens. Die Bündel der Sonntagszeitungen waren noch verschnürt und warteten vor geschlossenen Geschäften. Die Häuser schliefen hinter ihren behäbigen, markisenüberdachten Veranden, und hier und dort lagen Dreiräder und Spielzeuglaster im Gras, die tags zuvor wegen eines gespielten Luftangriffs oder irgendeiner anderen kindlichen Katastrophe plötzlich aufgegeben worden waren. Die Kabel und Gleise und Stellwerke der Eisenbahn blitzten im Sonnenschein. Die Zikaden hatten bereits ihr schrilles, bedrohliches Sirren angestimmt, das in den heißen blauen Himmel emporstieg.

Er hielt das Lenkrad fest mit beiden Händen, als hätte er eben erst Fahren gelernt. Dieses viele helle Licht empfand er als beängstigend, wie eine einzige gewaltige Flamme. Und es erfüllte ihn eine rätselhafte Furcht vor der ungewohnten Gefühlsregung, die er jetzt zu erkennen meinte – einer plötzlichen unerträglichen Einsamkeit. Er kam sich vor wie das letzte Lebewesen auf einem brennenden Planeten. Er hatte viele Einsamkeiten kennengelernt, aber eine Isolation, wie er sie jetzt empfand, ließ alles Vorherige wie einen bösen Traum erscheinen, bei dem immerhin die Hoffnung bestand, dass er wieder aufwachte.

Der Automotor surrte, die vernachlässigte Karosserie ächzte und quietschte bei jeder Bodenwelle. Er hätte gern geweint, hatte eine regelrechte Sehnsucht danach, aber er hatte keine Tränen, das wusste er. Kurz vor der Zufahrt zu einer Schnellstraße hielt er am Straßenrand und saß nur da mit offenem Mund. Die Hitze staute sich im Wagen, und er starrte auf das versengte Gras zu beiden Seiten der Straße. Nichts, nichts. Seine Hände fuhren zuckend über seinen Körper. Er schob seine Brille zurecht. Legte die Hände aufs Armaturenbrett, ans Fenster, tastete im Handschuhfach. Dort war eine Taschenlampe. Er nahm sie heraus und schaltete sie ein; das matte Glühen des Drahts in dem winzigen Birnchen war kaum zu erkennen. Mit diesem unendlich schwachen Leuchten zielte er auf den immensen Kessel weißen Sonnenlichts; er konnte darüber nur den Kopf schütteln, und als er damit einmal angefangen hatte, stellte er fest, dass er nicht mehr aufhören konnte. Die Hitze schwoll zu Backofentemperaturen, und er saß da, schwer durch den Mund atmend, eine graue Gestalt im stehenden Wagen in einer trostlosen Landschaft.

Träge kramten seine Finger in den Taschen, ertasteten Fussel, Brösel, Schlüssel und Münzen. Befingerten die dünne, eselsohrige Kante einer Karte. Er zog sie heraus und hielt sie sich minutenlang vor die Augen, bis er sie entziffern konnte: »Marilyn Birchfield, 210 West 75th Street, New York City, Plaza 6-3109«.

Minuten vergingen damit, dass er zwischen der Karte und der gleißenden Landschaft hin und her blickte. Er stand an einem leichten Abhang mit Blick auf die Schnellstraße und den Himmel. Auf der einen Seite, wo der Seitenstreifen der Straße sich verbreiterte, ragte das Aluminiumgehäuse eines öffentlichen Fernsprechers in den blauen Himmel.

Er stieg aus dem Wagen und schleppte sich über das verdorrte, knisternde Augustgras den Abhang hinauf. Die glühend heiße Betonstraße verbreitete ihren charakteristischen Geruch. Vom Boden stieg eine feuchte Süße auf. Er betrat, ohne die Tür zu schließen, die Telefonzelle, wählte die Nummer auf der Karte.

»Hallo?« Sie hörte sich erschrocken und verschlafen an. Ihre Stimme klang ihm üppig und reizend ans Ohr.

»Hier ist Sol Nazerman, der Pfandleiher«, sagte er.

Sie blieb stumm, atmete Verblüffung.

»Oh, ja, hallo«, sagte sie schließlich. »Ja so was«, begrüßte sie ihn dann überschwänglich, »ist das aber schön, dass Sie anrufen. Wie geht's Ihnen, Mr Nazerman? Stimmt was nicht?«

»Es ist noch früh«, sagte er entschuldigend.

»Ach, ich schlafe sowieso nie so lang.« Unsicher bezüglich seiner Absichten und besorgt, ihn womöglich zu verschrecken, legte sie abermals eine Pause ein.

»Wegen Ihres Vorschlags neulich – der Ausflug mit dem Schiff. Gilt das immer noch?«

»Oh, ach du meine Güte, Mr Nazerman, aber ja, ja, natürlich«, rief sie in maßloser Begeisterung, die sich selbst in ihren Ohren falsch anhörte.

Sol begann einzusehen, wie lächerlich sein Anruf war. »Es war wirklich vermessen, Sie einfach so anzurufen. Es tut mir sehr leid. Verzeihen Sie mir. Mir ist einfach zufällig Ihre Karte in die Finger geraten, und dann kam mir in den Sinn, dass dieser Ausflug … Ja, aber Sie einfach so anzurufen. Nehmen Sie bitte meine Entschuldigung an. Ich bin vielleicht selber noch nicht ganz wach. Vielleicht ein andermal …«

»Nein, nein, bitte! Ich bin entzückt, dass Sie anrufen. Ich würde sehr gern einen Ausflug machen. Heute soll es entsetzlich heiß werden. Auf dem Schiff wird es viel kühler sein. Ach, ich bin wirklich froh, dass Sie anrufen. Ich hatte keine Ahnung, was ich heute mit mir anfange. Glauben Sie denn, Sie finden hierher? Fahren Sie?«

»Ja, ich fahre. Ich glaube, ich kann die Adresse finden«, sagte Sol und nickte, als könnte sie ihn sehen; in der Hitze der Zelle beschlugen seine Brillengläser, und ein erleichtertes Lächeln huschte über sein Gesicht. »Ich bin jetzt in der Nähe des Highway. In einer knappen Stunde könnte ich da sein.«

»Oh, dann seh ich mal lieber zu, dass ich in Gang komme. Ich mache ein paar Sandwiches und zieh mich an. Bis Sie hier sind, bin ich fertig. Und übrigens habe ich jede Menge Käse zu Hause«, sagte sie.

»Ja, gut, gut – unser kleiner Scherz, was?«, sagte er, nahm die Brille ab und wischte sich mit dem Arm über die Augen. »Das ist sehr nett von Ihnen.«

»Unsinn, Mr Nazerman, ich habe ja gehofft, dass Sie anrufen. Es wird auch mir ein Vergnügen sein.«

Er nickte, anerkennend, aber unduldsam gegenüber ihrer Freundlichkeit; er kannte die Wahrheit dahinter. »Es ist trotzdem nett von Ihnen.«

Sie schwieg einen Moment. Dann sagte sie munter: »Also springen Sie ins Auto und machen sich schnell auf den Weg. Das Schiff legt um neun ab. Bis gleich …«

Der Fluss war völlig anders als der, den er jeden Tag auf dem Weg zur Arbeit sah. Er war breit und großzügig, von grünen Hügeln gesäumt und voller dramatisch weiter Windungen. Das gleichmäßige Brummen und Vibrieren des Schiffs wirkte beruhigend auf ihn, auch ging eine ständige leichte Brise, und er wagte es, tief zu atmen.

»Jetzt sind Sie auch froh, dass Sie sich aufgerafft haben, oder, Sol?«, fragte Marilyn im Sessel neben ihm. Sie lächelte, und ihr Gesicht schien passend zu dem weiten, besonnten Panorama. Sie trug ein gelbes Kleid, das einen goldenen Widerschein gegen ihr Kinn warf, und ihre Augen waren weich vor Zufriedenheit oder irgendeiner anderen sonderbaren Freude. »Ich bin's.« Sie seufzte friedlich. »Ich mag meine Arbeit, und ich bin froh, dass ich sie mache. Aber ich komme eben aus einer ganz anderen Gegend, einer glücklicheren Gegend. Manchmal macht diese Stadt mich ganz traurig und müde, und dann sehne ich mich nach genau so einem Tag wie heute.« Sie legte den Kopf in den Nacken und lächelte weich. »Wie oft hab ich früher mit meiner Familie an einem See Picknick gemacht, den ganzen Tag an der Sonne und an der frischen Luft verbracht. Die Stimmen hören sich so anders an auf dem Land, sind viel glücklicher, unbeschwerter. Mein Vater sagte immer, man muss ab und zu vom Beton der Gehsteige heruntertreten, damit man wieder weiß, wie die Erde sich anfühlt. Er redete gern so, wie ein bodenständiger Naturphilosoph. Dabei stammte er aus dem Herzen von Boston; aber an den Wochenenden war er ein großer Naturfreund. Er machte lange Spaziergänge mit uns, brachte uns bei, Vögel und Bäume zu erkennen. ›Atmet tief ein‹, sagte er immer. ›Riecht die Luft, wie sie sein soll, makellos, frei von Ruß und Rauch und Kohlenmonoxid.‹« Sie lachte wehmütig. »Makellos, ach du meine Güte! Als wäre unsere Stadt ein zweites Pittsburgh!«

Und Sol, angesteckt von der Stimmung und ihrer Stimme, antwortete in gleicher Weise.

»Ich meine mich zu erinnern«, sagte er mit pädagogisch erhobenem Zeigefinger, den Blick in eine träumerische Ferne gerichtet, »dass ich auch mal eine Flussfahrt gemacht habe. Auf der Weichsel war das. Ob ich aber damals sehr klein war und wir mit einem Flussschiff zu Verwandten in einer anderen Stadt fuhren ... Wyszogród ... Aber mir scheint, ich war schon an der Universität und mit Kommilitonen unterwegs. Das müssen zwei verschiedene Fahrten gewesen sein. Es wurde viel gesungen und Konzertina gespielt ... Ich verwechsle die beiden. Oh, aber ja, die Fahrt mit meiner Mutter war länger. Wir hatten eine Kabine, und als ich am Morgen aufwachte, sah ich voller Entzücken und Staunen die Welt in dem kleinen Bullauge vorüberziehen. Fantastisch, dass mir dieses kleine Detail wieder einfällt. Das muss doch vierzig Jahre her sein. Aber ich erinnere mich so deutlich, wie es aussah, als der Fluss und das Ufer sich an uns vorbeibewegten, und wie ich begriff, dass ich diesen ganzen Weg im Schlaf zurückgelegt hatte ...«

Leise tuckerte das Schiff an den adretten Hudson-River-Städtchen entlang, und das Stimmengemurmel an Deck gehörte zur Geräuschkulisse der Fahrt. Marilyn saß reglos, die Lippen leicht geöffnet, und ihre Augen ruhten hell und zärtlich auf dem plötzlich so weichen Gesicht des Pfandleihers; sie rührte sich nicht, als fürchtete sie, die empfindliche Oberfläche seiner Erinnerung zu ritzen.

»Wir aßen auch auf dem Schiff«, fuhr er fort. »Natürlich hätte meine Mutter uns niemals etwas essen lassen, das nicht koscher war. Wir saßen an Deck, so wie wir jetzt, und aßen und sahen zu, wie die Bauernhöfe und Wälder vorbeizogen.« Er nahm die Brille ab, um die Gegenwart auszublenden, und seine Finger zeichneten die Form des Rahmens rund um die Augen nach. »Die Typen, die man damals zu sehen bekam! Bauern wie Tiere, ein paar verrückte Russen, die ihre Lieder grölten ... Es war ein schönes Land, ein schöner Fluss ...«

Als er mit strenger Miene die Brille wieder aufsetzte, begann sie das Mittagessen auszupacken.

»Ich weiß nicht, wie's mit Ihnen steht, aber ich werde allmählich hungrig«, sagte sie. »Nicht dass es dafür viel braucht. Mein Appetit ist mein Ruin. Eines Tages werde ich aufgebläht sein wie ein Ballon und platzen.«

»Sie sind nicht zu dick«, sagte er höflich. »Es steht einer Frau, wenn sie, wenn sie ...«

»Dick ist«, ergänzte sie humorvoll.

»Nein, nein«, protestierte er und hob abwehrend die Hand, lächelnd. »Sie sind eine gesunde, attraktive Frau.«

Ein verlegenes Schweigen trat ein; es war etwas offensichtlich Unmögliches angeschnitten worden. Sie hantierte mit Sandwiches und Thermosflasche, während er mit gerunzelter Stirn blicklos der sich nähernden Tappan-Zee-Brücke entgegenstarrte.

Eine Zeitlang aßen sie, ohne ein Wort zu wechseln. Sie fuhren unter dem weit gespannten Brückenbogen hindurch und ließen ihn hinter sich. Sol hatte das eine Sandwich verspeist und lehnte sich zurück, das andere, noch eingewickelt, in der Hand.

»Man vergisst, wie anziehend Amerika sein muss«, sagte er. »Die meiste Zeit verbringt man in der Stadt. Natürlich, ich wohne in Mount Vernon, das wohl eine recht ansprechende Stadt ist. Aber es macht mir kein Vergnügen. Es muss doch tausende Meilen freie Natur geben, und angeblich sollen auch manche Berge sehr beeindruckend sein. Ich habe oft gedacht, ich stiege gern auf einen sehr hohen Berg. Ich stelle mir vor, dass es dort oben wunderschön und ganz friedlich wäre. Aus dieser Höhe sähe die Welt wohl ganz erstrebenswert aus. Man sähe keine Menschen und keinen Schmutz und kein …« Er wedelte fort, was er nicht weiter erwähnen wollte.

»Und doch«, sagte sie, »zieht es die heutigen Amerikaner alle nach Europa. Zu Hunderttausenden. Sie sparen jahrelang, nur um ein paar Wochen in Europa zu sein.«

»Warum ist das so?«

»Oh, ich nehme an, sie sind von der Geschichte beeindruckt und von der Kultiviertheit, der Intellektualität.«

»Idiotisch. Europa ist ein Friedhof«, sagte er scharf.

»Aber Sie haben die schlimmste Seite erlebt«, wandte sie ein.

»Nicht die schlimmste – die wahre Seite!«

»Würden Sie die Menschen immer nach ihren allerschlechtesten Eigenschaften beurteilen?«

»Genau das tue ich«, sagte er kalt. »Aber unser Gespräch hat eine unangenehme Wendung genommen. Bitte, ich finde den Tag so friedlich. Lassen Sie uns nichts analysieren – Sie haben es doch versprochen.«

»Ja, natürlich. Tut mir leid.« Sie seufzte und ließ den Kopf an die Lehne zurücksinken. »Wäre es nicht wunderschön«, sagte sie, »wenn diese Fahrt ewig dauerte? Man würde gar nichts denken, höchstens daran, welcher schöne Anblick hinter der nächsten Biegung auf einen wartet. Man würde reden, essen, wenn man Hunger hat, und schlafen, wenn man müde wird. Und dann wieder aufwachen, wie Sie als Kind, und die dahinziehenden Wälder und Felder sehen und wissen, wie viel Welt an einem vorbeigezogen ist, während man geschlafen hat.«

»Das wäre schön – wenn es möglich wäre.«

»Vorläufig können wir ja so tun, als ob.«

»Ich kann das nicht besonders gut.«

»Aber Sie könnten es versuchen, nur heute«, bat sie lächelnd.

»Ja, ich versuch's«, kam er ihr entgegen.

Die Landschaft wurde grüner und unberührter, und die Häuser standen in immer größerem Abstand zueinander. Gelegentlich glitt ein flinker Segler an ihnen vorbei; manchmal überholten sie ein kleines Ruderboot mit Anglern darin. Hügel rankten sich in den Himmel, und die Sonne besprenkelte das Wasser mit winzigen Brillanten, die ihnen zublitzten und sie zwangen, die Augen zu schließen und schläfrig von kleinen, fast intimen Dingen zu sprechen.

»Ich kann kaum glauben, dass ich, die ich normalerweise ewig lesen muss, um einschlafen zu können«, sagte sie, »jetzt ohne die geringste Anstrengung vom Fleck weg schlafen könnte.«

»Ich habe auch die Angewohnheit, vor dem Schlafengehen zu lesen«, sagte er.

»Ich lese vor allem Romane, die alten: Thackeray, Dickens, Geschichten aus einer schlichteren Welt. Manchmal lese ich Tschechows Erzählungen. Sie sind liebenswürdig und witzig und traurig.«

»Tschechow mag ich auch gern. Für mich sind seine Texte so unwirklich wie Kindergeschichten. Und dabei sind sie doch ganz lebensnah. Vielleicht weil nichts Gekünsteltes an ihm ist.«

»*Ein Tag auf dem Lande*«, sagte sie sinnierend.

»Ach ja, das ist eine schöne Geschichte.«

Und dann dösten sie beide eine Zeitlang. Sol nahm die klopfenden, beruhigenden Vibrationen des Schiffs selbst im Schlaf wahr, und für eine Weile vergaß er sein Alter und sein Leben. Einmal wachte er mit einem Lächeln auf und blickte zu der Frau neben ihm hinüber. Sie atmete tief, ihr voller Busen hob und senkte sich unter ihren Atemzügen. An ihrem starken Hals pochte ein zarter Puls, als schlüge eine winzige Motte mit den Flügeln von innen gegen die Haut. Eine Strähne ihres glänzenden dunkelblonden Haars strich sanft über die Wange. Ihm wurden die Lider wieder schwer, während er sie ansah, und er nahm ihren Anblick mit in seinen leichten Schlaf.

Später wachte sie für eine oder zwei Minuten auf und blickte hinüber in sein graues, im Schlaf völlig erschlafftes Gesicht. Sie sah die blauen Zahlen an seinem Arm und wurde traurig. Aber dann redete sie sich ein, dass die Zahlen schon schwächer seien, mit der Zeit vielleicht ganz verblassen würden, und döste wieder ein.

Am späten Nachmittag spazierten sie auf den Decks herum und wechselten verständnisinniges Nicken und erheitertes Lächeln beim Anblick der verschiedenen Passagiere. Sie gingen hinein, wo es eine Essenstheke gab. Sol kaufte ein paar abgepackte Stück Marmorkuchen und zwei Becher Kaffee, und damit kehrten sie zu den Deckstühlen zurück, wo sie aßen und sich ein bisschen unterhielten und das Flussufer in stetiger Veränderung betrachteten.

Auf der Rückfahrt blickten sie in den Sonnenuntergang.

Das Wasser leuchtete rosa-gold, der Himmel war mit Zinnober, Purpur und Orange übergossen. Jede Wolke war feuerumrandet, und die Hügel an Land lagen in schwarzem Schatten; es war, als schwebten die Menschen an Bord auf der Grenze zwischen Tag und Nacht und hätten die Wahl zwischen dem einen und anderen.

»Noch nie habe ich so einen Sonnenuntergang gesehen«, sagte sie, fast flüsternd.

»Das ist sehr schön«, sagte er. »Aber irgendwie traue ich dieser Schönheit nicht, sie ist mir zu marktschreierisch, zu offensichtlich.«

»Manchmal kann man dem Offensichtlichen schon trauen. Nicht jeder äußere Schein trügt«, widersprach sie ihm sanft.

»Mag sein, aber ich halte es lieber mit den alten Römern und ihrem Grundsatz: schuldig, bis die Unschuld erwiesen ist«, sagte er.

Ein niedriger heißer Mond stand am Himmel, und als am Horizont die Lichter der Stadt auftauchten, war es vollständig dunkel geworden. Ein gewaltiges Gewicht ließ sich auf ihm nieder.

»Ich fürchte, wir müssen uns von dem schönen Schein verabschieden«, sagte er, auf das Lichtermeer vor ihnen deutend. »Wir nähern uns den nüchternen Tatsachen.«

Er meinte die Stimmen der Millionen zu hören wie das schrille Geschrei unzähliger Tiere, meinte den Schmutz und das Alter und die Sünden der menschenwimmelnden Stadt riechen zu können. Und wieder kamen die Untergangsahnungen über ihn, als wären es düstere, erdrückende Kleidungsstücke, die er nur für eine Weile abgelegt hatte.

»Aber wir können es doch wieder machen«, sagte sie wehmütig. »Es spricht doch nichts dagegen.«

»Ach, wie viele Male kann man ein und denselben Traum träumen? Gegen das Leben nutzt er sich so schnell ab. Macht nichts – es war ein angenehmer, erholsamer Tag. Vielleicht habe ich wieder ein bisschen Energie getankt. Ich danke Ihnen sehr«, sagte er mit kühler Höflichkeit.

Sie nickte nur und presste im Dunkeln die Lippen aufeinander. Sie fragte sich, ob er es sehen könnte, wenn sie weinte. Es war recht dunkel. Und ihr war wirklich zum Weinen zumute. Ach, wie gern hätte sie geweint!

22

Am Montag, dem Tag nach dem Ausflug, hatte Sol eine eigenartige Leichtigkeit empfunden, ein Gefühl von Abgerücktheit, das recht angenehm war und ihn zu der kurzlebigen Illusion verleitet hatte, es könnte auch für ihn Ruhe und Frieden geben.

Aber tags darauf, am 26. August, zeigten sich die Grenzen der Gnadenfrist. In diesem anderen Licht erschienen ihm die letzten zwei Tage als umso grausamere Täuschung, und er begriff, dass sie ihn nur noch anfälliger für das gestaltlose, drängende Gift in ihm gemacht hatten.

Jedes dunkle Gesicht, das in den Laden kam, setzte ihm zu; manchmal schien er kaum noch in der Lage zu funktionieren.

Seine Augen spielten ihm Streiche. Manchmal rückte das Gesicht eines Kunden, der an den Schalter trat, plötzlich derart nahe, dass Sol die Züge nicht mehr erkennen konnte und wie geblendet war von der ungeheuer vergrößerten Fläche menschlicher Haut. Eine Flutwelle aufeinanderfolgender Häute. Die braune, die gelbe, die rot geäderte, die großporige, pickelige, narbige Welt des Fleisches. Er sprach mit hohen Mauern aus Haut, aufgerissenen Lippen, haarigen Nasenlöchern, geröteten, verkrusteten Augen. Und er bemühte sich, die Klänge der Stimmen auszuhalten, sich so viel verständlich zu machen, wie unumgänglich war, zu kompensieren, indem er, wie jeder Leidende, eine zusätzliche Antenne entwickelte, sich die zerfledderten, am wenigsten kenntlichen Wörter irgendwie übersetzte. Und die Kunden, die seine Verschrobenheit ja gewohnt waren und nichts anderes erwarteten, waren von seiner neuen Marotte, die Augen zu schließen und seine völlig aus der Luft gegriffenen Angebote unermüdlich zu wiederholen, doch einigermaßen verwirrt.

»Zwei Dollar, zwei Dollar«, sagte er mit geschlossenen Augen.

»Spinnen Sie?«, entrüstete sich eine Stimme. »Zwei Dollar für eine Leica! Was reden Sie für einen Blödsinn?«

»Zwei Dollar.«

»Sie sind doch nicht bei Trost, Mann! Komplett durchgeknallt, aber garantiert«, sagte die Stimme. Und Sol erfuhr nicht, wann der Kunde, wer immer er war, seine Kamera wieder einpackte und empört den Laden verließ.

»Zwei Dollar«, sagte er aus seiner selbst auferlegten Blindheit heraus.

Und die Frau mit dem Pfandschein sah ihn verblüfft an. Sie hatte im vorigen Monat ein Darlehen von fünfzehn Dollar für goldene Ohrringe erhalten und wusste aus Erfahrung, dass sie mindestens zwanzig zahlen musste, um den Schmuck auszulösen. Aber wer war sie, dass sie eine derart sensationelle Gelegenheit ausschlug? »Gut, okay! Hier sind die zwei Kröten, geben Sie mir meine Ohrringe zurück«, sagte sie.

Aber Jesus Ortiz hatte ein persönliches Interesse, derlei zu verhindern; aus irgendeinem Grund, von dem er selbst gar nichts wusste, hatte er für bestimmte Ungerechtigkeiten kein Verständnis.

»Sie schulden uns zweiundzwanzig Dollar und fünfzig Cent, Lady«, fuhr er dazwischen und nahm Sol den Pfandschein aus der Hand wie einem Schlafenden.

Manchmal, was vermutlich einem glücklichen Zufall geschuldet war, gelangen dem Pfandleiher seine Transaktionen. Wenn er die Gesichter mied und stattdessen den Blick strikt auf den Ladentisch gesenkt hielt, ließ sich ein Anschein von Normalität wahren. Geldscheine knisterten durch seine Finger; seine Hände wurden gefühllos vom dauernden Kontakt mit Metall und Glas und Holz und Stoff. Aber selbst wenn er den scharfäugigen, kaltblütigen Gutachter ganz überzeugend mimte, machte er schlechte Geschäfte.

Professionell glitten seine Finger über die Säume von Anzügen, und dann akzeptierte er Angeschimmeltes, Mottenzerfressenes, so dass die ganze Prüferei allenfalls der Befriedigung einer wissenschaftlichen Neugier dienen konnte, mit dem Zweck seines Geschäfts, der Gewinnerzielung, aber nichts zu tun hatte. Er stellte den gewieften Metallkundler dar, kratzte und testete Messing und zahlte am Ende für Gold. Mit Autorität beklopfte er den Körper einer ausgezeichneten, handgefertigten italienischen Geige und bot eine absurd kleine Summe dafür. Eine halbe Stunde später aber fuhr er mit einem Bogen über eine billig gemachte Kinderfiedel, die lediglich Übungszwecken diente, runzelte zu ihrem flachen Gejaule wissend die Stirn und bot ein Darlehen an, das sogar den Neuwert des Instruments überstieg.

Und währenddessen stand Jesus Ortiz am Schalter nebenan, bediente sachkundig und korrekt die Kundschaft und fand doch immer noch Zeit, um mit seltsamer, beinahe bedauernder Berechnung zu Sol hinüberzuschauen. Aus Gründen, die sich seiner Kenntnis entzogen, war sein Chef im Zustand der Auflösung; so viel war klar. Er sollte vielleicht, dachte er, den nahen Zusammenbruch, den man ihm ansah, als Omen nehmen. Es hatte doch keinen Sinn, seine Entscheidung von irgendwelchen ungreifbaren Dingen abhängig zu machen. Er würde seinen Schritt jetzt bald tun. Zum ersten Mal kam ihm der bewusste Gedanke, dass die günstige Gelegenheit auch in der Zerrüttung eines anderen liegen kann. Und dennoch fragte er sich, warum er sich keinen Triumph versprach, sondern im Gegenteil nur Bedrückung verspürte, die in direktem Verhältnis zu seiner Entschlossenheit stand. Er wurde ungehalten gegen sich selbst, ärgerte sich über all die sinnlosen Mutmaßungen und nahm sich vor, unzweckmäßige Gedanken von sich zu schieben.

So bediente er weiter den Strom der Bittsteller, war launig mit diesem, barsch zu jenem, war schroff, verführerisch, mitfühlend mit anderen. Er war gewandt und lässig und schlau, brachte das Kunststück zustande, sowohl die eigenen Kunden ganz ordentlich abzufertigen als auch die Beinahekastatrophen des Pfandleihers zu verhindern, sprang mit einer durch nichts zu erschütternden Munterkeit hin und her wie einer, der in einem mit lebensgroßen Puppen bemannten Orchester allein sämtliche Instrumente spielt. Und bei aller Vermessenheit, mit der er seinem Dienstherrn gelegentlich das Heft aus der Hand nahm, gelang es ihm doch, den Pfandleiher vor der Lächerlichkeit zu bewahren, ihm seine Würde zu erhalten, und diese Fähigkeit verdankte er einem angeborenen diplomatischen Talent; er war so zartfühlend und anrührend wie ein Sohn, der sich für seinen gealterten, untüchtigen Vater einen Anschein von Nützlichkeit ausdenkt.

Unter seiner fast instinktiven Fürsorglichkeit aber arbeitete er sich innerlich einen bemerkenswert geraden und hürdenfreien Korridor abwärts. Morgen rede ich mit Tangee, sagte er sich. Jetzt oder nie.

»Nein, nein, Sol, das hier ist Schrott«, wies er den benommenen Pfandleiher ungestraft zurecht, als der über einer billigen Kamera brütete, eigentlich einem Spielzeug. Und mit derselben seltsam liebenswürdigen Herablassung schob er Sol zur Seite und zahlte für das Pfand das kleine Darlehen aus, das es wert war.

Und Sol, verirrt in einer Welt hässlicher, erbarmungswürdiger Haut, nickte dem glatten kaffeefarbenen Fell zu, das Ortiz für ihn geworden war, und widmete sich dem großen Geschäftsbuch, in dem er blätterte, als suchte er nach einem gangbaren Weg durch das unergründliche Labyrinth.

Nachmittags war sein Sehvermögen auf einmal wiederhergestellt. Aber nun wurde der Klang der Stimmen problematisch für ihn. Damit konnte er etwas leichter umgehen. Zumindest war er in der Lage, die Ware wieder halbwegs mit seinem gewohnten Sachverstand zu begutachten, Darlehen anzubieten, die dem Wert eines Pfandes angemessen waren, und abwegige Forderungen auszuschlagen. Allerdings war es immer noch eine Qual für ihn. Die Stimmen klangen wie nahe Glocken in seinem Kopf, und er musste die Augen zusammenkneifen und sich vorbeugen, wie um im Lärm eines Glockenspiels jeden winzigen Ton herauszuhören. Seine Miene wurde missmutig, und die Anstrengung, in den ohrenbetäubenden Schwingungen verständliche Laute zu erkennen, grub ihm Falten ins Gesicht. In den eintönigsten Sätzen hörte er Schmerzensschreie, in den müdesten Seufzern der Resignation Donnergebrüll.

Um die Mitte des Nachmittags stand er mit hängenden Lidern und hängendem Mund in der Flaute eines leeren Ladens und drehte den Kopf von einer Seite zur anderen, wie um zu sehen, ob es außer ihm noch weitere Überlebende gab.

Jesus hatte auf einmal den Gedanken, der Pfandleiher könnte jeden Moment tot umfallen, und wurde panisch; er erkannte, dass mit seinem Chef auch alle seine privaten Pläne zusammenbrechen würden.

Ohne ein Wort rannte er aus dem Laden und kam mit einem Pappbecher voll starkem, heißem Kaffee zurück, den er direkt neben der Hand des Pfandleihers abstellte.

»Hab Ihnen Kaffee gebracht«, sagte er und musterte das graue, stierende Gesicht, das ihm irgendwie schmaler und weniger aufgedunsen vorkam. »Los, trinken Sie, solang er heiß is, Sol. Sie schauen nicht gut aus; trinken Sie lieber.«

Sol senkte den Blick zu dem Kaffeebecher, hob ihn wieder zu seinem rätselhaften Retter. Er nickte steif. Er nahm den Becher, führte ihn an die Lippen und stöhnte, als ihm sein Mund ein Schmerzsignal sandte. »Heiß … gut …« Er fuhr sich mit der Hand über die Augen, deckte sie dann, als er am Becher zu nippen begann, mit derselben Hand zu. Als fühlte er sich durch den Kaffee von einem unerträglichen Licht geblendet.

Minutenlang sah Jesus ihm zu. Dann ergriff ihn eine seltsame Wut, die ihm wild die Lippen verzerrte, und er wandte sich ab. Er würde sich verdienen, was er von dem Juden bekam. Dieser ganze Dreck muss aufhören, knurrte er innerlich, ich hab den Mann satt. Von melancholischem Zorn erfüllt, machte er sich daran, die Transaktionen der letzten Stunde niederzuschreiben.

Als das Telefon läutete, nahm Sol beim ersten Läuten ab.

»Ja?«, sagte er.

»Sol, hier ist Marilyn Birchfield. Wie geht's Ihnen?«

»Mir geht es gut«, antwortete er aus dem Gedächtnis.

»Hoffentlich sind Sie noch immer erholt vom Sonntag? Mir hat es ungeheuer gutgetan, das kann ich Ihnen sagen.«

»Aha«, sagte er. Nach kurzem Schweigen fügte er hinzu: »Was wollten Sie noch mal?«

Der finale Eisesklang seiner Stimme machte sie schaudern, und sie spürte, wie ihre überherzliche Freundlichkeit ihr ins Gesicht klatschte wie in den Wind geschleudertes Wasser.

»Na ja dann, gut … bin ich froh … warum ich angerufen habe, war …«

Sein Schweigen verwies auf vollkommene Gleichgültigkeit gegenüber dem Grund ihres Anrufs, und sie musste sich zwingen weiterzusprechen.

»Ich dachte, Sie mögen vielleicht mal zu mir zum Abendessen kommen«, stieß sie atemlos hervor. »Ich bin, glaube ich, eine gute Köchin, obwohl ich meistens nur für mich koche und … und mir alles Essen wunderbar schmeckt.« Wieder wartete sie, horchte nach einem Atmen oder nach dem Freizeichen; da sie beides nicht hörte, begriff sie, dass sie etwas sagen musste, das eine Antwort verlangte. »Kommen Sie zum Essen, Sol?«

»Nein-vielen-Dank«, antwortete er, wie jemand, der in einer fremden Sprache nur diese drei Wörter beherrscht.

Und sie, unverwüstlich guter Kumpel, nach jeder Beleidigung sich wieder berappelnd, zum Mitleid bereit, machte aus seiner gleichgültigen Grobheit etwas erträglich Höfliches.

»Oh, Sie sind beschäftigt. Gut, vielleicht später in der Woche, vielleicht am Freitag? Wie würde Ihnen das passen?«

»Das hat keinen Sinn.«

»Ich verstehe nicht.«

»Sie verstehen nicht«, wiederholte er. »Dann lassen Sie es mich klarer sagen. Es hat keinen Sinn, irgendeine Form von Beziehung zwischen uns anzustreben, überhaupt keinen Sinn.«

»Aha«, sagte sie; ihr Ton war weich und machte kein Hehl daraus, dass sie sehr wohl verstanden hatte, vom allerersten Wort an. »Ich weiß natürlich nicht, was Sie quält, Sol. Ich wünschte, ich wüsste es; ich wünschte, ich könnte Ihnen helfen. Offensichtlich kann ich es nicht. Ich belästige Sie also nicht mehr. Mir ist klar, wie penetrant und ermüdend ich manchmal sein kann. Aber ich glaube doch, eine Beziehung zwischen uns könnte einen Sinn haben, zumindest für mich. Ich mag Sie, und ich bin gern mit Ihnen zusammen, und ich rede gern mit Ihnen. Unser Sonntagsausflug hat mich mehr gefreut, als ich Ihnen sagen kann.«

»Schauen Sie«, sagte er in dürrem, leidendem Ton, »wie soll ich sagen … Sie versuchen es, ja. Sie haben ein gutes Herz. Aber denken Sie nicht, Sie könnten mit mir vertraut werden. In Ihrem eigenen Interesse sage ich das.« Er schwieg einen Moment, dann wurde sein Ton brutal »Sie wären der Nekrophilie schuldig – Tote zu lieben ist obszön.«

Marilyn gab einen leisen Erstickungslaut von sich, als würde ihr Wasser in die Nase gegossen.

»In Ordnung, Sol, in Ordnung. Rufen Sie mich an, wenn Sie meinen, Sie können … Und sollte es je etwas geben …«

Ein, zwei Minuten lang stand er nur da und fummelte an der Wählscheibe herum, steckte den Zeigefinger nacheinander in sämtliche Löcher.

Sollte es je etwas geben! Es wuchs, es breitete sich aus.

Seine Oberfläche überzog sich mit einem Netz spitzwinkeliger Risse, und sein Körper fühlte sich an wie eine trockene, zerfallende Hülse, die sich mit bösartigem Leben füllte, so bösartig, dass daneben sein ganzes früheres Leiden fast unbedeutend schien.

Er setzte sich in Bewegung, ging rasch im Laden hin und her und erledigte kleine Handgriffe mit einer ruckartigen Geschwindigkeit, die den Anschein erweckten, als müsste er vor seiner Vernichtung noch diese und jene armselige, schäbige Arbeit erledigen. Er hetzte herum, schrie Jesus an, stellte in rasender Hast die Pfandscheine aus und trommelte ungeduldig mit den Fingern, wenn ein Kunde zu langsam war. Sein schwerfälliger Körper bewegte sich so geschwind hinter dem Ladentisch wie ein eingepferchter Elefant. Und alle, die ihn sahen, wie er gegen ein verlassenes Schlachtfeld anstürmte, sahen seine Raserei mit einer Neugier, die an Neid grenzte; sie betrachteten ihn mit einer Miene, als spekulierten sie insgeheim über die schrecklichen privaten Visionen eines Opiumessers.

Ortiz ging dem hektischen Kreuzundquer seines Chefs einfach aus dem Weg, presste sich an die Regale wie ein Matador, wenn Sol vorbeistürmte, und wie bei einem Matador stand mörderisches Mitleid in seinen kühlen, schönen Augen.

Der ist dahin, und zwar bald, dachte Jesus. Bald zerreißt es ihn in tausend Teile, und nichts ist mehr übrig. Wahnsinnig, er wird wahnsinnig. Aber noch während er diesen verächtlichen Gedanken dachte, wusste er, dass es mehr war; der Pfandleiher war auf dem Weg zu etwas Schlimmerem, Schrecklicherem. Und da er sich nichts Schlimmeres vorstellen konnte als den Tod, dachte er: Der Mann stirbt!

Und er verschloss sich jedem Gedanken an seine eigene Beteiligung am Niedergang des Pfandleihers.

Um fünf Uhr kam George Smith mit Geld und einer Handvoll Pfandscheine. Seine Miene war so erheitert und mitteilsam wie die eines Trinkers, der eine einladende Kneipe voller aufgeräumt wirkender Menschen betritt.

»Hallooo, Sol!«, rief er in einem Ton, in dem ein Lachen mitschwang. »Jede Menge Geschäftliches zu erledigen.« Die Pfandscheine hochhaltend, ging er zuversichtlich auf den Schalter zu. Er stützte sich auf und machte es sich für einen längeren Aufenthalt bequem. Es war ruhig im Laden – perfekt. Er hatte lange die Frequentierungsmuster des Pfandhauses studiert und sich die günstigste Stunde genau ausgerechnet: Zwischen fünf und halb sieben kam kaum jemand. Mit ein bisschen Glück bekäme er eine volle Stunde. Vielleicht könnte er sogar seine Idee von einigen gemeinsamen Abendstunden irgendwann in nächster Zeit zur Sprache bringen. Nun, man würde sehen, wie es sich entwickelte; Besonnenheit war angebracht. Wenn nicht diesmal, dann ein andermal.

»Neulich, wenn Sie sich erinnern, habe ich erwähnt, dass ich die spanischen Autoren lese«, sagte er, während er Sol die Pfandscheine hinreichte, einen nach dem anderen. »Also. Baroja habe ich gelesen und dann Iglesias. Sind Sie vertraut mit ihnen, Sol?« Der Pfandleiher schien sich zu sehr für die Pfandscheine zu interessieren, und George runzelte besorgt die Stirn, als er sah, wie rasch Sol die Summen zusammenzählte. »Oder Unamuno oder Gasset?«

»Dreiundvierzig Dollar«, sagte Sol mit ungeduldig flatternden Fingern.

»Oh. Ja. Gewiss«, antwortete George unverdrossen lächelnd.

Vielleicht war diesmal nicht der ideale Zeitpunkt, um den gemeinsamen Abend anzuschneiden; der Pfandleiher wirkte nervös, unaufmerksam. Er zählte das Geld ab und reichte es Sol mit einem verschwörerischen Blinzeln; es war das Geheimnis zwischen ihnen; sie beide kannten den wahren Grund seiner Besuche.

»Und dann kam ich zu Spinoza. Nicht dass er in dieselbe Kategorie fiele wie die anderen. Er ist zweifellos ein Philosoph, kein Literat.«

»Was sagen Sie?«, fragte Sol. Er hatte sämtliche Gegenstände, die George Smith in den letzten Wochen versetzt hatte, auf dem Ladentisch aufgereiht und wartete, dass der kleine Mann sie an sich nähme. Da war die Sturmlampe, die goldene Geldscheinklammer, eine silberne Eisenbahneruhr, ein Feuerzeug mit Perlmuttblende.

»Hier sind Ihre Sachen«, sagte Sol. »Was wollen Sie noch?« Er hielt das Geld in der Hand, seine Sehkraft war wieder beeinträchtigt – er sah nur die eng am Knochen anliegende Oberfläche von Georges Haut, die Myriaden zarter Runzeln um die Augen, die vor Trockenheit rissigen Lippen, die im Einklang mit seinem sonderbaren Atemrhythmus bebten.

»Spinoza«, sagte George schwach, und sein Lächeln war nur noch ein Nachhall des Entzückens, das er bis vor wenigen Minuten empfunden hatte. »Ich sprach über Spinoza. Ich wollte sagen …«

»Spinoza, Spinoza«, sagte Sol benommen. »Aber Sie haben doch hier alles.«

»Wo er die Existenz Gottes damit beweist, dass er sagt …«

»Warum schlagen Sie mir auf den Kopf mit Ihrem Gerede?«

»Nein, nein, ich wollte nur sagen, dass … dass …«

»Gehen Sie, gehen Sie weg. Sie haben alles, gehen Sie jetzt. Das ist ein Geschäft. Ich kann mich nicht um alles kümmern, um Ihre verrückten ... Gehen Sie anderswo damit hausieren. Tiere seid ihr, ihr alle, mit eurem wahnsinnigen Gequatsche, eurem Dreck. Gehen Sie, ich habe keine Zeit.« Und er stand da, blinzelnd und schwankend vor Ungeduld, endlich mit den vielen unsichtbaren kleinen Pflichten weiterzukommen, die unbedingt erledigt werden mussten.

George Smith sammelte seine Habseligkeiten ein. Die kleinen Gegenstände verstaute er in den Taschen, die Sturmlampe nahm er in die Hand. Sein Lächeln zitterte, als er sich langsam im Laden umsah und das Sammelsurium in den Regalen und Vitrinen, das ferne, heitere Gesicht des dunkelhäutigen Knaben hinter dem zweiten Schalter betrachtete. Und es war, als nähme er qualvoll Abschied von etwas, was er sich unter Aufbietung sämtlicher Kräfte zu verdienen gesucht hatte.

»Ja, gewiss, sehr wohl«, sagte er. Und verließ den Laden, mit verstohlener Miene, als sei er an einem Ort erwischt worden, an dem er nichts zu suchen hatte.

Sol fuhr fort mit seinem gewaltigen Sturm gegen nichts. Es kam kein Kunde, und Jesus gönnte sich ein Herumlungern in einer Ecke, von der aus er mit morbider Faszination zusah, wie sein Dienstherr innerhalb des beengten Raums hinter dem Ladentisch blindlings herumfuhrwerkte.

Aber etwa eine Stunde nach George Smiths Abgang erstarrte der Pfandleiher, der sein Geschäftsbuch traktierte, mitten in der Bewegung. Zum ersten Mal seit Stunden hielt er vollkommen still und fragte, mit verwirrt gerunzelter Stirn zur Tür starrend, in klarem, ruhigem Ton: »Wer war das vorhin?«

»Seit fast einer Stunde war niemand da«, antwortete Jesus.

»Wer war der Letzte?«

»Dieser George Smith, der immer reinkommt und über die Bücher redet, die er liest.«

»Ah, der«, sagte Sol, und sein Gesicht verzerrte sich plötzlich in tiefem Abscheu.

Als die langen Abendschatten alle Passanten in weite Ferne geschoben oder gezogen hatten, rief Sol: »Ortiz?«

Aber es kam keine Antwort; seine Stimme klang verwaist wie ein Echo.

»Anscheinend fort«, sagte er laut. Er hatte das Gefühl, als tappte er auf dem Grund eines unendlich tiefen Brunnens herum, und seine Hände tasteten blindlings nach den dunklen Wänden. Er nahm den Telefonhörer ab und wählte die altbekannte Nummer.

»Murillio«, sagte er, als am anderen Ende abgenommen wurde, und fuhr fort, ohne die Bestätigung abzuwarten: »Es hat keinen Zweck. Es ist mir egal … trotzdem. Ich kann es nicht länger. Ich bin ein schwerkranker Mann. Ich habe ein gesetzlich verbrieftes Recht. Geben Sie mir einfach einen vernünftigen Betrag, irgendeine Vereinbarung. Selbst wenn ich zu einem Anwalt gehen muss, habe ich ein gesetzlich verbrieftes Recht …«

»Moment mal, nur die Ruhe, Chef. Sie sind ja außer sich. Was Spezielles vorgefallen, dass Sie sich so aufregen? Okay, mal sehen, wir kriegen das anscheinend nicht klar. Bin in letzter Zeit wirklich enttäuscht von Ihnen, wie Sie alle paar Tage Hals über Kopf alles hinschmeißen wollen und mir Ihre ganzen irren Klagen vor die Füße knallen. Ich hab ja eine Engelsgeduld, aber Tatsache ist, Chef, dass Sie meine Geduld auf eine äußerst harte Probe stellen«, sagte die blecherne Stimme leise.

»Es hat keinen Sinn zu reden. Nicht mehr«, fuhr Sol fort, den Blick starr auf den schattigen Straßenverkehr gerichtet. »Ich habe das gesetzlich verbriefte Recht, zu tun, was ich will. Das kann nicht so weitergehen.«

Einen Moment lang war Stille im Hörer. Als die Stimme wieder sprach, schwang ein leiser, hinterhältiger Humor darin.

»Gesetzlich, wie? Seien Sie doch nicht dumm, Chef«, sagte Murillio. »Sie haben ein gesetzlich verbrieftes Recht auf Ihren Körper, aber das verbrenne ich Ihnen. Gesetzlich! Dass ich nicht lache. Hey, hören Sie mal, Chef. Wenn Sie jetzt gesetzlich korrekt werden wollen, suchen Sie sich am besten schon mal einen Bestattungsunternehmer. Ich hab's satt, mit Ihnen zu diskutieren, ich kriege Kopfweh von Ihrem Gequatsche. Ich gebe Ihnen zwei Tage Bedenkzeit, dann rufen Sie mich wieder an und sagen, dass alles ein Scherz war ...« Wieder verstummte er, und das Schweigen dauerte diesmal fast eine Minute. Dann sagte er: »Danach, Chef, sind Sie tot – Sie schlafen bei den Würmern.«

Es klickte, und im ersten Moment hatte Sol das Gefühl, es könnte auch sein Bewusstsein abgeschaltet worden sein.

Aber beinahe auf der Stelle meldete sich sein Körper wieder, und er spürte die andauernde Belastung, fürchtete den unmittelbar bevorstehenden Ausbruch. Aus jedem Schatten beschwor sein Geist Bewegung und Leben herauf, und er hatte auf einmal ein dringendes Bedürfnis, den Laden zu verlassen – als erwartete er, schon sehr bald von seinem geheimnisvollen Schicksal abberufen zu werden, und wollte nicht hier, in dieser schäbigen Umgebung aus alten Kleidern und zerbeultem Metall von ihm gefunden werden.

Er schaltete das Licht aus, verriegelte die Fenster und die

Tür. Als er schon draußen war und einen Blick zurück warf, stellte er fest, dass er vergessen hatte, das Nachtlicht an zu lassen. Verdrossen ächzend sperrte er noch einmal auf und ging wieder hinein. In der Dunkelheit wirkte der Laden wie ein Kellergewölbe. Unaufhörlich seufzend tastete er endlos nach dem Lichtschalter, bis er ihn schließlich fand, anknipste und fieberhaft ein zweites Mal flüchtete. Er stolperte über die Ecke einer Kiste und stöhnte vor Schreck. Dann war er endlich draußen und der befremdliche Laden verschlossen und verriegelt. Er stand auf dem Gehsteig und rang nach Luft, und ein kalter Schweißfilm bedeckte sein Gesicht.

Als er nach Hause kam, ging er, ohne zu essen, ja ohne die Begrüßung seiner Verwandten zu erwidern, sofort in sein Zimmer hinauf.

Er warf sich halb aufs Bett, ein Bein baumelte herunter, als sei er bereit, auf ein Signal hin jederzeit wieder aufzuspringen. Schließlich griff er nach einem Buch und las lange, ohne eigentlich zu wissen, was er las: Er untersuchte einfach einzelne Wörter und Satzteile. Und er brauchte lange für jede Seite, denn seine Gedanken hörten nicht auf, zwischen gestaltlosen Orten zu mäandern. Irgendwann ermüdeten seine Augen. Aber er fürchtete sich vor dem Schlaf und rückte höher, bis er fast aufrecht saß, ans Kopfteil des Betts gelehnt. Zwei Stunden lang verharrte er so, das Buch auf dem Schoß, die Augen verzweifelt aufgerissen, während er auf die geringsten Laute des Universums horchte.

Aber aller Anstrengung zum Trotz nickte er irgendwann ein.

Ihr nackter, ausgemergelter Körper mit demselben entsetzlichen Grinsen aller anderen Leichen. Wie hässlich, was für eine Verhöhnung ihrer Liebe! Warum tat sie ihm das an? Er wollte an ihrer grauenvollen Nacktheit zerren. Seine Augen rissen sich gewaltsam auf und starrten auf das Mondlicht an der Wand. Draußen raschelte leise das Laub an den Bäumen. Ein ferner Automotor wich immer weiter zurück, dehnte sich zu einem immer leiseren und schwächeren Geräusch, so dass Sol nicht sagen konnte, wann er es nicht mehr hörte. *Die gestiefelten Füße marschierten die Reihen der Schlafkojen entlang. Er lag reglos, die Augen zusammengekniffen. Sehr nahe blieben die Stiefel stehen. Sein Atem stockte. Sie gingen weiter. »Dieser«, sagte eine Stimme. Gerstein schluchzte: »Ich will nicht, ich will nicht … bitte, Mama, Mama …« Füße trappelten ungestüm zwischen dem gleichmäßigen Stiefeltritt. »Mama, Mama …«* Er presste das Gesicht gegen das Kopfteil, bis es wehtat. Oben stöhnte Morton im Schlaf. In der Stille der Nacht klang das Geräusch einer sich schließenden Tür ohrenbetäubend laut. Ein paar Vögel zwitscherten verwirrt, als hielten sie die Nacht für einen dunklen Morgen. *Der Geruch von verbranntem Fleisch drang in ihn ein, und es war, als äße er die verbotenste Frucht. Eine ungeheure, eine immerwährende Übelkeit setzte sich in ihm fest.* Wie ein Schachtelteufel fuhr er auf. Er witterte süße, fettige, leicht abgekühlte Luft. Seine Augäpfel fühlten sich geschält und wund an, und er starrte angestrengt, als könnte er die Dunkelheit durchdringen. *Der Rauch ihrer Leichen wehte nordwärts, als dieser abscheuliche Hunger ihn packte. Er gierte nach fettem Fleisch und schwerem Gebäck, hatte ein wahnsinniges Verlangen nach Wein, nach Kaffee. Er grub sich die krallenartigen Fingernägel in die Oberschenkel, um sich dafür zu bestrafen, dass er nicht zu diesem flüchtigen, fettigen Rauch betete. Aber er hatte eine gewaltige Gier nach Essen. Und dann verwandelte sich diese Begierde in wollüstiges Verlangen, und es schauderte ihn angesichts des Ungeheuers, das er geworden war, und er riss sich ganze Haarbüschel aus. Keine Träne trat in seine Augen, die glühend heiße Kugeln im Fleisch des Gesichts wurden.* »Oj, oj, oj, oj«, sagte er mit ausgedörrter Kehle zu den Laubschatten an seiner Wand.

Und so ging es weiter die ganze Nacht. Er kämpfte gegen den Schlaf, dämmerte in diese grauenhaften Fragmente hinüber, fuhr jäh wieder auf, und so ging es immer weiter und weiter.

Bis es irgendwann Morgen war. Aber es war ein Morgen, dem alles Frische und Neue, wie es dem Morgen oft innewohnt, völlig fehlte. Sol saß auf der Bettkante, starrte in das Licht zwischen den Bäumen und zuckte immer wieder zusammen, als sei er über Nacht gehäutet worden. Das helle rosafarbene Licht der Sonne war wie der Widerschein eines ungeheuerlichen Feuers, das einen grauenhaften Brennstoff verzehrte.

23

Bis er nach Manhattan kam, herrschte bereits eine unerträgliche Hitze. Als er die 125th Street entlangging, hob er den Blick: Der Himmel war zu dem weißlichen Blau von erhitztem Metall verbrannt. Selbst die Steine und Ziegel der Gebäude erweichten unter der Hitze. All die widerwärtigen Gesichter schienen vor seinen Augen zu schmelzen, und Sol stellte sich vor, wie sie auf dem Straßenpflaster zu dunklen Schmierflecken zerflossen. Versehentlich berührtes Metall verbrannte einem die Haut, und die Luft hatte etwas Dichtes, fast Festes, das einem das Gefühl gab, man bewegte sich durch eine endlose Aneinanderreihung durchsichtiger Wollvorhänge.

Vor dem Geschäft angelangt, versengte er sich die Finger am Türgriff, und als er eingetreten war, herrschte drinnen nur die andere, ältere Hitze eines toten geschlossenen Raums.

Als Jesus Ortiz kam, hatte er nichts zu sagen. Lautlos bewegten sich beide durch den Laden, als leugnete jeder mit der eigenen Unnahbarkeit die Existenz des anderen. Kamen Kunden herein, so redeten sie mit ihnen; wieder allein, verharrten sie in eisernem Schweigen.

Sol bewegte sich wie in einer ledernen Kammer, für ihn war Ortiz kaum mehr als ein weiterer Schemen in der Hitze, eine seltsam quälende Bewegung, wie ein kleiner Lufthauch, dessen Kühlung, sofern er eine brachte, unerreichbar für ihn war. Jesus hingegen warf Sol von Zeit zu Zeit immerhin einen Blick zu, denn seine Abschottung war grimmiger und vorsätzlicher. Und trotz seiner Wut, die sich aus Arbeitseinsatz, Furcht und absichtlicher Einsamkeit zusammensetzte, entfuhr ihm bei jedem Blick ins Gesicht seines Dienstherrn beinahe ein Schmerzenslaut.

Das Gesicht des Pfandleihers hatte seit dem Vortag eine erschreckende Veränderung durchlaufen. Das Verschwollene schien zurückgegangen zu sein, es trat ein anderes Gesicht hervor; ein fremdartiges slawisches Gesicht mit hohen Wangenknochen. Und die Augen hinter den dicken Gläsern waren größer und dunkler, grüblerisch und von einer so tiefen Schwermut erfüllt, dass man fast meinte, sie hören zu können – ein Laut wie ein Klarinettenton, wie das Nachklingen eines Kristallglases noch lange nach dem Anschlag.

Später, als Jesus vom Schweigen beinahe zermürbt war und gesprochen hätte, wurde ihm klar, dass sich dafür schon zu viel zwischen ihnen angestaut hatte. Die entsetzliche Hitze und die während des Tages entstandenen Schichten des Schweigens wirkten wie ein gewaltiger Lärm, den er niemals hätte übertönen können.

Als am späten Nachmittag das Telefon läutete, fuhr er zusammen, erstarrte vor Schreck über die Lautstärke und beobachtete den Pfandleiher, der sich schlafwandlerisch auf das Telefon zubewegte und den Hörer abnahm.

»Sol«, sagte Tessie, »bitte komm her. Es geht ihm sehr schlecht. Der Doktor sagt, er wird die Nacht nicht überstehen. Bitte, bitte, ich bin ganz allein.«

»Ja, gut, ich komme, sobald ich kann.«

»Bitte, bitte, bitte ...«

Er legte auf und kehrte zu seinem Geschäftsbuch zurück, um zu beenden, was er begonnen hatte. Ohne aufzublicken, sagte er zu Jesus: »Du kannst heimgehen. Ich sperre heute früher zu.«

»Was wird gefeiert – ein jüdischer Feiertag, oder was?«, gab Ortiz zurück, und in seiner Stimme lag alle Gehässigkeit, die er aufbringen konnte.

Sol blickte mit kalter, abweisender Miene auf.

»Zu manchen Zeiten gehst du mir stärker auf die Nerven als zu anderen«, sagte er.

»Mir gehen Sie fast die ganze Zeit auf den Sack«, antwortete Jesus wild und wie zu einer körperlichen Auseinandersetzung bereit.

»Du kannst jederzeit deine Stelle kündigen, wenn es dir unerträglich ist.«

»Und Sie können mich jederzeit feuern, wenn Ihnen danach ist.«

Sol hatte die Augen geschlossen und die Brille abgenommen. Jesus sah ihn an und erkannte zum ersten Mal die Form seines Schädels; der Anblick bereitete ihm eine so eigenartige Pein, dass er das dringende Bedürfnis hatte, laut zu schreien.

»Geh jetzt heim«, sagte Sol leise.

Und Jesus fuhr herum, mit einem gedämpften Laut, den er selbst nicht identifizieren konnte, hastete ins Freie und war fort.

Als Sol vor Tessies Wohnung eintraf, war ihm schwach vor Hitze; er war wie betäubt, und kaum eingetreten, musste er sich erst einmal setzen, während Tessie vor ihm auf und ab marschierte. Ihr Unterkleid war von der Schweißnässe dünn geworden und haftete an ihr wie eine neue rosafarbene Haut.

»Geh rein und sieh ihn an, sieh, was ich habe«, sagte sie

über das wütende Röcheln des alten Mannes hinweg, das durch die Wohnung schallte.

Achselzuckend stand Sol auf und tat, worum sie ihn gebeten hatte.

Im Schlafzimmer herrschte ein Geruch nach verwesendem Leben, und der röchelnde Atem war unfassbar laut. Mendel lag mit offenem Mund, die Augen quollen ihm aus den Höhlen, als versuchte er, durch sämtliche Stockwerke des Hauses bis zum Himmel zu sehen. Besonders schrecklich war sein Anblick wegen der schwarzen Kippa auf seinem Kopf und der dunklen Gebetsriemen um Stirn und Oberarm – wie Gurte, die seinen zerstörten Körper zusammenhielten.

»*Schma Jisrael … zelotka … kum tanz mit mir … di-di-di-diedel-dum-dum-dum …*«

»Er singt«, stöhnte Tessie entsetzt.

Sol betrachtete nur den elenden, eingedrückten Kopf, den klaffenden Mund, der trotz der übermenschlichen Anstrengung des Atmens unfasslicherweise noch die Kraft hatte, zu sprechen und zu singen.

»Vor langer … ewig … *a klejnß kind* war ich … *do ham mir gehobt* … Wölfe im Schnee … la-la-la … Oj, *tate, tate* … Gott im Himmel!« Seine Augen weiteten sich noch mehr, und für Sekunden verstummte das Röcheln. Sol machte eine Bewegung zum Bett hin, doch der Atem setzte wieder ein, lauter denn je.

»Es hat keinen Sinn zu bleiben«, sagte Sol tonlos. »Komm in die Küche. Ich könnte was zu trinken vertragen.«

Tessie ging ihm voraus, die Hand an den Mund gelegt, die Augen aufgerissen und glasig.

In der Küche schenkte sie zwei Gläser Orangensaft ein,

setzte sich hin und starrte auf die Tür, aus der das Röcheln ihres Vaters drang.

»Ich fühle mich wie ein Scheusal«, sagte sie, halb flüsternd. »Ich kann's nicht erwarten, bis er tot ist. Manchmal muss ich meine ganze Kraft zusammennehmen, um ihm nicht ein Kissen ... Mein Gott, und er ist mein Vater. Als Kind habe ich ihn geliebt – was, was!«

»Hör zu«, sagte Sol laut über das raue Rasseln hinweg, das durch alle Räume zog. »Vergiss das alles. Denk nicht, fühl nicht. Bring es hinter dich – es ist das einzig Sinnvolle. Stell dir vor, du bist eine Kuh mit einer Million anderer Kühe auf einer eingezäunten Weide. Leide nicht, fürchte nicht. Das Metzgerbeil kommt früh genug. Bis dahin friss und schlaf. Kümmere dich um nichts, weine nicht!« Und mit einem Mal wurde ihnen beiden klar, dass er unnötig laut sprach. Seine Stimme hatte ein Echo in der plötzlichen Stille.

Sie standen auf und gingen ins Schlafzimmer. Mendel, immer noch zur Decke starrend, war tot. Sol trat zu ihm und schloss ihm die erloschenen Augen. Tessie kauerte sich in eine Zimmerecke und begann zu weinen.

Eine Zeitlang stand er bei ihr und fühlte sich genötigt, seinem Tod eine Bedeutung zu geben. Tessie schluchzte mit einem andauernden Klagelaut, der von Zeit zu Zeit von misstönendem Ringen nach Luft unterbrochen wurde. Nach einer Weile wich ihr Schluchzen einem tiefen Brummen – es war ein Laut, als versuchte sie das Geräusch einer langsam fliegenden Biene nachzuahmen. Sol blickte von ihr zu dem grotesken Leichnam auf dem Bett, und es überkam ihn eine eigenartig sehnsüchtige Wut. Es ging etwas Vitales und Lebendiges von Tessie aus, sogar noch von Mendels Leiche, während er selbst ohne Schmerz, ohne Trauer dastand, wie in einen Plastikblock eingeschlossen. Am Ende ertrug er seine Reglosigkeit selbst nicht mehr und er ging aus dem Zimmer.

Er rief den Bestattungsunternehmer an und teilte ihm alles Nötige mit. Wenige Minuten später erschien Tessie, händeringend. Sol nötigte sie auf einen Stuhl und reichte ihr ein halbes Dutzend Schecks.

»Die habe ich bereits unterschrieben. Setze jeden Betrag ein, den du brauchst. Der Bestatter kommt sehr bald her. Er weiß, was zu tun ist. Du musst dich zusammenreißen. Es hat keinen Sinn, so weiterzumachen. Es ist vorbei. Ihr habt es beide jetzt besser, du und der alte Mann. Das hast du vorher selber gesagt. Es gibt nichts, worüber du weinen müsstest.«

Mit beginnendem Entsetzen blickte sie zu ihm auf.

»Manchmal denke ich, du bist überhaupt kein Mensch«, sagte sie.

»Was soll ich denn deiner Meinung nach sagen oder tun?«, fragte er gleichgültig.

»Ich weiß nicht … mit mir weinen vielleicht …«

»Zum Teufel mit deinem Geflenne«, fuhr er sie an. Er zitterte vor Wut und fürchtete, gewalttätig zu werden, wenn er nicht zusah, dass er von ihr fortkam. »Ich gehe jetzt. Ich habe einen weiten Weg vor mir und brauche Schlaf, sonst kann ich morgen nicht arbeiten.«

»Kommst du denn nicht mal zur … zur Beerdigung?«

»Wie denn? Ich kann doch das Geschäft nicht ihm überlassen.«

»Das Geschäft«, sagte sie bitter. »Das wichtige, das wunderbare Geschäft.«

»Schweig still, Idiotin!«, schrie er. »Was glaubst du, woher die Schecks kommen? Ohne das Geld aus dem Geschäft würden sie die Leiche deines Vaters nie begraben.« Turmhoch stand er vor ihr, schwankend, die Fäuste geballt, und sein Atem ging rau und ungestüm.

Sie legte nur die Hände vors Gesicht und wiegte sich ohne einen Laut vor und zurück. Nach ein paar Minuten murmelte sie: »Dann geh, lass mich. Ich kann allein trauern.«

Als er wieder in den trüben Backofen der Straße eintrat, sah er Goberman unschlüssig vor dem Haustor stehen. Die unvermeidliche Aktentasche hing an seinem Arm wie ein Fluch.

»Ist es der Alte? Ist er …«

»Mendel ist tot«, schrie Sol mit brutaler Heiterkeit. »Und die Beerdigung ist morgen früh. Du bist doch so ein großer Beerdigungsgänger, also geh an meiner Stelle hin.«

»Mach ich, mach ich«, sagte Goberman in eigenartig sinnierendem Ton.

»Gut, prima, Goberman. Wer weiß, vielleicht ist ja der Rabbi spendierfreudig«, sagte Sol. Er kehrte Goberman und dem Haus den Rücken und ging schwerfällig zur U-Bahn. Am Horizont flackerte es unheilverkündend, während der Zug unter der Erde dahinsauste, und als Sol mit dem Wagen nach Hause fuhr, hörte er das sehr ferne Gemurmel des Donners. Er fing an zu lachen und hörte erst damit auf, als er das Gefühl hatte, dass ihn die Lautstärke seines Gelächters taub und blind machte.

24

Es war sternenlos und schwül, die Luft schwer von Feuchtigkeit. Am Flussufer, wo sie saßen, wurden sie vom aufsteigenden Dunst gleichsam ertränkt. Robinson saß kerzengerade, das Gesicht in regelmäßigen Abständen vom Aufglimmen seiner Zigarette erleuchtet – eine Physiognomie wie mit der Axt gehauen, ein Kinderschreck. Seine Augen waren so hell, dass sie in der Dunkelheit unsichtbar waren, und Jesus spürte jedes Mal einen kleinen Schock der Leere, wenn der Widerschein der Glut das scheinbar blanke Weiß der Augen zeigte. Buck White lehnte sich behaglich an die schmale Holzbohle direkt über dem Wasser und schien den beiden Stehenden, Tangee und Jesus, keine Beachtung zu schenken.

»Morgen Abend«, sagte Jesus. »Der Zeitpunkt steht.«

Tangee pfiff leise. Auf einmal schien die Sache näher, als ihm recht war.

»Warum ausgerechnet morgen Abend?«, fragte er.

»Weil ich's sage. Morgen muss es sein«, sagte Jesus.

»Okay, okay, aber wieso grad morgen? Hast du einen besonderen Grund für morgen?«

»Passt dir was nicht an morgen? Kriegst du Schiss?«

»Ah, Mann! Das war doch von Haus aus meine Idee! Logisch, dass ich nicht Schiss kriege. Sei doch nicht so empfindlich. Ich dachte nur, du hast einen speziellen Grund dafür, dass es morgen sein muss.«

»Ja, der fragt doch bloß«, warf Buck geistesabwesend dazwischen, während er auf den undeutlichen Umriss eines

Frachtkahns starrte, der unter den winzigen Punkten seiner Positionslichter dahinzog.

»Also wenn ihr was gegen meine Pläne habt ...«

»Niemand hat was dagegen«, sagte Robinson im Befehlston.

»Ich sag euch, warum morgen«, sagte Jesus ein wenig versöhnlicher. »Donnerstags kriegt er immer die Kohle von seinem Partner, ein Päckchen Bargeld. Ungefähr um acht holt er sich diese Kohle aus dem Safe und bringt alles zum Nachttresor der Bank. Früher hat er sich immer von einem Bullen begleiten lassen, diesem Leventhal, aber auf den ist er jetzt sauer, deswegen geht er in letzter Zeit immer allein. Trotzdem isses schlecht, wenn ihr versucht, ihn auf der Straße zu erwischen, und wenn ihr's zu früh probiert, isses auch schlecht, da hat er die Knete wahrscheinlich noch im Safe. Also der Zeitpunkt muss ganz genau geplant sein, klar? Es gibt nur eine Möglichkeit.« Er blickte vom einen zum anderen und schätzte seine Macht über sie ein. Er hatte das Gefühl, dass er sich auf einen seltsamen, eisigen Außenposten zubewegte, abgelegener als alles, was er je erlebt hatte. Möglicherweise hatte es etwas mit der Identität seines Opfers zu tun. Die Unklarheit seiner Beweggründe irritierte ihn. Er wollte nichts als Gewinnstreben in seinem Vorhaben sehen und stöhnte innerlich unter der verwirrenden Beklemmung, die sich seiner bemächtigt hatte: Mit der normalen Nervosität und Angst, wie er sie bei einem Plan wie diesem empfunden hätte, hatte diese Beklemmung nichts zu tun.

»Woher sollen wir denn die genaue Minute wissen?«, fragte Tangee entrüstet.

»Von mir«, sagte Jesus.

»Haha, und wie willst du die sagen, wenn du nicht dort

bist, sondern bei uns, oder wenn du nicht, woher willst du wissen …«

»Halt's Maul, Buck«, sagte Tangee. »Okay, Ortiz, spuck's aus.«

Robinson zündete sich am Stummel der letzten eine neue Zigarette an. Tangee blickte ihn an, Buck blickte auf den Fluss, Jesus blickte zur Stadt – jeder in eine andere Richtung, und jede Richtung war gleich dunkel.

»Normalerweise gehe ich gegen halb acht nach Hause. Er schickt mich nicht, ich geh einfach. In letzter Zeit kriegt er's nicht mal mit, wann ich gehe. Morgen bleib ich oben auf dem Speicher, wo die Klamotten sind. Da gibt's eine Stelle, von der aus ich genau zu ihm runterschauen kann. Wenn er den Tresor aufmacht, geh ich oben ans Fenster und geb euch ein Zeichen. Dann kommt ihr ganz schnell rein und seid genauso schnell wieder draußen.«

»Und wir warten einfach gegenüber?«

»Ja, vor diesem Klamottenladen, der hat bis dahin längst zu. Ihr steht tief im Eingang, keiner kriegt es mit, dass ihr da seid. Besorgt euch Halloween-Masken und setzt sie auf, bevor ihr rüberkommt.«

»Mann, du hast an alles gedacht«, sagte Tangee bewundernd. »Lässiger Plan, muss ich sagen. Bis ins Detail.«

»Hey, aber noch! Was ist, wenn er sich dings, der Typ, der Pfandleiher, anstellt. Ich meine, was macht er, er lässt sich doch nicht, was ist, wenn er, weiß nicht, Ärger will«, sagte Buck, schwer mit der Komplexität seiner Frage ringend.

»Er will keinen Ärger«, sagte Robinson. »Ganz sicher nicht.«

Jesus wartete den nächsten rötlichen Widerschein auf Robinsons Gesicht ab. »Hörst du, Robinson, hör gut zu, was ich sage. Geschossen wird nicht, ist das klar? Geschossen wird nicht.«

»Machst dir Sorgen um den Juden?«, fragte Robinson.

»Ich mach mir Sorgen um Jesus Ortiz. Wir kriegen endlos Scherereien, wenn ihr den Mann verheizt. Hör mir zu, Mann, das ist blutiger Ernst: Kein Schuss, kein einziger Schuss; ihr tut, was ich sage.« Er drehte sich zu den dunkel verschatteten Gesichtern der beiden anderen um. »Das ist mein Plan, meiner. Wir machen's auf meine Weise. Niemand ballert rum, hört ihr! Ich sag's euch jetzt klar und deutlich. Wenn irgendwer in dem Laden eine Knarre zückt, dann geht's schief, dann geht's total schief.« In der geräuschdämpfenden Feuchtigkeit der Nacht klang seine Stimme grimmig und wehleidig zugleich, und von keinem kam eine Antwort. Sie standen einfach da im Geräusch ihres Atems, während auf dem Fluss die winzigen Positionslichter der großen Frachtkähne gewaltige Bewegungen andeuteten und nur das spöttische Aufleuchten von Robinsons Zigarette die Zeitspanne ihres Schweigens strukturierte. »Keine Toten. Auf keinen Fall Tote«, sagte Ortiz, und seine Worte waren eine traurige kleine Bedingung in der strangulierenden Schwärze ringsum. »Auf meine Weise, klar? Ist das klar?«

Buck White seufzte und lehnte sich wieder an die Holzbohle; ihm war das alles ein Buch mit sieben Siegeln, und er konzentrierte sich lieber auf seinen Traum von wachsendem Wohlstand.

»Wie viel, glaubst du, wird er wohl haben, Ortiz?«, fragte Tangee hoffnungsvoll.

»Weiß nicht, könnten bis zu achttausend Dollar sein.«

Tangee stieß einen verblüfften Pfiff aus.

»Wie viel wär das für uns, also für jeden, weißt du das, also aufgeteilt zwischen uns allen?«, fragte Buck.

»Zweitausend pro Kopf«, sagte Tangee.

»Ouh, ey, da krieg ich ja einen Cadillac Fleetwood, schwarz mit weißen Flanken«, sagte Buck.

»Ich hab ein paar Pläne«, sagte Tangee träumerisch.

»Pläne haben wir alle«, gab Jesus barsch zurück.

Robinson sagte nichts, sondern begann auf seiner blechernen Mundharmonika zu spielen, eine schwächliche, spöttische Stimme im Dunkeln.

»Aber geschossen wird nicht, sag ich!«, krächzte Jesus wütend.

Das sekundenkurze taghelle Licht eines Blitzes riss sie jäh aus dem Dunkeln, und Buck White stöhnte nervös.

»Bald regnet's«, sagte Tangee. »Wir haben's kapiert, Ortiz. Gehen wir lieber, bevor's anfängt.« Und sie gingen davon durch die lichtdurchzuckte Finsternis, jeder in seine Richtung.

Jesus entfernte sich langsam vom Fluss. Auf einmal schien sich die Nacht unerträglich lang vor ihm hinzuziehen. Er war aber nicht müde genug, um schlafen zu können. Ich fühl mich ... ich fühl mich ... Es packte ihn eine Gier nach etwas Scharfem, Kraftvollem, Erhebendem. Gut, er konnte sich immer ein paar Joints drehen. Aber nein, dafür war er zu kaltblütig. Marihuana war eine große Luftblase, nur Spinner brachten es fertig, damit glücklich zu werden. Das war dasselbe, wie sich zu betrinken: Man musste in der richtigen Stimmung dafür sein. Er könnte eine Zeitlang Billard spielen und dann vielleicht ... Ach, das war alles so gewöhnlich und mies.

Mabel Wheatly wartete gegenüber seinem Haus auf ihn; sie tat, als sei sie ins Gespräch mit dem Mädchen vertieft, das auf demselben Flur wohnte wie er. Mit schlecht gespielter Überraschung blickte sie auf; es war offensichtlich, dass sie die ganze Zeit immer wieder über die Schulter der anderen nach ihm Ausschau gehalten hatte.

»Oh, Jesus, hallo«, sagte sie. »Ich war auf dem Heimweg. Wie geht's, Süßer?« Ihr Lächeln im Dunkeln war weiß und verzückt. Mit beklommenen Blicken zum Himmel, wo die Blitze immer wieder die Bühne zu einem altbekannten Drama der Gewalt bereiteten, sammelten ringsum die Leute die Zeitungen ein, die ihnen als Sitzunterlage gedient hatten, und schickten sich an, ins Haus zu gehen. »Ist dir nach einem Bier mit mir?«

»Mir ist nach überhaupt nix«, antwortete er unwirsch.

Mabels Lächeln erstarb schmerzlich, und das andere Mädchen hob in belustigter Schadenfreude die Brauen.

»Du bist bestimmt müde, Schatz. Soll ich mit raufkommen und dir einen Kaffee machen oder so?«, fragte sie und drückte sich um der anderen willen ihr Lächeln wieder ins Gesicht.

»Ich bin jetzt nicht in der Stimmung«, sagte er, schon auf der Treppe. »Ein andermal.«

Er konnte Mabels Schmerz nicht sehen, hätte ihn auch dann nicht gesehen, wenn er in ihre Richtung geblickt hätte, und wäre es taghell gewesen. Denn sie trug ihren Schmerz im Inneren, unter ihrer sinnlichen Hochglanzfassade, wie eine alte Gewohnheit. Und sie ging davon, hüftschwingend, und fragte sich, ob es denn jetzt schon, in ihren jungen Jahren, keine Hoffnung mehr für sie gab.

Oben hatte seine Mutter ihren schwarzen Strohhut auf und war ausgehfertig. Und er wollte plötzlich nicht allein zu Hause bleiben.

»Wo gehst du hin, Ma?«, fragte er, während sein Blick haltsuchend über die vertrauten Gegenstände im Raum huschte.

»Ich wollte kurz rüber in die Kirche. Ein paar von den Damen treffen sich dort mit dem Priester.« Mütterlich zupfte sie an seinen Hemdsäumen, pflückte unsichtbare Fussel ab.

Er musste ein wenig lächeln; sie erinnerte ihn an einen dieser Zirkusclowns, die in Lumpen gekleidet sind, sich aber fürchterlich über eine mikroskopische Fluse an ihren Klamotten aufregen.

»Vielleicht komm ich mit«, sagte er.

Sie beäugte ihn befremdet. Eigentlich, dachte sie, wusste sie über ihren aristokratisch aussehenden, selbstbewussten Sohn herzlich wenig. In vielerlei Hinsicht erinnerte er sie an seinen Vater, diesen fast weißen Vagabunden, der sie hatte sitzen lassen, als der Junge gerade mal zwei gewesen war. Mit ihrer dunklen Haut und ihrer schlichten Art hatte sie geglaubt, sie habe diesen ansehnlichen, leichtlebigen Mann vielleicht nicht verdient. Er war zu weiß gewesen! Der Junge war zum Glück dunkel genug; dennoch hatte er die zarten kaukasischen Gesichtszüge und die rasche, weltkluge Art ihres Mannes; allein sein Anblick erfüllte sie mit demütigem Stolz. Aber er hatte auch dieselbe Rastlosigkeit in sich. Ach, heilige Mutter Gottes, es war nicht leicht, die Mutter eines Sohnes zu sein!

»Ja, komm mit. Da warst du ja schon lang nicht mehr«, sagte sie schüchtern.

Durch die feuchten Straßen gingen sie zur Kirche, Seite an Seite, und doch einander niemals berührend. Sie wünschte, es wäre Tag, damit die Leute sie beide zusammen sähen, damit ihnen mal vor Augen geführt würde, was sie fertiggebracht hatte. In der Kirche angelangt, trennten sie sich; die Mutter begab sich in den ans Kirchenschiff angrenzenden Versammlungsraum, nicht ohne ihm noch ein kleines Winken zuzuwerfen, das er ohne ein Lächeln, mit bloßem Nicken zur Kenntnis nahm.

Er beugte ein Knie und bekreuzigte sich, stand wieder auf und ging an allen Heiligen vorbei zum Altar, über dem der Gekreuzigte geduldig im Halbdämmer hing. Dort kniete er vor der tiefen Brüstung nieder, legte das Kinn auf seine gefalteten Hände und starrte seinen Namensvetter an. Eigentlich hätte dieser Jesus als Neger dargestellt werden müssen, ging ihm durch den Sinn. Er lächelte matt. Als spielte das eine Rolle. Die ganze Geschichte war doch ein Märchen; er wunderte sich selber, warum er noch immer daran glaubte, warum er sich nicht längst verabschiedet hatte. Der Nikolaus hatte sein viertes Jahr nicht überlebt. Aber es war ruhig und friedlich hier; die Kerzen und der schwache Weihrauchgeruch beschwichtigten seine Unruhe. Hätte er gewagt, hierherzukommen, wenn er gläubig wäre? »Gib mir deinen Segen für mein Vorhaben«, sagte er sarkastisch. In den hölzernen Wunden haftete das Blut. Und noch dazu ein weißer Jesus! »Oh, Mann, wenn du wüsstest«, sagte er stumm zu der Gestalt über ihm. »Aber das ist zu kompliziert für dich.« Noch dazu war dieser weiße Jesus ein Jude, genau wie der Pfandleiher. Ist das nicht urkomisch? Er versuchte sich den Pfandleiher in dieser Lage vorzustellen, der schwere, schwerfällige Körper zerschlagen und nackt ans Kreuz genagelt, das mächtige, aufgedunsene Gesicht zur Seite geneigt … samt Augengläsern! Er lachte hämisch in sich hinein. Wäre nicht jeder geschockt, wenn Sol Nazerman dort oben hinge, den Arm mit der blauen Nummer ausgestreckt und an der

Hand festgenagelt? Auf einmal drang ein hässliches, hallendes Geräusch an sein Ohr, und er drehte sich um und sah eine Frau, die ihn fassungslos und empört anstarrte. Er hatte laut gelacht! Entschuldigend zuckte er die Achseln und drehte sich wieder nach vorn, legte die Hände auf das Geländer und den Kopf darauf. Warum, zum Teufel, war er hergekommen? Warum blieb er? Ach, wer weiß ... Nur weil ... Oh, Scheiße, Mann, manchmal ist man wirklich total allein auf der Welt, und nichts kann einen aufheitern. Es war still hier ... er konnte ein bisschen ausruhen, auch kniend und mit dem Kopf auf den Händen. Dieser Mann da oben am Kreuz täte ihm nichts zuleide, wenigstens so viel stand fest.

Später ging er ins Kino, allein. Halb betäubt vor Langeweile ließ er die vertraute Westernbrutalität über sich ergehen. Aber in der Wochenschau wurde ein Atomtest gezeigt, und er beugte sich mit glänzenden Augen auf seinem Sitz vor und starrte fasziniert auf das gleißende Licht und den emporwachsenden Pilz aus Asche und Staub. »Das Allergrößte, mehr geht nicht«, sagte er sich. »Im Vergleich dazu ist ein Mensch eine Ameise!« Und bei dieser Vorstellung ergriff ihn ein fiebriges Hochgefühl, als würde damit alles gerechtfertigt, was er vorhatte.

Doch als er das Kino verließ, ging draußen ein Wolkenbruch nieder. Es schüttete mit solcher Wucht, dass das Wasser fußhoch auf dem Gehsteig zu stehen schien wie feste Materie, weil die Tropfen so hoch vom Boden abprallten, ehe sie sich zu Strömen vereinigten und die Rinnsteine überfluteten. Mit dem Regen floss auch der stürmische Jubel aus ihm ab, und er ging einwärts gekrümmt, vom nagelnden Platzregen schwer zur Erde gedrückt, nach Hause.

25

Sol ließ, als er die Augen schloss, um zu schlafen, die kleine Lampe auf seiner Kommode brennen. Der Regen trommelte gleichmäßig aufs Dach, der Donner verzog sich nach und nach in eine ungefährliche Distanz, das matte Licht der Nachtlampe erzeugte ein behagliches Erdbraun hinter seinen Lidern, und er fühlte sich in ferne Kindertage zurückversetzt. Sie hatten Verwandte in Prostki besucht, nahe dem Śniardwy-See, und er hatte sich vor der fremden Umgebung gefürchtet (als wäre die Dunkelheit, die doch nur Leere ist, je nach ihrer Zeit und ihrem Ort eine andere), so dass seine Mutter eine Kerosinlampe in eine Ecke des fremden Schlafzimmers gestellt hatte und mit einem gutmütigen, aber leicht vorwurfsvollen Lachen über seine Ängste gegangen war, und er hatte mit dem gleichen braunen Schimmer auf den Augenlidern dagelegen und dem Regen in den Weiden gelauscht.

Mit einem Krug Milch und einer Flasche Weißwein, beide noch kalt und nass von dem Bach, in dem er sie gekühlt hatte, ging er den sanften Hang hinauf. Schmetterlinge stoben in Farbwolken aus dem hohen Gras auf und flatterten ihm voraus; ringsum waren das heiße, sommerliche Insektengebrumm und ein schläfriges Gezwitscher sonnenträger Vögel. Die Gerüche, die aus der Erde aufstiegen, nahmen ihm fast den Atem, sie waren feucht und süß und betörend wie ein Rauschmittel. Er stellte sich die Weinflasche auf den Kopf und seufzte wohlig über die Kühle. Und dann stand er schon auf der Kuppe des kleinen Hügels. In der Senke unter ihm, zwischen Hügel und Wald, rekelte sich seine Familie zwischen Klee und Löwenzahn. Sein Vater lehnte in seinem unpassenden schwarzen Anzug, die Kippa auf dem Kopf, an einem Stein und war in sein Buch vertieft. Die Kinder, die sämtliche Blumen aus der Wiese wegzupflücken versuchten, krochen durchs Gras und beachteten ihn nicht; Naomi, die Kleine, hielt nur ein paar ramponierte Stängel in der Faust, David aber trug seine rosa-gelben Schätze als dicken Strauß vor sich her. Ruth und seine Mutter drehten sich zu ihm, und Ruth hob die Hand zur Begrüßung. »Hier sind wir, Sol, Lieber!«, rief sie. Sie lächelte, und ihre Zähne leuchteten weiß aus ihrem sonnengebräunten Gesicht. Sie legte den Kopf zurück, als er näher kam, und ihr Lächeln erinnerte ihn an einen privaten Scherz, den nur sie beide kannten. Ihre schwarze Lockenpracht glänzte, und im Näherkommen sah er, dass sie sich ein paar Löwenzahnblüten hineingesteckt hatte – kleine gelbe Sonnen in der Nachtschwärze des Haars. Triumphierend hielt er seine zwei Flaschen hoch. »Getränke für alle«, rief er lachend. Die Kinder blickten auf und begannen durchs Gras auf ihn zuzurennen, David mit seinem riesigen Blumenstrauß, Naomi auf ihren Kinderbeinchen stolpernd, die Blumen abgelegt und vergessen. Auch sein Vater blickte auf und lächelte geistesabwesend und ein wenig verlegen wegen des ländlichen Idylls, ein weißgesichtiger, zurückgezogener Mann, dessen natürlicher Lebensraum das gemäßigte Klima der bedruckten Seite war. Ruth stand auf, um ihm Milch und Wein abzunehmen. Alle kamen sie mit ihrem erwartungsvollen Lächeln auf ihn zu, seine Mutter, sein Vater, Ruth, die Kinder. Das Summen der Bienen und Fliegen ließ das Glück immer tiefer in ihn einsinken. Ihre Gesichter kamen näher und näher; er hätte sie gern in sich aufgenommen, eingetrunken, eingeatmet. Aber an dieser Stelle fror die Szene ein, jeder Grashalm erstarrte, alles hielt mitten in der Bewegung inne: David balancierte in unmöglicher Haltung auf einem kurzen, stämmigen Bein, Ruth verharrte mit aus-

gestrecktem Arm. Und alles war lautlos; es war wie ein Film, der plötzlich angehalten wird, aber die Projektionslampe brennt weiter. Und er selbst war ebenfalls gelähmt, für immer außer Reichweite der lieben Gesichter, keine zwei Schritte entfernt von allem, was er geliebt hatte. Nach und nach trübte sich alles ein; jedes Gesicht verblasste, aus dem sonnigen Nachmittag wurde Zwielicht, Dämmerung, Abend, Nacht.

Und der Regen trommelte draußen vor seinem erleuchteten Zimmer wie auf den Deckel seines Sargs. Von dem bitteren Geschmack tiefen Schmerzes öffnete er den Mund und fragte sich, ob die gleichgültige Ruhe, die er verspürte, ein Vorgeschmack auf den Tod war; so oder so, es kümmerte ihn nicht. »Mag er schon kommen; ich habe genug … es war zu viel.« Er lag da und lauschte wieder dem Regen, aber diesmal brachte das Geräusch keine Erinnerung; er behielt die Augen weit offen, und die Tonfolgen aus fallenden Tropfen waren kein Schlaflied, sondern ein amerikanischer Klagegesang.

dring

        dring

                drong

Mabel, das rote Négligé um sich zusammenziehend, starrte auf den düsteren Schein der Straße hinaus. Sie hörte die Schritte ihres letzten Kunden im Flur verklingen, das Lachen eines Mädchens unten und die Radiomusik aus dem »Empfangssalon«. Sie sah sich, wie in einer Vision, in einem langen weißen Brautkleid und Jesus neben ihr in gestreiften Hosen und Frack. Eine Orgel spielte und ein bewunderndes Gemurmel erhob sich, als sie jungfräulich durch den Mittelgang schritt, umweht und betört vom Duft von eintausend Blumen. Plötzlich trat ein hartes, zerstörerisches Lächeln in ihr Gesicht. Du spinnst doch, jetzt hebst du endgültig ab, wie? Du kannst dich nicht mal dran erinnern, wie du Jungfrau warst; du bist schon vor deiner Geburt flachgelegt worden. Sie beschwor sein zartes, hübsches Gesicht vor der Nachtszene im Regen herauf und gestaltete einen Hintergrund aus dem undeutlich erinnerten Hinterhof ihrer Mutter in Alabama mit seiner Magnolie und seinen fröhlich blubbernden Waschzubern. Und dieses Bild versuchte sie festzuhalten, als sie sich mit routiniertem Lustlächeln zu dem Fremden umdrehte, der in der Tür zu ihrem winzigen, parfumgetränkten Zimmer mit seiner Waschschüssel in der Ecke erschien. Die Laken und Kissenbezüge auf dem Bett rot wie Höllenfeuer.

»Ach, mein Süßer«, hauchte sie in atemloser Leidenschaft. »Du bist aber ein fürchterlich wilder Liebhaber«, versicherte sie dem mittelalten Mann, der sich ganz im Alleingang schwitzend auf ihr abmühte. Und während der ganzen Zeit lauschte sie dem Prasseln des Regens und lugte verstohlen nach dem jetzt tonlosen Flackern am Himmel.

George Smith, krank und lüstern lauernd unter dem Vordach, zuckte beim ersten Blitz zusammen. Er wünschte sich, dass ein kleines, zartes Mädchen daherkäme, damit er sich auf es stürzen könnte wie auf einen schrecklich schönen Marterpfahl. Wie gefiele es ihm, über den Marquis de Sade zu reden, diesem Pfandleiher? Ah, auch über die »Blumen des Bösen«, über »Eine Zeit in der Hölle« könnte ich ihm einiges erzählen. Aber es gab tatsächlich niemanden, mit dem er reden konnte, oder? Du bist allein, George Smith, also such dir deine persönliche Straße zur Hölle. Kein Himmel, aber vielleicht gibt es ja eine Hölle. Es wäre eine Erleichterung; dort wäre er sogar in Gesellschaft. Oh, der erlesene Schrecken eines kleinen, weichen Körpers. Wie die Erleichterung des Sturzes nach langer, mühsam gehaltener Balance. An so etwas Lächerliches, Zerbrechliches hatte er seine Hoffnung heften wollen, an einen lebensüberdrüssigen, groben, ungeduldigen weißen Mann. Was war das! Schritte, leichte, zarte! Ein Kind um diese Zeit unterwegs? Sein Herzschlag füllte seinen ganzen Körper. Vorsichtig spähte er auf die regendüstere Straße hinaus. Er hoffte, das Ende sei nah.

Der Regen klatschte in kleinen Böen gegen das Fenster, während hinter ihm die wunderbare Stimme die uralte Aufnahmetechnik besiegte, ja die Zeit selbst überwand. Murillio stand da und blickte auf die verschwommenen Lichtblüten unter ihm, ließ den Alkohol im Glas kreisen und die Eiswürfel klirren.

»*Una furtiva lagrima* ...«

Er summte mit dem Celloklang der Stimme mit, horchte auf die gedämpfte, fast versunkene Orchesterbegleitung, die wie eine einzelne schwache Mundharmonika klang. Genießerisch bedachte er seinen Besitz, freute sich an diesem gewaltigen, reichen Hochhaus, der Kostspieligkeit von allem, was seine Umgebung ausmachte. So lange hatte er keine Zeit gehabt, sich an dem allen zu weiden. Davon abgesehen, pflegte er über seinen Erfolg nicht weiter nachzudenken – er hatte ja immer gewusst hatte, dass es so käme; etwaige Unglücksfälle natürlich nicht eingerechnet. Aber es gab Zeiten, wie jetzt, zu denen er es einfach genoss, in seine Schatztruhe einzutauchen und in seinem Wohlstand zu schwelgen, einfach indem er ihn, ganz unsentimental, mit seiner Ausgangsposition verglich. Seine Eltern, zur Erde gebückt von der Arbeit auf ihren zwei Morgen steinigem Ackerland vor Palermo, und er, jung und zerlumpt und missmutig unter dem Joch der Armut, oft halb in den Wahnsinn getrieben von den heißen Winden aus Afrika. Ob von den beiden wohl noch einer am Leben war? In all den Jahren hatte er sich niemals verpflichtet gefühlt, sich bei ihnen zu melden; sie hatten ihm nichts gegeben als sein Leben, und das nicht einmal mit Absicht. Nie hatte er das Bedürfnis verspürt, sich auszusöhnen, sein Gewissen zu beruhigen. Was war ein Gewissen? Ein Organ dieses Namens gab es nicht, und sollte es so etwas wie eine Seele oder Gott geben – tja, das war dann eben Pech. Niemals würde er sich Gewänder anziehen, die ihm nicht passten. Das Leben war ein Kampf, und er war ein Kämpfer. An Schönheit erfreute er sich, jedenfalls bis zu einem gewissen Punkt. Für ihn reichte Schönheit bis zur Kante eines Felsabbruchs; dahinter tat sich eine eigenartige Leere auf, aus der manchmal undeutliche, liebliche Stimmen hallten. Vielleicht war ihm gelegentlich ein bisschen weh zumute, weil es Dinge gab, die außerhalb seiner Reichweite lagen; aber solche Anflüge von Wehmut waren nicht mehr als ein Lufthauch, ein zarter Geruch – er konnte darauf verzichten.

Nur drängte sich in sein Idyll jetzt der Gedanke an den Pfandleiher. Ungute Situation, allerdings. Da macht der Kerl auf einmal Ärger, schreit Skandal, und eh man sich's versieht, hat man den Fiskus am Hals, der mit Banden von Ermittlern anrückt. Aber gut, man muss jetzt auch nicht zu viel Wind um diesen *jid* machen. Noch eine allerletzte Warnung und dann … war's eben Pech. Mir scheint, der Bursche hat einiges auf dem Kasten. Wäre nicht schlecht gewesen, mit einem, der Grips hat, über allerlei zu reden, Gott und die Welt. Aber da ist leider nichts zu machen, mit dem geht's den Bach runter. Und worüber hätten wir denn schon geredet – Politik, Oper, Geschichte? Ich wette, er weiß auch darüber das eine oder andere. Aber man kann nicht alles haben, geistige Gespräche und Geschäftstüchtigkeit. Zu schade, zu schade … An seinem Glas nippend, begann er wieder zu summen, und der Regen mit seinem ärgerlich ungleichmäßigen Rhythmus versuchte sich einzumischen.

»*Cielo e mar*«, sang er leise mit dem toten Mann.

Und schüttelte verächtlich den Kopf beim Gedanken an die arme sizilianische Erde; er erinnerte sich, wie sie aussah, wenn sie regengepeitscht und aufgeweicht war.

Oben über Sols Zimmer saß Morton an einem Tisch und zeichnete mit Kohle auf blaugraues Papier; seine Vorlage war ein winziger Schnappschuss von seinem Onkel Sol. Er umgab den mächtigen Schädel, die verquollenen Züge des Pfandleihers mit einem geschwärzten Hintergrund, so dass der Kopf aussah, als beugte er sich aus der Zweidimensionalität heraus. Er setzte Lichtreflexe in die runden, altmodischen Brillengläser, hinter denen die Augen eine bloße Andeutung waren. In der Form und Neigung des Kopfes aber, in der Linie des Mundes, den matten Glanzlichtern gab er seiner Figur einen Ausdruck der Güte und grenzenlosen Geduld. Es war schließlich sein, Morton Kantors, Bild; er konnte es machen, wie er wollte.

Sein fahles, ungesundes Gesicht war mit Kohle verschmiert und sein Hemd schweißfleckig. Irgendwann war es so weit, dass sein Kohlestift nur noch unsicher über das

Papier glitt, ohne es zu berühren, und daraus schloss er, dass das Porträt fertig war. Er griff zum Fixierer und blies in den Zerstäuber, um das Blatt einzusprühen. Dann heftete er es an die offene Tür seines Wandschranks.

Erst jetzt fiel ihm auf, wie heiß es im Zimmer war und dass er das Fenster nicht geöffnet hatte. Er riss es auf; dann stand er eine Zeitlang davor und blickte in die undurchdringliche, triefende Dunkelheit hinaus, aus der gelegentlich, von einer nicht identifizierbaren Lichtquelle getroffen, nass glänzendes Laub aufschimmerte. Eine wohltuende Kühle wehte ihm entgegen. Er dachte kurz an die neue Kollektion pornografischer Bilder, die er nach Bezahlung seiner Studiengebühren vom restlichen Geld gekauft hatte, fühlte sich aber selbst dafür zu müde. Was sein Onkel wohl sagen würde, wenn er wüsste, wohin sein Geld auch floss? Na ja, er findet ja sowieso, dass ich ihn ausnehme, dachte er bitter. Dann tu ich's halt. Er warf sich aufs Bett und steckte sich eine Zigarette an, inhalierte den Rauch, so tief es ging, und entließ ihn langsam, den Blick auf die grüblerische, gütige Gestalt auf blaugrauem Papier gerichtet. Auf einmal kamen ihm die Tränen. Es dauerte nur ein paar Minuten; dann war es vorbei, und er konnte weiterrauchen. Aber durch das offene Fenster meinte er, über das Regenrauschen hinweg aus dem Stock unter ihm ein Echo seines Weinens zu hören.

Jesus Ortiz fuhr aus dem Schlaf, eiskalt am ganzen Leib. Soll das etwa schlau sein? Was zum Henker bilde ich mir ein? Dass sie einfach in den Laden reinmarschieren, ihm seine Kohle abnehmen und wieder gehen, und er steht da, winkt ihnen nach und sagt: »Kommt bald wieder, ich habe bald Nachschub für euch.« Was hab ich mir nur gedacht? Und diesen drei Negern fällt noch nicht mal ein zu fragen, wie wir da ungeschoren wieder rauskommen. Kein Fluchtauto. Und dieser Robinson glaubt womöglich, er kriegt alles mit seiner Knarre hin. O nein. Was ist bloß in mich gefahren? Bin ich lebensmüde, oder was? Tja ... vielleicht fesseln und knebeln wir ihn einfach und schubsen ihn ins Hinterzimmer. Dann sperre ich den Laden ab und ... genau, das isses, so machen wir's. Aber wieso hab ich Trottel bis jetzt keinen Gedanken dran verschwendet, wie wir nachher wieder wegkommen? Mann ... Er wischte sich den Schweiß ab, der ihm beim Gedanken an diese Beinahepleite ausgebrochen war. Dann stand er auf und trat ans Fenster, rauchte und sah zu, wie der Regen den alten Dreck von den Straßen zu waschen versuchte. Er war wieder ruhig; der Pfeil des Unheils, den er tief innen undeutlich spürte, ließ sich jetzt ganz gut ignorieren.

Entweder im halluzinatorischen Vorhof des Schlafs oder schon im Traum erschien ihm abermals, flüchtig, die Gestalt eines massigen Mannes, der wie ein Sack am Kreuz hing, eines Mannes mit mysteriösen blauen Zahlen am Unterarm.

26

Sogar über dem rußschwarzen Stadtbild lag ein Glanz, und die Luft war von einer Klarheit, wie sie sich häufig nach heftigem Regen einstellt. Nichts wirkte um einen Deut frischer oder weniger alters- und schmutzzerfressen als zuvor, und doch haftete allem etwas Fettes und Reiches an, wie alte Bronze im Sonnenlicht. Sol betrachtete die vertrauten Ladenfassaden, die hässlichen Häuserfronten, und auf einmal ergriff ihn ein unerklärliches Heimweh, als seien diese Straßen der Schauplatz kostbaren Lebens für ihn gewesen.

Ein Schwarm Frauen, Dienstbotinnen in den wohlhabenden Haushalten von Westchester und Fairfield, strömte die Stufen zum Bahnsteig hinauf. Seine Schwester Bertha lag ihm schon seit einer Weile wegen einer schwarzen Haushaltshilfe in den Ohren, und als er jetzt daran dachte und dabei den Frauen auf der Treppe nachsah, hatte er auf einmal die Vorstellung von seiner Schwester auf einer Sklavenauktion, wie sie zwischen den dunklen Frauen umherging, sie ins Fleisch kniff, den Zustand ihrer Zähne prüfte.

Wieder überkam ihn diese verwirrende Klarheit und Schärfe, und er starrte auf dreckverkrustete Ziegelsteinmauern, den Ruß, der sich wie eine Holzmaserung in jede gestrichene Fläche eingegraben hatte, die mit Schmutz verbackenen Gehsteige und Rinnsteine, und fragte sich, was diese von heruntergekommenen, hässlichen Menschen bevölkerte Pestgrube von Stadt eigentlich an sich hatte, dass sie ihn auf einmal sehnsüchtig machte und eine Erinnerung an das Gefühl der Traurigkeit wachrief. Und er verspürte eine Ruhe, wie er sie selten empfand; sie hielt nur so lange an, wie ein riesiges, langsames Pendel für seine ganze Schwingungsbreite gebraucht hätte.

Und dann stand er vor dem Laden, und wieder machte sich diese Straffheit, diese geblähte Oberfläche seines Geistes bemerkbar. Er trat ein, stellte den Einbruchsalarm ab, schaltete die Lichter ein und begann die Gitter von den Fenstern zu nehmen; es war, als setzte er sich abermals dem geheimnisvollen Angriff aus, der ihn vernichten würde. Eine Winzigkeit, er wusste noch nicht, was es wohl wäre, würde ihn an diesem Tag entzweibrechen, und die dunkle Kraft dieses Wachsens in ihm würde ungehindert hervorbrechen und sich ihm in der Sekunde, bevor sie ihn zerstörte, zu erkennen geben.

»Heute ist der Achtundzwanzigste ... meine Jahrzeit, meine Jahrzeit«, sagte er, als er hinter dem Ladentisch stand und die Kante umklammerte, als böte sie ihm Halt gegen eine Riesenwelle. An diesem Tag vor fünfzehn Jahren war sein Herz atrophiert; wie das Mammut hatte auch er sich in Eis konserviert. Was fürchtete er also? Wenn das Eis irgendwann taut und das Fleisch des großen begrabenen Geschöpfs freilegt, verrottet es ganz einfach. Man kann nur einmal sterben. Gestorben war er schon längst, nur der Kadaver war noch zu beseitigen. Warum also klammerte er sich an die Kante seines Ladentischs und starrte zitternd und voller Schrecken auf die sonnenbeschienene Tür?

Jesus Ortiz kam um halb zehn, und er bewegte sich mit einer eigenartigen Steifheit, als sei ihm über Nacht seine naturgegebene Anmut abhandengekommen. Seine Miene war verhärmt, die Augen glänzten fiebrig, und immer wieder strich er sich versuchsweise über sein langes glattes Haar, obwohl es tadellos gekämmt war. Er murmelte Sol etwas zu, und als er keine Antwort bekam, drehte er sich nervös zum Pfandleiher um und fragte: »Wie? Was haben Sie gesagt?«

Sol schüttelte nur den Kopf; sein Blick war durchdringend und forschend.

»Ich geh rauf, mach mich heut an die Klamotten.« Jesus blickte Sol an, als wäre daran etwas Absonderliches, als traute er weder seinen Ohren noch der eigenen Stimme.

Auch sein Blick war fragend, zweifelnd.

»Ja, gut, geh rauf«, sagte Sol leise.

»Oh … ja. Bin oben. Sie rufen mich dann einfach …«

Der Pfandleiher nickte begütigend, als wäre Ortiz ein Kind. Er sah der schmächtigen Gestalt des Jungen nach, der langsam die Treppe hinaufstieg, und hörte nicht auf, sich an den Ladentisch zu klammern.

Leopold S. Schneider kam herein, unter dem Arm dieselbe fettige Tüte wie immer. Sein Haar stand weich und zerzaust von seinem knochigen Kopf ab wie ein glanzloser Heiligenschein. »Erinnern Sie sich an mich? Schneider? Der Rednerpreis?«

»Ja, ich erinnere mich«, antwortete Sol und löste behutsam die Hände vom Ladentisch.

»Haben Sie meinen Preis noch oder haben Sie ihn verkauft?«

»Ich hatte ein paar gute Angebote dafür, habe aber abgelehnt.«

»Also in ungefähr einer Woche kann ich ihn auslösen. Ich habe etwas in Aussicht. Bis dahin, nur zur Überbrückung, bis ich das Stück fertig habe, an dem ich schreibe … hätte ich dieses für Sie. Wie viel können Sie mir dafür leihen? Es schmerzt mich, es auch nur für eine Woche aus den Händen zu geben, aber – was soll ich machen …« Vorsichtig schälte er die Tüte ab und brachte ein Paar bronzierte Babyschuhe zum Vorschein. »Meine Mutter würde sich im Grab herumdrehen … aber es ist ja nur für eine Weile«, sagte er mit einem Zittern in der Stimme und hielt dem Pfandleiher zaghaft die Schuhe zur Bewunderung hin.

Sol seufzte schwer, senkte die Lider und schüttelte langsam den Kopf.

»Das sind meine … als ich ein Baby war«, sagte Leopold zärtlich; dass auch der Pfandleiher gerührt schien, entging ihm nicht.

»Wie viel wollen Sie?«

»Zehn Dollar?«

»Fünf.«

»Gut, akzeptiert. Tun Sie sie nur bitte neben den Preis. Vorsichtig, damit sie nicht verkratzen«, warnte Leopold mit furchtsam flatternden Händen. »Schneider, Leopold S. Schneider …«

Sols Todestag begann.

Eine hohe Marionette, aus schwarzem Holz geschnitzt, die Gliedmaßen nur sporadisch unter Kontrolle, kam mit Schlagseite auf Sol zu: Der Rumpf zielte in eine Ecke des Raums, während ihn die sich werfenden Beine zum Schalter dirigierten. Sol wartete; ein zuckender Nerv in seiner Schläfe nahm den Rhythmus des spastischen Gangs auf, bis der Mann sich mit einer zappelnden Hand und fortwährend nickendem Kopf am Ladentisch festhielt. Und weil sich Sol seinerseits mit gleicher Intensität an der Kante festhielt, war es wie ein Tauziehen zwischen ihnen. Dem Pfandleiher brach der Schweiß aus, während sein Blick nach der am wenigsten zerquälten Region des Mannes fahndete, um sich daran festzumachen. Schließlich fand er die Augen, die schwarz und auf ernste Weise schön waren, wie Hirschaugen, und die inmitten der sich werfenden, furchenden Fläche des Gesichts eine schwermütige Ruhe bewahrten.

»Ich möchte dafür zehn Dollar leihen«, sagte er und hob ein großes, flaches, rechtwinkeliges Paket in die Höhe wie ein stummes Tamburin. Er brachte es auf dem Ladentisch zu Fall, wie man eine kreiselnde Münze niederstreckt, und machte sich daran, die verknotete Schnur zu lösen. Aber die Schnur war lebendig in seinen Händen; er hob seine ungestümen Finger und warf Sol ein pulsierendes, grimassierendes Lächeln zu. »Machen Sie …«

Und für Sol schien es eine ebenso große Anstrengung zu sein, den Knoten aufzubekommen. Am Ende durchtrennte er die Schnur kurzerhand mit einem Papiermesser, und als sie aufplatzte, seufzte der Spastiker leise. Zum Vorschein kam ein flacher, gerahmter Glaskasten mit leuchtend bunten Schmetterlingen.

»Was ist das?«, fragte Sol.

»Schmetterlinge.«

Sol sah den Mann verächtlich an.

»Ich sammle sie. Ich habe noch viel mehr zu Hause. Seit Jahren bin ich draußen auf dem Land unterwegs, mit Netz, mit der ganzen Ausrüstung … Aber in letzter Zeit hab ich irgendwie das Interesse verloren.« Als er den ablehnenden Ausdruck im Gesicht des Pfandleihers bemerkte, lenkte er hastig ein: »Aber selbstverständlich löse ich sie wieder aus! Was das betrifft, brauchen Sie keine Sorge zu haben.«

»Ja, was finge ich damit an, wenn Sie die nicht wieder abholen?« Sol schüttelte den Kopf. »Ich gebe Ihnen fünf Dollar dafür. Verkaufen könnte ich sie für nicht mal so viel.«

»Oh, Sie wären überrascht, wie viele Leute sich heutzutage zur Zierde Schmetterlingskästen an die Wand hängen. Außerdem gibt es jede Menge Sammler wie mich. Ich habe hier ein paar sehr gute Stücke.« Er beugte sich über das Glas, und sein wandernder Finger zeigte unter großer Anstrengung auf etliche Prachtexemplare. »Dieser hier zum Beispiel, das ist ein Monarch, und das ist ein Großer Perlmutterfalter. Oh, und schauen Sie sich diese Schönheit hier an, das ist ein Trauermantel, und der hier, mit dem Augenmuster, ist ein Amerikanisches Pfauenauge. Und hier haben wir einen Tigerschwalbenschwanz und einen Östlichen Fuchs …«

»Ich kann mit diesem ganzen Kauderwelsch nichts anfangen. Also gut, ich gebe Ihnen acht Dollar dafür.«

»Wieso denn Kauderwelsch!«, protestierte der Spastiker, um eine halbwegs würdige Miene bemüht. »Die Schmetterlinge heißen wirklich so. Es gab Zeiten, da wäre ich lieber verhungert, als sie auch nur für eine Minute aus der Hand zu geben. Erst in letzter Zeit bedeuten sie mir nicht mehr so viel. Okay, ich nehme die acht Dollar.«

Und Sol schrieb die Transaktion nieder, während der schwarze Schmetterlingskundler seinen grotesk geduldigen Tanz aufführte; Sol meinte ihn sogar mit gesenkten Lidern sehen zu können.

Der nächste Kunde trat aus einem kurzen Aufblitzen gespiegelten Sonnenlichts ein, so dass ihn Sol im ersten Moment nur als Silhouette sah, bestehend aus der nicht weiter bemerkenswerten Form von Kopf und Schultern und zwei schachtelartigen Gegenständen, die der Mann in je einer

Hand trug. Im nächsten Augenblick aber stand er im unangefochtenen Herrschaftsbereich der Neonröhren, und sein entstelltes Gesicht platzte wie ein Geräusch in den stillen Laden. Er hatte keinen Unterkiefer mehr. Nur eine gähnende, nasse Röte und eine rastlose Zunge. Sol hätte am liebsten geschrien vor Wut und Abscheu. Wieso ließ man so jemanden auf offener Straße herumlaufen?

»Ja«, sagte er, starrte stur auf die zwei Kisten und folgte ihnen mit dem Blick, als der Mann sie auf den Schalter hob.

»Ta ant u ah … ti ti.« Zweimal wurden alle zehn Finger in die Höhe gehalten, wurden so hoch gehalten, dass Sol in das Gesicht dahinter blicken musste.

»Zwanzig, Sie wollen zwanzig«, übersetzte Sol mit zusammengebissenen Zähnen und spürte den aufsteigenden Brechreiz. Er vernahm einen Laut, der vermutlich eine Bestätigung war, und zog die zwei Holzkisten zu sich her. Die größere war eine gut gefüllte Kiste mit Malbedarf, darunter mehrere Paletten, viele unberührte Tuben Ölfarbe, Pinsel und Palettenmesser. Die kleinere Kiste enthielt ein schönes Sortiment Schnitzmesser Schweizer Fabrikats. »Gut, zwanzig«, stimmte Sol zu, der den Mann schnellstmöglich loswerden wollte. »Wie heißen Sie?«

Der Mann winkte nur angewidert ab.

»Sie meinen, Sie wollen sie nicht wieder auslösen?«

»Kachk, kachk«, gurgelte es aus der freigelegten Kehle, und die Hände vollführten vehemente Gesten der Ablehnung. Es folgte eine resolute horizontale Bewegung, wie die eines Schiedsrichters, der einen Spieler vom Platz stellt, die das unwiderrufliche Ende jeglicher Beziehung zu Ölfarben und Schnitzmessern bekundete. Der Mann nahm sein Geld und kehrte auf die Straße zurück. Hinter ihm registrierte der mit seiner Übelkeit kämpfende Pfandleiher, wie wohlgeformt sein Kopf war, wie breit seine Schultern über dem sich abwärts verjüngenden, edlen Torso, und einen Moment lang war er nahe daran, in Gelächter auszubrechen, nahm sich aber aus Furcht vor dem, was daraus werden könnte, zusammen.

Eine junge Weiße kam herein. Sie war knochendürr unter ihrem billigen Hauskleid, brustlos und krumm; eigentlich hatte Sol lediglich den Eindruck einer jungen Frau, denn nichts an ihrer Erscheinung sprach dafür, dass sie tatsächlich jung war. Ihr Gesicht war leichenblass, wie von einer zehrenden Krankheit ausgehöhlt. Sie brachte einen Handspiegel und eine Schachtel mit Babykleidung in ausgezeichnetem, praktisch neuwertigem Zustand.

»Geben Sie mir, was Sie wollen«, antwortete sie mutlos auf seine Frage; das Sprechen schien offensichtlich ein ungeheurer, ein kaum zu bewältigender Aufwand für sie zu sein. »Ich brauch das sowieso nicht mehr.«

»Schauen Sie, gute Frau, ich habe dieses Geschäft, um Geld zu verdienen. Natürlich möchte ich Ihnen so wenig wie möglich geben. Sagen Sie mir, wie viel Sie sich leihen wollen, und wenn es vertretbar ist …«

Sie sah ihn mit müder Abneigung an, senkte die Lider über ihren großen, todgeweihten Augen und zuckte die Achseln. »Was weiß denn ich …«

»Die Babysachen sind ja sehr gut erhalten, und der Spiegel … Wie wär's mit acht Dollar?«

Sie nickte.

»Wie heißen Sie?«

»Rosemary O'Conner«, sagte sie in sinnierendem, fast fragendem Ton, als sei sie überrascht, dass sie noch immer diesen Namen trug. Dann runzelte sie zornig die Stirn und sah zu, wie er ihren Besitz beiseitestellte und ihr den Pfandschein aushändigte.

Das Kleingedruckte auf der Rückseite überflog sie nur kurz. Sie wirkte sauber und ordentlich, verströmte aber einen schwachen, unangenehmen Geruch, wie er chronisch Kranken anhaftet: säuerlich, stinkend, sterbend. »Und kann auch wer anderes die Sachen kriegen, wenn er irgendwann an meiner Stelle mit diesem Schein herkommt?«

Sol nickte, fast benommen von ihrem Verfallsgeruch.

»Weil mich sehen Sie hier nämlich ganz sicher nicht mehr, weiß Gott nicht.«

Wo kamen sie nur alle her? Zum Teufel, mein Jahrestag wird ja großartig! Bitte keinen mehr, um Himmels willen, es reicht, flehte er innerlich, als abermals die Tür aufging.

Doch dann ließ er mit einem Anflug von Erleichterung den Atem entweichen; es war Marilyn Birchfield. Sie erschien ihm überaus reinlich und liebreizend. Matt nickte er ihr zu.

»Hallo, Sol«, sagte sie leise. »Sehen Sie, mir kommt man nicht aus.« Sie lächelte ihn an, und er spürte, wie sein Herz wehmütig taumelte. Mit ihr sich ausruhen, in ihrer Gegenwart endlose friedvolle Stunden in der Sonne sitzen. Ach, alter Traum, so idiotisch und irreal wie der Schmetterlingskasten, die Schnitzmesser, der Handspiegel, der keine Schönheit offenbarte.

»Es tut mir leid, dass ich letztes Mal so unhöflich mit Ihnen gesprochen habe. Sie müssen mir verzeihen.«

»Aber nein, das ist doch nicht der Rede wert. Sie haben private Sorgen, und ich werde mich hüten, mich Ihnen aufzudrängen. Ich wollte Sie nur noch einmal wissen lassen, dass ich Ihre Freundin bin, dass ich immer für Sie da sein werde.« Sie richtete einen ernsten Blick auf ihn. »Was immer Sie durchmachen müssen – wenn es hinter Ihnen liegt, wenn Sie wieder offen für Freundschaft sind, vergessen Sie bitte nicht, mich anzurufen.« Sie schien etwas Fernes und Helles anzubieten, das er erkannte, wie ein Ertrinkender womöglich einen Rettungsring erkennt, aber er ist entweder zu weit entfernt, um ihn zu erreichen, oder aber zu müde, um es wenigstens zu versuchen.

»Danke. Sie sind eine gute, großzügige Frau. Wenn das alles hier«, zur näheren Bezeichnung ließ er den Blick über den gesammelten Trödel gleiten, »nachlässt, aufhört, wenn ich wieder klar sehe ...«

Sie berührte nur kurz sein Handgelenk, nickte und ging. Sol sah ihr nach, sah den Rettungsring davonschwimmen und ihn im leeren, stillen Meer zurücklassen.

Und danach, als müsste er für diese kurze Atempause mit Wucherzinsen zahlen, brach ein schlimmerer Trubel aus denn je.

Ein stotternder Uranist mit dem Körper eines Tänzers und der feinen Nase des gewieften Jägers legte, wählerisch schnuppernd in einer Welt muffiger, hässlicher Gerüche, sein verhaltenes Werben um ein paar Dollar in ein Silberarmband. Und dahinter stand, geduldig wartend, bis sie an die Reihe käme, mit steinerner Miene eine maskulin wirkende Frau, die ihren stämmigen mongoloiden Sohn an der Hand hielt; sie schenkte dem Kind keinerlei Beachtung, vielmehr schien sie in einem Klammergriff mit ihm verschweißt. Sie brachte einen Kinderbecher aus Silber mit passendem Löffel und versetzte beides ohne Bedauern, weil sie nichts hatte, an das sie die Erinnerung bewahren wollte. Ein lächelnder Postbote versetzte ein prächtiges Paar Schuhe, sein Lächeln war flach und seicht, er schien in einer Zeitspanne zu leben, die nur fünf Minuten umfasste. Ein schmutziger alter Pilger präsentierte sich wie eine Erscheinung; er brachte eine zerbeulte Taschenlampe als Pfand, und auf das ablehnende Knurren des Pfandleihers hin verließ er mit der nutzlosen Taschenlampe den Laden wie ein hoffnungsloser Diogenes, der, einmal angestoßen, nicht mehr anhalten kann. Eine dicke blinde Frau, das Haar zum typischen Anstaltsbubikopf geschnitten, bot mit stumpfem, vergessenem Lächeln eine Konzertina an; ihre winzigen leeren Augen waren gnadenlos auf Sols Gesicht geheftet, und sie überstand ohne ein Wimpernzucken seine gemurrte Erbitterung und Abneigung, bis sie ihr Geld hatte. Ihr folgte der schmutzige junge Neger mit seiner Ivy-League-Mütze, den Augen eines Süchtigen und der Miene eines verängstigten Schakals. »Hab Ihnen doch vor paar Wochen diesen Radio gebracht. Ich brauch ihn unbedingt zurück, Sie müssen ihn rausrücken. Meine Ma sagt, sie schickt mich auf kalten Entzug ins Spital, wenn ich ihn nicht zurückbringe. Ich brauch ihn unbedingt wieder, Mann.« Und als Sol den Pfandschein verlangte, stieß er ein Geheul aus. »Was weiß denn ich von irgendwelchen Scheinen! Ich will diesen Radio, Mann, gib mir den Radio zurück.« Er zückte ein Messer und fuchtelte aufs Geratewohl damit herum. »Mit mir macht man keine Faxen, Mann; rück endlich diesen Radio raus ... los, die Alte liefert mich ein, wenn sie das Teil nicht kriegt ...« Und unter allerlei gemurmelten Drohungen, er werde die Polizei rufen, und dann würde er allerdings auf kalten Entzug gesetzt, musste Sol den unerwartet dürren und schwachen Körper packen und aus dem Laden bugsieren. Und er sah dem Jungen, der gebrochen davonschlurfte, noch eine Weile nach, ehe er mit dem Gefühl säuerlichen Geruchs an den Händen in den Laden zurückkehrte. Als Nächste war die große alte Hure mit dem zerschlagenen, verquollenen Gesicht und der Lederhaut in ihrem tiefen Dekolleté an der Reihe. Der Rauch ihrer allgegenwärtigen Zigarette im Mundwinkel ließ sie nahezu erblinden, wenn sie sprach, und sie war demütig und bizarr mit ihrem falschen und furchtsamen Lächeln, als sie eine Alligator-Handtasche versetzte, der ein echtes, mumifiziertes Alligatorbaby appliziert war und an der noch das Preisschild des Ladens hing, aus dem sie entwendet worden war. Sie bekam zwei Dollar dafür.

Ununterbrochen strömten sie herein, verzagt, verdrossen, verschwitzt, schuldbewusst, bezahlten, voller Furcht, für begangene und bevorstehende Kleinverbrechen, schlugen mit Hinterhältigkeit und Härte zu, zermürbt von dem Erbfluch, der auf ihnen lastete, und sie trennten sich, erschöpft und beschämt wegen ihrer kleinen Träume, von den billigen Hilfsmitteln, die einst zu deren Verwirklichung gedacht gewesen waren. Sie brachten Anzüge in Grün, um mit Kleidern in Blau oder zurückhaltendem Grau womöglich ihr Glück zu wenden. Sie tauschten den einen Talmiglanz gegen einen anderen, feilschten mit leisen, verstohlenen Stimmen, jeder verzweifelt, schamhaft, hungrig, und jeder erfüllte den Pfandleiher mit Wut und Abscheu, wenn er ihre Hässlichkeit roch und sah.

Er reckte sich zu dem Regal in Sicht-, Riech-, Hörweite, sah all die nackten Seelen, die im Begriff waren, ihn mit Blut zu bespritzen. Und er bekam den Eindruck, dass sie alle einen Nutzen von ihm hatten, dass der Anblick seines aufgetürmten Leidens ihren persönlichen Kummer leichter machte, dass sie sich unter dem Warenbestand seines Geschäfts umsahen und alles als fürchterliches Gewicht auf seinen Schultern empfanden. Es schien sie aber auch einzuschüchtern, denn wenn sie ihren eigenen kleinen Pfandgegenstand hinzufügten, war es, als bürdeten sie ihm weitere Lasten auf, zum Beweis seiner immensen Macht; tatsächlich gingen manche von ihnen sogar lachend davon, denn sie hatten ihm einen Teil ihrer Schmerzen dagelassen.

Von Zeit zu Zeit wurde er sich seines Gehilfen bewusst, der vom Speicher herunterkam, um ihn zu unterstützen. Er blickte zu ihm hinüber, und wenn ihm der Anblick der klaren, ebenmäßigen Schönheit von Jesus' Gesicht auch keine Erleichterung brachte, so bescherte er ihm doch offenbar ein gewisses Durchhaltevermögen, denn er existierte weiter als der Pfandleiher, brachte es weiterhin fertig, zu begutachten und zu erklären, anzunehmen und zurückzuweisen. Manchmal begegneten sich ihre Blicke, und dann entstand inmitten des Lärms von Stimmen und Füßen ein Moment intensivsten, tiefsten Schweigens.

Jesus wurde blind für alle Gesichter außer für das seines Chefs. Er empfand Beklemmung, identifizierte sie als Angst und trampelte daher mit stummer Kasteiung auf diesem Gefühl herum. Denk nicht drüber nach, denk nicht drüber nach, du musst das tun, es ist die einzige Möglichkeit. Dann konnte er eine Zeitlang weitermachen, was er jeweils tat, und hatte dabei nur den einen trübsinnigen Gedanken, er wäre vielleicht, wenn das Gesicht des Pfandleihers fort wäre, für immer blind für Gesichter. Und einmal kam ihm sogar in den Sinn, dies sei der Preis, den er zahlen müsse, um hinter das Geheimnis des Pfandleihers zu kommen; dies sei der Preis für die mysteriösen Reichtümer, die ihm immer in unerreichbarer Ferne erschienen waren. Zwanghaft beschäftigte er sich mit Einzelheiten von Sols Erscheinung: der Brille, der verborgenen Struktur von Gesicht und Körper, den tätowierten Zahlen auf seinem Arm – lauter Bestandteilen von etwas, was erhaben und tragisch zugleich war, von etwas, was er ebenfalls besitzen musste. Aber er hatte dafür nur die schlichten Wörter für materielle Dinge: Geld, ein Geschäft, einen Namen.

Er brachte es sogar zu Anwandlungen von Missgunst und Gier. Der Pfandleiher verlieh eine Menge Geld, verteilte viel Bares; und wenn es dann daranging, die Zinsen zu kassieren, wäre er, Ortiz, schon über alle Berge. Und wo blieb überhaupt der Bote mit der wöchentlichen Lieferung, damit der Pfandleiher die Knete unter die Leute brachte, dieses Geld, das überhaupt der Auslöser seiner Pläne war? Jetzt war es schon drei Uhr, und seines Wissens war die Lieferung des unsichtbaren Partners noch nicht da. Es sei denn, er war gekommen, als Ortiz auf dem Speicher war. Aber nein, er hatte doch von seinem Guckloch aus praktisch jeden Kunden im Visier, hatte den Spastiker, den Unterkieferlosen, die Hagere mit den Babyschuhen, die dicke Weiße vom Jugendzentrum beobachtet. Und wenn er unten war und selbst Kunden bediente, bemühte er sich, jede Transaktion, die Sol abwickelte, im Auge zu behalten; ob er den Boten wohl erkannte, wenn er ihn sah? Sie wechselten so häufig. Der letzte, an den er sich erinnerte, war dieser weißhaarige Italiener gewesen.

Gelegentlich wurde ihm ein Schmuckstück vorgelegt, dessen Wert er sich nicht verlässlich einzuschätzen traute. In solchen Fällen schickte er den Kunden zu Sol hinüber, wartete dessen Bestätigung ab und wechselte dann wieder diesen Schweigen gebietenden Blick mit ihm, in dem sie sich in irgendeinem düsteren Winkel des Geistes verbunden fanden; bis sich jeder wieder der hektischen Bedienung der Kundschaft zuwandte und noch weniger wusste als zuvor, wohin dieser seltsame Weg eigentlich führte.

In einem fort strömten sie herein, ohne Pause, ohne Gnade. Welcher Sinn lag in der schrecklichen, demütigen Vitalität, die sie alle hatten? Warum existierten sie? Sol hatte gedacht, alles menschliche Leben sei vor langer Zeit vergast und verbrannt worden. Aus welchen Gräbern kamen diese Relikte jetzt gekrochen? Gegeißelte Gesichter, schwarze, weiße, sämtliche Schattierungen dazwischen und darüber hinaus. Heiseres Krächzen, Klagen, Fordern, Flehen, Sichfügen. Zellen, die sich teilten und wieder abstarben, seltsame Mutationen, Gerüche, Hässlichkeit. Alle Rechtfertigungen des Lebens galten längst nicht mehr. Worum ging es bei dieser ganzen gespenstischen Parade? Und warum musste er sie ertragen?

»Fünf Dollar.«

»Aber das ist Gold.«

»Vergoldet. Fünf Dollar.«

»Echt!«

»Echter Ramsch. Zwei Dollar.«

»Der hier ist nagelneu.«

»Na komm, Opa, dieser Anzug war schon bei deiner Konfirmation alt.«

»Wertvoll.«

»Wertlos.«

»Hey, Dad, für dieses Horn verkauf ich mich mit Leib und Seele!«

»Gut, zehn Dollar für Leib und Seele.«

»Wie viel?«

»Wie viel?«

»Wie viel?«

Um fünf Uhr taumelte er, fürchtete vor Erschöpfung umzufallen.

»Ortiz«, rief er über die Köpfe der Leute hinweg.

Jesus blickte auf.

»Wir haben das Mittagessen vergessen. Ich kippe gleich um. Geh und hol mir einen Kaffee, ein Sandwich.«

Einen Moment lang war Jesus versucht, sich zu weigern – er könnte die Ankunft des Boten verpassen. Dann wäre alles umsonst. Und doch wagte er nicht sich zu weigern, denn auch dies hätte seinen Plan irgendwie durchkreuzen können. Davon abgesehen, war der Bote keinen einzigen Donnerstag ausgeblieben; der geheimnisvolle Partner schien der Inbegriff der Präzision und Tüchtigkeit zu sein. Rasch schlüpfte Jesus hinter dem Ladentisch hervor und eilte davon.

Und auf einmal war diese eine Stunde da, in der das Geschäft, wie ferngesteuert, mit einem Schlag erlahmte. Sol war allein im sich setzenden Staub. Er ließ den Kopf in seine Hände fallen. Die Brille schnitt ihm in die Nase. Sein Atem ging röchelnd, stoßweise, schmerzhaft, wie ein verklingendes Gerassel. Er wünschte sich schon gar keine Erleichterung mehr, in ihm war nur noch ein Rest Neugier darauf, wie viel noch vor ihm lag.

»Lieferservice, Chef«, sagte die blecherne Stimme, gefolgt vom gedämpften Aufklatschen eines prallen Kuverts auf dem Ladentisch.

Sol richtete sich langsam auf. Er nahm die Brille ab und rieb sich den roten Abdruck des Stegs auf der Nase. Trotz der Unschärfe seiner beeinträchtigten Sehkraft erkannte er Murillio.

»Nehmen Sie's in die Hand«, befahl der.

Sol schüttelte den Kopf.

»Ich habe mehrere Minuten meiner privaten Zeit geopfert, um persönlich herzukommen; es soll nicht umsonst gewesen sein.«

Sol schüttelte nur weiter den Kopf. Er fühlte die Freiheit nah.

»Zum letzten Mal, Chef, nehmen Sie's!«

Das Kopfschütteln hörte nicht auf.

»Ich warne Sie und ich denke, wir wissen beide, dass mein Wort gilt: Das ist Ihr Ende.«

»Bringen Sie mich um?«

Murillio nickte feierlich, ganz ohne Drohung, sogar mit einer leisen Andeutung von Bedauern.

»Ach, wenn das alles ist, was Sie mir antun können, Murillio, dann sind Sie viel schwächer, als ich dachte. Bringen Sie mich ruhig um«, sagte Sol gleichgültig und setzte die Brille wieder auf. »Ich bin draußen, so oder so.«

»Sie sind anscheinend von Sinnen«, sagte Murillio, dem zum ersten Mal eine gewisse Gereiztheit anzumerken war. »Denken Sie eine Minute lang logisch, okay? Tot, Kugel im Kopf, aus und vorbei, Sie sind weg vom Fenster! Sie wollen doch nicht sterben, oder?«, fragte er, fast missmutig. »Sterben ist lächerlich.«

»Und leben?«

»Ich habe Sie immer für einen vernünftigen Mann gehalten. Leben ist alles; was gäbe es sonst?«

Sol lächelte plötzlich, ein uralter Ausdruck intellektueller Erheiterung.

»Sie wollen mir das Leben schmackhaft machen? Sie vergeuden auf jeden Fall Ihre kostbare Zeit. Sie können mir nichts anhaben. Die einzige Strafe, die Sie mir zufügen können, verfehlt ihre Wirkung. Sie ist mir nichts. Und die Drohung damit ist sowieso eine Lappalie. Das verstehen Sie nicht, oder? Schade. Was werden Sie mir nehmen? Schauen Sie sich doch um in meinem Reich. Was soll das sein? Glauben Sie etwa, ich hänge daran? Und der Gedanke, ich könnte es verlieren, macht mir den Tod schrecklich?«

Murillio bewegte langsam die Augen, versuchte den Laden mit den Augen des Pfandleihers zu sehen, sah ihn zum ersten Mal mit Neugier an, aufmerksam, suchend, Mutmaßungen über die Vielfalt an Glänzendem, Glitzerndem anstellend, versuchte zu ergründen, was das alles bei einem bewirkte, wie es einen wappnen konnte gegen eine, wie Murillio immer geglaubt hatte, furchterregende Waffe. Es war ganz still um den Mann im dunklen Anzug mit seinem weißen, wie gelackten Gesicht und den Pfandleiher mit seiner feucht-grauen Haut, seinen halb verdeckten Augen. Ringsum altes Holz und zerbeultes Messing, Gläsernes, Goldenes, Silbernes, Perlmutt und Schildpatt, Darmsaiten, Stahl und Elfenbein. Über allem lag Staub, alles sah aus wie ein spärlich besuchtes Museum, ein Ort esoterischen Interesses, der seine gewaltsamen Zeiten lang hinter sich hatte, dessen Geräusche nur verklingende Echos waren. Schließlich wanderte Murillios Blick zu Sol zurück. Eine Weile studierte er sein Gesicht. Dann senkte er den Blick auf Sols tätowierten Arm und ließ ihn dort ruhen, in düsterem Nachdenken verharrend.

Auf einmal aber lächelte Murillio, ohne den Blick von der blauen Nummer zu wenden. »Wissen Sie was, Chef? Ich bin ja nicht dumm. Ich besitze Instinkte; die haben mich dahin gebracht, wo ich heute bin. Deshalb gehe ich sogar noch weiter. Ich schreie nicht, ich stampfe nicht mit dem Fuß, ich trete keine Leichen. Sondern ich sage Ihnen Folgendes …« Er hob seine kalten schneematschgrauen Augen zu Sols Gesicht. »Ich denke, Sie haben recht. Ich denke, es hat keinen Sinn, Sie umzubringen. So oder so bekomme ich von dieser Investition das Meiste zurück. Aber ich sehe ein, dass Sie nicht als Vorbild dienen können. Nein, ich schreibe Sie ab – was Ihnen natürlich egal ist. Es ist sehr schade, Chef. Sie scheinen mir ein interessanter Mann zu sein. Die meisten Menschen, mit denen ich zu tun habe, sind dumme Tiere; sie langweilen mich zu Tode. Schade, dass wir nicht ab und zu miteinander plaudern konnten. Wer weiß – vielleicht hätte sogar ich noch was lernen können.«

Sol gab keine Antwort, und Murillio stand noch ein paar Minuten da und horchte in die Stille, als versuchte er zu hören, welcher spezielle Ton den Pfandleiher in seine Tagträumerei entrückt hatte. Dann nahm er den Umschlag mit Geld wieder an sich, wedelte einmal damit wie zum Abschied und verließ den Laden.

Und Sol sagte laut zu sich: »Es ist also nicht der Tod, vor dem ich mich fürchte, obwohl er mich heute noch aufsuchen könnte. Was macht mir dann dieses Zittern, diese Schmerzen? Warum dehnt sich mein Brustkorb, dass er zu explodieren droht?« Mit einem tiefen Klagelaut presste er die Hände ans Gesicht, und so stand er, bis Jesus mit Essen und Kaffee zurückkam, woraufhin er aß und trank, um sich die Zeit des Wartens zu vertreiben.

Und Jesus ging wieder hinauf und wartete ebenfalls.

27

Niemand kam. Sol empfand eine gewisse Gereiztheit. Er erwog den abwegigen Gedanken eines Boykotts, einer plötzlichen Umlenkung von allem Menschlichen. Sein Laden als eigenartiges, groteskes Grab.

Er griff nach dem Staubwedel und betupfte damit seine Waren, ließ wie ein gläubiger Medizinmann den vogelartigen Flederwisch zwischen Trompete und Kameras hin und her huschen.

Ein Geruch nach Teer und Bratfett wehte in den Laden und war gleich wieder fort. Aus irgendeiner Ferne kam Schokoladenduft. Sol runzelte die Stirn, die Federn am Ende seines Voodoostabs hoben und senkten sich wie ein atmender Vogel. Unerklärlich plötzlich war auch der Schokoladenduft wieder verschwunden. Alles, was war, existierte allein in diesem Laden.

Der Raum war erfüllt von winzigen Geräuschen, die, das wusste er, nur er hören konnte. Der Ventilator, der nach jeder vollen Umdrehung einmal kurz klickte, schickte einen kaum spürbaren Atem durch die Schalltrichter der Trompeten, strich mit unendlicher Zartheit über die Saiten von Banjo, Geige, Gitarre. Sein fantastisch scharfes Gehör erfasste das Geraschel seiner Papiere, der geriffelten Kanten seiner Geschäftsbücher, der verschiedenen Rechnungen und Pfandscheine. Über ihm knarzte der Fußboden des Speichers unter den Schritten seines Gehilfen; manchmal polterte es, als bewegte sich Ortiz' schmächtige Gestalt unter einer zentnerschweren Last; es waren Geräusche von unaufhörlicher, dumpfer Regelmäßigkeit, wie Schritte in einem Albtraum. Bumm, bumm, bumm, dumpfe, ferne Hammerschläge, ein Kontrapunkt zum geisterhaften Atem der Blasinstrumente, dem Hauchen der angestrichenen Darmsaiten.

Er war jetzt am Ende von allem angelangt, in seinem Rücken fühlte er den kalten Sog des Grabs. Am Leben hielt ihn nur noch ein Faden aus Licht und Ton. Nur eines musste noch geschehen. Er wurde rasend vor Ungeduld, wollte es endlich hinter sich haben. Der eine winzige Kontakt mit dem Leben war eine unvorstellbare Qual, ein weiß glühender Druck gegen sein Herz.

»Was treibt er da droben? Er hätte längst gehen sollen. Was hat er vor? Glaubt er, ich merke nicht, dass er noch hier ist? Was für ein Albtraum diese Welt ist! Was für ein grausamer Scherz Gott ist! O ja, bring uns um, bring uns um, aber nur einmal, ist einmal nicht genug?«

Aber worauf wartete er denn? Er konnte seine Erlösung doch jederzeit selbst herbeiführen, seine Schubladen waren voll mit Dolchen und Pistolen; egal, in welcher Richtung, der Tod war in Griffweite.

Draußen auf der Straße plapperte und hupte es, und die Straße warf ein beschwingtes Abendlicht durch die Eingangstür. Autos flitzten funkelnd vorbei, menschliche Gestalten vollführten kurze Pantomimen innerhalb seines Gesichtsfelds: Kinder in schwer erträglichen Insektenkörpern, Frauen, Männer aller Hautfarben, jeder geringfügig unterschiedlich gekleidet, alle einer je eigenen Choreografie gehorchend. Sol versuchte sich an eine Zeit zu erinnern, als auch er lebendig gewesen war, und scheiterte kläglich. Die perspektivische Verkürzung der Zeit hatte seine Kindheit und Jugend ausgelöscht, und alles, was blieb, war eine schwindende Fassade des Elends, die Architektur seiner letzten Jahre.

Er trat unter den Ventilator und zog an der Kette, um ihn auszuschalten. Dann lauschte er einen Moment, den Staubwedel wie eine flatternde Waffe in der Hand. Der Ventilator kam surrend zum Stillstand, die Instrumente verstummten.

Bumm, bumm, bumm, machten die Schritte über seinem Kopf, und Sol blickte voller Verzweiflung zur Decke. Der Staubwedel hing nutzlos an seiner Seite herab.

»Ohhh«, atmete er. »Oh, verflucht das alles, verflucht«, flüsterte er. Das Leben fiel wie ein Schatten auf seine Seele.

Langsam senkte er den Blick von der Decke abwärts, vorbei an der gewundenen Tuba, der antiken Vorderlader-Muskete, vorbei an den Bongo-Trommeln auf dem Regal über der Tür, an dem Keil, der die Tür offen hielt, um von der Straße ein wenig Luft hereinzulocken – senkte den Blick, bis sich ihm durch die offene Tür der verrückte Anblick dreier Gestalten bot, die sich jetzt in Bewegung setzten und über die Straße auf ihn zukamen.

Sie trugen Halloween-Masken für Kinder; einer ein puppenähnliches Mädchengesicht mit Herzmund und scharf umrandeten roten Scheiben auf den Wangen, der zweite eine grüne Teufelsfratze, der dritte ein Clownsgesicht: kalkiges Weiß mit klaffendem Mund, hinter dem dunkle Haut zu sehen war.

Und Sol stand da, den Staubwedel in der Hand, und sah sie mit der Contenance und Rationalität eines Mannes herankommen, der einen Traum erlebt.

28

Sol wich zurück, bis er, auf der Höhe des vergitterten Schalters, mit dem Ladentisch zusammenstieß. Die Gruselmasken waren auf dem Gehsteig angelangt, in dem Abschnitt zwischen den Fenstern, und gleich darauf drängten sie sich in der Tür, nichtmenschliche Gesichter, die ihn leer anstarrten. Langsam, fast schüchtern kamen sie herein. Das Puppengesicht blieb zurück, um mit seinem massigen Körper die Tür zu bewachen. Die Teufelsfratze hob einen aschgrauen Ärmel und ließ eine blanke Waffe sehen; angesichts der Masken wirkte sie wie eine Spielzeugpistole. Der Clown trat mit leeren Händen vor. Alle drei atmeten laut und gepresst hinter ihren Masken. Von oben kam kein Laut mehr, doch die Geräusche von der Straße waren lebhaft und seltsam harmlos. »Hey, Ginger«, rief die Stimme eines Jungen. »Wohin des Wegs, Mädchen?« Die Uhren tickten versetzt. Warum hatte er, der imstande war, das fast unhörbare Schwingen der Saiten im Ventilatorwind auszumachen, die Uhren früher nie wahrgenommen?

»Was … was wollen Sie?«, sagte der Pfandleiher in dürrem, fast raschelndem Ton.

Der Clown trat vor und deutete auf den riesigen Tresor hinter dem Ladentisch.

»Was, was, ich verstehe diese Gebärdensprache nicht«, sagte Sol. Er hatte das Gefühl zu fallen und wappnete sich für den Moment, der die Schwelle des Todes war.

»Das Geld, das Geld«, zischte der Clown grimmig. Er trat

näher heran, und Sol sah den biegsamen braunen Hals. »Los, Safe aufmachen. Das ist kein Spaß. Schnell.« Er ruckte mit seinem weißen Leinengesicht zu der glänzenden Waffe in der Hand des Teufels.

»Ihr seid verrückt«, sagte Sol ungerührt, pflichtbewusst seine Rolle in dieser absurden Kostümfarce ausfüllend. In gespielter Wut wedelte er steif mit dem Flederwisch. »Man wird euch erwischen. Haut bloß ab, zieht Leine, bevor ihr wirklich Ärger kriegt.«

Der Clown blickte sich mit der Haltung gespielter Verwunderung nach dem Teufel um. Dessen knochige braune Hand wölbte sich um den Griff der Pistole, und er blickte seinerseits zu der Ecke des Ladens, in der es zum Speicher hinaufging. Aber dort war nichts. Folglich hob der Teufel die Waffe und senkte dann den Lauf mit einer abrupten Bewegung, als wäre seine Pistole einer dieser Papprevolver, die, wenn man abdrückt, einen Papierstreifen mit dem Wort PENG ausstoßen.

»Keine Scherze jetzt, weißer Mann. Her mit dem Geld. Wir haben keine Zeit. Her damit!« Und der Teufel beugte sich vor mit einer Angespanntheit des ganzen Körpers, die in dem Stück Eisen in seiner Schusshand gipfelte.

Der Clown schien sich zurückzuneigen und hob leicht den Arm, wie um den drohenden Lärm abzuwehren. Doch jetzt deutete plötzlich das Puppengesicht nahe der Tür auf etwas hinter Sols Rücken.

»Hey, warte, das Ding ... Tresor ... der ist doch nicht ... der ist ... offen. Offen!«, rief er.

Sol drehte sich mit ihnen zu der großen Tresortür um, die gerade genug Schatten warf, um erkennen zu lassen, dass sie nicht ganz geschlossen war. Er seufzte müde, als ihm klar wurde, dass er sie abermals provozieren musste. Direkt vor der Nase des Clownsgesichts schlüpfte er hinter den Schalter und baute sich mit dem Rücken vor der Stahltür auf. Der Clown folgte ihm hinter den Ladentisch, schien aber von dem Flederwisch, den ihm Sol unter die Nase hielt, eingeschüchtert. Unterdessen war auch der Teufel an den Ladentisch getreten und schob den Lauf der Pistole zwischen den Stangen des Schalters hindurch.

»Auf die Seite, weißer Mann. Tangee, hol die Kohle«, sagte der Bewaffnete, mit der Pistole deutend, so dass sie klirrend gegen einen Gitterstab stieß.

Aber Sol rührte sich nicht, und Tangee blickte hilfesuchend hinter seinem nutzlosen Clownsgesicht auf den Teufel. »Er bewegt sich nicht, Robinson«, sagte er.

»Für was willst du krepieren?«, fragte Robinson mit einem Anflug von Neugier und hob den Lauf so weit, dass er auf die altmodischen runden Brillengläser zielte. »Hängst du so am Geld?« Er deutete auf die mit Waren gefüllten Regale, stockte kurz, als sein Blick auf die schöne Mundharmonika fiel, die er versetzt hatte, fuhr aber gleich fort, als hätte er sich hiermit vorgenommen, sich sein Instrument später zurückzuholen: »An diesem ganzen Gerümpel hier, dem Ramsch …«

Sol gab keine Antwort. Langsam, aber stetig rutschten sie alle auf den Untergang zu. Tangee trat einen Schritt zurück, Robinson vollführte immer kleinere Kreise mit dem Pistolenlauf, Kreise, deren Zentrum sich irgendwo rund um die Augengläser des Pfandleihers befand. An der Tür schwang Buck Whites Kopf immer rascher zwischen der Straße und der Szene vor dem Tresor, bis er in dem Versuch, beides gleichzeitig zu sehen, so schnell hin und her fuhr, dass er vermutlich gar nichts mehr sah; oder aber er nahm, weil die

Augen sich ja nicht so schnell von einem Objekt auf ein anderes umstellen, zwangsläufig das Bild der drei Gestalten, gemeinsam dem Verderben preisgegeben, zum Anblick der Straße mit, so dass er vorläufig keine Ahnung haben konnte, in welche Richtung er eigentlich fliehen sollte.

Sol roch Körperschweiß, identifizierte ihn als den sogenannten »Negergeruch« und verzog dann, als ihm klar wurde, dass es durchaus sein eigener Schweiß sein konnte, das Gesicht zu einem sarkastischen Lächeln, das wie ein inwendiger Kratzer war. Von der Treppe her kam ein Knacken. Es klang wie das eigentümliche Schweigen, in dem sie alle gefangen waren. Sol hob den Staubwedel, als sei er der Kommandant seines eigenen Erschießungskommandos. Jetzt hatte er alles in Reichweite. Er kostete dieses Gefühl eine lange Minute aus, während Robinson die Kreisbewegung seiner Waffe verlangsamte und auf den reglosen Augenblick zusteuerte, in dem er abdrücken würde.

Doch dann wurde Sol unversehens von Entrüstung gepackt. Dass sein ganzer gewaltiger Erfahrungsschatz sich ihm auf einmal entziehen sollte! Es erboste ihn, dass sein Anfang und Ende nicht mehr Tiefe und Bedeutung besaß als dieser schäbige, verramschte Laden. Auf einmal sehnte er sich nach dem Klischee des Ertrinkenden, nach einer großen Läuterung. Eine Eitelkeit, mit der er niemals gerechnet hätte, ließ ihn eine Zurücknahme fordern, ließ ihn sogar auf der unermesslichen Vielfalt von Schmerz und Leid beharren, die er ausgestanden hatte, dem Unerträglichen, das er gesehen, gerochen, gehört hatte. Als er auf die steifen Maskengesichter blickte, führte sein Herz stillschweigend die unendlich feinen Temperaturunterschiede ins Feld, den Druck aller Hände, aller Winde, aller Feuchtigkeiten, den er je am Körper verspürt hatte. In dem flachen, röchelnden Atem der vier Menschen im Raum beschwor er zumindest die mikrokosmische Ansicht aller Gesichter, wie er sie durch das winzige Guckloch dieser Federhalter gesehen hätte, die in seiner Jugend als Andenken so beliebt gewesen waren. Aber er konnte sich nicht einmal daran erinnern, wie der Federhalter ausgesehen hatte, und er wusste, dass die Gesichter zu klein gewesen wären, um sie zu erkennen. Und es erfüllte ihn die unglaublichste Trostlosigkeit, weil sein Anfang und Ende tatsächlich innerhalb der engen Grenzen dieser einen leeren Stunde stattfinden würde, in diesem einen stickigen und heruntergekommenen Raum.

Er schwang den Staubwedel und saugte das letzte Leben ein.

Die Explosion war ohrenbetäubend; es war, als hätte eine Bombe eingeschlagen. Er war geblendet, sah nichts als Rauch. Das Echo des Knalls ließ die Schalltrichter der Blasinstrumente klingen. Betäubung. Aber er war sich der Betäubung bewusst … also kein Tod. Was dann? Hastige Schritte. Die Hand ausstrecken und stoßen an … Was war das? Ein Körper, langsam abwärts rutschend. Oh, zu sehen, zu wissen! Seine Hand drückte sich auf die bekleidete, warme Gestalt, stützte, versuchte sie am Fallen zu hindern. Er konnte es nicht, sie entglitt ihm. Dann sah er, in der Tür stehend, Robinson, die Waffe halb erhoben und die Maske unter dem Kinn; sein Gesicht war selbst eine schreckliche Maske, der Inbegriff derselben Trostlosigkeit, die auch Sol verspürt hatte. Der stand dem Bewaffneten ruhig gegenüber, die Hand an dem abwärts rutschenden Körper. Und im nächsten Moment fuhr Robinson herum und rannte. Sol senkte den Blick und erkannte an seinem schlanken Rücken Jesus

Ortiz. Auf dem gelben Hemdstoff quoll ein roter Fleck. Sol griff mit beiden Händen zu, um ihn zu halten, aber er konnte es nicht, Ortiz entwich ihm und landete mit einem kleinen, fast verschwiegenen Aufprall auf dem Boden.

Die Resonanz des Schusses in allem Metallischen verklang so langsam, dass sie sich, das wusste er, ewig fortsetzen würde. Behutsam drehte er den schmächtigen Körper um und legte ihn sacht ab, nachdem er mit dem Fuß ein paar Glasscherben zur Seite geschoben hatte. Jesus starrte ihn an, blinzelte ein paar Mal, wandte aber den Blick nicht von Sol.

»Es war hirnrissig«, flüsterte Jesus.

Sol ließ sich auf ein Knie nieder. »Was ist passiert? Ich habe nicht verstanden, was passiert ist. Ich dachte, er will mich erschießen. Dann hörte ich den Schuss ... Hast du dich dazwischengeworfen?«

»Keine Schießerei, hab ich ihnen gesagt ... So was Blödes ... so eine saublöde Sache.«

»Meinetwegen?«

»Seien Sie doch kein Idiot ... Sie verdammter Idiot.«

»Warum dann?«

»Es war so blöd, blöd ...«

»Mehr als das.«

Jesus schüttelte nur hartnäckig den Kopf.

Ein paar Sekunden verharrte Sol in seiner knienden Haltung und betrachtete das Gesicht des Jungen, aus dem nach und nach die Farbe wich. Dann stand er auf und rief den Notarzt. Draußen näherte sich Stimmengewirr. Ein Wagen hielt an. Jemand schrie, Gesichter drängten sich in der Tür. Ein Polizist zwängte sich durch die Menge, warf einen Blick herein, erst vorsichtig, dann verwundert, weil nichts zu sehen war. Sol deutete auf den Verwundeten zu seinen

Füßen, und der Polizist kam näher, seine Augen weiteten sich; dann fuhr er barsch die Menge der Schaulustigen an, wie um sich selber Beine zu machen. Ein zweiter Polizist kam, dann ein dritter. Sol beschrieb dem Krankenhaus seinen Standort. Weitere Polizisten drängten herein, einer mit Sergeant-Streifen am Ärmel.

»Wissen Sie, wer sie waren?«, fragte der Sergeant. »Wie viele sie waren? Farbig oder weiß? Haben Sie nicht gesehen, in welche Richtung sie davongerannt sind?«

Mehr Wagen fuhren vor. In der Tür hatte sich eine Mauer aus menschlichen Leibern gebildet, in der sich von Zeit zu Zeit eine Lücke auftat, um einzelne Männer einzulassen. Hinter Sol sprach ein Polizist ins Telefon, ein anderer, in Zivil, stellte ihm Fragen, bei denen er nur ratlos die Achseln zucken konnte. Und während der ganzen Zeit bildete er mit seinem Körper einen Schutzschild über seinem verwundeten Gehilfen und hielt seinen Blick fest. Es war ein eigenartiges Ringen zwischen ihnen, ein stummes Zerren; beide wurden davon fassungslos und wie benommen. Vom Boden sah Jesus nur die massige Gestalt des Pfandleihers über ihm, das unförmige Gesicht, dem nur die runde Brille Struktur zu verleihen schien. Darauf, auf nichts anderes, war seine Welt reduziert – oder vergrößert. Er spürte, wie sein Körper ihn verließ, der entsetzliche Schmerz in weite Ferne rückte. Er nahm nur den Pfandleiher wahr, mit seinem Geheimnis, und die gedämpften Geräusche zahlreicher Menschen im Laden. Und der Pfandleiher starrte so sehnsüchtig, wie ein Erfrierender in die letzte Glut eines Feuers starrt und auf einmal erkennt, wie schön die Farbe von Licht sein kann. »Was wolltest du von mir, Ortiz?« Jesus rollte nur den Kopf auf dem Boden hin und her. Ach, diese erstaunlich seidenglatte

Haut, warm und geschmeidig, unter der es überall kaum merklich zitterte und bebte. Die Augen mit ihren dunklen Öffnungen ins Mysterium. Was sahen sie? Die Lippen bildeten lautlose Worte, einen Fluch, einen Segen oder etwas ganz anderes.

Aus weiter Ferne nahte eine Sirene. Draußen auf der Straße schrie eine Frau; sie klang hysterisch. Hände legten sich auf seinen Arm. Sol schüttelte sie ab. Etwas brach sich in ihm Bahn, es war wie das Strömen aus einer großen Wunde, das durch seinen ganzen Körper ging. Ein Rauschen, eine brennende Qual erfüllten ihn. Er fühlte sich nackt und gehäutet, und er hing über dem sterbenden Jungen wie ein zerfaserter Baldachin. Eine Million Schmerzen durchpflügten ihn und krümmten ihn einwärts, so dass sein Gesicht dem Gesicht unter ihm immer näher kam. Er wollte etwas sagen und wusste nicht, was. »Ortiz, Ortiz, Ortiz«, sagte er. Alles, was er besiegt gewähnt hatte, erwachte aus dem Scheintod und stürzte sich auf ihn. Geister mischten sich mit den geschäftigen Polizisten im Laden, und die Stimmen schwollen auf das Tausendfache. »Ortiz, Ortiz«, flehte er. Die dunklen Augen wurden weiter und schrecklicher. »Was mach ich denn?«, stöhnte er. »*Ortiz!*«

Jemand zog ihn mit Gewalt fort, und er taumelte hinüber zur Speichertreppe, wo er niedersank, den Kopf in den Händen. Draußen, direkt vor der Tür, verklang der letzte Ton der Sirene, und im nächsten Moment drängten sich Sanitäter und Notarzt in dem engen Raum hinter dem Ladentisch. Eine Frau brachte ihr Schreien in den Laden mit.

»Jesus, Jesus, ist es mein Jesus?«, kreischte die Mutter.

»Es tut mir leid«, sagte jemand.

»Ist er tot?«

Vielleicht ein stummes Nicken.

»Aahhh, heilige Mutter Gottes, Allmächtiger, hilf mir …«

Und dann das trockene würgende Geräusch des Weinens, es wurde lauter und lauter und lauter, übertönte alles, überschwemmte, ertränkte ihn, riss ihn zurück in das Meer der Tränen, dem er sich entronnen geglaubt hatte. Und er saß da und stemmte sich gegen dieses zerschrammende Getöse, wurde von seiner unentrinnbaren Übermacht niedergestreckt, glattgeschliffen zu dem einen blanken Stein des Leidens, des Leidens.

Die ganze Betäubung, die jahrelang erneuerte Anästhesie fiel von ihm ab. Er bekam Angst vor der Berührung der Luft mit den offenen Wunden. Woher diese schreckliche neue Empfindlichkeit und wozu war sie gut? Lieber Gott, was ist das? Liebe? Konnte das Liebe sein? Er begann hysterisch zu lachen, und das Durcheinander der Stimmen im Laden verstummte jäh. Die Mutter, die über ihrem toten Sohn kniete, blickte auf und verfluchte ihn.

»Er lacht, hört ihr, er lacht!«, schrie sie zornentbrannt.

»Na, na, gute Frau, er steht wahrscheinlich unter Schock«, sagte einer der Polizisten beschwichtigend.

»Aber er lacht. Wie kann er jetzt lachen?!«

O nein, nicht Liebe! Zu wem denn? Zu diesen dunklen schmutzigen Wesen? Es dreht sich mir der Magen um bei ihrem Anblick, krank machen sie mich. Oh, dieser Lärm, dieser Schmerz, diese Schläge.

Die Zeit verging auf sonderbare, nicht fassbare Weise. Fragen wurden ihm gestellt. Es war ein ständiges Kommen und Gehen. Sie bugsierten ihn in den kleinen Glaskasten, und jemand drängte ihm einen starken Whiskey auf. Ringsum verschwammen die Gesichter und Gewänder und Geräusche zu einer Wand. Er nickte und sprach, verneinte, bejahte und hatte keine Ahnung, was er sagte. Von allen Seiten drückten und stießen warme Leiber, begleitet vom erstickenden Andrang menschlicher Gerüche. Flüchtig nahm er wahr, wie eine Bahre mit einer zugedeckten Gestalt darauf hinausgetragen wurde. Manchmal meinte er eine vertraute Stimme zu erkennen und bemühte sich, im Durcheinander, das ihn umgab, ein verloren geglaubtes Gesicht zu entdecken. Einmal hörte er eine Frauenstimme vorwurfsvoll klagen: »Aber ich bin seine Freundin, ich habe ein Recht!« Das Telefon läutete. Jemand fragte ihn, ob er mit jemandem sprechen wolle. Er wusste nicht, ob er geantwortet hatte. Einen Augenblick lang sah er das makellose Gesicht von Marilyn Birchfield und sagte wie im Traum: »Nein, nein, ich bin zu schmutzig; Sie müssen sich von mir fernhalten.« Und sogleich war sie fort, von seiner Stimme verbannt, und im ersten Moment meinte er den zarten Umriss eines Bedauerns zu erkennen, bis auch der verblasste. Sein Kopf klang wie angeschlagenes Metall, und sein Körper war unvorstellbar gealtert.

Ein Mann, womöglich ein Arzt, nötigte ihm eine Flüssigkeit in einem kleinen Pappbecher auf. Sie machte ihn schläfrig, und der Arzt, ein müder, säuerlich wirkender Mann, forderte ihn auf, in seine Praxis zu kommen, wo er eine Couch habe, auf der Sol eine Weile schlafen könne.

»Ruhen Sie sich aus, das tut Ihnen gut«, sagte er.

Sol nickte, umschwirrt vom Durcheinander der Stimmen, hob aber die Hand.

»Ich muss erst noch einen Anruf machen«, sagte er. Denn auf einmal hatte er an den Laden denken müssen und, gleichzeitig und auf verworrene Weise, an Jesus Ortiz und seinen Neffen Morton, und es war ihm klar, dass er, ehe er schlafen konnte, noch etwas klären musste.

»Gut, ich warte«, sagte der Arzt. »Dieses Beruhigungsmittel wird Sie ziemlich benommen machen. Besser ist es, ich gehe mit Ihnen. Also – erledigen Sie Ihren Anruf.«

Sich auf den Ladentisch stützend, schlurfte er zum Telefon. Einer der Polizisten trat zur Seite und beäugte ihn neugierig, als Sol langsam die Nummer in Mount Vernon wählte. Er war wie betrunken, und überall in ihm prickelte es vor Schlafbedürfnis. Aus der Wirrnis seines betäubten Gehirns ragte nur diese eine Pflicht in halbwegs lesbarer Gestalt heraus, doch im Verhältnis zu dem, was er erlebte, war auch sie ohne Verankerung und eigentlich unverständlich.

»Morton, ich möchte mit Morton reden«, sagte er, sobald er hörte, dass am anderen Ende abgehoben wurde.

»Sol?«, fragte seine Schwester. »Bist du das? Du hörst dich komisch an. Was ist passiert?«

»Morton«, beharrte er. Als könnte allein dieses Wort den Schlafzwang niederringen.

»Was – was ist los?«

»Gib mir Morton«, sagte er mit schwerer Zunge.

Er hörte, wie der Hörer weggelegt wurde, und rieb sich das Gesicht, um die sandige Schläfrigkeit abzuwehren.

»Was ist?«, fragte Morton verdrossen.

»Hör mir genau zu, Morton, ich kann es nicht noch mal sagen. Und lass mich ausreden. Ich bin todmüde und muss mich bald hinlegen. Hier ist ein entsetzliches Durcheinander; ein Chaos. Es ist etwas Furchtbares passiert. Man wollte mich überfallen. Die Polizei ist hier. Mein Junge, mein Gehilfe, ist erschossen worden … er ist tot.«

»Was? Was? Wer … erschossen? Wer, ich meine …«

»Mein Gehilfe, Jesus Ortiz, er wurde erschossen. Ich bin allein mit dem Laden. Ich schaffe das nicht allein. Ich muss mich verständlich ausdrücken. Ich möchte, dass du herkommst und hier arbeitest. Du kannst weiter zur Schule gehen; wir finden ein Arrangement. Aber ich brauche deine Hilfe, ich habe sonst niemanden.«

»Aber wie kann ich ... ich versteh das nicht. Soll ich jeden Tag in den Laden? Wo werde ich arbeiten? Meine Mutter ...« Mortons Tonfall war larmoyant und aufbegehrend. Er hatte schon genug eigenes Elend, wurde ihm jetzt noch mehr aufgebürdet – war das eine Erleichterung oder machte es die Sache schlimmer ?

»Ich brauche dich, Morton«, sagte Sol dumpf.

Fast eine Minute lang war Schweigen. Sol kämpfte gegen die Schwerkraft, die seinen Kopf abwärts zog. Der Arzt war ein verschwommener Fleck zu seiner Linken, und nur in der Mitte war sein Gesichtsfeld klar und zeigte ihm ein Bild der von der Decke hängenden Tuba. Schließlich kam ein verschleimtes Geräusch von Morton, der seine Stimme wiederzufinden versuchte.

»Okay, Onkel Sol, okay. Morgen komme ich zu dir in den Laden. Ich probier's ... Du musst mir aber alles beibringen.«

Und danach hatte Sol nur die undeutliche Erinnerung, dass er mit der Hand des Arztes fest unter seinem Ellenbogen den Laden verließ. Er trat ins Freie, blind für das späte Sonnenlicht, wusste Geräusche und Himmelsrichtung nicht einzuordnen. Er nahm nur Bewegungen, ein Gewirr von Stimmen wahr und fühlte sich wie ein kleiner Ball, der in einem riesigen runden Drahtgehege herumspringt.

In antiseptischer Ruhe schlief er ganz bequem auf der ärztlichen Couch. Eine Zeitlang war das Einzige, dessen er sich bewusst war, die vagen Geräusche seines Atems, die bis in seinen Schlaf vordrangen. Und als er zu träumen begann, war der Traum sonderbarerweise frei von dem üblichen Grauen; dennoch barg er die tiefste Traurigkeit, die er je erlebt hatte.

Er ging mit Tessie und Morton über eine merkwürdig verwilderte, trostlose Wiese. Niemand sprach, und die beiden schienen völlig gleichgültig gegen ihn, dennoch hielten sie Schritt. Der Himmel war schwer wie ein tief hängender grüner Baldachin. Es ging kein Wind, kein Laut eines Insekts oder Vogels war zu hören. Die Stille war so vollkommen, dass er sich einen nicht endenden Akkord von Tönen vorstellte, die knapp außerhalb seines physischen Hörvermögens lagen. Sogar ihre Schritte waren lautlos.

Vor ihnen tauchten der rostige, teilweise aufgerissene Stacheldrahtzaun und, altersverwittert und eingesunken, die langen niedrigen Gebäude auf. Ein hölzerner Wachturm stand einsam, leicht zur Seite geneigt, und aus den Trümmern eines Ziegelgebäudes ragte der hohe Kamin wie ein Denkmal zur Erinnerung an eine vergessene Rasse. Nichts rührte sich; kein Wind betrauerte die leeren Fensterhöhlen.

Sie kamen zum Zaun und blieben stehen.

Aus dem zunächst stehenden Gebäude kam jemand, ein Mann in schwarzer Uniform. Sie warteten, bis er bei ihnen war. Es gab hier nichts Überraschendes. Steif kam die Gestalt auf Sol zu und sah mit leeren Augenhöhlen zu ihm auf; es war Murillio. Dann senkte er den Blick auf einen Zettel, den er in der Hand hielt, und las vor:

»Deine Toten sind nicht hier begraben.«

Sol versuchte zu widersprechen. Tief unten suchte er nach seiner Stimme, förderte aber nur einen ungeheuren, würgenden Schmerz zutage.

Im Halbdunkel erwachte er, mit den Armen fuchtelnd. Der Arzt stand vor ihm. Draußen war es dunkel.

»Ich muss geträumt haben«, entschuldigte er sich. »Wie lange habe ich geschlafen?«

»Nur etwa eine Stunde. Ich wundere mich, dass Sie so schnell wieder aufgewacht sind. Wie geht es Ihnen?«

»Es geht schon. Ich muss jetzt gehen. Der Laden. Ich bin einfach gegangen, ohne …«

»Die Polizei ist noch dort, machen Sie sich keine Sorgen. An Ihrer Stelle würde ich nach Hause fahren und versuchen zu schlafen. Sie haben offensichtlich einen großen Schock erlitten. Ich würde Ihnen gern ein Medikament verschreiben.«

»Nein, nein, ich kann noch nicht wissen, was ich tun muss. Dort, verstehen Sie«, sagte er, während er vorsichtig aufstand. »Es geht schon wieder. Wenn Sie mir nur sagen, was ich Ihnen schulde …«

Der Arzt winkte ab.

»Nein, ich bestehe darauf. In Geldangelegenheiten bin ich sehr penibel«, sagte Sol.

Der Arzt sah ihn befremdet an. »Ja, das sehe ich«, sagte er. »Lassen Sie uns doch ein, zwei Tage warten. Dann kommen Sie vorbei, und ich schau Sie mir noch mal an. Es sei denn, natürlich, Sie haben einen Hausarzt …«

»Nein, kein Hausarzt. Also gut, bis morgen oder übermorgen.«

Er ging hinunter auf die Straße und brauchte eine Minute, bis er sich orientiert hatte. Undeutlich erkannte er das Geschäftszeichen des Pfandleihhauses und ging darauf zu.

Die Eingangstür stand offen, drinnen brannten alle Lichter. Moe Leventhal und ein Kollege lehnten am Ladentisch, und ein Mann in Zivil kniete mit einer Taschenlampe und einer kleinen Kiste unklaren Zwecks auf dem Boden. Seine Taschen steckten voller Notizblöcke. Es war ganz still, der Laden wieder ein lebloses Grab.

»Alles in Ordnung, Solly«, sagte Leventhal beschwichtigend. »Wir passen auf. Fahren Sie doch nach Hause.«

Sol sah sich ratlos um.

»Kommen Sie zurecht?«, fragte Leventhal. »Schaffen Sie's nach Hause?«

»Ja, ja«, sagte Sol und wandte sich zum Gehen.

»Oh, Solly, die Schlüssel, Sie müssen uns die Schlüssel dalassen«, rief ihm Leventhal hinterher.

Sol zog die Schlüssel aus der Tasche und reichte sie dem Polizisten. Dann wandte er sich abermals zum Gehen.

Aber in der Tür meinte er die Stimme von Jesus Ortiz' Mutter zu hören, die ihn anschrie wie vorhin, und er drehte sich wieder um und rief laut den Polizisten zu: »Ja! Ja! Ich weiß, was sie leidet. Ich hör sie, wie sie mich alle anschreien. Was will sie von mir? Sieht sie nicht, dass ich ihretwegen weine, dass ich jetzt um sie alle weine! Wer hat darum gebeten? Ja, vielleicht liebe ich sie alle, nützt das irgendwem was? Schadet es?«

Leventhal sah seinen Kollegen an, und der kniende Mann stand auf. Sie setzten sich in Bewegung, kamen auf ihn zu, wie um ihn zu bändigen, doch Sol drehte sich um und hastete davon.

Eine kurze Zeit versuchte er vernünftig zu überlegen, was er vorhätte, wo er hinwollte.

Dann fing er zu weinen an.

Sein Gesicht war nass, im Mund hatte er einen ungewohnten salzigen Geschmack. Fast blind von seinen Tränen, stieß er mit Passanten zusammen, wurde geschubst und gerempelt von Knochen und Weichteilen fremder Körper. In seinem Kopf war keine Stille, keine Gefasstheit, nur dieses schreckliche Rauschen, dieses endlose Strömen. Er prallte gegen Menschen, spürte ihre Körperlichkeit, nahm ihre je eigenen Gerüche in sich auf, nach Schweiß, schlechtem Atem, nach Schmutz und Haar, den Geruch des großen Zerfalls, der lebte, weil er starb. Und wenn er sich die Augen wischte, für einen Moment wieder klar sehen konnte, dann blickte er in das unaussprechliche Rätsel ihrer Augen, ihrer Haut.

So kam es, dass er sich in dem Menschenstrom verfing, während er versuchte, die Quelle seiner Tränen zu finden. Bis er begriff, dass er jetzt um alle seine Toten weinte, dass alles unterdrückte Weinen freigesetzt worden war durch den Verlust eines einzelnen unersetzlichen schwarzen Jungen, der sein Gehilfe gewesen war, der ihn hatte umbringen wollen und ihm am Ende das Leben gerettet hatte. Mitten auf dem Gehsteig blieb er stehen, das Gesicht zu düsterer Ratlosigkeit verzerrt, während die Leute an ihm vorüberhasteten. Was hatte Ortiz dazu getrieben, sich als Schutzschild vor ihn zu werfen? Konnte es nur der praktische Wunsch gewesen sein, den Überfall nicht aus dem Ruder laufen zu lassen? Hatte sich Ortiz darüber wirklich Gedanken machen können? Nein, er konnte nicht genug Zeit gehabt haben, um sich durch den Wust seiner Seele einen Weg zu bahnen und zu erkennen, was ihn zu der Tat bewogen hatte. Aber mit welchem Recht erwartete er eine Antwort, wenn es Ortiz am Ende selbst ein Rätsel gewesen war? Seine Tränen flossen weiter, während er durch den geballten Schmutz der Menschen zum Fluss hin strebte, selbst schmutzig, die eigenen salzigen Tränen schmeckend, hoffnungslos, elend, seltsam stolz.

Dann war er am Fluss, allein bis auf zwei Männer, die ein ganzes Stück flussabwärts auf der hölzernen Uferbefestigung saßen. Wieder wischte er sich die Tränen aus den Augen und blickte auf den Fluss hinaus, der zum Meer floss, dunkel unter den Brücken, hell glitzernd in der Spiegelung der Bootslichter, so ungemein breit bis ans andere Ufer, nie etwas anderes als hier und jetzt, während er langsam zur Schwärze des salzigen Ozeans strömte; so gewaltig, so ergreifend in seiner flüchtigen Gegenwart. Auf Sols Wangen trocknete die Nässe, und es überkam ihn eine große Ruhe.

Die beiden Männer, Cecil Mapp und John Rider, schlenderten vorbei. Sie grüßten ihn; doch Sol schien Selbstgespräche zu führen. Er zähle sein Geld, behauptete John Rider, aber Cecil Mapp sagte: »Nein, der Mann leidet.«

Tatsächlich zählte der Pfandleiher seine Verluste und, den Blick auf den Fluss gerichtet, vergab sich.

»Ruht in Frieden, Ortiz, Mendel, Rubin, Ruth, Naomi, David ... ruht in Frieden«, sagte er, immer noch ein bisschen weinend, jetzt aber vor allem um sich. Er holte tief Luft, die in lange ungenutzte Bereiche seiner Lunge vorzudringen schien. Den Schmerz, den er dabei verspürte, nahm er hin, wenn schon nicht froh wie ein Märtyrer, so immerhin willig, wie ein Erbe.

Dann machte er sich auf den Weg zur U-Bahn, um den weiten unterirdischen Weg zu Tessies Haus zu fahren, ihr beim Trauern zu helfen.

Anmerkung der Übersetzerin

Fast fünfeinhalb Jahrzehnte liegen zwischen dem englischen Original und der deutschen Übersetzung, und in dieser langen Zeit hat sich natürlich auch unser Sprachgebrauch gewandelt. Im deutschen Sprachraum begann das Wort »Neger«, das uns heute zusammenzucken lässt, erst ab den siebziger Jahren die abwertende Bedeutung anzunehmen, die es heute hat; 1961 aber, als *Der Pfandleiher* erschien, bezeichneten sich auch die Afroamerikaner selbst als *Negro.*

Wenn wir diesen Begriff in der 2015 veröffentlichten deutschen Ausgabe beibehalten, so geschieht dies aus Respekt vor der klaren Stellung des Romans in der Zeit. In einem Kinderbuch, das die Leser und Leserinnen nur in einer Individualzeit verorten können, nämlich der eigenen Jugend, jedoch in keinem historischen Kontext, kann man einen als unzeitgemäß empfundenen Sprachgebrauch korrigieren; in einem Roman wie dem *Pfandleiher*, der zu keiner anderen Zeit denkbar ist, als er entstanden ist, nämlich 1961, oder anders: sechzehn Jahre nach dem Ende von Krieg und Holocaust, ist der Gebrauch der Sprache, nicht nur der speziellen »Rassenterminologie«, sondern jedes Begriffs mit besonderer zeitspezifischer Bedeutung, wesentlicher Bestandteil der Geschichte.

Barbara Schaden, München 2015